KNAUR

Warum Madame le Commissaire und nicht Madame la Commissaire?
Das erste Buch dieser Reihe ist bereits 2014 erschienen. Damals waren im Französischen noch Berufsbezeichnungen wie Madame *le* Président oder Madame *le* Ministre gebräuchlich. Entsprechend auch Madame le Commissaire. Im Zuge der Genderdebatte wandelt sich auch in Frankreich die zuvor stark männlich geprägte Sprache, weshalb es heute wohl Madame la Commissaire heißen würde. Der Titel der Reihe ist also seiner Zeit geschuldet. Im Übrigen hat sich unsere Protagonistin schon vor Jahren in einem Dialog mit Apollinaire zu diesem Thema geäußert (im Buch *Madame le Commissaire und der tote Liebhaber*). Dabei hat sie klargestellt, dass sie sich nicht diskriminiert fühlt. Was natürlich Ansichtssache ist. Aber es passt zu ihrer Persönlichkeit.

Von Pierre Martin sind im Knaur Taschenbuch folgende Titel erschienen:
Madame le Commissaire und der verschwundene Engländer
Madame le Commissaire und die späte Rache
Madame le Commissaire und der Tod des Polizeichefs
Madame le Commissaire und das geheimnisvolle Bild
Madame le Commissaire und die tote Nonne
Madame le Commissaire und der tote Liebhaber
Madame le Commissaire und die Frau ohne Gedächtnis
Madame le Commissaire und die panische Diva
Madame le Commissaire und die Villa der Frauen

Über den Autor:
Hinter dem Pseudonym Pierre Martin verbirgt sich ein Autor, der sich mit Romanen, die in Frankreich und in Italien spielen, einen Namen gemacht hat. Für seine Hauptfigur Madame le Commissaire hat er sich eine neue Identität zugelegt – und schreibt seitdem einen Bestseller nach dem anderen.

PIERRE MARTIN

Madame le Commissaire

und die Mauer des Schweigens

EIN PROVENCE-KRIMI

KNAUR

Besuchen Sie uns im Internet:
www.knaur.de

Aus Verantwortung für die Umwelt hat sich die Verlagsgruppe Droemer Knaur zu einer nachhaltigen Buchproduktion verpflichtet. Der bewusste Umgang mit unseren Ressourcen, der Schutz unseres Klimas und der Natur gehören zu unseren obersten Unternehmenszielen. Gemeinsam mit unseren Partnern und Lieferanten setzen wir uns für eine klimaneutrale Buchproduktion ein, die den Erwerb von Klimazertifikaten zur Kompensation des CO_2-Ausstoßes einschließt. Weitere Informationen finden Sie unter: www.klimaneutralerverlag.de

FSC
www.fsc.org
MIX
Papier | Fördert gute Waldnutzung
FSC® C083411

Originalausgabe Juni 2023
Knaur Taschenbuch
Ein Imprint der Verlagsgruppe
Droemer Knaur GmbH & Co. KG, München

Redaktion: Gisela Menza
Covergestaltung: ZERO Werbeagentur, München
Coverabbildung: Collage unter Verwendung von Motiven von Shutterstock.com
Satz: Adobe InDesign im Verlag
Druck und Bindung: CPI books GmbH, Leck
ISBN 978-3-426-52675-0

4 5 3

Prologue

Isabelle stieg in ihr Mustang Cabrio, wie sie das bei geöffnetem Verdeck und heruntergedrehter Seitenscheibe am liebsten tat: mit einem Sprung über die geschlossene Fahrertür. Sobald Zuschauer in der Nähe waren, verkniff sie sich diese artistische Einlage. Ihr war klar, dass das ihrem Amt nicht angemessen war. Eine konventionelle Kommissarin der Police nationale fuhr aber auch keinen alten Ami-Schlitten. Also sollte es egal sein – und es machte Spaß. Vor allem an Tagen, an denen sie eigentlich gar nicht zum Spaßen aufgelegt war. So wie heute.

Wenig später kurvte sie durch das hügelige Massif des Maures hinunter an die Küste. Sie mochte den sonoren Klang des großvolumigen Achtzylinders. Der Wind strich ihr durch die Haare. Die Fahrt brachte sie auf andere Gedanken.

Plötzlich gab es einen lauten Knall. Die Motorhaube hob sich unter dem Druck einer Explosion. Flammen loderten hervor, und dichter Rauch nahm ihr die Sicht. Zwei Gedanken schossen ihr gleichzeitig durch den Kopf: erstens, dass ihr schöner Motor offenbar gerade den Geist aufgab. Standesgemäß tat er dies mit mächtigem Getöse. Und zweitens, dass sie gut daran tat, sofort stehen zu bleiben und das Fahrzeug zu verlassen.

Sie trat entschlossen auf das Bremspedal – und ins Leere. Quelle merde … Offenbar hatte die Detonation des Motors die Bremsschläuche zerfetzt. Die Handbremse? Funktionierte auch nicht. Isabelle versuchte, herunterzuschalten und mit dem Motor zu bremsen – was dringend nötig war, denn die Straße ging steil bergab. Es krachte und kreischte im Getriebe. Der Rauch *schlug ihr ins Gesicht, und die Augen brannten. Rechts nahm sie schemenhaft einige Bäume wahr. Lieber jetzt als später ... Sie steuerte beherzt auf sie zu. Einen Airbag hatte ihr Mustang nicht, dafür war er zu alt. Hoffentlich hielt der Sicherheitsgurt. Statt aber frontal auf einen Baum zu knallen und so zum Stillstand zu kommen, streifte sie nur einen, und der Mustang schleuderte nach links. Sehen konnte sie fast nichts mehr, aber weil sie die Straße schon unzählige Male gefahren war, wusste sie, dass dort keine Bäume auf sie warteten – nur eine kleine hölzerne Leitplanke, die ihr schweres Auto wie ein Streichholz knicken würde. Und dahinter? Folgte ein steiler Felsabbruch ... Isabelle hatte während ihrer Zeit beim Spezialeinsatzkommando viele Fahrertrainings absolviert. Sie beherrschte die abenteuerlichsten Manöver – aber ihr fiel gerade kein passendes ein. Es gelang ihr, den schleudernden Mustang ein letztes Mal zurück auf die Straße zu zwingen ... doch war ihr klar, dass es gleich wieder in Richtung Abgrund gehen würde. Diesmal im rechten Winkel.*

Eine Eigenschaft von ihr war, dass sie so gut wie nie in Panik verfiel und instinktiv oft das Richtige tat. Schon hatte sie den Sicherheitsgurt gelöst. Sie umklammerte die Windschutzscheibe und zog sich aus dem Sitz. Wer über eine geschlossene Tür ins Auto springen konnte – machte sie sich Mut –, sollte es doch schaffen, auch aus ihm hinauszuspringen ...

Der Mustang durchschlug die Leitplanke. Sehen konnte sie es wegen des dichten Rauches nicht. Hören erst recht nicht ... aber sie glaubte es zu spüren. Sie mobilisierte alle Kräfte und katapultierte sich aus dem Auto ...

Dann wurde ihr schwarz vor Augen!

1

Es gab Tage, da galt es, schwere Entscheidungen zu treffen. Heute war so ein Tag. Auf der Schiefertafel von Jacques' Bistro standen als *plats du jour* sowohl Couscous mit Minz-Joghurt und halber Avocado als auch Ratatouille mit Zitronen-Hähnchenbrust. Beide Tagesgerichte mochte Isabelle. Beim Rosé blieb ihr die Qual der Wahl erspart. Als Stammgast bekam sie zum Mittagessen automatisch den *vin de la maison* hingestellt. Einen leichten Côte de Provence. Betrunken wurde man von ihm nicht.

Couscous oder Ratatouille? Isabelle dachte, dass sie sich nicht beklagen durfte, wenn sie keine anderen Probleme hatte. Gleichzeitig ging ihr durch den Kopf, dass diese Momente des unbeschwerten Nichtstuns die Ausnahme waren – und nicht die Regel. Als sie vor Jahren von Paris nach Fragolin gezogen war, hatte sie es sich genau umgekehrt vorgestellt. Die Regel sollte sein, das entspannte Leben in der Provence zu genießen. Und die Ausnahme gelegentliche Kriminalfälle. Irgendeine höhere Macht hatte etwas dagegen.

Sie nahm einen Schluck vom Rosé und musste lächeln. Denn natürlich war ihr klar, dass sie sich gerade selbst etwas vormachte. So schön der Müßiggang auch war, sie kannte sich gut genug, um zu wissen, dass sie das *ne rien faire* nicht lange durchhielt – weil ihr schnell langweilig wurde. Insofern sollte sie zufrieden sein.

Als die Bedienung an den Tisch kam, um die Bestellung aufzunehmen, entschied sich Isabelle spontan für ein *carré d'agneau au romarin*. Damit war das Problem gelöst. Ihr war klar, dass Jacques beim Lammcarré vor allem an einem nicht sparte: am Knoblauch. Egal, sie hatte heute keine Termine mehr. Außerdem würde sich in Fragolin kaum jemand am Knoblauch stören. Der Duft gehörte zur Provence wie … sie suchte nach einem Vergleich … nun, wie die Aromen von Lavendel oder Thymian. Nur wurde der Knoblauch in Reiseberichten selten so schwärmerisch beschrieben.

Immerhin, fiel ihr ein, hatte sich der große Schriftsteller Alexandre Dumas zu einer Eloge hinreißen lassen: Die Luft in der Provence sei mit Knoblauch imprägniert, weshalb es sehr gesund sei, sie einzuatmen. Isabelle kannte das Bonmot von ihrem Assistenten Apollinaire, der eine Vorliebe für ausgefallene Zitate hatte.

Während sie noch darüber nachdachte, ob eine »imprägnierte Luft« als Kompliment zu interpretieren sei oder vielmehr im Gegenteil als böse Satire, bekam sie überraschenden Besuch.

Chantal Lefèvre eilte an ihren Tisch.

»Bin ich froh, dich hier zu treffen«, sagte die Bürgermeisterin kurzatmig. Sie hatte einen roten Kopf. Offenbar war sie gerannt. »Ich war schon im Kommissariat. Apollinaire hat mir gesagt, dass du zu Tisch wärst.«

Sie zog einen Stuhl heran und nahm ermattet Platz.

»Hättest mich ja anrufen können.«

»Habe ich ja.« Chantal legte ein Handy neben das Weinglas. »Soll ich dir von Apollinaire geben. Hast du im Büro vergessen.«

Isabelle runzelte die Stirn. Das war ihr noch nie passiert. Es gab nur eine Erklärung: In ihrer kleinen Außenstelle der *Police nationale* gab es derzeit absolut nichts zu tun. Genau genommen befand sie sich im Urlaub. Da durfte man schon mal nachlässig sein und das Handy vergessen. Es beunruhigte sie dennoch.

Der provenzalische Schlendrian war zwar sympathisch, aber sie wollte ihn sich nicht zu sehr zu eigen machen.
»*Ah oui, merci*«, sagte sie irritiert und steckte das Handy ein. »Tut mir leid. Was gibt's denn so Dringendes?«
Chantal wischte sich den Schweiß von der Stirn.
»Genau genommen ist es ... ist es nicht dringend«, stammelte sie. »Die arme Person läuft uns ja nicht weg.«
Normalerweise sprach Chantal nicht in Rätseln, überlegte Isabelle. Sie war wirklich durch den Wind.
»Wer kann uns nicht weglaufen?«, hakte sie nach.
»Das weiß ich doch auch nicht ...«
Isabelle hob eine Augenbraue. Das tat sie häufig, wenn ihre Geduld allzu sehr strapaziert wurde. Apollinaire würde verstehen, dass er endlich auf den Punkt kommen sollte. Bei Chantal dauerte es etwas länger.
»Isabelle, bitte entschuldige. Du weißt doch von unserem Projekt, ein neues Gemeindezentrum zu errichten ...« Sie machte eine fahrige Handbewegung. »Natürlich weißt du das, denn das Projekt wird ja aus Thierrys Nachlass finanziert, der von dir verwaltet wird. Bevor wir mit dem Bau beginnen können, müssen wir ein altes Haus abreißen, das schon länger leer steht. Die Baggerarbeiten kommen gut voran. Bis vor einer knappen Stunde ... Jetzt ist erst mal Schluss.«
Isabelle kam der Gedanke, dass der Baggerfahrer einen Blindgänger aus dem Zweiten Weltkrieg entdeckt haben könnte. Aber Fragolin war nie bombardiert worden.
»Warum ist jetzt erst mal Schluss?«
»Meine Bauarbeiter sind auf ... auf Knochen gestoßen. Genau genommen handelt es sich um ein komplettes Skelett ... also, wie soll ich es beschreiben, mit einem Totenschädel und mit allem, was dazugehört. Echt gruselig. Ich komm gerade von der Baustelle.«

Jetzt verstand Isabelle, warum »die arme Person« nicht mehr weglaufen konnte. Die Bürgermeisterin hätte sich wirklich nicht beeilen müssen
»Ein Skelett? Ist also schon länger tot«, konstatierte Isabelle nüchtern.
»Du hast einen trockenen Humor.«
»Ist kein Humor, ich beschreibe nur die Faktenlage.«
»Sobald die Gendarmerie Wind davon bekommt, wird sie den Fall an sich reißen und einen Baustopp verhängen«, fuhr Chantal fort. »Das wäre eine Katastrophe, wir haben einen engen Zeitplan.«
»Sei froh, dass ihr nicht auf prähistorische Artefakte gestoßen seid. Archäologen sind schlimmer als die *Gendarmerie nationale*.«
»Dann hätten wir wenigstens eine Attraktion für den Fremdenverkehr. Im Ernst, ich brauche deinen Rat. Dürfen wir die Knochen einfach einsammeln und mit den Abbrucharbeiten fortfahren?«
Isabelle überlegte, dass sie einen solchen Fall noch nicht hatte. Die »Leichen«, mit denen sie es üblicherweise zu tun bekam, waren durchweg jüngeren Datums.
»Die Frage müsstest *du* eigentlich besser beantworten können. Der Fund von menschlichen Knochen ist sicher meldepflichtig …«
»Das wäre einfach. Hiermit melde ich den Fund bei der Bürgermeisterin, das bin ich selber. Und du weißt jetzt auch Bescheid, immerhin repräsentierst du die Exekutive.«
»Die aber nicht zuständig ist«, gab Isabelle zu bedenken, »dafür haben wir im Ort die Gendarmerie.«
»Bitte bewahre mich vor der Gendarmerie. Capitaine Briand macht mir schon so das Leben schwer. Ich darf mir gar nicht vorstellen, was er aus diesem Knochenfund machen würde.

Wahrscheinlich dauert es Monate, bis wir die Abbrucharbeiten fortsetzen dürfen.«

Monate waren bestimmt übertrieben, dachte Isabelle. Aber Chantal hatte recht: Briand würde sich wichtigtun und eine große Show abziehen.

»In jedem Fall muss der Fundort polizeilich in Augenschein genommen und fotografisch erfasst werden«, stellte Isabelle fest. »Vor allem muss ausgeschlossen werden, dass ein Gewaltverbrechen zugrunde liegt. Aus alldem ergeben sich die weiteren Schritte.«

»Das leuchtet mir ein. Komm, lass uns sofort aufbrechen!«

Isabelle dachte an ihr Lammcarré, das jeden Moment kommen müsste. Aber auch daran, dass in Fragolin noch nie ein Skelett gefunden wurde. *Carré d'agneau* dagegen gab es bei Jacques jeden Tag.

Sie leerte ihr Weinglas und erhob sich.

»*D'accord,* dann machen wir uns mal auf den Weg.«

2

Bei dem schon halb abgerissenen Haus und dem Bagger angekommen, begrüßte sie zunächst die beiden Bauarbeiter, die aus dem Ort stammten. Isabelle war lange genug in Fragolin, um fast jeden Bürger persönlich zu kennen.
»Wir sind ganz schön erschrocken«, sagte der eine. »Wir haben bei unserer Arbeit ja schon viel entdeckt, aber noch nie ein menschliches Skelett.«
Aus dem Augenwinkel sah sie eine hoch aufgeschossene Gestalt näher kommen: Apollinaire. Sie hatte ihn von unterwegs angerufen und gebeten, seinen Fotoapparat mitzubringen.
Chantal stieg über einige Steine, blieb dann stehen und ließ Isabelle den Vortritt.
Die ganze Zeit hatte sich Isabelle gefragt, warum Chantal immer von einem Skelett sprach. Darunter stellte sie sich ein senkrecht stehendes anatomisches Knochengerüst vor, wie man es aus dem Biologieunterricht kannte. So etwas war hier wohl nicht zu erwarten. Eher ein ungeordnetes Durcheinander menschlicher Knochen. Als sie jetzt hinter einer teilweise eingerissenen Mauer in einen kleinen Hohlraum blickte, fand sie den Ausdruck des Skeletts bestätigt. Nur dass es waagrecht vor ihr lag und die einzelnen Knochen nicht wie in der Anatomie durch Drähte verbunden waren. Aber alles schien am richtigen Platz: Schienbein, Oberschenkelknochen, Becken, Rippen, Oberarmknochen, Schulterblatt, Schädel … Sie war überzeugt, dass von den über zweihundert menschlichen Knochen keiner fehlte. »Echt gruselig«, hatte Chantal gesagt. Das traf es ziemlich gut.

Neben der skelettierten Leiche lagen etwas Schutt und Mörtel aus der herausgebrochenen Mauer.
»*Oh, là, là*«, hörte sie hinter sich Apollinaire. »Was haben wir denn hier? Eine Hausbestattung?«
Auf die Idee war sie noch gar nicht gekommen. Seit Napoleon war gesetzlich geregelt, dass Leichen nur auf Friedhöfen beigesetzt werden durften.
Sie löste ihre Augen vom Skelett, um sich in den Trümmern des halb eingerissenen Hauses einen Überblick zu verschaffen.
»Wo exakt befinden wir uns hier?«, fragte sie die Bauarbeiter. »Hinter dem Wohnzimmer?«
»Nein, das hier war die Garage. Die Mauer mit dem Hohlraum wurde am hinteren Ende eingezogen.«
Isabelle bat Apollinaire, einige Fotos zu machen. Er tat dies in gewohnt umständlicher Weise. Sie wusste, dass ihm auch der künstlerische Ausdruck am Herzen lag. Diese Manie konnte sie ihm nicht austreiben. Entsprechend viel Zeit nahm seine Arbeit in Anspruch.
Isabelle überlegte, wie lange die sterblichen Überreste hier schon liegen mochten. Gewiss lang genug, dass sie keine Spuren verwischen würde, wenn sie in den Hohlraum stieg und das Skelett genauer in Augenschein nahm.
Endlich. Apollinaire trat zurück. »*Fini!*«
Sie kletterte über die Mauerreste, wobei sie versuchte, auf keinen Knochen zu treten. War das ein Mann oder eine Frau? Sie vermochte es nicht zu sagen. Doch ein Gerichtsmediziner würde das feststellen können. Auch wie alt die Person zum Zeitpunkt des Todes gewesen war. Und wahrscheinlich auch, wie viele Jahre dieser schon zurücklag. Aber war das wichtig? Sie war Kommissarin bei der *Police nationale* und keine Archäologin.
Sie beugte sich über den Schädel des Skeletts …

»*Madame le Commissaire*, was machen Sie da?«, wurde sie plötzlich von hinten angeschrien.
Isabelle wusste sofort, wem die Stimme gehörte. Chantal Lefèvres besonderer Freund war eingetroffen: Capitaine Briand von der Gendarmerie. Wie kam es, dass er so schnell von dem Knochenfund erfahren hatte? Egal, jetzt war er da.
Eigentlich verstand sie sich mit dem Capitaine ganz gut. Nach anfänglichen Scharmützeln, die zwischen der *Gendarmerie* und der *Police nationale* nicht unüblich waren, hatten sie sich über die Jahre arrangiert. Sie versuchten, sich gegenseitig nicht in die Quere zu kommen. Was im Grunde leicht war, denn alle polizeilichen Aufgaben vor Ort fielen in seinen Bereich. Isabelle war froh, wenn sie damit nicht behelligt wurde. Ihr Kommissariat hatte ganz andere Zuständigkeiten. Wirklich definiert waren diese nicht. Sie bekam ihre Orders direkt aus Paris. Meistens jedenfalls. Alternativ erklärte sie sich selbst für zuständig.
»*Bonjour, Capitaine*, bitte gehen Sie aus dem Licht«, erwiderte sie schroff. Er hätte sie nicht anschreien sollen. Das mochte sie nicht. »Apollinaire, reichen Sie mir bitte Ihre Kamera, ich möchte einige Aufnahmen aus nächster Nähe machen.«
»Sie machen gar nichts!«, bellte der Capitaine. »Ein Knochenfund fällt nun wirklich nicht in Ihren Zuständigkeitsbereich.«
Tatsächlich hätte sie nichts dagegen, wenn sich die Gendarmerie um das Skelett kümmern würde. Aber Briands Verhalten weckte ihren Widerspruchsgeist. Zudem hatte Chantal gehofft, ihn aus dem Fall raushalten zu können.
»Würde es sich um Hundeknochen handeln, hätten Sie recht«, konterte sie, ohne ihn eines Blickes zu würdigen.
Briand machte Anstalten, zu ihr über die Mauer zu steigen.
»Capitaine, noch einen Schritt weiter und Sie haben eine Dienstaufsichtsbeschwerde am Hals. Sie behindern die *Police nationale* bei der Ermittlung in einem Tötungsdelikt.«

»Tötungsdelikt? Dass ich nicht lache. Woher wollen Sie das wissen? Oder hat Ihnen das Skelett gerade zugeflüstert, dass es umgebracht wurde?«
Briands spöttische Bemerkung brachte sie noch weiter gegen ihn auf. Doch immerhin war er so verunsichert, dass er sich nicht näher heranwagte.
»*Exactement, mon Capitaine*. Das Skelett hat mir soeben zugeflüstert, dass es nicht freiwillig aus dem Leben geschieden ist.«
»Meine Schwiegermutter müsste man totschlagen«, flüchtete sich Briand in einen schlechten Scherz, »selbst dann würde sie noch eine Weile weiterquatschen. Als Skelett wäre aber auch sie nicht mehr in der Lage, Ihnen was mitzuteilen.«
Isabelle kannte Briands Schwiegermutter. Sie war eine nette Frau. Ihre Tochter hätte jemand anderen heiraten sollen.
»Mit einem Loch im Schädel geht das ohne Worte«, sagte Isabelle. »Wir haben es hier also definitiv mit einem Tötungsdelikt zu tun.«
»Ein Loch im Kopf? Warum haben Sie das nicht gleich gesagt? Ich werde sofort alle nötigen Schritte in die Wege leiten.«
»Was könnte die Gendarmerie tun?«, mischte sich Apollinaire flachsend ein. »Wollen Sie Straßensperren anordnen, damit uns der Mörder nicht entkommt?«
Isabelle musste lächeln. Der Witz war gut. Denn die Gendarmerie war in Fragolin nicht gerade für ihr schnelles Handeln bekannt.
»Ich verbitte mir solche Frechheiten …«
»Sous-Brigadier Eustache, das war unsachlich«, maßregelte sie Apollinaire.
»Pardon, Madame, je suis désolé!« Wirklich zerknirscht klang er nicht.
»Im Ernst, wie geht es jetzt weiter?«, fragte die Bürgermeisterin.

»So, wie wir es vorhin besprochen haben«, antwortete Isabelle. »Der Fall fällt zweifelsfrei in die Zuständigkeit der *Police nationale*. Das Zentralkommissariat in Toulon wurde von mir bereits informiert. Die Spurensicherung und ein forensischer Gutachter sind unterwegs.«

Das alles entsprach nicht der Wahrheit, aber es bedurfte nur eines kurzen Anrufs, dann stimmte es.

»Moment, Moment«, protestierte Briand. »Ganz so einfach geht es nun doch nicht ...«

»Doch, genau so einfach geht es. Im Grunde tue ich Ihnen einen Gefallen. Seien Sie froh, dass ich Ihnen diesen Job abnehme. Mit alten Knochen lassen sich keine Lorbeeren gewinnen.«

Briand langte sich empört an die Brust.

»*Madame le Commissaire,* Sie kennen mich, mir ist es noch nie um Anerkennung gegangen ...«

Sie warf ihm einen Blick zu. Briand sah so aus, als ob er das gerade selber glauben würde.

»Capitaine Briand, wie immer weiß ich Ihr Engagement sehr zu schätzen«, versuchte die Bürgermeisterin die Wogen zu glätten. »Natürlich wäre der Fall auch bei Ihnen in den besten Händen. Aber ich begrüße es, wenn sich die *Police nationale* darum kümmert. Die Gendarmerie hat wahrlich genug andere Dinge, um die sie sich kümmern muss.«

Was für Dinge sollten das sein, überlegte Isabelle. Strafzettel für Falschparker ausstellen? In Fragolin passierte sonst nicht viel.

»Schön, dass Sie das so sehen«, grummelte Briand, der offenbar im Begriff war, klein beizugeben.

»Bis zum Abschluss der kriminaltechnischen Beweissicherung«, erklärte Isabelle, »dürfen die Abbrucharbeiten selbstverständlich nicht fortgesetzt werden.«

Chantal nickte. »Natürlich nicht, dafür habe ich Verständnis.«

»Wird aber nicht lange dauern. Viel gibt es ja unter diesem Bauschutt nicht zu sichern. Ich denke, morgen früh kann es weitergehen.«
Sie wusste, dass Chantal genau das hören wollte. Deshalb war sie zu ihr ins Bistro geeilt. Den Gefallen tat ihr Isabelle gerne. Ob sie sich damit allerdings gerade selber einen Gefallen tat, wagte sie zu bezweifeln. Denn sie konnte sich wahrlich Aufregenderes vorstellen, als der Vorgeschichte eines Skeletts nachzuspüren. Aber jetzt war es zu spät. Das hätte sie sich vorher überlegen müssen.

3

Am späten Nachmittag war das meiste erledigt. Zunächst hatte Capitaine Briand zwar unter Murren, aber doch bereitwillig das Feld respektive die Baustelle geräumt. Gleich im Anschluss hatte Isabelle nachgeholt, was sie zuvor schon behauptet hatte: Sie hatte dem Zentralkommissariat der *Police nationale* in Toulon Meldung erstattet. Allerdings nicht dem leitenden Commandant persönlich, sondern – um unnötige Diskussionen zu vermeiden – einer untergeordneten Stelle. Auf ihren Wunsch hin machten sich die Spurensicherung und ein Rechtsmediziner nach Fragolin auf den Weg. Derweil hatte Apollinaire die Baustelle mit einem rot-weißen Absperrband gesichert: *Police nationale. Zone interdite!* Da das Haus am Ortsrand lag, verirrte sich sowieso kaum jemand hierher.

Die Kollegen von der Spurensicherung waren mit ihrer Tätigkeit schnell fertig. Hier gebe es tatsächlich nicht viel zu »sichern«, stellten sie fröhlich fest. Genauso gut hätte man sie zu einer römischen Ausgrabung rufen können, um bei einem erschlagenen Legionär den Tathergang zu rekonstruieren. Gleichwohl hatten sie die üblichen Routinearbeiten durchgeführt. Um Isabelle zum Abschied nicht ohne Ironie viel Spaß bei ihrem neuen Fall zu wünschen. Offenbar gingen ihr in der Gegenwart die Leichen aus, weshalb sie jetzt schon alte Knochen ausgraben lasse.

Wirklich amüsieren konnte sich Isabelle über dieses Gefrotzel nicht. Schließlich gab es einen wahren Kern: Bei einem erschlagenen Legionär würde sich niemand für den Täter interessieren. Warum also sollte sich die *Police nationale* bei einem Skelett ins Zeug legen, dessen unglückseliges Schicksal auch nicht erst gestern besiegelt wurde?

Mittlerweile war sie am »Grab« fast alleine. Apollinaire hielt sich im Hintergrund und war damit beschäftigt, einige Neugierige, die sich nun doch eingefunden hatten, höflich, aber bestimmt nach Hause zu schicken.

Sie saß mit Docteur Franell auf der Mauer. Er leitete in Toulon das Institut für Rechtsmedizin. Obwohl er schon im Rentenalter war, wollte sich niemand vorstellen, dass er aufhören könnte. Er selbst am wenigsten. Franell hatte einen Lehrauftrag und galt als Kapazität. Isabelle schätzte seine Kompetenz. Und seine besonnene Art.

»Sie wundern sich vielleicht, warum ich persönlich gekommen bin«, sagte er. »Aber unter all den vielen Leichen, die bei mir landen, ist ein komplett erhaltenes Skelett doch etwas Besonderes. Das Foto, das Sie mir geschickt haben, hat mich neugierig gemacht.« Franell sah in den Hohlraum. »Und ich muss sagen, ich wurde nicht enttäuscht.«

»Was ist an einem Skelett so bemerkenswert? Sieht nicht jeder Leichnam irgendwann so aus?«

»Im Prinzip schon, aber faktisch dann doch nicht. Dieses Skelett hat eine besondere Ästhetik. Es liegt da wie aufgebahrt. Alles ist an seinem richtigen Platz. Fast wie in einem Sarg, nur dass die Hände nicht über der Brust gefaltet sind.«

Franell schien sich tatsächlich am Anblick zu erfreuen.

»Handelt es sich um einen Mann oder um eine Frau?«, fragte sie.

»Ich denke, um einen Mann. Dafür sprechen das Becken und andere Merkmale wie zum Beispiel die ausgeprägte Glabella zwischen Nasenwurzel und Augenbrauen.«

Sie verkniff sich die Frage, was eine Glabella war. Ihr reichte völlig die Feststellung, dass es sich mutmaßlich um einen Mann handelte.

»Können Sie was zum Alter des Opfers sagen?«

»Das ist wie beim Geschlecht, präzisere Angaben kann ich erst machen, wenn ich die Knochen im Institut untersucht habe. Aber ich würde mal denken, das Opfer war zum Zeitpunkt seines Todes in den Vierzigern. Darauf deuten unter anderem der Zustand der Gelenke und der Zähne hin. Das müsste so ungefähr hinkommen.«

»Sie sagten, zum Zeitpunkt seines Todes …«

»Ich weiß, was Sie fragen wollen. Doch da muss ich Sie wirklich auf die forensische Analyse vertrösten. Alles andere wäre grob fahrlässig.«

Isabelle sah ihn lächelnd von der Seite an.

»Und wenn ich Sie bitte, ein bisschen fahrlässig zu sein? Was ist Ihr spontaner Eindruck, wie lange ist der Mann schon tot?«

»Ein spontaner Eindruck ist kein wissenschaftliches Verfahren. Aber wie könnte ich Ihrem Charme widerstehen? Lassen Sie es mich so sagen: Wie ich die äußeren Bedingungen hier einschätze, dauert es etwa zwölf Jahre, bis das Körpergewebe völlig zersetzt ist sowie auch die Haare und Fingernägel verwest sind. Was bleibt, ist ein Skelett. Erst danach setzt der langsame Verfall der Knochen ein …«

»Also mindestens zwölf Jahre oder länger, habe ich Sie da richtig verstanden?«

Franell schmunzelte.

»Ich habe doch überhaupt nichts gesagt, wie könnten Sie mich da missverstehen?«

Isabelle dachte, dass sie immer wieder gerne mit dem alten Herrn zusammenarbeitete.

»Was ist mit dem Loch im Kopf?«

»Das hat wehgetan, aber nicht lange.«

»Weil man mit einer solchen Verletzung nicht lange überlebt?«

»Die vordere Schädeldecke wurde am *Os frontale* durch einen kräftigen Schlag, vermutlich mit einem stumpfen Gegenstand, zertrümmert ...«
»Zum Beispiel mit einem Hammer?«
»Könnte sein. Jedenfalls dürfte der Schlag zeitnah zum Exitus geführt haben.«
»Also haben wir es hier mit einem Mann in den besten Jahren zu tun«, resümierte Isabelle, »der vor gut zwölf Jahren mit einem stumpfen Gegenstand von vorne niedergeschlagen wurde. Anschließend wurde er in diesen Hohlraum gelegt und eingemauert. In der Hoffnung, dass man ihn nie finden wird.«
Franell nickte zustimmend.
»Wie geht's jetzt weiter?«, fragte sie. »Wie kommen die Knochen in Ihr Institut nach Toulon, ohne dass sie durcheinandergeraten?«
Er zuckte mit den Schultern.
»Lässt sich nicht vermeiden, dass sie durcheinandergeraten. Wir packen sie in Spezialsäcke, die ich im Kofferraum habe. Morgen mache ich dann meinen Anatomiestudenten eine große Freude, indem ich sie bitte, die Knochen zu sortieren.«
»Die werden begeistert sein.«
Der Professor lächelte.
»Für meine Studenten und Studentinnen mache ich alles. Ich habe das Skelett aus allen Blickwinkeln fotografiert ...«
Sicher nicht so schön wie Apollinaire, dachte Isabelle.
»Des Weiteren habe ich die chemischen Parameter des Hohlraumes erhoben, die für die Verwesung relevant sind. Ich verfüge also über alles, was ich für meine weitere Arbeit brauche.«
»Hört sich gut an. Dann können wir also ...« Isabelle stockte.
Franell brachte ihren Satz zu Ende: »Sprechen Sie es ruhig aus: Dann können wir also *einpacken!* Sous-Brigadier Eustache kann uns helfen. Schutzkleidung und Handschuhe habe ich im

Auto.« Er sah auf die Uhr. »In einer halben Stunde bin ich weg. Für das Skelett habe ich meine Mittagspause geopfert. Jetzt grummelt mir der Magen.«

Ihr fiel ein, dass auch sie ein Lammcarré hatte sausen lassen.

»Geht mir nicht anders«, sagte sie. »Docteur Franell, darf ich Sie in Jacques' Bistro einladen? Dann können Sie sich vor der Fahrt ein wenig stärken.«

Der Vorschlag schien ihm zu gefallen.

»Die Einladung nehme ich gerne an. Unter der Bedingung, dass wir über alles reden, nur nicht über unsere Arbeit.«

»Genau darum hätte ich Sie auch gebeten.«

4

Im Dämmerzustand des Aufwachens träumte Isabelle am nächsten Morgen von einem Skelett, das mit klapperndem Gerippe einen wilden Tanz aufführte. Ziemlich spooky. Ein Hammer flog durch die Luft und traf den Knochenmann am Kopf. Das Skelett brach röchelnd zusammen, robbte sich mit letzter Kraft in einen aus Ziegeln gemauerten Sarg – und verstarb … Isabelle drehte sich auf den Rücken und rieb sich die Augen. Ein Skelett konnte nicht sterben, es war ja schon tot. Außerdem, was sollte dieser Unsinn? Sie brauchte eine Weile, bis ihr die gestrigen Ereignisse in Erinnerung kamen. Nun wurde ihr klar, warum sie ausgerechnet von einem klappernden Knochengerüst geweckt wurde. Freilich war das inakzeptabel. So weit kam es noch, dass sie von einem Skelett im Traum verfolgt wurde. Das würde ihr nicht noch mal passieren, nahm sie sich vor. Erst recht, weil sie sich nur wenig für dessen Schicksal interessierte. Sie sah den Knochenfund nicht einmal als richtigen Fall an, dem sie sich als Kommissarin widmen müsste – trotz des eingeschlagenen Schädels. In ihrer beruflichen Vita hatte sie es mit terroristischen Anschlägen zu tun gehabt, mit Attentatsversuchen auf den französischen Präsidenten oder mit Entführungen … alles Ereignisse, die sich in der unmittelbaren Gegenwart abspielten und auf die sie aktiv Einfluss nehmen konnte. Dafür war sie ausgebildet, so war sie konditioniert. »Cold cases« mochte sie nicht. Es entsprach nicht ihrem Naturell, zur Passivität verdammt längst vergangenen Taten nachzuspüren. Das war eher was für Apollinaire …

Der erste vernünftige Gedanke an diesem Morgen: Apollinaire war wie geschaffen für diesen »Fall«. Ihm lag es, mit wissenschaftlicher Akribie im Internet zu recherchieren und Dokumente zu durchforsten. Dabei würden ihm zwar die Haare zu Berge stehen, und gelegentlich müsste er einen Kopfstand machen, um die Durchblutung im Gehirn zu fördern, so seine Begründung für diese Angewohnheit. Aber er wäre in seinem Element. Er würde im Kommissariat sein geliebtes Flipchart aufstellen und den Stand seiner Ermittlungen in verwirrende Schaubilder übertragen, die rasch so kryptisch wurden, dass nur noch er sie verstand – wenn überhaupt.
Ihr Entschluss stand fest: Sie würde ihm den Fall weitgehend übertragen und ihn einfach mal machen lassen. Blieb nur ein Problem: Sie war nicht gut darin zu delegieren. Aber sie würde es versuchen, das nahm sie sich fest vor.
Isabelle schlug die Decke zur Seite. Durch die Lamellen ihrer Fensterläden fiel Licht in ihr Schlafzimmer. Wie spät es wohl war? Als ob das eine Rolle spielen würde? Es gab keinen Grund zur Eile. Sie befand sich immer noch im Urlaubsmodus. Um den zu beenden, brauchte es mehr als ein eingemauertes Skelett. Sie stand auf, öffnete die Fenster und atmete tief ein und aus. Jeden Morgen freute sie sich auf diesen Moment. Die provenzalische Luft wünschte ihr einen guten Tag. Einige Schleierwolken zogen am tiefblauen Himmel gemächlich in Richtung Meer. Von der Gasse unterhalb ihrer Dachwohnung hörte sie Kindergelächter.
Was für ein Kontrast zum lärmenden Paris … keine Abgase, kein Gehupe … Früher hatte Isabelle den urbanen Herzschlag der Großstadt geliebt, sie war geradezu süchtig danach gewesen – heute würde sie sich nach wenigen Tagen krank fühlen und zurück nach Fragolin sehnen. Die Provence hatte sie verändert, aus ihr einen anderen Menschen gemacht … Isabelle

lächelte. Natürlich war ihr bewusst, dass sie noch derselbe Mensch war – nur irgendwie umprogrammiert.
Sie könnte jetzt ihre übliche Joggingrunde antreten, überlegte sie, durch den Wald zur alten Bastide und zurück. Alternativ könnte sie so lange auf ihren ledernen Sandsack einprügeln, bis ihr die Puste ausging. Ihr war wichtig, sich am Morgen zu bewegen und etwas für ihre Fitness zu tun. Sie brauchte das, sonst hatte sie den ganzen Tag schlechte Laune.
Isabelle dachte an gestern, wo sie zwischen Couscous und Ratatouille hatte wählen müssen. Um sich schließlich für Lammcarré zu entscheiden. Genauso würde sie es auch jetzt machen, beschloss sie. Keine Joggingrunde, kein Training am Sandsack – sondern sofort und auf der Stelle ein Workout vor dem offenen Fenster: Kniebeugen, Liegestütze, Sit-ups, Klimmzüge am Dachbalken … In hoher Frequenz und ohne Atempausen. Das Programm dafür stammte noch aus ihrer Zeit als Leiterin einer Antiterroreinheit in Paris. Dort hatten sie einen masochistisch veranlagten Fitnesstrainer, der sie alle regelmäßig bis an ihre Grenzen trieb. Isabelle schmunzelte. Jetzt war sie ihre eigene Fitnesstrainerin und entsprechend gnädig zu sich selbst. Folgerichtig begann sie mit moderaten Stretchübungen. Doch sie würde sich steigern – und zum Schluss vielleicht sogar ihrem Sandsack noch einige wuchtige Haken versetzen.

Es war schon später Vormittag, als sie das *Hôtel de ville* betrat. Zwangsweise kam sie in der Eingangshalle des Rathauses an den Bildern der früheren Bürgermeister von Fragolin vorbei. Makabrerweise war keiner von ihnen mehr am Leben. Weder ihr Vater noch als Letzter in der Reihe Thierry Blès, mit dem sie mal liiert gewesen war. Beide waren sie gewaltsam aus dem Leben geschieden. Isabelle ging durch den Kopf, dass irgendwann auch ein Porträt von Chantal Lefèvre hier hängen würde. Sie wünschte ihr von Herzen, dass sie sich dann noch bester Gesundheit erfreute und ihren Ruhestand genoss. Später würde sie Chantal in ihrem Büro besuchen. Sie hatte es nicht weit, nur die Treppe hoch in den ersten Stock.

Vor der Tür zu ihrem Kommissariat angelangt, schaute sie kurz auf das Schild neben dem Eingang. *Police nationale* stand darauf, mit dem Zusatz *Commission spéciale*. Apollinaire hatte sich das ausgedacht. Sie fand *Commission spéciale* etwas hochtrabend. Aber in der Sache stimmte es, denn sie übernahmen keine regulären Polizeiaufgaben. Ob allerdings die Ausforschung eines Skeletts zu den Pflichten einer Sonderkommission zählte, wagte sie zu bezweifeln.

Ohne anzuklopfen, öffnete sie die Tür. Sie liebte es, Apollinaire bei irgendeiner absonderlichen Tätigkeit zu überraschen. Heute blieb ihr diese Freude versagt. Ihr Assistent saß ganz normal hinter seinem Schreibtisch. Ganz normal? Nun ja, halt seinem persönlichen Stil entsprechend. Seine Uniformjacke hing auf einem Kleiderbügel am Aktenschrank. Das geblümte Hemd, das er trug, entsprach ganz sicher nicht den Dienstvorschriften. Einen Ärmel hatte er bis über den Ellbogen hochgekrempelt, den anderen nicht. Er war ein Verfechter der Asymmetrie. Die gelockerte Krawatte hatte er über die Schulter nach hinten geworfen. Isabelle hatte ihm schon oft den Vorschlag gemacht, sie im Innendienst abzulegen. Aus unerfindlichen Gründen kam das für ihn nicht infrage. Sie musste nicht unter den Tisch schauen, um sich zu überzeugen, dass er rechts und links verschiedenfarbige Socken trug – von dieser Marotte würde er nie ablassen.

»Bonjour, Madame«, begrüßte er sie mit einer zackigen Handbewegung an die Schläfe. Wollte er damit einen militärischen Gruß andeuten? Wenn ja, war er ziemlich missglückt.

»*Je vous salue, Sous-Brigadier,* bitte sitzen Sie bequem!«, erwiderte sie im Spaß, auf die Floskel anspielend, dass sich ein strammstehender Untergebener locker machen dürfe.
»Unsere Bürostühle könnten tatsächlich bequemer sein«, antwortete er ernsthaft. »Aber ich will mich nicht beklagen.«
Sie deutete auf das Flipchart, das er vor die Fahnenstange mit der Tricolore gestellt hatte. Mit der Überschrift: *Le squelette inconnu.* Darunter hatte er in die Mitte ein Knochengerüst skizziert. Nicht unähnlich jenem, von dem sie heute Morgen geträumt hatte.
»Ich sehe, Sie waren schon fleißig«, stellte sie fest. »Und kreativ.«
Apollinaire fuhr sich durch die strubbligen Haare.
»*Eh bien,* ich habe das Knochengerüst bewusst klein gehalten, weil wir ja außen herum viel Platz für unsere Ermittlungsergebnisse brauchen.«
»Schön, dass Sie so optimistisch sind.«
»Das bin ich doch immer, so gut sollten Sie mich kennen. Habe ich Ihnen schon mal eines meiner Lieblingszitate zum Thema Optimismus verraten? Der Spruch geht so: Die Optimisten haben das Flugzeug erfunden. Die Pessimisten dagegen …«
»… den Fallschirm«, ergänzte sie lachend. »Doch, den Spruch höre ich von Ihnen nicht zum ersten Mal. Ausnahmsweise dürfte er nicht von Konfuzius stammen, habe ich recht?«
Apollinaire kniff die Augen zusammen. »Tatsächlich kenne ich den Urheber nicht«, gab er zu. »Aber Konfuzius, nein, wohl eher nicht.« Als der Groschen fiel, musste er lachen. »Madame, Sie haben mich aufs Glatteis geführt. Konfuzius und Flugzeug … Das passt nun wirklich nicht zusammen. Obwohl es ernst zu nehmende Theorien gibt, dass schon die alten Chinesen …«
Isabelle winkte ab.
»Bitte nicht. Lassen Sie uns über Ihren Kriminalfall reden.«

»*Meinen* Kriminalfall? Madame, Sie meinen wohl *unseren* Kriminalfall?«
»Natürlich ist das unser gemeinsamer Fall, aber ich würde Ihnen gerne die Verantwortung übertragen und mich selbst ziemlich raushalten.«
Apollinaire sah sie entsetzt an. »Madame, das können Sie nicht machen …« Das Lineal, mit dem er gerade herumgespielt hatte, fiel ihm aus der Hand. Im Versuch, es aufzufangen, stieß er seine Kaffeetasse um. Panisch sprang er auf. »*Mon Dieu*, sehen Sie, was Sie angerichtet haben. Alles voller Kaffee.«
Sie lächelte.
»Nicht meine Schuld. Warum haben Sie auf meinen gut gemeinten Vorschlag auch so heftig reagiert?«
»Weil, weil …« Apollinaire versuchte, sich zu beruhigen. »Weil ich mich nicht in der Lage sehe, in dem Fall die Verantwortung zu übernehmen.«
»Wo ist das Risiko? Das Skelett ist schon tot!«
»Aber der Täter könnte noch leben …«
»Oder die Täterin. Genau das sollen Sie ja herausfinden.«
»Täter, Täterin …«, sprach er vor sich hin, während er mit einem Tuch seinen Schreibtisch trockenlegte. »Vielleicht war es doch Selbstmord?«
»Apollinaire, jetzt reißen Sie sich bitte zusammen! Wie soll das gehen? Unser Opfer hätte sich erst mit einem Hammer von vorne den Schädel eingeschlagen, dann in die vorbereitete Grube gelegt und sich selbst eingemauert.«
»Ce sont des bêtises«, murmelte er. »Ich weiß selber, dass das Schwachsinn ist.«
»Da bin ich aber froh. Mein lieber Apollinaire, seien Sie beruhigt, ich werde Sie nicht im Stich lassen. Sie können mir jeden Tag berichten, und wir besprechen die weitere Vorgehensweise.«

»Madame, so hätten Sie mir Ihren Vorschlag gleich unterbreiten können. Ich schätze, das ist eine praktikable Lösung. Zumindest für den Anfang. Sobald die Ereignisse an Dramatik zunehmen und sich meiner Kontrolle entziehen, springen Sie ein und übernehmen das Ruder.«

Wie kam er darauf, dass das passieren könnte? Sehr wahrscheinlich war das nicht.

»*D'accord,* genauso machen wir das.«

Apollinaire hüstelte verlegen.

»Darf ich noch einen grundsätzlichen Einwand vorbringen?«

»Immer gerne.«

»Die Verjährungsfrist für Mord beträgt in unserem Land zehn Jahre. Wenn ich Docteur Franell richtig verstanden habe, liegt das Tötungsdelikt definitiv länger zurück. Ergo käme der Täter, sofern wir ihn finden sollten, straffrei davon. So gesehen können wir uns die ganze Arbeit sparen.«

Das hatte sich Isabelle auch schon überlegt. War aber zu einem anderen Schluss gekommen.

»Einen Mörder zu überführen ist nach meinem moralischen Empfinden jeden Aufwand wert. Außerdem ist nicht gesagt, dass der Täter beziehungsweise die Täterin straffrei davonkommt. Es gibt andere Delikte wie etwa Entführung, die verjähren nicht. Auch könnten wir auf einen zweiten Mord stoßen, der nicht so lange zurückliegt.«

Apollinaire wackelte mit dem Kopf. Auch so eine Eigenart von ihm.

»Das wäre dann wie bei Al Capone«, stellte er fest. »Der legendäre Gangsterboss wurde nicht wegen seiner Morde, sondern am Ende wegen Steuerhinterziehung verurteilt.«

Isabelle kannte Apollinaires Vorliebe für amerikanische Kriminalgeschichten. Der Vergleich war zwar weit hergeholt, aber sie ließ ihn unwidersprochen.

»In den nächsten Tagen werden wir von Docteur Franell sein rechtsmedizinisches Gutachten bekommen«, sagte sie. »Dann wissen wir Genaueres zum Todeszeitpunkt.«
»Soll ich in Toulon schon mal anrufen?«
»*Ihre* Entscheidung, aber ein bisschen Zeit sollten Sie ihm schon lassen.«
»Ich verstehe, meine Entscheidung … Daran muss ich mich erst mal gewöhnen. Strategisch habe ich mir Folgendes überlegt: Bevor wir einen Mörder suchen können, müssen wir wissen, wer das Opfer ist.«
Da hatte er zweifellos recht, dachte Isabelle. Auch wenn das keine strategische Überlegung war, sondern ganz simpel der Not gehorchend.
Apollinaire hatte sein Lineal aufgehoben und begleitete mit ihm seine Ausführungen wie ein Dirigent.
»Von der Forensik«, fuhr er fort, »verspreche ich mir verbindliche Angaben zu Geschlecht und Alter. Parallel sollten wir Genaueres über das Haus in Erfahrung bringen, in dem das Skelett gefunden wurde. So viel weiß ich bereits: Der letzte Besitzer war ein Pariser Geschäftsmann, der es wohl als Ferienhaus nutzen wollte, aber so gut wie nie hier war und offenbar in finanziellen Schwierigkeiten steckt. Vor einigen Monaten wurde das Haus, das sich in einem sehr schlechten Zustand befand, zwangsversteigert. Fragolin hat den Zuschlag bekommen. Laut unserer Bürgermeisterin mit der erklärten Absicht, das Haus abzureißen und auf dem Grundstück ein neues Gemeindezentrum zu errichten.«
»Na bitte, da haben Sie ja doch schon einiges in Erfahrung gebracht.«
Apollinaire freute sich über das Lob.
Sie deutete auf das Flipchart mit dem großen Weißraum rund um das skizzierte Skelett.
»Da hätten Sie ja schon was zum Notieren gehabt.«

Er nickte. »Ja, hätte ich, aber ich möchte meine schöne Seite nicht mit Halbwahrheiten verunstalten, die ich dann wieder korrigieren muss. Im Bürgermeisterbüro sucht man gerade alle Unterlagen zum Haus und zum vorigen Eigentümer zusammen. Sobald mir die vorliegen, werde ich mir eine grafische Umsetzung überlegen.«

Auf das »Kunstwerk« war sie schon jetzt gespannt. Einige Charts früherer Fälle hatte sie heimlich aufgehoben. Mit fortschreitender Komplexität wurden sie zwar immer unverständlicher, bekamen dafür aber eine ganz eigene, kryptische Ästhetik.

»Ich hätte noch eine Anregung«, sagte sie, »auf die Sie selbstverständlich schon selber gekommen sind. Stellen Sie fest, ob in Fragolin zur fraglichen Zeit eine Person auf unerklärliche Weise verschwunden ist. Gab es eine Vermisstenmeldung? Vielleicht nicht nur hier, sondern im ganzen Département Var?«

Er schlug sich mit dem Lineal auf den Kopf.

»*Mais oui,* diese Idee drängt sich förmlich auf.«

»So ist es. Sollten Sie auf einen Verdachtsfall stoßen, müsste die Identität über die DNA und das gut erhaltene Gebiss überprüft werden.«

»DNA, gut erhaltenes Gebiss ...«, murmelte er, »natürlich, ein Kinderspiel.«

Isabelle hatte den Eindruck, dass ihm bereits jetzt alles über den Kopf wuchs. Sie sollte ihn nicht überfordern. Aber einen Gedanken musste sie noch loswerden.

»Mich beschäftigt das Ergebnis der Spurensicherung«, sagte sie.

»Welches Ergebnis? Ich dachte, die Spurensicherung hat nichts gefunden.«

»Genau das beschäftigt mich ja. Stellen Sie sich vor, Sie erschlagen jemanden ...«

»Das käme mir nie in den Sinn!«

»Sie sollen es sich ja auch nur vorstellen. Dann schleppen Sie den Leichnam zum vorbereiteten Hohlraum und werfen ihn hinein.«
»Stimmt nicht. Ich habe ihn behutsam reingelegt, sonst sähe das Skelett anders aus.«
»Korrekt, das ist ebenfalls interessant. Aber warum hat die Spurensicherung keine Armbanduhr gefunden, keinen Ring, keine Halskette oder Ähnliches?«
Apollinaire rieb sich die Nase.
»Weil, weil ... weil ich dem Opfer alles abgenommen habe, um im Falle seiner Entdeckung keinen Hinweis auf seine Identität zu geben.«
»Sie haben also sehr überlegt gehandelt, ohne Panik. Weil Sie wussten, dass Sie nicht gestört werden.«
»Vielleicht war die Uhr auch sehr teuer. Dann wäre das ein Grund mehr, sie dem Opfer abzunehmen. Ich könnte sie verkaufen oder trage sie jetzt selbst.« Er sah grinsend auf sein Handgelenk. »Nein, keine teure Uhr, ich bin unschuldig.«
»Wäre auch leichtsinnig. Noch ein letzter Gedanke. Warum hat die Spurensicherung keine Stoffreste gefunden, keinen Ledergürtel, keine Schuhe?«
»Ist vielleicht alles zu Staub zerfallen?«
»Das halte ich für ausgeschlossen. Falls im Bericht der Spurensicherung nichts anderes steht, würde ich annehmen, dass das Opfer fast nackt war, als Sie es ...«
»Schon wieder ich.«
»Als Sie es zur letzten Ruhe gebettet haben.«
»Fast nackt? Warum denn das?«
»Würde ich auch gerne wissen. Falls sich Franell geirrt hat und wir haben es hier mit einer Frau zu tun, läge ein Sexualdelikt nahe. Aber bei einem Mann? Keine Ahnung.«
Apollinaire zog eine Grimasse.

»Fragen über Fragen … Madame, da haben Sie mir einen wirklich heiklen Fall aufgebürdet.«
»Ich will Sie nicht unterfordern«, erwiderte sie lächelnd.
Wirklich heikel war der Fall dennoch nicht. Nur stellten sich einige Fragen. Das war immer so.
»Sie schaffen das!«, ermunterte sie ihn. »Jetzt müssen wir nur noch einen Bericht für Commandant Richeloin schreiben …«
»Liegt bereits auf Ihrem Tisch. Müssen Sie nur noch abzeichnen.«
Als »Sekretärin« war Apollinaire unschlagbar.
»Sehr gut. Dann steht noch der Pressetext aus.«
»Da wollte ich Ihnen nicht vorgreifen. Mir fehlt Ihre Gabe, in wenigen Zeilen noch weniger zu sagen.«
Von wegen Gabe! Dafür fehlte ihr jegliches Talent. Doch war es eine Notwendigkeit, wollte man sich die Arbeit nicht unnötig erschweren. Idealerweise gelang es, der Informationspflicht Genüge zu tun und gleichzeitig möglichst wenig Neugier zu wecken. Je unspektakulärer, umso besser. Die Medien sollten gar nicht erst auf den Fall aufmerksam werden. Schon das Wort »Skelett« war tabu. Isabelle beschloss, den Text mit Chantal zu besprechen. Das Bürgermeisterbüro war als offizieller Absender sowieso der *Police nationale* vorzuziehen. Gemeinsam waren sie gut beraten, jeden Anschein eines Verbrechens zu vermeiden. Nur dann blieben ihnen lästige Journalistenanfragen erspart – hoffentlich.
Sie ging zu ihrem Schreibtisch und unterschrieb Apollinaires Protokoll, ohne eine Zeile zu lesen.
»Kann sofort raus«, sagte sie.
»Hat Commandant Richeloin in wenigen Minuten in seiner Mailbox.«
»Sehr gut. Dann wünsche ich Ihnen noch viel Spaß bei der Arbeit«, sagte Isabelle zum Abschied. Was von ihr nicht ironisch

gemeint war, sondern ganz im Ernst. Denn Apollinaire ging in seiner Arbeit auf. Sie wüsste nicht, was ihm sonst vergleichbares Vergnügen bereiten konnte.

»*Au revoir, Madame.* Bitte vergessen Sie nicht erneut Ihr Handy. Die Vorstellung wäre für mich sehr beunruhigend, Sie nicht jederzeit erreichen zu können.«

»Dass ich jederzeit erreichbar bin, kann ich nicht versprechen. Doch wenn Sie eine Nachricht hinterlassen, rufe ich ganz sicher zurück.«

Isabelle lächelte still in sich hinein. Denn damit hatte sie nicht gesagt, wie schnell sie das tun würde. Falls sie heute noch ans Meer fahren sollte und ihr Handy unter ihrem Badehandtuch lag, könnte sich ihr Rückruf verzögern. Jedenfalls so lange, wie die Sonne brauchte, ihre vom Schwimmen nassen Haare zu trocknen.

5

Nach ihrem Besuch bei Chantal Lefèvre im Bürgermeisterbüro, wo sie gemeinsam den Pressetext aufgesetzt hatten, begegnete Isabelle vor dem *Hôtel de ville* dem alten Jules. Er verpflichtete sie umgehend zur Boule-Partie am Nachmittag. Genauer gesagt zum Pétanque, wie es hier traditionell gespielt wurde, mit *ped tanco,* mit geschlossenen Füßen.

Nichts würde es heute also werden mit dem Schwimmen im Meer. Aber morgen war auch noch ein Tag. Es war ein Privileg, dass sie vor Jahren als einzige Frau in den Kreis der Boule spielenden Männer aufgenommen worden war. Gelegentlich hatten sie es auch schon bereut, denn Isabelle gelang es immer wieder, ihnen die sprichwörtlichen Hosen auszuziehen. Weil sie aber wusste, was sich gehörte, und deshalb ihre Kombattanten nach dem Spiel ins *Café des Arts* zum Pastis einlud, kamen die Machos über diese Schande hinweg.

»Aber wir beide spielen zusammen«, sagte Jules. »Darauf bestehe ich, dann zeigen wir es den anderen.«

Sie hob lächelnd den Daumen. *»D'accord, on fait comme ça!«*

Der alte Mann ließ es sich nicht nehmen, ihr zwei Küsse auf die Wangen zu hauchen. Sie hielt vorsichtshalber die Luft an, denn Jules rauchte eine Gitane nach der anderen und roch wie ein Aschenbecher.

Isabelle wünschte ihm noch einen schönen Tag, dann schlenderte sie weiter in den Ort. Dass sie dabei an dem Souvenirladen *Aux saveurs de Provence* ihrer Freundin Clodine vorbeikam, war ihr bewusst. Auch dass sie mit hoher Wahrscheinlich-

keit von ihr erspäht und in ein längeres Gespräch verwickelt würde.
Genauso kam es: Wenige Minuten später saß sie neben Körben mit bunten Seifen und Kräutern der Provence an einem kleinen Bistrotisch. Vor sich ein Glas mit eisgekühltem *thé à la menthe.* Und eine Schale mit von Clodine selbst gebackenen Lavendelplätzchen. Normalerweise legte Clodine gleich mit dem neuesten Klatsch aus Fragolin los, der Isabelle zwar nicht interessierte, doch kurzweilig anzuhören war. Heute aber kam sie umgehend auf den mysteriösen Knochenfund zu sprechen, von dem sie erst vor wenigen Minuten erfahren habe.
Isabelle wunderte sich nicht, dass ihre Freundin schon Bescheid wusste. Eher, dass es so lange gedauert hatte. Denn Clodine entging fast nichts. Sie hatte ihre Ohren überall. Und ihre Blicke, so schien es, durchdrangen Wände.
Sie beugte sich neugierig nach vorne. »Nun erzähl schon!«, sagte sie. »Was sind das für Knochen?«
Isabelle zuckte mit den Schultern.
»Woher soll ich das wissen?«
»Weil Capitaine Briand heute früh in der *boulangerie* erzählt hat, dass du ihm den Fall weggeschnappt hättest, deshalb.«
Der Capitaine war eine Plaudertasche, dachte Isabelle. Warum konnte er nicht einfach die Klappe halten?
»Das stimmt so nicht«, stellte sie richtig. »Chantal Lefèvre hat ausdrücklich gebeten, dass sich die *Police nationale* um die Angelegenheit kümmert. Ich habe mich gewiss nicht darum gerissen, das kannst du mir glauben.«
»Klingt aber trotzdem aufregend. In Fragolin wurde noch nie ein eingemauertes Skelett gefunden ...«
»Bist du dir sicher?«, fragte Isabelle belustigt.
»Na jedenfalls nicht zu meinen Lebzeiten. Daran würde ich mich erinnern.«

Sich erinnern? Ihre Freundin dürfte tatsächlich fast alles im Gedächtnis haben, was sich in Fragolin *zu ihren Lebzeiten* Außergewöhnliches zugetragen hatte. Dafür brauchte es kein Stadtarchiv.

»Ist dir ein Fall bekannt«, fragte sie deshalb, »bei dem in unserem Dorf eine Person auf unerklärliche Weise verschwunden ist? Sagen wir mal in den letzten zehn bis zwanzig Jahren?«

In Clodines Gesicht drückte sich die Freude aus, gerade etwas Neues erfahren zu haben.

»Aha, so lange schätzt ihr also, dass der Mord zurückliegt …«

»Wie kommst du auf Mord?«

»Sonst wäre es doch kein Fall für die Polizei, und Briand würde sich nicht übergangen fühlen. Aber um deine Frage zu beantworten, in den letzten zehn bis zwanzig Jahren …« Clodine runzelte die Stirn. »Sagtest du Mann oder Frau?«

Isabelle lächelte nachsichtig.

»Sagte ich nicht. Weil wir es noch nicht wissen.«

»Das ist schlecht, das müsst ihr so schnell wie möglich herausbekommen.«

Isabelle war froh, dass sie diese Notwendigkeit schon selber erkannt hatten.

»Die alte Thérèse war mal verschwunden«, fiel Clodine ein. »Damals haben wir uns alle große Sorgen gemacht. *Le vieux Georges,* Gott hab ihn selig, glaubte, Thérèse sei von Waldgeistern entführt worden. Unser Pfarrer hat für sie im Gottesdienst gebetet …«

»Und?«

Clodine schüttelte den Kopf.

»Nein, Thérèse kommt als Skelett nicht infrage. Sie ist nach Wochen in Toulon wieder aufgetaucht. Der Himmel weiß, wie sie dort hingekommen ist. Einige Jahre später ist sie friedlich im Bett gestorben.«

Das hatte Clodine mit Apollinaire gemeinsam, dachte Isabelle, sie neigte zu sinnlosen Abschweifungen.
»Also ist nach deiner Erinnerung niemand verschwunden«, stellte Isabelle fest.
»Nun ja, ich habe einige Jahre bei einem Freund in Antibes gelebt. Da hatte ich definitiv andere Dinge im Kopf …« Clodine kicherte. »Aber als ich nach Fragolin zurückgekommen bin, weil der Typ letztlich doch eine einzige Enttäuschung war, ist mir kein Bewohner abgegangen.«
»Was ist mit dem Besitzer des Hauses, in dem das Skelett gefunden wurde? Kanntest du ihn?«
»Richard Levin? Natürlich kannte ich ihn. Mir entgeht doch kein alleinstehender Geschäftsmann aus Paris, der sich hier ein Ferienhaus zulegt.«
Isabelle glaubte ihr das sofort. Sie kannte den Jagdtrieb ihrer Freundin. Und wie nebenbei hatte sie gerade den Namen des Mannes erfahren.
»Richard sah gar nicht mal schlecht aus«, fuhr Clodine fort. »Er hat mich einige Male zum Abendessen eingeladen, sogar nach Saint-Tropez ins sündteure Byblos. Trotzdem konnte er bei mir nicht landen.«
»Warum?«
»Nun, er kam mir irgendwie … wie soll ich sagen … irgendwie schleimig vor. Wie ein Fisch, der einem aus der Hand glitscht. Ich mag Fische nur entgrätet auf dem Teller, aber nicht neben mir im Bett, wenn du verstehst, wie ich das meine.«
Isabelle dachte, dass sie den Vergleich nicht wirklich verstand. Nur so viel, dass dieser Richard Levin auf irgendeine Weise *haut goût* hatte.
»Apropos Byblos …« Clodine lachte. »Da fällt mir ein Vorfall ein, der ihm total peinlich war. Als er mit der Kreditkarte bezahlen wollte, stellte sich heraus, dass sie gesperrt war. Er hatte

nur die eine, jeder vernünftige Geschäftsmann hat doch mehrere Kreditkarten. Ein schleimiger Fisch mit einer gesperrten *carte de crédit* … So jemand ist nichts für mich.«
»Wann hast du ihn das letzte Mal gesehen?«
Clodine hielt sich entsetzt die Hand vor den Mund.
»*Mon Dieu*, hältst du es etwa für möglich, dass Richard das Skelett sein könnte? An diese Möglichkeit habe ich gar nicht gedacht.«
Isabelle lächelte.
»Halte ich für ausgeschlossen. Wann wart ihr im Byblos?«
»Vor einigen Jahren, kurz bevor du nach Fragolin gekommen bist. Ach so, ich verstehe, deshalb kommt er als Skelett nicht infrage, du sprachst ja von zehn bis zwanzig Jahren …«
»So ist es.«
»Aber … aber vielleicht hat Richard in seinem Haus eine Geliebte eingemauert? *Quelle horreur*, das gleiche Schicksal hätte mir vielleicht auch gedroht …«
Clodine war der Schrecken anzusehen. Sollte sie ihr sagen, dass die Knochen wahrscheinlich von einem Mann stammten?
»Da siehst du mal, wie gefährlich dein Lebenswandel ist«, erwiderte sie stattdessen.
Clodine griff zum Glas mit dem *thé à la menthe*.
»Ich habe plötzlich einen trockenen Mund … Aber … aber ganz so schlimm ist mein Lebenswandel nun auch nicht. Wer von uns beiden hat denn gleich zwei Männer? Das bist du, meine Liebe – ich dagegen sitze gerade auf dem Trockenen. Ist mir schon lange nicht mehr passiert …«
»Du wirst darüber hinwegkommen. Und was meine zwei Männer betrifft, der eine ist gerade abgetaucht …«
»Nicolas, dein schöner Maler. Du weißt also immer noch nicht, wo er sich rumtreibt?«
»Nein, will ich auch nicht wissen. Und der andere ist in London auf einer Kunstmesse …«

»Dein Rouven, immer unterwegs. Selber schuld, hättest ihn dir halt nicht aussuchen dürfen.«
Isabelle wusste, dass Clodine für Rouven schwärmte. Schon deshalb, weil ihr mit ihm nie passieren könnte, dass seine Kreditkarte gesperrt war. Rouven Mardrinac war ein schwerreicher Kunstmäzen, der meist weder Geld noch Plastikkarten dabeihatte. Er war so prominent, dass man ihn überall kannte, die Rechnungen wurden an sein Sekretariat geschickt. Sicher auch im Byblos. Es gab andere Hotels mit noblem Namen, da war es noch einfacher: Sie gehörten ihm, auch wenn das kaum einer wusste. Nicht einmal Clodine.
»Ist okay, so, wie es ist«, sagte Isabelle – und schob sich ein Lavendelplätzchen in den Mund.

6

Vor dem Boulespiel am Nachmittag entspannte sich Isabelle auf ihrer kleinen Dachterrasse im Liegestuhl unter ihrem Sonnenschirm mit der schon etwas verblichenen Reklame von Ricard. Sie liebte diesen privaten Rückzugsort, mit Blick über die roten Dächer von Fragolin hinaus ins weite hüglige Land – und dem Wissen, dass an klaren Tagen hinter den dichten Wäldern des *Massif des Maures* das blaue Meer zu sehen war. Vor allem bei Mistral war das der Fall, wenn der stürmische Wind aus dem Rhônetal den Dunst vom Himmel fegte. Dennoch mochte sie den pfeifenden Mistral nicht. Unter Einheimischen wurde er *vent du fada* genannt, der Wind, der verrückt macht. Zu napoleonischen Zeiten konnte einem Mörder die Todesstrafe erlassen werden, wenn ihm zur Tat der Mistral den Geist verwirrt hatte. Und wenn ein Kind gezeugt wurde, während draußen bei sternenklarer Nacht der provenzalische Sturmwind an den Fensterläden rüttelte, dann fürchtete der Volksmund, dass es schwachsinnig werden könnte.

Isabelle lächelte über sich selbst. Denn ebenso schwachsinnig war es, an schwülen, windstillen Tagen wie heute an den Mistral zu denken. Als ob es keine anderen Dinge gäbe, über die sie nachdenken könnte. Zum Beispiel über den Knochenfund und diesen »schleimigen Fisch« namens Richard Levin, von dem Clodine erzählt hatte. Doch das Skelett konnte warten, so lange jedenfalls, bis von der Rechtsmedizin in Toulon gesicherte Erkenntnisse vorlagen. Oder vielleicht sogar die Spurensicherung doch noch was herausbekommen hatte. Was sie allerdings nicht glaubte. Normalerweise legten sich die technischen Forensiker an Tatorten mächtig ins Zeug, suchten in ihrer weißen Schutzkleidung mit allerlei Spezialgerät nach Fingerabdrücken, genetischen Spuren und Hinweisen auf Blut. Im aktuellen Fall aber hatten sie vor allem rumgealbert und die Aussichtslosigkeit des Unterfangens betont. Das konnte sie sogar bis zu einem bestimmten Punkt verstehen. Vor allem weil der Fundort ganz offenbar nicht der Tatort war. Zudem war der Bauschutt rund um das Skelett auch nicht gerade hilfreich. Wo also sollte es Fingerabdrücke und Blutspuren geben, die einen Täter überführen könnten? Etwas mehr Arbeitseinsatz hätte sie dennoch erwartet. Nicht nur Witze über einen erschlagenen Legionär.

Wie auch immer, sie würde die Berichte abwarten und mit Apollinaire besprechen. In aller Ruhe. Es lohnte folglich nicht, sich hier und jetzt auf der Terrasse den Kopf darüber zu zerbrechen.

Ihr fiel das Gespräch mit Clodine ein. Ihre Freundin hatte nach Nicolas gefragt und ob sie wisse, wo er sein könnte. Isabelle schloss die Augen. Sie sah ihn vor sich: Nicolas de Sausquebord, groß und schlaksig, die langen Haare im Nacken zum Pferdeschwanz gebunden, fast immer komplett weiß gewandet. Trotz seiner Arbeit im Atelier braun gebrannt, weil er sich viele schöpferische Pausen an der frischen Luft gönnte. Seine Lippen umspielte häufig ein amüsiertes Lächeln. Aufgrund seiner höflichen und zurückhaltenden Art war er im Ort beliebt. Auch wenn man von ihm nicht viel wusste. Außer, dass er in seiner alten Bastide Bilder malte. Gesehen hatte noch niemand eines. Gekauft erst recht nicht. Man hielt ihn für eine sympathische, aber gescheiterte künstlerische Existenz. Wie er sich finanziell über Wasser hielt, war selbst Clodine ein Rätsel.

Isabelle schmunzelte. Natürlich hatte noch niemand in Fragolin von ihm ein Bild gekauft – weil sie unbezahlbar teuer waren.

Unter seinem Pseudonym CLAC erzielten Nicolas' großformatige Bilder bei internationalen Kunstversteigerungen Rekordpreise. Seine Identität war ein wohlbehütetes Geheimnis. CLAC war ein Mythos. Nur Rouven war hinter sein wahres Ich gekommen – und finanziell in der Lage, für seine *Fondation Mardrinac* gelegentlich einen echten CLAC zu erwerben, den er dann Museen als Leihgabe zur Verfügung stellte.

Was hatte sie, überlegte Isabelle, Clodine geantwortet? Dass ihr dieser Mann egal sei, dass es sie nicht interessierte, wo sich Nicolas gerade aufhielt? Das war natürlich gelogen! Immerhin waren sie ein Liebespaar ... gewesen. Würden sie je wieder zueinanderfinden? Sie konnte es sich nicht vorstellen, nicht nach dem, was passiert war.

Isabelle massierte sich die Schläfen. Als ob das gegen den Schmerz helfen könnte, den ihr Nicolas zugefügt hatte. Nein, kein Schmerz, revidierte sie ihren Gedanken. Schmerzen hatte sie im Leben schon ganz andere erlebt. Schreckliche, körperliche Schmerzen, die fast zu ihrem Tod geführt hätten. Aber was war es dann? Seelischer Schmerz? Auch den wollte sie nie mehr an sich heranlassen, das hatte sie sich nach den traumatischen Erlebnissen der Vergangenheit vorgenommen.

Sie stand auf und holte sich aus der Küche ein Glas Wein. Als sie wieder oben auf der Terrasse saß, stellte sie sich der Wahrheit. Nicolas hatte sie maßlos enttäuscht. So sehr, dass sie fast körperlich darunter litt – auch wenn sie sich dagegen wehrte.

Was war passiert? Nicolas hatte erzählt, er müsse nach Monte Carlo, um sich dort mit seinem New Yorker Galeristen zu treffen. Alles vom Feinsten. Mit einem Abendessen bei Alain Ducasse im Louis XV. Sie selbst war zur selben Zeit in Marseille. Die Suche nach einem Mordverdächtigen hatte sie in ein finsteres Viertel verschlagen. Dort war es geschehen ... Spät in der Nacht war plötzlich Nicolas vor ihr aufgetaucht. Mit einer

klapperdürren jungen Frau am Arm. Marseille war nicht Monte Carlo. Und die Frau mit den dünnen Beinen bestimmt nicht sein Galerist aus New York. Die beiden blieben im Licht einer Straßenlaterne stehen. Die Frau klammerte sich an ihn und küsste ihn … auf den Mund. Er legte einen Arm um ihre Schultern. Dann gingen sie weiter.
Isabelle erinnerte sich an ihre Schockstarre. Die beiden hatten sie nicht bemerkt. Als sie ihnen folgen wollte, waren ihr zwei üble Typen in die Quere gekommen, mit denen sie sich zuvor angelegt hatte. Sie hatte nicht lange gebraucht, sie auszuschalten – aber lange genug, um Nicolas und seine Freundin aus den Augen zu verlieren.
Wieder massierte sie sich ihre Schläfen. Das fehlte noch, dass sie wegen Nicolas Kopfschmerzen bekam. Isabelle rekapitulierte, was danach geschehen war. Mit der Wahrheit konfrontiert, gab Nicolas zu, sie angelogen zu haben. Eine Erklärung blieb er ihr trotzdem schuldig. Sie müsse ihm vertrauen, hatte er gesagt. Ähnliches stand später in einem Brief, den er ihr durch den Türschlitz geschoben hatte. Er müsse für einige Zeit weg, hatte er geschrieben. Weil er Geschehenes nicht ungeschehen machen könne und er seiner Verantwortung gerecht werden müsse. Was bitte hatte das zu bedeuten? Erklärte das, warum er mit einer seltsamen jungen Frau spätnachts durch Marseille zog? Es liege an ihr, ihm zu vertrauen, hatte er geschrieben. Damit verlangte er viel von ihr. Isabelle war Kommissarin der *Police nationale,* sie mochte keine Rätsel – und sie war es gewohnt, Dingen auf den Grund zu gehen.
Und jetzt? Nicolas war verschwunden. Sie hatte keine Ahnung, wohin. Dass es was mit der Frau aus Marseille zu tun hatte, lag auf der Hand. War sie jung genug, dass sie seine Tochter sein könnte? Das wäre die einzige Erklärung, die ihr einfiel. Aber Nicolas hatte keine Tochter, das glaubte sie sicher zu wissen. Zu

oft hatten sie sich an langen Abenden bei Kerzenschein und Wein darüber unterhalten, dass sie beide ein Leben ohne Kinder führten. Welche Vorteile es mit sich brachte – was aber auch fehlte. Wenn die Frau nicht seine Tochter war, wer war sie aber dann? Seine Freundin? Sie kannte ihn gut genug, um zu wissen, dass dieses Geschöpf keinesfalls seinen ästhetischen Vorstellungen entsprach.

Isabelle wusste nicht, was sie tun sollte. Einfach tatenlos abwarten, bis Nicolas irgendwann wieder auftauchte? Oder doch ihrem Naturell folgend Nachforschungen anstellen und versuchen, hinter Nicolas' Geheimnis zu kommen? Sie nahm einen Schluck vom Wein – und vertagte die Entscheidung auf morgen.

Isabelle war in ihrem Liegestuhl eingenickt, als sie vom Klingelton ihres Handys geweckt wurde. *Merde,* hatte sie die Verabredung zum Boulespiel verpasst? Der Blick auf das Display belehrte sie eines Besseren. Nicht der alte Jules war dran, der fragte, wo sie blieb, sondern Commandant Richeloin von der *Police nationale* in Toulon. Jules wäre ihr lieber gewesen.

Richeloin hatte die Fähigkeit, ohne höfliches Vorgeplänkel gleich mit der Tür ins Haus zu fallen. Er enttäuschte sie selten, auch heute nicht.

»*Madame le Commissaire*«, brüllte er ohne Begrüßung los, »ich glaube, Sie sind von allen guten Geistern verlassen. Ich muss schon sagen, Sie werden immer dreister. Wie kommen Sie dazu, Docteur Franell mit einem Haufen alter Knochen zu behelligen? Die Rechtsmedizin hat wirklich Wichtigeres zu tun …«

»Was zum Beispiel?«, konnte sich Isabelle diesen Einwurf nicht verkneifen.

»Zum Beispiel, zum Beispiel …«

Offenbar fiel ihm auf die Schnelle nichts Dramatisches ein.

»Ach was, wie komme ich überhaupt dazu, Ihnen darauf eine Antwort zu geben? Jedenfalls sind Sie nicht befugt, ohne Rücksprache mit mir die Rechtsmedizin und die Spurensicherung nach Fragolin zu beordern, um irgendwelche vergrabenen Gebeine in Augenschein zu nehmen.«

»Nicht vergraben, eingemauert«, korrigierte sie ihn.

»Hätten Sie mir einen Bericht geschickt, dann wüsste ich es. Ist außerdem egal.«

Isabelle lachte. »Ja, so ist das mit den Berichten. Man muss sie nicht nur schicken, sondern auch lesen. Mein lieber Commandant, wie oft kontrollieren Sie eigentlich Ihre Eingänge in der Mailbox?«

»Permanent, ich bin immer auf dem Laufenden …«

»Scheint mir nicht so, sonst würden Sie ja meinen Bericht kennen, der Ihnen schon vor Stunden zugegangen ist.« Sie hörte ihn schwer atmen. Wahrscheinlich öffnete er gerade seine Mailbox. »*Mon Commandant,* sind Sie noch da?«

»Natürlich bin ich da, wo soll ich sonst sein? Ähm, das mit dem Bericht nehme ich zurück … Sie müssen wissen, wir hatten heute Vormittag einen Systemausfall. Dumme Geschichte … Also ja, hier ist Ihr Bericht. Aber das ändert nichts an der Tatsache, dass Sie wieder einmal Ihre Befugnisse überschritten haben. Das ganze Tamtam wegen einiger Knochen. Madame, Sie treiben mich noch in den Wahnsinn.«

»Nichts lieber als das«, rutschte ihr heraus.

Er schnappte nach Luft.

»Wie bitte? Was haben Sie gerade gesagt?«

»Dass mir nichts lieber wäre, als Sie von der Wichtigkeit dieses Falls zu überzeugen.«

Isabelle fand immer mehr Gefallen an dem Gespräch.

»Ach so, da habe ich mich wohl gerade verhört. Aber was soll daran wichtig sein?«

»Die Leiche hat ein Loch im Kopf.«

»Das ist nicht wichtig. Was glauben Sie, wie viele Menschen schon an einer Kopfverletzung gestorben sind? Man muss nur unglücklich die Kellertreppe hinunterstürzen …«
»Oder einem wurde der Schädel eingeschlagen.«
»Soll auch vorkommen.«
Sie fragte sich, was Richeloin beeindrucken könnte. Auch wenn das im Grunde keine Rolle spielte, denn es bedurfte nur eines Anrufs in Paris, um ihre Handlung im Nachhinein von höchster Stelle zu sanktionieren.
»Stellen Sie sich mal vor, bei dem Toten handelt es sich um einen Clanchef der korsischen Mafia, der von Konkurrenten aus Marseille umgebracht wurde«, ließ Isabelle ihrer Fantasie freien Lauf.
»*Mon Dieu,* das halten Sie für möglich?«
»Möglich ist es«, bestätigte sie. »Auch wenn bislang keine gesicherten Erkenntnisse vorliegen.«
»Das lässt natürlich alles in einem anderen Licht erscheinen. Ein Bandenkrieg … das fehlte uns noch …«
Isabelle dachte, dass der Commandant leichtgläubig wie ein Kind war. Und völlig unlogisch in seinen Schlussfolgerungen.
»Davon steht natürlich nichts im Protokoll«, sagte sie. »Dieser Verdacht darf nicht nach außen dringen.«
»Natürlich nicht, das wäre eine Katastrophe. Bitte ermitteln Sie so unauffällig wie möglich.«
»Genau das habe ich vor, *mon Commandant.*«
»*Très bien,* und sobald Sie Genaueres wissen, berichten Sie direkt an mich.«
»Selbstverständlich. Das kann aber dauern, gerade weil wir sehr unauffällig ermitteln.«
Dass sie dabei breit grinste, konnte Richeloin nicht sehen.
»Nehmen Sie sich die Zeit, die Sie brauchen. *Bonne chance et au revoir.*«

Isabelle legte das Handy zur Seite. Jetzt hatte sie von der Zentrale in Toulon doch tatsächlich die offizielle Anweisung erhalten, sich Zeit zu lassen. Genau das hatte sie sowieso vorgehabt. Und höflich verabschiedet hatte sich Richeloin auch noch. So gesehen war das Gespräch ein voller Erfolg. Jetzt musste sie nur noch beim Boule gewinnen, nicht für sich, aber um Jules eine Freude zu bereiten, dann war alles in Ordnung.

7

Am nächsten Vormittag dachte Isabelle, dass es Zeit war, sich wieder einmal in Paris zu melden. Denn nicht Richeloin war ihr Vorgesetzter, auch wenn er sich das gerne einredete, sondern Maurice Balancourt, der als graue Eminenz die Geschicke der *Police nationale* bestimmte und den Kontakt zu den verschiedenen Ministerien und zum Élysée pflegte. Zwar hatte sie seine direkte Durchwahl, aber viel lieber wählte sie den Weg über sein Vorzimmer. Denn dort saß mit Jacqueline eine liebe Freundin. Mit ihr verstand sich Isabelle viel besser als mit Clodine, die ihr im Grunde zu oberflächlich war. Aber Clodine kannte sie halt schon aus der Kindheit, da legte man andere Maßstäbe an. Jacqueline dagegen hatte eine exzellente Ausbildung genossen und wäre zu sehr viel mehr qualifiziert, als Maurice Balancourt abzuschirmen. Doch der Alte ließ sie nicht gehen. Er vertraute ihr blind. Umgekehrt hatte auch Jacqueline einen Narren an ihm gefressen. Sie mochte seinen spröden Charme. Solange er trotz seines hohen Alters noch arbeitete, würde sie ihm die Treue halten. Genauso wie Isabelle, die ihm viel verdankte. Er hatte nicht nur ihre Karriere in den Spezialkommandos begleitet und gefördert, vor allem hatte er ihr später durch schwere Zeiten geholfen – und letztlich ermöglicht, an ihren Geburtsort Fragolin zurückzukehren und hier ein kleines Kommissariat zu führen, das er extra für sie gegründet hatte. Ein Kommissariat für besondere Aufgaben. Welche das waren, entschieden nur sie beide.

Jacqueline war sofort am Telefon und freute sich über ihren Anruf. Sie könnten sich Zeit nehmen, sagte sie, denn Maurice

sei auf dem Golfplatz. Zusammen mit einem Staatssekretär des Innenministeriums. Das würde dauern.
Es blieb nicht aus, dass Jacqueline nach Nicolas fragte. Sie wisse nichts Neues, antwortete Isabelle. Jacqueline gab sich mit dieser Antwort zufrieden. Sie kam auf die *Villa de la Paix* zu sprechen, einem Heim für Opfer häuslicher Gewalt, das Isabelle auf ihre Initiative hin in Fragolin ins Leben gerufen hatte, um jungen Müttern und ihren Kindern unbeschwerte Wochen der Erholung zu bieten. Weit weg von ihren Peinigern in Paris. Derzeit stand die Villa der Frauen leer. Weil aufgrund tragischer Umstände alle abgereist waren. Aber Jacqueline machte ihr Hoffnung, dass in einigen Monaten wieder Frauen eintreffen würden. Die ersten Anmeldungen lägen bereits vor. Isabelle wollte es erst glauben, wenn es wirklich dazu kam.
Fast hätte sie den Grund ihres Anrufs vergessen. Sie bat Jacqueline, Maurice vom Fund eines Skeletts in Fragolin zu erzählen. Sie habe auf Wunsch der Bürgermeisterin den Fall übernommen. Apollinaire schicke ihr später einen vorläufigen Bericht, den sie Maurice vorlegen könne. Aber wahrscheinlich werde er sich keine Sekunde dafür interessieren – und sich wieder einmal fragen, ob Isabelle denn wirklich nichts Besseres mit ihrer Zeit anzufangen wisse. In Paris würden anspruchsvollere Aufgaben auf sie warten. Isabelle wusste, dass diese ewig auf sie warten konnten.

Nach dem Telefonat, das sie noch von zu Hause geführt hatte, machte sie einen Spaziergang zu Nicolas' Haus. Als ob sie sich davon überzeugen wollte, dass er wirklich weg war. Was natürlich albern wäre, denn das war klar. Sie linste durch einen Spalt zwischen zwei Brettern in die Scheune, in der sein alter Jaguar stand, den er so gut wie nie bewegte. Er sollte eine Decke drüberlegen, sonst tat das der Staub für ihn. Das große Tor zu seinem Atelier war mit Schlössern mehrfach gesichert. Auch entdeckte sie eine Überwachungskamera, die war neu. Ob er sie jetzt gerade sehen konnte? Von wo auch immer? Sie widerstand der Versuchung, ihm zuzuwinken. Dafür fehlte jeder Anlass.

Isabelle ging hinter das Haus in den großen Garten, den Nicolas mit Absicht verwildern ließ. Olivenbäume, Flieder, Hibiskus, Zypressen, Glyzinien ... und Unkraut. Sie teilte seine Ansicht, dass so alles viel schöner aussah. Verwitterte Gartenmöbel standen herum, eine Hängematte – und zwischen den Büschen abstrakte Skulpturen aus rostigem Eisen. Auch mal ein bizarrer Kopf, aus Stein gemeißelt, mit grünen Augen und Haaren aus Drahtgeflecht. Aus einem Fass ragten zwei bunt bemalte Holzbeine, als ob jemand kopfüber drinstecken würde. Wüsste ein Kunstsammler, dass all diese Objekte von CLAC stammten, sie wären spätestens morgen weg. Sie setzte sich auf eine Holzbank und dachte an viele schöne Stunden, die sie in diesem verwunschenen Paradies mit Nicolas verbracht hatte. Ob sie je wiederkommen würden?

Ihr Handy klingelte. Richeloin? Nein, Gott sei Dank nicht.

»*Bonjour, Madame*«, wurde sie von Apollinaire begrüßt. »Ich wollte nur mal kontrollieren, ob Sie wirklich telefonisch erreichbar sind, falls ich Sie mal brauchen sollte.«

Ihr Assistent wurde immer wundersamer, dachte sie. Wie viele Fälle hatten sie schon gemeinsam gelöst? Zehn ganz bestimmt. Und bisher war sie immer telefonisch erreichbar gewesen. Bis auf wenige Ausnahmen, doch da hatte man sie außer Gefecht gesetzt, dafür konnte sie nichts.

»Und? Brauchen Sie mich?«

»*Mais non*, natürlich nicht. Wie gesagt, ich wollte nur die Probe aufs Exempel ... also, Sie wissen schon, man könnte auch sagen, einen Versuchsballon steigen lassen … *Alors,* ich hoffe, ich habe Sie nicht bei was Wichtigem gestört.«

Sie blickte auf ein Windspiel aus Bambusstäben und einer Kokosnussschale.

»Nein, haben Sie nicht. Gibt's was Neues aus Toulon?«

»Was Neues? Ach so, richtig. Docteur Franell hat erste vorläufige Ergebnisse der forensischen Leichenschau …« Apollinaire hüstelte. »Also richtiger gesagt, der Knochenschau geschickt. Soll ich Ihnen den Obduktionsbericht vorlesen?«

»Bitte nicht …«

»Vielleicht eine mündliche Zusammenfassung?«

Im Prinzip war das eine gute Idee, dachte sie. Aber bei Apollinaires Hang zur Weitschweifigkeit war die Zusammenfassung am Schluss womöglich länger als der Ausgangstext.

»Nein, auch das nicht. Ich komme später im Kommissariat vorbei und lese den Bericht selber.«

»Das ist eine vorzügliche Idee. Bei der Gelegenheit können Sie sich auch mein Chart anschauen, auf dem ich die wichtigsten bislang vorliegenden Ergebnisse anschaulich zusammengestellt habe.«

Anschaulich? Darauf war sie gespannt.

»Je suis curieuse. À tout à l'heure!«

Sie machte einen Umweg und lief an der Baustelle vorbei, wo sie vorgestern hinter einer Mauer das Skelett entdeckt hatten. Die Abbrucharbeiten gingen rasch voran. Es war eben viel einfacher, etwas zu zerstören als aufzubauen. Das traf nicht nur auf Gebäude zu, sondern galt auch für partnerschaftliche Beziehungen. Sie aufzubauen erforderte viel Einfühlungsvermögen und Vertrauen und brauchte seine Zeit. Zerstören ließen sie sich in wenigen Sekunden – da reichte eine einzige unheilvolle Begegnung im nächtlichen Marseille. Vor allem, wenn man wie Nicolas danach jede Begründung verweigerte.

Isabelle schüttelte unwillig den Kopf. Jetzt war sie mit ihren Gedanken schon wieder bei ihm ... Das durfte nicht sein. So wichtig war er nun doch nicht.
Sie blickte sich um. Die Häuser in der Nachbarschaft waren nicht allzu weit entfernt. Vielleicht erinnerte sich jemand an einen Vorfall vor über zehn Jahren? Oder an Besucher, die Richard Levin regelmäßig empfangen hatte? Sie würde Apollinaire bitten, sich mal umzuhören.
Fünfzehn Minuten später betrat sie das Kommissariat. Mitten im Raum stand das Flipchart mit Apollinaires grafischem Meisterwerk. Schon in dieser frühen Phase der Ermittlungen war ihm ein Höchstmaß an Verwirrung gelungen. Rund um das Skelett gruppierten sich geheimnisvolle Abkürzungen, die mit farbigen Linien und Pfeilen verbunden waren. Sogar Handschellen gab es, die als solche zu erkennen waren: über dem Namen Richard Levin. Als ob ihn Apollinaire bereits der Tat überführt hätte.
»Da haben Sie sich ja wirklich ins Zeug gelegt«, konstatierte Isabelle.
Apollinaire stützte die Hände in die Hüften und nickte zufrieden.
»Ja, ich denke, die wesentlichen Fakten kommen gut rüber, auch die vielfältigen Interdependenzen.«
Sie verstand nicht, was er meinte. Aber sie hütete sich, nachzufragen.
»Den Namen des Hausbesitzers haben Sie also herausgefunden ...«
»War nicht schwer.«
»Halten Sie ihn für schuldig, oder warum haben Sie ihm Handschellen angedeihen lassen?«
»Nein, er hat ein Alibi.«
Sie warf ihm einen fragenden Blick zu.
Apollinaire kratzte sich am Hals.

»*Pardon, Madame,* natürlich hat er kein Alibi. Aber er hätte eines, wenn der Mord aktuell erfolgt wäre … Was ich sagen will, Richard Levin sitzt in einem Pariser Gefängnis. Sechs Jahre wegen Steuerbetrugs. Deshalb die Handschellen. Ich hätte auch ein Gefängnisgitter zeichnen können … Wäre vielleicht weniger missverständlich.«
Isabelle nickte. Aber nicht wegen des Gefängnisgitters.
»Wir kennen weder das Opfer noch die Hintergründe, aber als Tatverdächtiger kommt Levin in Betracht. Sie sollten ihn genauer unter die Lupe nehmen.«
»Steht ganz oben auf meiner Prioritätenliste, deshalb die drei Sterne hinter seinem Namen. Richard Levin hat als Anlageberater gearbeitet. Offenbar hatte er nicht den besten Ruf. Ergo sind viele Szenarien denkbar. Zum Beispiel könnte er einen Klienten, dem er Geld schuldete, hinter seiner Garage entsorgt haben. Oder …«
Isabelle winkte ab.
»Bevor Sie sich in wilde Spekulationen verstricken, sollten wir uns an den Fakten orientieren. Drei Sterne bedeutet also, dass Sie ihm auf den Zahn fühlen werden. Wenn Sie es für nötig erachten, können Sie nach Paris fahren und ihn dort verhören.«
Er sah sie entsetzt an.
»Nach Paris? Ich?«
Wahrscheinlich erinnerte er sich an seinen letzten Einsatz in Paris. Und daran, was ihm dort alles widerfahren war.
»Ich denke, das wird nicht nötig sein«, sagte er.
Isabelle ließ sich den Obduktionsbericht von Docteur Franell geben und überflog ihn.
»Unser Opfer war also tatsächlich ein Mann«, stellte sie fest. »Alter: zwischen vierzig und fünfzig. Größe: ein Meter achtzig. Zu Tode gekommen vor etwa zehn Jahren. Also nicht zwölf, wie Franell zunächst angenommen hatte. Arthrose im linken Knie. Zwei Zahnkronen, nicht billig.«

»Besser hätte ich es nicht zusammenfassen können«, murmelte Apollinaire.

»Eine Besonderheit gibt es …«

»Ich weiß, ihm fehlt an der linken Hand ein Finger. Das sieht man sogar auf meinen Fotos. Man muss nur genau genug hinschauen.«

»Jetzt wissen wir also, nach wem wir suchen müssen.«

»Genau, an den fehlenden Finger wird sich doch jemand erinnern können? Vielleicht war er Schreiner … die Kreissäge, Sie wissen schon.«

»Oder ein Mitglied der Yakuza«, sagte Isabelle im Spaß.

Er riss die Augen auf.

»Madame, Sie sind genial. Das Abschneiden eines Fingers zählt bei der japanischen Mafia zu den gängigen Ritualen.«

Sie lachte.

»Apollinaire, Sie schauen zu viele Filme.«

»Ich bilde mich fort, das ist was anderes.«

»Gibt's in Fragolin einen *dentiste,* der teure Zahnkronen herstellen kann?«

»Ich kenne nur einen Zahnarzt, der hat mir letztes Jahr einen Weisheitszahn gezogen. Hat fürchterlich wehgetan. Ich werde ihn mal fragen, aber er macht den Eindruck, als ob er zu sehr viel mehr nicht fähig wäre.«

»Bitte befragen Sie alle Nachbarn rund um die Abbruchvilla …«

»Madame, bitte werfen Sie einen Blick auf mein Chart. Dort sehen Sie kleine Häuschen mit jeweils zwei Sternen. Die Nachbarn stehen also bereits auf meiner Prioritätenliste.«

Apollinaire schien tatsächlich nichts übersehen zu haben, dachte Isabelle. Sie sollte an ihrem Vorsatz festhalten und ihn einfach mal machen lassen. Commandant Richeloin hatte sie geradezu aufgefordert, sich Zeit zu lassen. Ob sie Apollinaire von der haarsträubenden Geschichte erzählen sollte, die sie dem Commandant aufgetischt hatte? Besser nicht, sonst hielt er es tatsächlich für möglich. Als ob ein Bandenkrieg zwischen der korsischen und Marseiller Mafia nicht schlimm genug wäre, mischten jetzt womöglich noch japanische Yakuzas mit. *Quelle catastrophe!*

Ihren »Arbeitstag« beschloss Isabelle noch vor zwölf Uhr bei Chantal Lefèvre im Bürgermeisterbüro. Dabei stellte sie zweierlei fest: Erstens schmeckte der *café au lait* deutlich besser als einen Stock tiefer im Kommissariat. Sie würde Apollinaire bitten, herauszufinden, woran das lag. Zweitens, dass die lokale Tageszeitung *Var-Matin* sich kaum hätte kürzer fassen können. Der Bericht über den Knochenfund war nur wenige Zeilen lang. Sogar die Überschrift war erstaunlich unspektakulär: *Découverte des os pendant les travaux de démolition*. Knochenfund bei Abbrucharbeiten … Weder wurde der eingeschlagene Schädel erwähnt, noch, dass die *Police nationale* in diesem Fall ermittelte. Besser ging es nicht. Eigentlich entsprach der Text ziemlich genau der Pressemeldung, die sie gemeinsam mit Chantal aufgesetzt hatte. Blieb nur zu hoffen, dass kein Journalist dahinter eine größere Geschichte witterte und ihnen auf die Pelle rückte. Chantal wollte mit Capitaine Briand reden. Er solle keine Gerüchte in die Welt setzen und besser die Klappe halten. Schließlich sei das auch in seinem Sinne. So könne niemand die Autorität der *Gendarmerie nationale* anzweifeln und sich die Frage stellen, warum nicht er die Ermittlungen leitete.
Das war's dann. Mehr gab es nicht zu besprechen. Chantal hatte den Tisch voller Arbeit. Isabelle dagegen das Gefühl, für den Moment alles erledigt zu haben. Es wurde höchste Zeit, das Weite zu suchen.

8

Schon die Fahrt hinunter ans Meer war für Isabelle pure Lebensfreude. In ihrem alten Ford Mustang, mit offenem Verdeck und blubberndem Achtzylinder, cruiste sie über die kurvige Straße durch die dichten Wälder. An einer Stelle hatte ein Brand eine breite Schneise geschlagen, durch die man bereits die Küste sehen konnte. Der Fahrtwind fuhr ihr durch die Haare. Im Radio hatte sie eine CD mit französischen Chansons. Charles Trenet sang einen Klassiker aus den Vierzigerjahren: *La mer, qu'on voit danser le long des golfes clairs, à des reflets d'argent, la mer …* Isabelle musste lächeln. Sie hielt sich für eine taffe Frau, die nach außen wenig Emotionen zeigte. Aber hinter der Fassade gab es noch eine andere Isabelle. Die konnte wie gerade eben ein schmalziges Lied mitsingen. War ja keiner da, der sie dabei ertappen konnte.

Weil sie den ganzen Nachmittag zur freien Verfügung hatte, würde sie nicht an ihren Lieblingsstrand fahren, sondern das tun, was sie am liebsten tat: die Leinen lösen und mit dem alten Fischerboot, das sie von Thierry geerbt hatte, gemächlich hinaus aufs Meer tuckern. Nirgendwo konnte sie besser entspannen.

Einige Radfahrer kamen entgegen, die sich über die Hügel des *Massif des Maures* quälten. Mit etwas Glück schafften sie es noch rechtzeitig zum Mittagstisch bei *Jacques* oder im *Café des Arts*. Sehr viel mehr Alternativen gab es nicht in Fragolin.

Sie selbst hatte neben der obligatorischen Baguette eine kleine Kühltasche im Kofferraum. Zwei Flaschen Evian, eine *terrine forestière*, provenzalischen Ziegenkäse, Tomaten, Weintrauben, Oliven … und, nun ja, eine Flasche Rosé, sie musste sie ja nicht austrinken.

Eine gute Stunde später schaukelte sie bereits auf den Wellen. Ihr *pointu*, wie diese traditionellen Holzboote in der Provence genannt wurden, hatte ein Lateinersegel, das sie aber nur selten setzte. Der Schiffsdiesel tuckerte zuverlässig vor sich hin. Thierry hatte das Boot liebevoll restaurieren lassen, es war in einem perfekten Zustand. Sie achtete darauf, dass es das auch blieb. Bis hin zu den typischen Details, deren Bedeutung nicht jeder kannte. So war der an einen Phallus erinnernde Bugspriet an der Spitze rot lackiert. Laut Thierry ein Ausdruck männlicher Stärke. Sie sah keinen Grund, das zu ändern.
Sie umrundete einen kleinen Felsen und ankerte an einer windgeschützten Stelle. Dann sprang sie ins Meer und kraulte los. Ohne Badeanzug, aber mit Flossen. Thierry hatte mal gesagt, so sehe sie aus wie ein Fischweib aus der Fabel oder wie eine Meerjungfrau. Das mit der Jungfrau stimmte schon mal nicht.
Später lag sie nackt an Deck und ließ das Salzwasser auf der Haut von der Sonne trocknen. Dermatologisch war das mindestens so unvernünftig wie aus ökologischer Sicht ein altes amerikanisches Cabrio mit einem Sprit saufenden Achtzylinder zu fahren. Doch ein rundum vernünftiges Leben war nun mal nicht nach ihrem Geschmack.
Einige Minuten später dachte sie an nichts mehr: Die Wellen hatten sie in den Schlaf geschaukelt. Die Sonne war sie gewohnt, einen Sonnenbrand würde sie nicht so schnell bekommen. Und der Anker war schwer genug, dass das Boot sicher am Platz blieb.

Geweckt wurde sie durch ihr Handy. Sie brauchte einige Sekunden, um sich zu orientieren – und dann das *portable* unter ihrem Badehandtuch zu finden. Sie erwartete, dass Apollinaire dran war. Wenn er nur zu seiner Beruhigung wissen wollte, ob sie auch dranging, würde sie ihn … erwürgen. Andererseits war es ihre Schuld, dass sie nicht auf stumm gestellt hatte.
In der Sonne konnte sie auf dem Display die Nummer nicht erkennen. Nur so viel, dass sie mit einer ausländischen Vorwahl begann. Also nicht Apollinaire.
Weil sie jetzt schon mal wach war und das *portable* in der Hand hielt, konnte sie das Gespräch auch entgegennehmen. Und dann halt jemand anderen … erwürgen.
»Allô, qui parle?«, meldete sie sich kurz angebunden.
»*C'est moi, Nicolas.* Ich bin so froh, dass ich dich erreiche.«
Sie konnte nicht glauben, dass er es war. Nun ja, zum *Erwürgen* kam er gerade gelegen.
»Nicolas? Mit dir habe ich nicht gerechnet.«
»Ich kann dir alles erklären …«
Das war, dachte sie, die dümmste Floskel seit Bestehen der Menschheit.
»Aber nicht jetzt. Ich muss mich kurzfassen, und ich darf nur dieses eine Telefongespräch führen. Neben mir steht ein *gardien* und hört alles mit. Ich stecke in Schwierigkeiten, ich bitte dich, du musst mich hier rausholen.«
Isabelle fuhr sich durch die noch nassen Haare. Entweder hatte sie einen Sonnenstich, oder sie war gerade schwer von Begriff.
»Wo bist du? Und wo soll ich dich rausholen?«
»Ich bin in Marokko. Genauer gesagt im *Nouvelle prison de Marrakech*. In Untersuchungshaft.«
»Dann solltest du besser einen Anwalt anrufen als mich«, stellte sie konsterniert fest. »Was hast du angestellt?«
»Nichts Schlimmes …«

Nicolas brach ab. Sie hörte ein Stimmengewirr.
Eine fremde Stimme in herrischem Ton: »*Ça suffit maintenant! Fin de conversation!*«
Doch Nicolas wollte weitersprechen.
»*Non, non*, ich bin noch nicht fertig …«
»*Ta gueule!*«
Dass er das Maul halten solle, verstand sie noch. Danach war die Leitung tot.
Das war definitiv das kürzeste Gespräch, das sie mit Nicolas je geführt hatte. Und gleichzeitig das verwirrendste. Marokko, Marrakesch, Untersuchungshaft …
Sie versuchte zurückzurufen. Niemand ging ran.
Er stecke in Schwierigkeiten, hatte Nicolas gesagt. Wenn man in einem marokkanischen Gefängnis saß, war das sicher keine Übertreibung. Er hatte sie gebeten, ihn dort rauszuholen. Wie um Himmels willen stellte er sich das vor? Und warum sollte sie das überhaupt versuchen? Nach allem, was passiert war. Ohne ein Wort der Erklärung … Nun ja, dazu hatte er am Telefon offenbar gerade wirklich keine Gelegenheit gehabt. Aber seit Marseille war genug Zeit vergangen, in der er es hätte tun können. »Nichts Schlimmes« habe er angestellt. Das war was anderes, als wenn man gar nichts angestellt hatte, also völlig unschuldig war. Selbst dann wäre es möglich, in einem marokkanischen Gefängnis zu landen, das wusste sie. Bei einem tatsächlichen Gesetzesverstoß, wie wenig *schlimm* auch immer, steckte man wirklich in ernsten Schwierigkeiten. Sie blieb bei ihrer ersten Reaktion: Es wäre für ihn klüger gewesen, einen Anwalt anzurufen. Fakt aber war, dass er es nicht getan und sich stattdessen bei ihr gemeldet hatte. Jetzt könnte sie seinen Hilferuf einfach ignorieren, sich auf den Bauch rollen und in der Sonne weiterdösen … Nein, natürlich konnte sie das nicht. *Quelle merde*. Jetzt hatte Nicolas ihr den schönen Nachmittag verdorben.

9

Nachdem sie sich was übergezogen und den Anker eingeholt hatte, steuerte sie das Boot auf direktem Weg zum *petit port,* in dem sie ihren Liegeplatz hatte. Mit der einen Hand hielt sie die Pinne, mit der anderen rief sie Jacqueline in Paris an und fragte nach einer Telefonnummer. Obwohl sie gegenüber Jacqueline keine Geheimnisse hatte, verschwieg sie den Grund. Aber sie versprach, die Erklärung nachzuliefern.

Während ihrer früheren Tätigkeit in der Antiterroreinheit des Innenministeriums hatte es auch streng geheime Operationen im Ausland gegeben. Damals hatte sie einen Kontakt im marokkanischen Geheimdienst DST, *Directoire de Sécurité du Territoire:* Rachid Bouazza. Mit ihm hatte sie sich später einige Male außerdienstlich getroffen, wenn er in Frankreich war. Er hatte Fotos seiner Familie gezeigt und von einer Dattelplantage erzählt, die er gekauft hatte für seine Zeit im Ruhestand. Jacqueline brauchte nicht lang, um seine Telefonnummer rauszusuchen. Isabelle bedankte sich – und ihre Freundin wünschte ihr *bonne chance.* Ohne zu wissen, wobei und wofür sie ihr viel Glück wünschte.

Auf den letzten Metern vor dem Hafen bereitete sie sich normalerweise auf das Anlegemanöver vor. Nicht immer schaffte sie es auf Anhieb, den *pointu* in die vorgesehene Lücke am Steg zu steuern. Wenn sie Glück hatte, war jemand da, dem sie eine Leine zuwerfen konnte. Heute dagegen war sie mit ihren Gedanken ganz woanders: bei Nicolas, in Marrakesch … und was der Grund für seine Inhaftierung sein könnte. Sie war also nicht bei der Sache – und umso erstaunter, als sie plötzlich wie von selbst perfekt angelegt und das Boot festgemacht hatte. Was wieder mal bewies, dass manche Dinge leichter von der Hand gingen, wenn man sich nicht übermäßig darauf konzentrierte. Zum Prinzip sollte man es sich dennoch nicht machen.

Isabelle nahm aus der Kühltasche die Flasche Rosé, entkorkte sie und goss sich ein Glas ein. Auf einem Kissen sitzend und mit dem Rücken gegen den Mast gelehnt, fragte sie sich zum wiederholten Male, was Nicolas angestellt haben könnte. Sie kannte ihn als freundlichen und gesetzestreuen Menschen, der Konflikten gerne aus dem Weg ging. Der seine Aggressionen, wenn er denn überhaupt welche hatte, in seinen Kunstwerken auslebte. Der … sie hielt inne und nahm einen Schluck vom Wein. Der … aber offensichtlich ganz anders war, als er den Anschein gab. Der seine Geheimnisse hatte – und, wie es schien, eine dunkle Seite. Der Nicolas, den sie kannte, den sie zu kennen geglaubt hatte, wäre wohl kaum in Marokko im Gefängnis gelandet. Vor allem hätte er ihr zuvor von seiner Reise erzählt. Jener Nicolas wäre ihr aber auch nicht nachts in Marseille in Begleitung einer jungen Frau über den Weg gelaufen …

Was brachte es, länger darüber nachzudenken? Sie gab sich einen Ruck und wählte die Nummer, die ihr Jacqueline gegeben hatte. Die neben ihr vertäuten Boote waren menschenleer. Sie hatte keine Mithörer.

Als Rachid Bouazza mitbekam, dass seine alte Freundin Isabelle dran war, begrüßte er sie überschwänglich. Wie lange sie schon nichts mehr voneinander gehört hätten, fragte er. Jedenfalls viel zu lange. Er habe gehört, dass sie sich in die Provence zurückgezogen habe. Eine gute Entscheidung. *Une très, très bonne décision!* Auch er habe seinen Dienst quittiert und kümmere sich fast nur noch um seine Dattelplantage und um seine Enkelkinder. Das ruhige Leben – sie hätten es sich beide mehr als verdient.

Isabelle klärte ihn auf, dass sie dafür nun doch zu jung sei. Er entschuldigte sich tausendmal, natürlich nicht, sie könne ja seine Tochter sein. *J'étais impoli, je m'excuse.* So unhöflich wollte er nicht sein, er meinte nur nach allem, was sie durchgemacht habe …
Lachend erwiderte sie, dass er ja recht habe. Ihre Tätigkeit als Kommissarin in einem südfranzösischen Provinznest komme einem Ruhestand schon ziemlich nahe. Deshalb rufe sie aber nicht an, um ehrlich zu sein, habe sie eine private Bitte.
»Eine private Bitte?«, wiederholte er. »Natürlich gerne, aber wie könnte ich dir helfen?«
Genau das fragte sie sich eben auch. Sie hatte nicht damit gerechnet, dass er bereits pensioniert war.
»Ein guter Bekannter, er lebt wie ich in Fragolin, hat mich gerade aus einem Gefängnis in Marrakesch angerufen. Er klang ziemlich verzweifelt. Ich weiß nicht, wie er dort hingekommen ist und was er sich hat zuschulden kommen lassen. Bevor er es mir erklären konnte, wurde die Verbindung unterbrochen.«
»Das hört sich nicht gut an.«
»Du hast doch sicherlich noch Kontakte?«
»Natürlich habe ich die. Aber ich habe keinen Einfluss mehr, ich bin nicht mehr im Spiel, wenn du verstehst.«
Isabelle verstand. Sehr viel würde er also nicht für sie tun können.
»Aber du könntest vielleicht herausfinden, was man ihm vorwirft und wie seine Chancen sind, bald wieder auf freiem Fuß zu sein.«
»Doch, ich denke, das könnte ich in Erfahrung bringen. Du sagtest, der Mann sei ein guter Bekannter von dir. Darf ich fragen, wie gut?«
Isabelle zögerte.
»Weiß ich gerade selber nicht.«

»Klingt kompliziert.«
»Ist es auch.«
»Spielt ja auch keine Rolle. Wie ist sein Name?«
»Er heißt Nicolas de Sausquebord, er ist Maler …«
»Anstreicher?«
»Nein, er malt Bilder. Er wohnt wie ich in Fragolin. Angerufen hat er aus dem *Nouvelle prison de Marrakech*. Er befinde sich in Untersuchungshaft, hat er gesagt. Mehr weiß ich nicht.«
»Nicolas de Sausquebord«, wiederholte er. »Ein eigenartiger Name. Den französischen Adel habe ich noch nie verstanden. Vor allem, warum es noch so viele davon gibt. Früher habe ich geglaubt, sie wären alle unter der Guillotine geköpft worden …«
Sie dachte, dass er vom Thema abkam.
»Na egal. So kann es wenigstens zu keiner Verwechslung kommen. Sobald ich was weiß, rufe ich zurück. Aber du musst mir deine Nummer geben, ich kann sie auf meinem Display nicht sehen.«
Das konnte er natürlich nicht. Ihr Diensthandy war verschlüsselt.
»Schicke ich dir sofort per SMS. Rachid, du bist ein Schatz.«
»Sagt meine Frau auch immer. Langsam glaube ich es selber.«

Auf der Rückfahrt nach Fragolin hing sie ihren Gedanken nach. Sie erinnerte sich an einen Fall, der Jahre zurücklag und bei dem sie eng mit Rachid Bouazza zusammengearbeitet hatte. Damals ging es grenzüberschreitend darum, ein islamistisches Terrornetzwerk zu zerschlagen. Das lag gleichermaßen im Interesse von Paris und Rabat. Weshalb Spezialeinsatzkräfte beider Länder kooperierten. Natürlich im Geheimen. Die Öffentlichkeit erfuhr nichts davon. Damals fungierte Rachid Bouazza als Verbindungsoffizier zwischen dem marokkanischen Geheimdienst DST und dem französischen DCRI. Die *Direction centrale du renseignement intérieur* unterstand dem Innenministerium, wodurch sie ins Spiel kam. Leider hatten sie damals nur einen Teilerfolg erzielen können. Aber so war das in ihrem früheren Job. Es kam nur selten vor, dass man einen Auftrag wirklich zu Ende brachte. Irgendwie ging es immer weiter – oder wieder von vorne los. Im Vergleich dazu war ihre Tätigkeit als Polizeikommissarin tatsächlich eine milde Form des Vorruhestands. Man hatte ihn ihr sogar angeboten, nach dem Bombenattentat am *Arc de Triomphe*, bei dem sie fast draufgegangen war. Doch dazu fühlte sie sich wirklich zu jung. Jetzt übernahm sie Kriminalfälle, bei denen es nicht um die Staatssicherheit ging – und wenn sie abgeschlossen waren, konnte sie die Akte tatsächlich schließen. Ein Ende war dann ein Ende. Das war weit weniger frustrierend. Und ungefährlicher zudem.

Isabelle dachte an den aktuellen Knochenfund. Der könnte sich zwar auch noch als frustrierend herausstellen, nämlich dann, wenn bei den Ermittlungen nichts herauskam. Aber selbst dann könnten sie die Akte schließen und im Archiv verstauben lassen. Dem Innenministerium wäre es egal. Dem Skelett vermutlich auch. Nur Apollinaire wäre geknickt. Und, um ehrlich zu sein, auch sie selbst. Denn bislang hatte sie bei ihrer Tätigkeit als Kommissarin eine Aufklärungsquote von stolzen hundert Prozent. Diese Bilanz würde sie gerne beibehalten. Vielleicht war es diesmal aber auch ganz einfach. Dann nämlich, wenn der zwielichtige Anlageberater Richard Levin der Täter war. Weglaufen konnte er momentan nicht. Man musste ihm die Tat *nur noch* nachweisen. Dabei wäre hilfreich, die Identität des Opfers zu kennen. Diese herauszufinden war Aufgabe von Apollinaire. So hatte sie es schon gestern entschieden – und nach Nicolas' Anruf galt das erst recht. Denn ihr schwante, dass sein Hilferuf mehr erforderte, als ein oder zwei Telefonate mit Rachid Bouazza zu führen.

10

Zurück in Fragolin, wusste sie nicht so recht, was sie tun sollte. Sie konnte ja nicht dumm herumsitzen und ihr Handy anstarren – in der Hoffnung, dass sich Rachid melden würde. Um sich abzulenken, ging sie ins Kommissariat. Apollinaire, der nicht mit ihrem Kommen gerechnet hatte, sah sie entgeistert an. Er habe doch gar keinen Notruf abgesetzt, stellte er fest. Wofür auch jede Veranlassung fehle. Wegen ihm, versicherte er, hätte sie ihren freien Tag nicht unterbrechen müssen. Er habe alles im Griff … und auch schon einiges herausbekommen. So habe der frühere Hausbesitzer Richard Levin tatsächlich einen üblen Leumund, eine *mauvaise réputation*. Seltsamerweise habe man davon in Fragolin nichts gewusst. *Alors,* der Mann sei ja auch kaum da gewesen. Nun stelle sich die Frage, ob ein fragwürdiges Geschäftsgebaren jemanden dazu prädestiniere, einen Mord zu begehen …

Isabelle hörte ihm amüsiert zu. Sie hatte Apollinaire nicht aufgefordert, ihr zu berichten. Sie hatte ihn nur kurz begrüßt. Daraufhin hatte er ansatzlos zu diesem Monolog angesetzt.

Es sei doch, fuhr er fort, etwas fundamental anderes, Menschen den Schädel einzuschlagen oder mit Finanzgeschäften übers Ohr zu hauen. Dennoch komme Levin definitiv als Täter in Betracht. Schon Konfuzius habe gesagt … Oder Laotse? Na egal, jeder Mensch sei des Tötens fähig oder so ähnlich. Außerdem gebe es gerade keinen anderen Kandidaten als diesen Levin.

Sie nickte bestätigend. Zumindest in diesem Punkt hatte er zweifellos recht.

Apollinaire fuhr sich mit einem Filzstift durch die Haare. Hoffentlich hatte er die Kappe drauf.

Er habe sich gerade getäuscht, stellte er fest. Weder Konfuzius noch Laotse hätten sich zu dem Thema in dieser Weise geäußert. Vielleicht die alten griechischen Philosophen? Oder Napoleon? Der ganz sicher, der kannte sich mit Töten aus …

Isabelle überlegte, wie sie seinen philosophischen Betrachtungen Einhalt gebieten konnte. Insofern freute sie sich über den Klingelton ihres Handys. Dies erst recht, als sie sah, dass der Anruf aus Marokko kam.

Sie entschuldigte sich bei Apollinaire und ging hinaus auf den Flur. Das tat sie sonst nie, aber sie wollte ungestört sein. Das Bürgermeisterbüro hatte zu dieser Zeit geschlossen, entsprechend leer war es auf den Gängen.

»*Salut,* Isabelle«, begann Rachid. »Wie versprochen habe ich einiges in Erfahrung gebracht. Dein Freund, ähm, dein guter Bekannter befindet sich tatsächlich im *Nouvelle prison* in Untersuchungshaft. Das ist die gute Nachricht. Nun denn, so gut ist sie auch nicht. Marokkanische Gefängnisse sind keine angenehmen Aufenthaltsorte …«

»Und die schlechte Nachricht?«

»Er ist der Polizei bei einer Drogenrazzia in die Fänge geraten. Da verstehen unsere Behörden wenig Spaß, vor allem, wenn es sich um Ausländer handelt.«

Drogenrazzia? Fast glaubte Isabelle, sich verhört zu haben. Ja, Nicolas rauchte schon mal einen Joint, sogar mit ihr zusammen, wenn ihr danach war, aber nur selten. Doch außer alkoholische Getränke nahm er sonst keine weiteren *Drogen* zu sich, da glaubte sie sich sicher zu sein. Oder lernte sie gerade schon wieder eine unbekannte Seite von ihm kennen?

»Das passt nicht zu ihm. Weißt du Genaueres?«

»Noch nicht. Nur so viel, dass die Polizeiaktion offenbar schlecht durchgeführt wurde. Die Verdächtigen konnten alle türmen. Nur dein Nicolas de Sausquebord wurde verhaftet.«
Das wiederum, dachte sie, passte zu ihm. Nicolas war ein Traumtänzer. Wahrscheinlich war er der Polizei mit einem freundlichen Lächeln direkt in die Arme gelaufen.
»Was wird ihm zur Last gelegt?«
»Man hält ihn für einen Dealer. So jedenfalls die vorläufige Anklage. Keine Ahnung, ob es dafür Beweise gibt.«
»Ein Dealer? Das ist Nicolas ganz bestimmt nicht«, protestierte sie spontan.
»Weißt du, womit er sein Geld verdient?«
»Doch, das weiß ich. Ganz sicher nicht mit Drogen, das hat er nicht nötig. Er ist ein international anerkannter Künstler, der mit seinen Bildern ein Vermögen verdient.«
»Schön für ihn. Nur schlecht, dass er jetzt trotzdem in der Scheiße sitzt. Bitte entschuldige die drastische Formulierung.«
»Wie kann ich ihm helfen?«
»Erstens braucht er einen guten Anwalt …«
»Kennst du einen?«
»Natürlich, sogar den besten. Soll ich ihn anrufen?«
»Ja bitte, mach das, am besten gleich. Und zweitens?«
»Wenn dir dieser Nicolas wirklich wichtig ist, dann würde ich mich an deiner Stelle ins nächste Flugzeug setzen und nach Marrakesch kommen.«
Isabelle schluckte. »Ist nicht dein Ernst?«
»Doch, mein voller Ernst. Unsere Justiz kann recht unbarmherzig sein. Vor allem gegenüber Franzosen, die auf unserem Territorium mit Drogen handeln.«
»Wie meinst du das?«
»Du verstehst schon. Sag mir, wann du ankommst, dann hole ich dich am Flughafen ab, und wir besprechen alles Weitere.«

Offenbar ging Rachid fest davon aus, dass sie wirklich nach Marrakesch fliegen würde. Das ließ nur einen Schluss zu: Aus seiner Sicht war das zwingend nötig.
»Ich schau, dass ich für morgen einen Flug bekomme.«
»Gut so. Gib mir die Ankunftszeit durch, und ich werde da sein.«
»Danke, mein lieber Rachid. Und bitte denke an den Anwalt.«
Er lachte.
»Natürlich. Meine Datteln können so lange warten.«

»Warum ausgerechnet Marokko?«, fragte Apollinaire, als sie ihm von ihren Reiseplänen erzählte. »Tunesien ist viel schöner.«
Ihrer Anspannung zum Trotz musste sie lächeln. Soweit sie wusste, war er noch nie in Marokko gewesen. Aber seine Freundin Shayana stammte aus Tunesien.
»Weil ich in Marrakesch einem Freund aus der Patsche helfen muss«, lieferte sie die Erklärung. »Und Marrakesch liegt nun mal in Marokko.«
»Da haben Sie recht.« Er legte den Kopf zur Seite und sah sie grübelnd an. »Madame, Sie können ruhig offen mit mir reden. Vielleicht kann ich Ihnen behilflich sein?«
Der Fall könnte tatsächlich eintreten, dachte sie. Aber dann könnte sie immer noch auf sein Angebot zurückkommen. Vorläufig musste er nicht wissen, dass es sich bei dem »Freund« um Nicolas handelte.
»Am meisten helfen Sie mir, wenn Sie sich um Richard Levin kümmern und den Spuren nachgehen, die Sie auf Ihrem Chart in so unvergleichlicher Weise dargestellt haben.«
»Unvergleichlicher Weise? Madame, Sie machen sich hoffentlich nicht lustig über mich.«
»Das käme mir nie in den Sinn. Die größte Freude könnten Sie mir machen, wenn nach meiner Rückkehr aus Marokko das

Opfer identifiziert, der Mörder überführt und der Fall abgeschlossen wäre.«
Apollinaire kniff die Augen zusammen.
»Wie lange gedenken Sie wegzubleiben?«
»Einige Tage, kaum länger.«
»Madame, dann weiß ich nicht, ob ich Ihren Erwartungen gerecht werden kann.«
»Entspannen Sie sich. Ich erwarte gar nichts. Das habe ich mir längst abgewöhnt. Es kommt, wie es kommt.«
»Es kommt, wie es kommt? Das allerdings könnte wirklich von Konfuzius sein.«

11

Der Flug ging um zehn Uhr fünfzig ab *Marseille Provence*. Ankunft in *Marrakech-Ménara* in weniger als drei Stunden. Rachid Bouazza wusste Bescheid, er würde sie abholen. Isabelle schloss die Augen und fragte sich, ob sie gerade von allen guten Geistern verlassen war. Nicolas hatte sie hintergangen, hatte sie angelogen und war ohne vernünftige Erklärung abgetaucht. Und jetzt saß sie im Flugzeug, um ihm – mit Rachids Worten – aus der Scheiße zu helfen. Dazu hatte es eines einzigen Anrufs aus dem Gefängnis bedurft. Sie hielt sich für eine Frau, die sich nicht leicht manipulieren ließ, die wusste, was sie wollte – und vor allem, was sie nicht wollte. Zum Beispiel nach der Pfeife eines anderen tanzen. Und doch saß sie jetzt in diesem Direktflug nach Marrakesch. Sie beschloss, ihr Verhalten nicht weiter zu hinterfragen. Manchmal war sie sich selbst ein Rätsel.

Es ging an der spanischen Küste entlang, Barcelona, Valencia ... Von ihrem Fensterplatz aus sah sie viel Meer. Irgendwann tauchte die afrikanische Küste auf. Das müsste Algerien sein. Bis 1962 nicht nur eine französische Kolonie, sondern sogar französisches Staatsgebiet. Das flächenmäßig größte Land Afrikas.

Dem Küstenverlauf mit den Augen folgend stimmte sie sich auf Marokko ein. Sie mochte dieses Land, auch wenn sie dort nie Urlaub gemacht hatte. Immer hatten ihre Aufenthalte dienstlichen Charakter gehabt. Sie kannte Tanger, Rabat, Meknès – sogar Casablanca. Ihr fiel der Film mit Humphrey Bogart und

Ingrid Bergman ein. *As time goes by …* Der Refrain der Titelmelodie schien zu ihrem Leben zu passen. Die Zeit verging, wohl wahr. Aber war die eigentliche Aussage im Film nicht eine andere? *The fundamental things apply …* Die wesentlichen Dinge bleiben? Sie brachte die Liedzeilen nicht zusammen. *A kiss is still a kiss …* Doch, daran erinnerte sie sich. Wie auch immer, die Zeit, sie blieb nicht stehen. Sie gab immer wieder neue Rätsel auf. Gerade erschien ihr Nicolas genauso undurchsichtig wie Humphrey Bogart alias Rick in seinem *Café Américain.* Isabelle musste lächeln. Denn nach ihrem Geschmack sah Nicolas deutlich besser aus. Und viel größer war er zudem.

Seltsamerweise kannte sie Marrakesch von den Städten in Marokko am wenigsten. Dabei stand die ockerfarbene Stadt bei Franzosen aktuell hoch im Kurs. Für die einen aufgrund der vielen Sehenswürdigkeiten, angefangen von der Koutoubia-Moschee und der Kasbah über die berühmten Souks bis hin zum legendären *Djemaa el Fna,* dem Platz der Schlangenbeschwörer und Geschichtenerzähler. Für die anderen, vor allem für junge Leute, als Party-Destination. Darüber hinaus hatte sich Marrakesch zu einem Hotspot für Künstler, Kreative und Prominente entwickelt. Einer der Berühmtesten: Yves Saint Laurent, der in der Villa Majorelle seine letzten Lebensjahre verbracht hatte. Rouven hatte sie mal zu einer Veranstaltung ins Museum des großen Modeschöpfers mitnehmen wollen. Wie so oft hatte sie keine Zeit gehabt.

Während Isabelle noch ihren Gedanken nachhing, leuchtete das Anschnallzeichen auf. Das Flugzeug hatte bereits die Reiseflughöhe verlassen und begann mit dem Landeanflug. Unter ihr spiegelnde Gewächshäuser, weitläufige Plantagen, am Horizont die Gipfel des Hohen Atlas.

Neben ihr saß eine ältere, sehr gepflegte Dame aus Paris, mit der sie sich zu Beginn des Fluges unterhalten hatte. Sie hatte in

Marseille ihre Tochter besucht. Sie hatte Isabelle Fotos von ihrem wunderschönen Riad gezeigt, den sie als Ferienwohnsitz bewohnte. Im großzügigen Innenhof ein Springbrunnen und Palmen, sogar ein Schwimmbecken.
Die Dame gab ihr einen freundlichen Stups.
»Nicht vergessen. Sie sind herzlich eingeladen, bei mir zu übernachten. Mein Riad verfügt über einen separaten Gästebereich. Meine Kinder und Enkelkinder kommen viel zu selten. Über Ihre Gesellschaft würde ich mich sehr freuen.«
»Das ist sehr nett von Ihnen. Aber ich möchte nicht lange bleiben. Im Grunde habe ich nur einen einzigen Termin zu erledigen, dann bin ich schon wieder weg.«
Ob es so einfach sein würde? Isabelle glaubte nicht wirklich an ihre Worte.
»Ich will Ihnen ja nicht die Hoffnung nehmen«, sagte die alte Dame prompt. »Marokko ist ein orientalisches Land. Ich weiß nicht, was Sie zu erledigen haben. Aber hier dauert alles länger, als wir es gewohnt sind.«
»In diesem Fall melde ich mich bei Ihnen, versprochen.«

Isabelle hatte nur Handgepäck dabei. Eine bunte Stoffreisetasche, die sie witzigerweise mal aus Marokko mitgebracht hatte. Oft nahm sie sie mit an den Strand. Den Sand hatte sie abgebürstet. Sie musste also nicht am Gepäckband warten und passierte schnell die Passkontrolle. Dahinter wartete bereits Rachid Bouazza auf sie. Sie kannte ihn nur im Anzug mit Krawatte. In kakifarbenen Chinos, in Sandalen und mit einem aufgeknöpften Hemd über der Hose sah er nicht mehr annähernd so wichtig aus wie früher. Auch kam er ihr viel älter vor, als sie ihn in Erinnerung hatte. Was ihre Theorie bestätigte, dass der Ruhestand selten guttat – in welchem Alter auch immer.

An Herzlichkeit hatte er freilich nichts eingebüßt. Er umarmte sie und sagte, dass er sich sehr freue, sie wiederzusehen. Auch wenn der Anlass ein besserer sein könnte. Er schlug vor, zunächst eine Kleinigkeit zu essen, gewiss sei sie von der Reise erschöpft und hungrig. Anschließend erwarte sie der Anwalt, der bereits mit Monsieur de Sausquebord ein erstes Gespräch geführt habe und sie ins Bild setzen könne.
Isabelle fragte sich, wie Rachid auf die Idee kam, dass sie nach dem kurzen Flug *erschöpft* sein könnte. Die Verpflegung war schlecht gewesen, in diesem Punkt hatte er recht. Hungrig war sie dennoch nicht.
»Bin mit allem einverstanden«, sagte sie. »Nur würde ich gerne die Reihenfolge ändern. Können wir bitte zuerst den Anwalt besuchen? Danach können wir bei einem kleinen Essen darüber reden.«
»Du bist ungeduldig. Wie es scheint, liegt dir dieser Nicolas de Sausquebord wirklich am Herzen.«
»Sagen wir so, er ist mir nicht gleichgültig, sonst wäre ich jetzt nicht hier.«
Er sah sie schmunzelnd an.
»Nicht gleichgültig? Ich verstehe. Aber wie du möchtest, natürlich können wir zuerst zu Khalid fahren. Er hat gesagt, es sei egal, wann wir kommen, er sei den ganzen Nachmittag im Büro und studiere Akten.«

Isabelle hatte in Erinnerung, dass Rachid bei ihren früheren Begegnungen schwarze Oberklassenlimousinen mit getönten Scheiben gefahren hatte. Offenbar entsprach das seinem damaligen Rang im Geheimdienst. Besonders »geheim« war das von außen betrachtet nie gewesen. Aber wichtig. Heute saß er am Steuer eines verbeulten Renault mit ausgeschlagener Hinterachse. Ihn schien es nicht zu stören. Rachid machte einen viel entspannteren Eindruck als zu seiner aktiven Zeit. Er lachte viel und unterhielt Isabelle während der Fahrt mit fröhlichen Belanglosigkeiten. Sie korrigierte ihren ersten Eindruck. Wie es schien, hatte der Ruhestand doch auch seine positiven Seiten.

Die Rechtsanwaltskanzlei von Khalid Moghadam lag in der *Avenue Djemaa el Fna.* Laut Rachid genoss der *avocat* einen ausgezeichneten Ruf. So habe er erst im letzten Jahr einen Mann, der verdächtigt wurde, zwei Touristinnen ermordet zu haben, vor der Todesstrafe bewahrt. Diese werde in Marokko zwar in der Regel nicht vollstreckt, sei für den Verurteilten aber dennoch ... nun ja, ziemlich *beunruhigend.* Isabelle fand, dass er sich dieses Beispiel besser verkniffen hätte. Nicolas hatte sich, wenn überhaupt, bestimmt nichts zuschulden kommen lassen, was eine Todesstrafe nach sich ziehen könnte.

Sie wusste um die Problematik der Drogendelikte in Marokko. Denn trotz der Strafandrohungen galt das Land als Drehscheibe für den Handel mit Cannabis nach Europa. Der Anbau war ein prosperierendes Geschäft – und wurde nur halbherzig geahndet. Aber schließlich gab es nicht nur Cannabis.

Rachid parkte unmittelbar vor der Kanzlei in der Verbotszone und legte einen Ausweis hinter die Windschutzscheibe.

»Ist zwar schon abgelaufen«, sagte er lachend, »aber irgendwelche Privilegien muss ich ja noch haben.«

Im ersten Stock wurden sie am Empfang gebeten, einen Moment zu warten. Docteur Moghadam habe gleich für sie Zeit. Isabelle sah sich um. Die teure Einrichtung sprach dafür, dass der Anwalt nicht nur gut im Geschäft war, sondern auch gesalzene Honorare in Rechnung stellte. Doch war das in Nicolas' Fall unerheblich. Seine Freiheit dürfte ihm jeden Preis wert sein.

Wenig später saßen sie mit Khalid Moghadam an einem niedrigen orientalischen Tisch mit verzierter Messingplatte. Darauf die in Marokko obligatorischen kleinen Gläser mit Minztee.
Der Anwalt trug Hemd mit Krawatte und machte einen seriösen Eindruck. Wobei das unwichtig war, Hauptsache, er war gut.
»Madame Bonnet«, kam er sehr unorientalisch sofort auf den Punkt. »Monsieur Nicolas de Sausquebord, dessen Mandat ich übernommen habe, hat mich autorisiert, Sie in alle Details einzuweihen.« Er warf Rachid einen fragenden Blick zu. »Von dir war nicht die Rede, aber ich gehe davon aus …«
»Dass Monsieur de Sausquebord damit einverstanden wäre, Rachid Bouazza hinzuzuziehen«, vervollständigte sie seinen Satz.
Der Anwalt nahm einen Schluck vom Minztee.
»Nachdem das geklärt wäre, will ich Sie mit dem Fall vertraut machen. Ich habe Monsieur de Sausquebord heute Vormittag im *Nouvelle prison de Marrakech* aufgesucht und mit ihm gesprochen. Außerdem habe ich Akteneinsicht bekommen.«
»Schießen Sie los!«
»Vorher will ich noch ein Detail klären, das mich … nun ja, ein wenig irritiert. Monsieur de Sausquebord hat erwähnt, dass Sie eine Kommissarin bei der französischen *Police nationale* sind.«
Das hätte er besser für sich behalten, dachte sie.
»Das stimmt, aber ich bin privat hier. Ich habe mir Urlaub genommen, um Monsieur de Sausquebord zu helfen.«
Tatsächlich hatte sie vergessen, sich Urlaub zu nehmen, fiel ihr ein. Um etwaige Komplikationen zu vermeiden, würde sie die Meldung nachreichen.
Moghadam nickte.
»Dann bin ich beruhigt. Ich soll Sie übrigens von ihm sehr herzlich grüßen«, fuhr er fort. »Er dankt Ihnen für Ihre Unterstützung. Zu den Fakten: Die Polizei hat vor einigen Tagen ei-

nen Tipp bekommen, dass in dem Keller einer aufgelassenen Dosenfabrik eine illegale Drogenparty stattfindet. Nun, illegal sind solche Zusammenkünfte immer, aber solange nur Haschisch konsumiert wird, drückt man häufig ein Auge zu. Diesmal aber waren wohl harte Drogen im Spiel, weshalb eine Razzia angeordnet wurde. Um es kurz zu machen: Die Polizeiaktion war ein ziemlicher Reinfall. Durch einen Hinterausgang konnten alle Teilnehmer entkommen. Allein ein zugedröhnter Junkie, der noch immer nicht vernehmungsfähig ist, und Monsieur de Sausquebord konnten in Haft genommen werden. Sausquebord behauptet, nur durch Zufall dort gewesen zu sein. Mit Verlaub, das ist eine schwache Ausrede. Kein unbescholtener Tourist verirrt sich durch Zufall auf das Gelände einer stillgelegten Fabrik. Zu seinen Gunsten spricht, dass bei meinem Mandanten keine Drogen gefunden wurden. Auch hat eine medizinische Untersuchung ergeben, dass er selbst keine Drogen konsumiert. Allerdings wurden in dem Keller der Fabrik Heroin und Crack sichergestellt. Außerdem das übliche Zubehör wie Pfeifchen, Spritzen und so weiter. Nach Ansicht der Staatsanwaltschaft passt Monsieur de Sausquebord ins Bild eines Drogendealers.«

»Was man ihm aber nicht beweisen kann, oder?«

»Nein, wohl nicht. Aber er war ohne eine vernünftige Begründung zur falschen Zeit am falschen Ort. Das ist fast so schlimm wie eine reale Straftat. Sie müssen wissen, bei uns in Marokko hält man nicht viel vom Prinzip der Unschuldsvermutung.«

»Wie sind die Chancen, ihn auf Kaution freizubekommen?«

»Derzeit gleich null.«

Immerhin war der Anwalt ein Mann der klaren Worte, dachte sie. Ernüchternd waren sie dennoch.

»Was schlagen Sie dann vor?«

Er drehte nachdenklich das Teeglas zwischen den Fingern.

»Könnte es sein, dass Monsieur de Sausquebord jemanden deckt?«, fragte er nach einer Weile.
Konnte er Gedanken lesen? Dieselbe Frage hatte sie sich soeben auch gestellt – und dabei an Marseille gedacht und an die junge, klapperdürre Frau an Nicolas' Seite. Sie hatte sie nur von hinten gesehen und zudem in der Nacht. Aber gut möglich, dass sie ein Junkie war. Der Eindruck würde passen. War er wegen dieser Frau nach Marokko gereist? Um ... was zu tun?
»Ich wüsste nicht, wen er decken könnte«, antwortete sie, »aber möglich ist alles.«
»Wir brauchen eine plausible Erklärung«, mischte sich Rachid ein, »eine glaubhafte Story. Du hast mir erzählt, dass dein Freund ...«
»Bekannter«, stellte sie richtig.
»Also gut, dass dein *Bekannter* ein international erfolgreicher Künstler ist, der mit seinen Bildern ein Vermögen verdient.«
»Das stimmt.«
»Lässt sich das beweisen?«, fragte der Anwalt.
»Schwierig, weil er unter einem Pseudonym arbeitet. Aber ich könnte eine eidesstattliche Erklärung eines renommierten Kunstsammlers beschaffen. Auch einen Steuerbescheid, der seine Einkommensverhältnisse offenlegt.«
Sie hoffte, dass Rouven auf die Schnelle erreichbar war. Für den Steuerbescheid bräuchte sie Nicolas' Einverständnis. Theoretisch. Praktisch genügte es, ihre Freundin Jacqueline in Paris zu kontaktieren. Für die *Police nationale* war es ein Leichtes, Einblick zu bekommen.
»Das wäre ein Anfang.«
»Was die glaubhafte Story betrifft«, fuhr Isabelle fort, »könnte Monsieur de Sausquebord doch behaupten, auf Motivsuche für seine Bilder gewesen zu sein. Aufgelassene Fabrikgelände haben in den Augen eines Künstlers eine besondere Ästhetik.«

»Das wäre glaubhaft, wenn mein Mandant einen Fotoapparat bei sich gehabt hätte, auf dem Bilder seiner Recherche abgespeichert wären. Das ist aber nicht der Fall.«
»Weil er den Fotoapparat bei der Razzia verloren hat«, lieferte Isabelle die Erklärung.
»Warum sollte er mir das verschwiegen haben?«
»Weil er noch immer unter Stress steht«, suchte sie nach einer Erklärung. »Ein sensibler Künstler muss das alles erst verkraften.«
»Gut wäre, wenn sich der Fotoapparat auf dem Fabrikgelände finden ließe«, sagte Rachid. »Mit den Fotos seiner Recherche drauf.«
Moghadam kniff die Augen zusammen.
»Wie soll das gehen? Wir haben uns die Story doch gerade erst ausgedacht?«
Rachid grinste.
»Wunder gibt es immer wieder.«
Isabelle verstand, wie er das meinte. Aber die Manipulation von Beweismitteln widersprach ihrem Berufsethos. Beim Geheimdienst sah man das wohl anders.
»Wer sagt, dass wir uns die Story ausgedacht haben?«, sagte sie. »Ich bin überzeugt, dass es sich genau so zugetragen hat.«
»Dann müsste mein Mandant bei seiner nächsten Befragung genau diese Version zu Protokoll geben.«
»Können Sie für mich einen Besuchstermin vereinbaren?«, fragte sie. »Dann würde ich ihm nahelegen, der Wahrheit entsprechend auszusagen.«
»Einen Besuchstermin sollte ich bekommen. Aber gehen Sie davon aus, dass Ihr Gespräch mitgehört wird.«
»Ich hoffe, wir verstehen uns mit wenigen Worten.«

12

Später folgte sie Rachids Einladung auf die Terrasse eines Lokals über den Dächern der Medina. Er bestellte eine Hähnchen-*Tajine* mit Kichererbsen und Trockenpflaumen. Dazu einen sonnenverwöhnten Merlot von den Hängen des Atlasgebirges. Mittlerweile hatte sie tatsächlich Hunger. Und sie hatte ein wesentlich besseres Gefühl als noch vor dem Gespräch mit dem Anwalt. So, wie es sich darstellte, gab es keine Beweise, die eine Anklage rechtfertigen würden. Jetzt mussten sie nur noch den Untersuchungsrichter überzeugen, und Moghadam musste entsprechend Druck machen, dann sollte Nicolas bald wieder auf freiem Fuß sein. Hoffentlich. Den Besuchstermin hatte der Anwalt für morgen um acht Uhr vereinbart. Hoffentlich war Nicolas zu dieser frühen Stunde schon wach genug, um zu verstehen, was sie ihm durch die Blume mitteilen wollte. Gleich nach dem Essen würde sie Rouven kontaktieren und um die Erklärung zu Nicolas' Identität als CLAC bitten. Möglichst offiziell und mit vielen Stempeln. Es musste Eindruck machen. Den Steuerbescheid hatte sie bereits über Jacqueline angefordert. Wieder hatte ihre Freundin nicht gefragt, wofür sie ihn brauchte. Wahrscheinlich fing sie an, sich einiges zusammenzureimen.

»War das mit dem Fotoapparat ernst gemeint?«, fragte Isabelle. Rachid lächelte verschmitzt.

»Na klar. Ich könnte durch Marrakesch laufen und meine künstlerische Ader entdecken.«

»Dann müsstest du aber fotografieren, wofür sich kein normaler Tourist interessiert. Abgerissene Plakate, Hauswände, von denen der Putz blättert, Wolken am Himmel, herabhängende Stromkabel, Risse im Asphalt …«

Er kratzte sich am Kinn.

»Aha, ich verstehe, erst dann ist es Kunst.«

Sie lachte.

»Ganz so einfach ist es nicht. Aber nur so wäre es glaubwürdig.«

»Ich fürchte, die Gemälde dieses Nicolas de Sausquebord würden mir nicht gefallen. Aber egal. Zum Schluss könnte ich die überwucherten Mauern der alten Dosenfabrik fotografieren oder zerbrochene Fensterscheiben …«

»Ich sehe, du hast es verstanden.«

»Dann würde ich die Kamera dort wegwerfen, wo die Razzia stattgefunden hat. Etwas Schutt darüber … Fertig.«

»Das Datum auf den gespeicherten Bildern würde nicht stimmen«, brachte Isabelle einen Einwand.

»Isabelle, wir wissen, an welchem Tag und zu welcher Uhrzeit die Razzia stattgefunden hat. Du kannst mir glauben, die Angaben würden stimmen. Das ist wirklich kein Hexenwerk.«

»Was wäre mit Nicolas' Fingerabdrücken auf der Kamera?«

Rachid winkte ab.

»Du glaubst doch nicht im Ernst, dass sich jemand die Mühe machen würde, sie abzugleichen. Und selbst wenn … Ich habe immer noch so meine Kontakte.«

»Hört sich alles spannend an. Aber natürlich würdest du so etwas nie machen.«

»Nein, natürlich nicht.«

Sie hob das Glas und stieß mit ihm an.

»Da bin ich aber froh.«

Rachid hatte angeboten, bei ihm und seiner Familie zu übernachten. Isabelle wollte ihm aber nicht zur Last fallen. Sie erinnerte sich an das Angebot der alten Dame aus dem Flugzeug und rief sie an. So kam es, dass sie noch am späten Abend bei Kerzenschein im Innenhof eines Riad saß und sich mit einer bis vor Kurzem wildfremden Frau über deren abwechslungsreiches Leben unterhielt. Von sich selbst gab sie fast nichts preis. Nur, dass sie in Fragolin lebte, alleinstehend und kinderlos war und einen Job im Rathaus hatte. Was sogar stimmte, denn das Kommissariat befand sich im *Hôtel de ville*. Das Beste an der Unterhaltung war, dass es sie davon abhielt, über Nicolas nachzudenken und sich auszumalen, was ihn tatsächlich auf das Gelände der stillgelegten Dosenfabrik verschlagen haben könnte. Khalid Moghadam hatte die Möglichkeit angesprochen, dass Nicolas deshalb so hartnäckig schwieg, weil er jemanden decken wollte. Die hagere Frau aus Marseille? Bald würde sie es wissen. Und alles andere auch. Sie würde nach seiner Freilassung darauf drängen, dass er alles offenlegte. Zwischen ihnen durfte es keine Mauer des Schweigens mehr geben.

Rachid war überpünktlich. Punkt sieben Uhr holte er sie am nächsten Morgen ab. Das *Nouvelle prison de Marrakech* lag im Westen von Marrakesch etwa eine Dreiviertelstunde Fahrzeit entfernt. Ob sie gut geschlafen habe, fragte er. Bei ihm zu Hause sei es nicht ruhig gewesen. Er habe gerade zwei Enkelkinder zu Besuch, und die hätten sich noch um Mitternacht eine Kissenschlacht geliefert. Trotzdem müsse sie ihn vor ihrer Rückreise unbedingt noch besuchen.

Vor ihrer Rückreise? Wann die wohl sein würde? Isabelle überlegte, dass vieles von dem kommenden Gespräch mit Nicolas abhängen würde. Und davon, wie schnell er von Begriff war.

Rachid ließ sie vor einem blauen Tor in einer großen Mauer, die die eigentlichen Gefängnisgebäude umschloss, aus dem Auto steigen und wünschte ihr viel Glück.

Das könne sie brauchen, erwiderte sie.

13

Isabelle war es gewohnt, bei Gefängnisbesuchen einfach ihren Dienstausweis zu zeigen und auf direktem Weg in ein Vernehmungszimmer geführt zu werden. Hier in Marrakesch war sie eine Privatperson, die natürlich nicht so bevorzugt behandelt wurde. Entsprechend langwierig und umständlich war das Aufnahmeprotokoll. Aber das hatte sie erwartet. Sie hatte sich vorgenommen, sich zu beherrschen – was ihr nicht im Blut lag. Es half, dass die Beamten relativ freundlich zu ihr waren. Obwohl sie aus Frankreich kam und eine Frau war. Das wiederum hatte sie nicht erwartet.

Als sie schließlich im *salle des visiteurs* auf einem Hocker Platz genommen hatte, war die Situation nicht viel anders als in französischen Gefängnissen. Vor ihr eine Plexiglasscheibe mit Löchern, die so klein waren, dass man nichts durchstecken, aber miteinander reden konnte. Neben ihr aufgereiht weitere Plätze für Besucher. Einige waren belegt. Meist Frauen, oft verschleiert. Gegenüber Männer in Sträflingskleidung. Vornübergebeugt, um sich besser verstehen zu können. Scheiben trennten die Besucherplätze voneinander. Sie sorgten für ein Mindestmaß an Privatsphäre.
Es dauerte einige Minuten, dann wurde auf der anderen Seite Nicolas hereingeführt. Mit hängenden Schultern und schlurfenden Schrittes. Die ungewaschenen Haare hingen ihm über die Schultern. Das sonst immer gebräunte Gesicht aschfahl – was nicht am kalten Neonlicht lag.

Isabelle ließ sich ihre Erschütterung nicht anmerken. Sie begrüßte ihn mit einem gezwungenen Lächeln.
»*Bonjour, Nicolas* …« Mehr fiel ihr nicht ein.
»*Salut, Isabelle*, schön, dass du hier bist …« Er zögerte. »Ich war mir nicht sicher …«
Ehrlicherweise hätte sie erwidern sollen, dass er sich wirklich nicht hatte sicher sein können. Dass es einige Überwindung gekostet hatte. Aber er sah nicht so aus, als ob er eine solche Antwort gerade vertragen würde.
»Ich bin da, nur das zählt. Wie kommst du klar?«
Er verzog das Gesicht. »Nicht gut, kannst du dir ja vorstellen.«
Sie tippte sich wie unbeabsichtigt an die Lippen, um dann mit dem Zeigefinger kurz nach oben zu deuten.
Nicolas nickte. Offenbar war ihm klar, dass es eine Überwachungskamera gab. Auch konnte er sich denken, dass ihr Gespräch mitgehört wurde.
»Was ich dich fragen wollte: Wie bist du mit der Motivsuche für deine Gemälde vorangekommen, wegen der du nach Marokko gereist bist?«
Er runzelte die Stirn. Es dauerte eine Weile. Dann schien er zu verstehen.
»Meine … Motivsuche? Doch ja, ziemlich gut. Marrakesch bietet für einen Künstler fantastische Anregungen.«
Perfekt, das genau war die richtige Antwort.
»Du hast sicher viel fotografiert?«
Sie nickte auffordernd. Wieder brauchte er einige Sekunden.
»Aber klar, kennst mich ja.«
»Ich hoffe, deiner schönen Nikon ist nichts passiert. Ich meine, auf dem Fabrikgelände, wo man dich verhaftet hat. Oder hast du sie im Tumult verloren?«
»Verloren?« Wieder dachte er angestrengt nach. »Aber ja … du hast recht, sie ist weg. Ich war gerade am Fotografieren …

Plötzlich von allen Seiten Polizei. Ich wusste nicht, was los ist, und habe versucht abzuhauen …«

Großartig. Nicolas spielte mit.

»Das war ein Fehler.«

»Ich weiß.«

»Na ja, die verlorene Kamera ist gerade dein geringstes Problem«, stellte sie fest. »Ich hoffe, dein Anwalt kann dir helfen.«

»Das hoffe ich auch.« Er schüttelte den Kopf. »Ich kann immer noch nicht verstehen, wie die Polizei darauf kommt, dass ich mit Drogen deale. Sehe ich etwa so aus?«

»Gerade schon«, versuchte sie einen Scherz.

»Danke für das Kompliment.«

»Hast du nicht zu Protokoll gegeben, dass du als erfolgreicher Maler mehr Geld machst als ein kleiner Drogendealer, und das auf legale Weise?«

»Nein, habe ich nicht. Was spielt das für eine Rolle? Außerdem vermarkte ich meine Werke unter einem Pseudonym.«

»CLAC, ich weiß. Vielleicht solltest du das bei der nächsten Befragung dennoch zu Protokoll geben …«

Über ihren Köpfen knackte es in einem Lautsprecher.

»*Le temps de visite est terminé!* Bitte beenden Sie das Gespräch.«

Isabelle sah einen Wärter, der sich Nicolas von hinten näherte. Spontan hauchte sie ihm mit der Hand einen Kuss zu. Dabei gab es für diese Sympathiebekundung keinen Grund. Sie wusste immer noch nicht, wieso sie ihm vergeben sollte. Aber er tat ihr leid. Und … irgendwie kam der Kuss sogar von Herzen.

»Wie lief es?«, fragte Rachid, als sie wieder bei ihm im Auto saß.

»Ich glaube, ganz gut. Er hat bestätigt, dass sich alles so zugetragen hat, wie wir das … vermutet haben. Er war auf Motivsuche und ist per Zufall in die Razzia geraten.«

Rachid sah sie verblüfft an.
»*Vraiment?*«
»Ja, ich war auch überrascht. Sogar das mit der verlorenen Kamera stimmt. Übrigens handelt es sich um eine Nikon.«
»Nikon? Ah, jetzt verstehe ich. Billiger ging es nicht?«
»Die Marke passt zu einem erfolgreichen Künstler.«
»Ein Freund von mir hat ein Fotogeschäft …«
»Will ich gar nicht wissen.«
»Natürlich nicht, ist mir nur gerade eingefallen.«
»Was ich dir noch sagen wollte: Solltest du irgendwelche Auslagen haben, wird dir Nicolas diese nach seiner Freilassung großzügig erstatten.«
»Das freut mich zu hören. Meine Altersbezüge sind nicht so üppig.«
»Was ist mit deiner Dattelplantage?«
»Wirft nicht viel ab, doch es wird von Jahr zu Jahr besser.«
»Wir sollten Khalid Moghadam anrufen«, schlug sie vor, »um ihm vom Verlauf des Gesprächs zu berichten.«
»Nicht nötig. Wir fahren bei ihm vorbei. Er erwartet uns schon.«
»Sehr gut. Danach kannst du mich zu dir nach Hause zu einem Minztee einladen. Ist schon lange her, dass ich deine Frau gesehen habe.«
»Sehr gerne, Latifa hat schon gesagt, dass sie sich auf dich freut … Obwohl …« Rachid sah auf seine Uhr. »Tut mir leid, mir fällt gerade ein, dass ich einen wichtigen Termin habe. Ich müsste dich einige Stunden alleine lassen.«
Sie sah ihn von der Seite an.
»Das fällt dir gerade ein?«
Rachid klopfte sich an die Stirn.
»Mit zunehmendem Alter werde ich immer vergesslicher.«

Er war plötzlich so in Eile, dass er sie vor dem Haus der Rechtsanwaltskanzlei aussteigen ließ. Er könne leider nicht mit hinaufkommen. Er werde sich am Nachmittag bei ihr melden. Er verabschiedete sich mit einem »*Salut, Isabelle.* Pass auf dich auf!«. Dass er danach noch ein Wort murmelte, war wohl unbeabsichtigt. Es hörte sich an wie *Nikon.*

14

Eine Stunde später saß Isabelle an einem grünen Holztischchen auf der winzigen Dachterrasse eines Cafés nahe des Gauklerplatzes *Djemaa el Fna*. Nicht alleine, sondern in Begleitung des Rechtsanwalts Moghadam, der es sich nicht hatte nehmen lassen, sie zu einer Art marokkanischem Brunch einzuladen. Sie bekamen aromatisierte Milchbrötchen und Fladenbrot serviert, ein Omelett mit Honigsirup, verschiedene Marmeladen, Feigen und getrocknete Datteln. Überraschenderweise auch eine Suppe aus weißen Bohnen. Von dieser *Bissara* probierte sie nur wenige Löffel, so hungrig war sie zu dieser Tageszeit nun doch nicht. Für den Anwalt dagegen gehörte sie offenbar dazu. Zu trinken gab es einen würzigen Kaffee, der nach Zimt und Nelken roch.

In der Kanzlei hatte sie zuvor von ihrem Gespräch mit Nicolas berichtet. Der Anwalt hatte zufrieden zur Kenntnis genommen, dass es ganz im besprochenen Sinne gelaufen war. Isabelle zeigte sich überzeugt, dass Nicolas bei einer nächsten Vernehmung die »wahre« Geschichte erzählen würde. Dass er nämlich bei einer Fotorecherche zufällig in die Razzia geraten sei und bis jetzt nicht verstehe, warum ihn die Polizei in Gewahrsam genommen habe. Isabelle hatte ihm die Mail mit Rouvens Bestätigung weitergeleitet, aus der hervorging, dass Nicolas de Sausquebord unter seinem Pseudonym CLAC ein international anerkannter und hoch dotierter Künstler war. Rouven hatte das nach ihrem Anruf über sein Sekretariat sofort in die Wege geleitet. Ausgestellt war das Schreiben von seiner *Fondation Mardri-*

nac und machte einen sehr seriösen Eindruck. Auch konnte sie Moghadam einen Scan mit dem Bescheid des Finanzamts vorlegen, der ... auch sie beeindruckt hatte. Nicolas' Lebensstil stand in keinem Verhältnis zu seinem Einkommen. Zwar schaffte er es bei Weitem nicht in die Liga eines Rouven Mardrinac, aber auch er könnte sich ein extravaganteres Leben leisten. Dass er stattdessen bescheiden in einer Bastide am Rande von Fragolin lebte und dort in aller Stille seiner künstlerischen Arbeit nachging, fand Isabelle ... *très sympathique*.

»Wo ist eigentlich Rachid?«, fragte Moghadam. »Wie kann man eine so schöne Frau alleine lassen.«

Für Komplimente dieser Art war Isabelle nicht empfänglich. Aber Moghadam war Nicolas' Anwalt. Also verzieh sie ihm derartige Galanterien.

»Rachid hat einen wichtigen Termin«, antwortete sie, »wahrscheinlich geht es um seine Datteln.«

Moghadam lächelte.

»Ich habe nichts dagegen, dass er uns alleine lässt. Er hat mir angedeutet, dass Sie nicht immer als Kommissarin gearbeitet haben. Darf ich fragen, was Sie vorher gemacht haben?«

Sie lächelte.

»Dürfen Sie, aber erwarten Sie bitte keine Antwort.«

»Warum?«

»Bei uns gab es früher einen Scherz: Du kannst jedem sagen, was du machst. Leider musst du ihn hinterher erschießen.«

Sein Lächeln wirkte leicht verkrampft.

»Gott sei Dank sind Sie unbewaffnet.«

»Ich sag's Ihnen trotzdem nicht. Erstens könnte ich Ihnen mit diesem niedlichen Frühstücksmesser die Kehle durchschneiden ...«

Moghadam sah irritiert auf das Messer, mit dem sie gerade Feigenmarmelade aufs Fladenbrot schmierte.

»Das war ein Spaß. Und zweitens ist meine Vorgeschichte wirklich uninteressant. Ich bin froh, dass sie hinter mir liegt. Meine Tätigkeit als kleine Kommissarin in der Provence erfüllt alle meine Sehnsüchte. Ich habe viel Zeit für mich. Gleichzeitig sorgen kleine Kriminalfälle für Abwechslung, so wird mir nicht langweilig.«

»Gibt es aktuell einen Fall, an dem Sie arbeiten? Oder dürfen Sie mir das auch nicht sagen und müssen mich hinterher erschießen?«

Eigentlich war dieser Khalid Moghadam ganz nett, dachte Isabelle. Er versuchte, Konversation zu machen, und sie hatte ihn auflaufen lassen. Das hatte er nicht verdient. Außerdem sollte sie sich seine Sympathien nicht verscherzen. Immerhin lag Nicolas' Schicksal in seinen Händen.

Sie strich sich eine Locke aus der Stirn und sah ihn freundlich an.

»Nicht böse sein, manchmal habe ich einen schwarzen Humor. Woran ich gerade arbeite? In Fragolin, das ist der Ort, wo ich lebe, wurde bei Abbrucharbeiten ein Skelett gefunden. Eigentlich nichts für die *Police nationale*. Weil aber im Schädel ein Loch klafft, was für ein Gewaltverbrechen spricht, habe ich mich des Falls angenommen. Nichts Dramatisches also. Womöglich ist der Mörder oder die Mörderin längst tot. Wahrscheinlich werden wir es nie erfahren.«

Er sah sie nachdenklich an.

»Da bin ich anderer Meinung. Ich schätze Sie so ein, dass Sie nicht aufgeben werden, bis Sie den Täter gefunden haben.«

Sie fragte sich, wie er zu diesem Eindruck gelangen konnte. Er kannte sie doch überhaupt nicht. Doch könnte er recht haben.

»Na ja, ich werde mein Bestes geben.«

»Davon bin ich überzeugt. Genauso wie Sie nicht lockerlassen werden, bis Sie Nicolas de Sausquebord aus dem Gefängnis geholt haben.«

»Was mit Ihrer Hilfe hoffentlich bald gelingen wird.«

»Da bin ich zuversichtlich. Die Polizei hat nichts Konkretes gegen ihn in der Hand. Mit der Story, die wir uns …« Der Anwalt räusperte sich. »Ich meinte, mit unserer Story, die der Wahrheit entspricht und absolut plausibel ist, dürfte die Staatsanwaltschaft das Interesse an ihm verlieren. Er kann keinen Hinweis auf die flüchtigen Junkies geben. Schlicht deshalb, weil er sie nicht kennt.«

Sie bezweifelte, dass das so stimmte. Zumindest eine Person kannte er wohl schon. Sie hatte sogar eine Vorstellung davon, wie sie aussah, jedenfalls von hinten. Doch würde sie diesen Verdacht für sich behalten.

Den Nachmittag verbrachte sie damit, wie eine normale Touristin durch die Altstadt von Marrakesch zu schlendern. Sie bewunderte die *Mosquée Koutoubia*, allerdings nur von außen, da ausschließlich Muslime Zutritt hatten. Benannt war sie nach einem Souk der Buchhändler, der früher in der Nähe gelegen hatte. Sie kam am *Musée Boucharouite* vorbei, wo sie sich über die Kunst des Teppichknüpfens hätte informieren können, doch dafür fehlte ihr gerade der Sinn. Vielleicht hätte Nicolas an den bunten Oberflächen Interesse gezeigt? Aber nein, er musste sich ja unter Junkies mischen und von der Polizei hochnehmen lassen. Isabelle stellte fest, dass ihre Gedanken trotz der vielen Ablenkungen immer wieder um Nicolas kreisten. Das wurde erst besser, als sie sich in das Gedränge der Souks begab. Hier wurden die Sinne auf Schritt und Tritt abgelenkt. Exotische Gerüche stiegen ihr in die Nase, das Hämmern von Handwerkern übertönte das Stimmengewirr in den engen Gassen …

Sie befand sich gerade vor einem Stand mit einer unglaublichen Auswahl von Gewürzen, wo ein Kunde im Kaftan mit dem Verkäufer heftig um irgendeinen Preis feilschte, als ihr Handy klingelte. Sie erwartete, dass Rachid dran war, um ihr zu sagen, dass er mit seinem »Termin« fertig sei. Stattdessen meldete sich Apollinaire.

»Madame, ich wollte mich nur kurz erkundigen, wie es Ihnen in der Fremde ergeht. Ich hoffe, Sie sind wohlauf. Warum ist es bei Ihnen so laut? Ich kann Sie kaum verstehen.«

»Ich hab ja noch gar nichts gesagt«, erwiderte sie.

»Ach so, dann liegt es daran … Trotzdem …«

»Ich bin in den Souks von Marrakesch …«

»Oje … Passen Sie auf Ihre Handtasche auf!«

»Haben Sie mich schon mal mit einer Handtasche gesehen?«

»Stimmt, deshalb kann sie Ihnen auch nicht abhandenkommen.«

»Um Ihre Frage zu beantworten, mir geht es gut. Was gibt's bei Ihnen Neues?«

»*Ah oui*, genau, das ist ja der eigentliche Grund meines Anrufs. Ich werde morgen mit dem TGV nach Paris fahren, um Richard Levin im Gefängnis aufzusuchen und einem Kreuzverhör zu unterziehen.«

Ein *Kreuzverhör* würde es gewiss nicht werden, dachte Isabelle. Da hatte Apollinaire schon wieder zu viele Hollywood-Filme gesehen, wo Staatsanwälte und Verteidiger einen Beschuldigten oder Zeugen abwechselnd in die Mangel nahmen.

»Sie wollen ihn also höflich, aber nachdrücklich befragen …«

»Sehr nachdrücklich, darauf können Sie sich verlassen. Meine weiteren Recherchen haben ergeben, dass der Mann in höchstem Maße verdächtig ist. Wenn es nötig sein sollte, werde ich ihm die Daumenschrauben ansetzen.«

»Bitte denken Sie daran, dass mittelalterliche Foltermethoden heute nicht mehr gestattet sind«, erlaubte sie sich einen Scherz.

»Madame, Sie dürfen mich nicht immer wörtlich nehmen. Das war eine Metapher oder eher eine Analogie, ich meinte natürlich Allegorie …«

»Apollinaire, hier wird's immer lauter. Sie werden es schon richtig machen. Ich wünsche Ihnen eine gute Fahrt und viel Erfolg. Und seien Sie vorsichtig, wenn Sie die Champs-Élysées überqueren.«

»Das mache ich. Ich habe mir fest vorgenommen, in der Provence zu sterben.«

Das war zweifellos ein guter Vorsatz. So weit wollte Isabelle zwar nicht vorausdenken, aber sie könnte ihn sich zu eigen machen.

»Bon voyage et au revoir!«

Eine gute halbe Stunde später meldete sich Rachid. Er entschuldigte sich tausendmal, aber sein Termin habe ihn länger in Anspruch genommen als erwartet. Immerhin sei er … nun ja … mit einer für ihn ungewohnten Tätigkeit konfrontiert worden. Jetzt aber habe er diese erfolgreich zum Abschluss gebracht. Sobald er …

Rachid unterbrach sich.

»Ab und zu rede ich zu viel. Isabelle, was ich sagen wollte, meine Frau und ich wären sehr glücklich, wenn du heute Abend zum Essen kommen könnest. Ich hoffe, du hast nichts Besseres vor.«

Schmunzelnd dachte sie an Khalid Moghadam, der sie ebenfalls zum Abendessen eingeladen hatte in das derzeit beste Restaurant von Marrakesch. Und danach in den angesagtesten Nightclub. Aber sie hatte ihm bereits heute Vormittag einen Korb gegeben. Ihr Leben war schon so kompliziert genug. Aber sie bewunderte seine Chuzpe. Konnte er sich doch denken, dass sie mit Nicolas mehr verband als nur eine normale Freundschaft.

»Vielen Dank. Ich komme gerne.«

»Du machst uns eine große Freude.«

15

Am nächsten Morgen frühstückte sie mit ihrer liebenswerten Gastgeberin im Innenhof des Riad. Die alte Dame freute sich, dass Isabelle noch etwas blieb. Ob sie sich an ihr Gespräch im Flugzeug erinnere? Sie habe gleich gesagt, dass in Marokko alles länger dauere, als sie es aus Frankreich gewohnt sei. Isabelle dachte, dass schon in der Provence vieles mehr Zeit in Anspruch nahm als zum Beispiel in Paris. Doch daran hatte sie sich mittlerweile gewöhnt. Eigentlich wollte sie nur die nötigen Schritte in die Wege leiten und dann wieder zurückfliegen. Jetzt sah es einfacher aus als gedacht, weil die Polizei gegen Nicolas nicht wirklich was in der Hand hatte. Isabelle hoffte, dass er bald aus der Haft entlassen würde. Dann könnte sie mit ihm zusammen zurückfliegen – und sich im Flugzeug erzählen lassen, was wirklich vorgefallen war. Danach lag es an ihr zu entscheiden, wie sie damit klarkam.

Khalid Moghadam rief an und teilte ihr mit, dass Monsieur de Sausquebord gegenüber der Polizei heute Morgen sein Schweigen gebrochen habe. Als Anwalt habe er dem Gespräch beigewohnt. Sausquebord habe exakt die Geschichte zu Protokoll gegeben, die sie sich … *Pardon,* genau die Geschichte zu Protokoll gegeben, die der Wahrheit entsprach und ihn vollends entlaste. Vor wenigen Minuten habe er mit Rachid telefoniert. Daraufhin habe er erneut mit der Polizei Kontakt aufgenommen und angeregt, auf dem Fabrikgelände nach der verloren gegangenen Kamera zu suchen. Sollte man sie finden, wäre das der ultimative Beweis.

Isabelle sagte, dass sie sich da keine großen Hoffnungen mache. Aber sie dachte das Gegenteil. Tatsächlich würde sie sich nicht wundern, wenn die Polizei eine fast neue Nikon finden sollte. Mit seltsamen Aufnahmen, die kein vernünftiger Mensch machen würde. Ein versponnener Künstler aber schon. Oder … ein Mann, der plötzlich seine künstlerische Ader entdeckt hatte.

Plötzlich ging alles Schlag auf Schlag. Die Ereignisse entwickelten sich in gänzlich unorientalischem Tempo. Um vierzehn Uhr rief Moghadam erneut an, um ihr mitzuteilen, dass man im Fabrikhof Nicolas' Nikon hinter alten Autoreifen entdeckt habe, über die er offenbar bei seinem Fluchtversuch gestolpert sei. Er habe im Auftrag seines Mandanten sofortige Haftentlassung beantragt.
Rachid meldete sich mit vergnügter Stimme. Er habe zu seiner Freude vom Fund der Kamera gehört. Er hoffe, dass ihm Nicolas die gespeicherten Aufnahmen später kopieren könne. Denn sicherlich seien sie … ähm … von besonderer Qualität. Isabelle musste lächeln. Rachid hatte offenbar wirklich Spaß daran gefunden.
Zwei Stunden später ein erneuter Anruf von Moghadam. Er habe mächtig Druck gemacht und seine guten Kontakte zur Staatsanwaltschaft spielen lassen. Monsieur de Sausquebord komme um achtzehn Uhr frei. Ohne irgendwelche Auflagen. Es sei ihm sogar gestattet, das Land zu verlassen.
Isabelle atmete tief durch. Wenn sie sich beeilte, wäre sie rechtzeitig am *Nouvelle prison*, um ihn abzuholen.
Sie sprach mit ihrer Gastgeberin und fragte, ob sie für die kommende Nacht ein weiteres Schlafzimmer für einen neuen Gast habe. Seltsamerweise kam Isabelle nicht in den Sinn, dass sie sich ein Zimmer teilen könnten. Ob es je wieder dazu kommen würde, konnte sie nicht sagen.

Sie hätte sich ein Taxi nehmen können, aber Rachid bestand darauf, sie zu chauffieren. Außerdem wolle er den Mann kennenlernen, für den sie sich so ins Zeug gelegt hatten. Es tue ihm nur leid, dass sich keine Gelegenheit ergeben habe, ihr seine Dattelplantage zu zeigen. Denn sicherlich habe sie vor, gleich morgen zurückzufliegen.

Die Absicht hatte sie tatsächlich. Auch Nicolas sollte froh sein, dem Land so schnell wie möglich den Rücken zu kehren, das ihn ins Gefängnis gesperrt hatte.

Als sie in Tensift-El Haouz vor dem *Nouvelle prison* ankamen, wartete Nicolas schon einsam und verloren vor dem großen Tor. Offenbar hatte man ihn einige Minuten vor der Zeit freigelassen. Obwohl er keine Gefängniskluft mehr anhatte, sondern seine übliche weiße Hose mit Leinenhemd, bot er ein Bild des Jammers. Was nicht nur daran lag, dass seine Kleidung verdreckt war und seine langen Haare ungewaschen, sondern vor allem an seiner Körperhaltung. Nicolas, der sonst die Lässigkeit in Person war, stand da wie ein alter Mann. Nach vorne gebeugt und mit hängenden Schultern.

»Das ist dein Freund Nicolas?«, fragte Rachid fast ungläubig.

»Ja, aber er sieht nicht immer so aus.«

Als Nicolas Isabelle aus dem Auto steigen sah, schien durch ihn ein Ruck zu gehen. Er straffte den Rücken und winkte ihr zu. Sie ging auf ihn zu und tat, was sie nicht vorgehabt hatte: Sie umarmte ihn.

»Schön, dass du wieder draußen bist.«

»Merci«, sagte er leise.

»Hast du kein Gepäck?«

»Nein, nur diese Plastiktüte. Mein Gepäck ist noch im Hotel. Soweit ich weiß, hat die Polizei meine Sachen durchstöbert, aber dort gelassen.«

»In Frankreich wäre der Service besser«, versuchte sie einen Scherz.

Weil in der Zwischenzeit auch Rachid ausgestiegen war, machte sie die beiden miteinander bekannt.
»Dass du so schnell wieder auf freiem Fuß bist, hast du meinem alten Freund Rachid Bouazza zu verdanken.«
»Dann bin ich Ihnen sehr zu Dank verpflichtet.«
Rachid langte sich bescheiden an die Brust.
»Zu viel der Ehre. Mindestens so wichtig war Avocat Moghadam. Und ohne Isabelle wären wir gar nicht mit im Boot …«
»Also danke ich Ihnen allen dreien. Dürfte ich einen Wunsch äußern …«
»Natürlich. Wer gerade aus dem Gefängnis entlassen wurde, hat immer einen Wunsch frei. Das ist in Marokko ein guter alter Brauch.«
Isabelle dachte bei sich, dass sich auch Rachid bemühte, Nicolas aufzumuntern.
»Ich möchte duschen und mir frische Sachen anziehen. Könnten wir bitte zu meinem Hotel fahren. Außerdem will ich hier so schnell wie möglich weg.«

Wie sich herausstellte, wohnte Nicolas im palastähnlichen Hotel *La Mamounia*. Jedenfalls hatte er bis zu seiner Verhaftung dort gewohnt. Er müsse noch seine Rechnung bezahlen, sagte er während der Fahrt. Isabelle war neugierig, wie diese im Detail aussah. Aus Hotelrechnungen ging viel hervor, zum Beispiel, ob man dort alleine genächtigt hatte.
Rachid lobte ihn für seinen exquisiten Geschmack. Das *Mamounia* mit seinem wunderbaren Park sei seit bald hundert Jahren eine Legende. Schon Winston Churchill habe zu seinen Stammgästen gezählt. Lange Zeit habe es als eines der besten Hotels auf der Welt gegolten. Ob er wisse, dass Alfred Hitchcock dort einen seiner berühmten Filme gedreht habe?

Natürlich hatte Nicolas keine Ahnung. Es interessierte ihn auch nicht.
Auf der Rückbank neben Isabelle sitzend holte er aus der Plastiktüte einen Fotoapparat.
»Soll mir gehören«, sagte er. »Man hat die Nikon auf dem Fabrikgelände gefunden, wo ich verhaftet wurde.«
Rachid drehte sich um und grinste.
»Wenn Sie mir den Kaufpreis erstatten, dann gehört sie Ihnen wirklich.«
Jetzt musste sogar Nicolas lächeln.
»Ich verstehe. Leider habe ich gerade kein Geld einstecken.«
»Du hast Kredit«, bemerkte Isabelle.
»Haben Sie sich die gespeicherten Fotos angeschaut?«, fragte Rachid.
»Nein, dazu hatte ich noch keine Gelegenheit.«
»Ich bin auf Ihr Urteil gespannt. Sozusagen von Künstler zu Künstler.«
»Sie machen mich neugierig.«
Seine Höflichkeit, dachte Isabelle, hatte Nicolas während der Haft nicht eingebüßt.
»Ich habe für dich ein Zimmer in einem Riad organisiert«, sagte sie. »Ich wohne dort als Gast bei einer netten alten Dame. Oder willst du lieber im *Mamounia* übernachten?«
Nicolas sah sie von der Seite an.
»Sehr gerne in deinem Riad. Aber vorher müssen wir dennoch im Hotel vorbei, wegen der Rechnung und meinem Koffer. Auch hoffe ich, dass man meine Wertsachen aus dem Zimmersafe genommen hat. Ich hatte bei meinem … bei meinem … wie soll ich sagen? Bei meinem Ausflug nichts dabei, weder Geld noch eine Kreditkarte.«
»Hat man gewiss alles sicher aufbewahrt«, sagte Rachid. »Das *Mamounia* genießt einen erstklassigen Ruf.«

»Aber gleich anschließend fahren wir bitte weiter in dein Riad. Wie gesagt, ich muss dringend duschen und mir … das Gefängnis von der Haut und aus den Haaren waschen.«

Jetzt war es Isabelle, die Nicolas von der Seite ansah.

»Und danach sollten wir reden. Ich möchte wissen, was wirklich passiert ist, wie du in diese Lage kommen konntest. Darüber hinaus bist du mir eine Erklärung schuldig.«

Nicolas nickte.

»Ich weiß. Aber es ist kompliziert …«

»Wir haben den ganzen Abend Zeit.«

Weil sie nicht weitersprachen, stellte Rachid eine Frage.

»Wann geht eigentlich morgen euer Flug? Ich bringe euch selbstverständlich zum *aéroport.*«

»Kurz nach elf«, antwortete Isabelle.

Sie bemerkte, dass sich Nicolas' Hände verkrampften.

»Du wirst alleine fliegen müssen«, sagte er nach einer Weile.

»Warum?«

»Wie gesagt, es ist kompliziert …«

16

Es war schon dunkel, als Isabelle mit Nicolas im Innenhof des Riad saß. Zuvor hatten sie gemeinsam mit der alten Dame, die sich über ihren neuen, charmanten Gast freute, zu Abend gegessen. Ihr Koch hatte ihnen Couscous zubereitet, mit Paprika, Tomaten, Zucchini und Kichererbsen. Unwillkürlich hatte sie an Jacques' Bistro in Fragolin gedacht, der in schöner Regelmäßigkeit Couscous auf seiner Tageskarte hatte. Nur befand sie sich jetzt in Nordafrika, wo dieses Gericht seinen Ursprung hatte.

Nicolas wirkte nach seiner ausgiebigen Dusche, in frischer Hose und mit sauberem weißem Hemd wie ausgewechselt. Fast sah er aus wie früher. Nur sein Gesichtsausdruck passte nicht. Und die fahrigen Handbewegungen. Der alten Dame war die Anspannung nicht aufgefallen, natürlich nicht, sie konnte ja nicht wissen, wie locker er sonst war. Jetzt war sie zu Bett gegangen und hatte sie alleine gelassen.

Der Springbrunnen plätscherte. In den Ecken brannten Fackeln. Vor ihnen stand eine Karaffe mit Wasser und Minzblättern.

»Du hast das Wort«, sagte Isabelle. »Schieß los!«

»Ich weiß nicht, wo ich beginnen soll, wie gesagt, es ist kompliziert.«

»Am besten, du beginnst am Anfang, zum Beispiel in Marseille, wo ich dich spätnachts mit einer jungen Frau gesehen habe.«

Er schüttelte den Kopf.

»Das ist nicht der Anfang. Die Geschichte reicht viel weiter zurück. Ich … ich habe sie noch nie erzählt.«

»Dann wird es höchste Zeit«, sagte sie etwas brüsker als beabsichtigt.
Nicolas sah sie nachdenklich an. Schließlich nahm er sein Handy und öffnete ein Foto. Wortlos reichte er es ihr.
Sie blickte auf das Porträt einer jungen, schönen Frau. Ganz sicher handelte es sich bei ihr nicht um das verhuschte Wesen aus Marseille.
»Wer ist das?«
»Amélie, meine Verlobte …« Er sprach nicht weiter.
Auch ihr fehlten die Worte. Nicolas war verlobt?
Sie gab ihm das Handy schweigend zurück.
»Sie ist tot«, fuhr er schließlich fort. »Ein Autounfall vor sechzehn Jahren.«
Isabelle sah ihn betroffen an.
»Warum hast du sie nie erwähnt?«, fragte sie leise.
»Weil ich die Vergangenheit überwinden möchte … Aber es gelingt mir nicht, sie holt mich immer wieder ein.«
Nicolas brauchte eine Pause, bis er weitersprechen konnte.
Währenddessen überlegte Isabelle, was der tragische Unfalltod seiner Verlobten mit den heutigen Ereignissen zu tun haben könnte. Versuchte er, ihr Mitleid zu wecken, damit sie ihm vergab?
»Ich könnte dir noch ein Bild zeigen«, fuhr er schließlich fort, »eine Ultraschallaufnahme. Amélie war schwanger. Bei dem Unfall ist auch unser ungeborenes Kind gestorben.«
Jetzt wusste sie endgültig nicht mehr, was sie sagen sollte. Stattdessen griff sie nach seiner Hand und drückte sie.
Wieder ließ sie ihm die Zeit, die er brauchte, bis er fortfahren konnte.
»Ich bin kein Mann der Worte. Ich kann mich besser über Bilder ausdrücken. Übrigens habe ich mir erst Jahre nach dem Unfall mit CLAC eine neue Identität geschaffen. Eine Art Parallelwelt, in die ich mich flüchten konnte …«

Isabelle war der Meinung, dass er gerade sehr wohl gute Worte fand. Auch glaubte sie zu verstehen, warum er sich hinter einem Pseudonym versteckte und damit nicht an die Öffentlichkeit treten wollte.
Er presste die Handflächen gegen seine Schläfen.
»Der Unfall war ... der Wendepunkt in meinem Leben ... Aber nicht nur in meinem Leben ... Er hat alles zerstört ...«
Die Pausen wurden immer häufiger und länger.
»Nicht nur in deinem Leben?«, wiederholte sie, um ihm auf die Sprünge zu helfen.
Er gab sich einen Ruck.
»Okay, ich fasse mich kurz. Ich hatte an jenem Abend zu viel getrunken. Darum habe ich Amélie fahren lassen, obwohl sie kaum Fahrpraxis hatte. In einer Kurve ist sie auf die Gegenfahrbahn geraten. Ein Auto kam mit aufgeblendeten Scheinwerfern entgegen. Ich habe noch versucht, ihr ins Lenkrad zu greifen ... Aufgewacht bin ich auf der Intensivstation ...« Er fuhr sich über die Augen. »Irgendwann habe ich erfahren, dass Amélie noch am Unfallort gestorben ist. Aber nicht nur sie. Im entgegenkommenden Auto saß ein Familienvater ... er war sofort tot. Auf dem Beifahrersitz seine Frau. Sie hat überlebt, sitzt aber heute im Rollstuhl und ist ein Pflegefall. Dem kleinen Mädchen auf dem Rücksitz ist wie durch ein Wunder fast nichts passiert. Sie war damals vier Jahre alt, heute ist sie zwanzig. Ihr Name ist Camille ...«
Isabelle sah ihn fassungslos an. Da glaubte man, jemanden zu kennen, fast alles von ihm zu wissen. Und jetzt offenbarte sich eine Tragödie ungeheuren Ausmaßes.
Warum hatte er den Namen des Mädchens erwähnt ... und ihr Alter? Plötzlich begann sie zu begreifen.
»Die Mutter lebt heute in einem Pflegeheim bei Aix-en-Provence. Ich besuche sie regelmäßig und komme für alle Kosten

auf. Mehr kann ich für sie nicht tun. Sie macht mir keinen Vorwurf, ich bin ja nicht gefahren. Und doch fühle ich mich schuldig …«

»Was ist mit Camille?«

»Ich habe der Mutter versprochen, mich um sie zu kümmern. Aber ich bin gescheitert. Camille ist drogenabhängig und hat die falschen Freunde … Du erinnerst dich an Marseille?«

Wie könnte sie sich nicht daran erinnern?

»Ich war schon unterwegs nach Monte Carlo zu dem Treffen mit meinem Galeristen, da hat Camille heulend angerufen und mich mit zitternder Stimme angefleht, sofort nach Marseille zu kommen. Sie stecke in Schwierigkeiten.«

Es ergab sich ein Bild. Plötzlich war alles stimmig.

»Du hättest mir die Wahrheit sagen sollen«, sagte sie. »Vielleicht hätte ich dir sogar helfen können.«

»Ich wollte dich nicht hineinziehen. Du hast selber eine Vergangenheit, die dich nicht loslässt.«

»Aber ich war dir gegenüber immer offen.«

Das entsprach zwar nicht ganz der Wahrheit, doch immerhin wusste er von ihrem Vorleben. Er aber hatte alles verschwiegen.

»Bitte keine Vorwürfe. Es ist schon so alles schwierig genug.«

Keine Vorwürfe? Sie gab ihm recht, die halfen nicht weiter. Vor allem ahnte sie, dass die Geschichte noch nicht zu Ende war.

»Tut mir leid. Bitte erzähl weiter.«

»Als ich Camille in Marseille gefunden habe, war sie total zugedröhnt. Keine Ahnung, was sie genommen hat. Von ihren Freunden, mit denen sie zusammen war, habe ich keine Antwort bekommen. Die waren alle halb im Delirium. Ich habe sie dort rausgeholt …«

»Dabei habe ich dich gesehen. Warum hat sie dich auf den Mund geküsst?«

Er lächelte verkrampft.

»Das macht sie oft, wenn sie high ist. Da geht in ihrem Kopf alles durcheinander. Jedenfalls habe ich sie in eine Entzugsklinik gebracht. Nicht zum ersten Mal.«

Sie sah ihn grübelnd an.

»Aber da ist sie nicht mehr, habe ich recht?«

»Nein, ist sie nicht. Camille hat sich dort mit einem jungen Mann angefreundet und ist mit ihm getürmt.«

Nun bekam auch Nicolas' »Abschiedsbrief« einen Sinn. Er müsse mal weg, hatte er geschrieben, um sich seiner Verantwortung zu stellen. Sie solle ihm vertrauen. Letzteres war ihr nicht gelungen. Wie es schien, musste sie Abbitte leisten.

»Und jetzt ist sie in Marrakesch?«, kombinierte sie.

Er nickte.

»Ja, ich bin ihrer Spur bis hierher gefolgt. Ich habe einen Tipp von einer Drogenparty im Keller einer alten Fabrik bekommen. Da hoffte ich, sie anzutreffen … dann kam die Polizei. Den Rest der Geschichte kennst du.«

»Nicolas, Nicolas …«, flüsterte sie.

»Kannst du mich ein klein wenig verstehen?«

»Jedenfalls ist mir nun klar, warum du morgen Vormittag noch nicht zurückfliegen kannst. Nicht ohne Camille.«

»Flieg alleine. Ich komme nach.«

»Oder du landest erneut im Gefängnis? Das nächste Mal bekommen wir dich nicht so leicht wieder raus.«

»Ich passe besser auf mich auf.«

»Das Risiko ist mir zu groß. Ich bleibe hier, und wir suchen gemeinsam nach Camille.«

Er sah sie ungläubig an.

»Das würdest du tun?«

»Natürlich. Ist einfacher, als dir später erneut aus der Patsche zu helfen.«

17

In der folgenden Nacht lag sie lange wach. Kein Wunder, denn ihr Geist kam nicht zur Ruhe. Ihre Gedanken kreisten unablässig um Nicolas und um das, was er ihr am Abend anvertraut hatte. Ihr fiel der Begriff Lebensbeichte ein. Um ihn gleich wieder zu verwerfen, denn Nicolas hatte keine Bilanz seines Lebens gezogen und ihr alle seine Sünden und Verfehlungen gestanden. Mit der Bitte um Vergebung. Wie auch? Sie war kein Pfarrer. Aber er hatte den Schleier von dem dunkelsten Moment seines Lebens gezogen – und ihr die dramatischen Folgen offenbart, die sich daraus ergeben hatten. So gesehen hatte er doch eine Art Beichte abgelegt – auch wenn er keine Schuld auf sich geladen hatte.
Wie konnte es sein, dass ihr nie aufgefallen war, dass er ein Geheimnis mit sich herumtrug? Isabelle hielt sich für eine gute Beobachterin, die sich nicht so leicht hinters Licht führen ließ. Jetzt musste sie erkennen, dass ihre Instinkte ausgerechnet bei dem Menschen, den sie am besten zu kennen glaubte, versagt hatten. Sie hatte nie gespürt, dass er ein Trauma verbarg. Dabei fielen ihr im Rückblick viele Eigenarten auf, die sie hätten aufmerksam machen können. Dass er häufig bei klassischer Musik malte und einen Hang zur Melancholie hatte, war noch unverdächtig. Dass seine riesigen Bilder schwer zu entschlüsseln und meist in dunklen Farben gehalten waren, ließ sich im Rückblick schon eher als Hinweis interpretieren. Ähnlich ihre Beobachtung, dass Nicolas häufig geistesabwesend war. Als ob er mit seinen Gedanken gerade in einer anderen Welt verweilen würde. Bei einem Künstler

aber war ihr das nicht abwegig erschienen. Nun jedoch lag die Vermutung nahe, dass ihn in diesen Momenten die Vergangenheit einholte. Mit Erinnerungen an seine Verlobte Amélie. An den verheerenden Zusammenstoß. Aber auch die Gegenwart dürfte ihn beschäftigt haben – mit einem Unfallopfer im Rollstuhl und einer Camille, die ihm Sorgen bereitete.

Isabelle überlegte, dass Nicolas nie viel von seiner Vergangenheit erzählt hatte. Auch hatte er nie begründet, warum er aus einer Schaffenskrise erst mit dem Pseudonym CLAC wieder herausgefunden hatte. Das passte zu einer posttraumatischen Belastungsstörung. Es half, sich neu zu erfinden. Damit kannte sie sich aus. In gewisser Weise hatte sie sich nach dem Bombenattentat auch neu »erfunden«. Sie hatte sich von einer Antiterrorspezialistin zur Kommissarin gewandelt und war von Paris in die Provence gezogen.

Und noch etwas wurde ihr plötzlich klar. Es gab einen Grund, warum sich Nicolas fast nie ans Steuer eines Autos setzte. Auch auf dem Beifahrersitz machte er einen angespannten Eindruck. Jetzt wusste sie, warum.

Das kleine Mädchen auf dem Rücksitz hatte überlebt … Erst jetzt fiel ihr die Parallele zu ihrem eigenen Leben auf. Wie Camille hatte auch sie als Kind hinten gesessen, als ihr Vater von der Straße abkam. Beide Eltern fanden dabei den Tod. Sie selbst hatte fast unverletzt überlebt – und wurde danach von ihrer *grand-mère* in Lyon aufgezogen. Die Liebe ihrer Großmutter hatte ihr geholfen, den Verlust ihrer Eltern zu überwinden, und ihr Leben in eine gute Richtung gelenkt. Camille hatte offenbar nicht so viel Glück gehabt.

Isabelle wälzte sich im Bett hin und her. Ihr ging durch den Kopf, wie groß ihre Enttäuschung gewesen war, als sie ihn in Marseille mit der fremden Frau gesehen hatte – obwohl er nach eigener Aussage doch in Monte Carlo gewesen war. Sie hatte

den Stab über ihn gebrochen. Nicht ganz, aber fast. Und jetzt ... war sie dabei, ihm zu vergeben. Sie hätte nicht gedacht, dass das so schnell geschehen könnte. Wenn überhaupt.
Sie zog sich das Kissen über den Kopf. Warum verdammt noch mal konnte sie nicht schlafen? Es hatte sich doch alles aufgeklärt? Nicolas war wieder zurück in ihrem Leben. Er hatte sich keines Verbrechens schuldig gemacht ... Sie sollte glücklich sein und selig schlummern.
Tatsächlich drehte sich ihr Gedankenkarussell immer langsamer. Ihre Gedanken schweiften zum morgigen Tag. Sie würde Nicolas bei der Suche nach Camille helfen. Sie zweifelte nicht daran, dass die Entscheidung, ihm zur Seite zu stehen, richtig war. Fast hatte sie das Gefühl, es ihm schuldig zu sein. Warum eigentlich? Weil sie ihm unrecht getan hatte?
Das Karussell im Kopf kam zum Stehen. Sie bekam den Moment nicht mehr mit. Weil Morpheus sie endlich in seine Arme genommen hatte.

Zum Frühstück erschien Nicolas wesentlich ausgeschlafener als sie selbst. Aber sie gönnte es ihm, denn er hatte nach seinem Gefängnisaufenthalt einiges nachzuholen. Sie hatten nur einen kurzen Fußweg zu einem nahe gelegenen Café. Natürlich sprachen sie über das, was er ihr gestern anvertraut hatte. Wobei sie es vermied, irgendwelche Fragen zu stellen. Dennoch würde sie gerne mehr über seine tödlich verunglückte Verlobte Amélie erfahren. Was war sie für ein Mensch gewesen? Wie hatten sie sich kennengelernt? Aber sie überließ es ihm, irgendwann von ihr zu erzählen. Aus freien Stücken. Und wenn er es nicht tat, würde sie seine Entscheidung auch respektieren. Für den Augenblick gab es Wichtigeres.
»Hast du irgendeine Idee, wo und wie wir Camille finden können?«, fragte sie.

Er tunkte sein Croissant in den *café au lait*. So wie er es auch zu Hause in Frankreich gerne machte.

»Ich habe einen Kontakt«, verriet er. »Sein Name ist Abu Nasire, er ist ein Vorbeter, so eine Art Imam.«

Sie sah ihn erstaunt an.

»Warum sollte dir ein Imam helfen? Und wie könnte er wissen, wo sich Camille aufhält?«

»Wo sich Camille aufhält, weiß er wahrscheinlich nicht, aber er weiß, wo sich sein jüngerer Bruder Yousef herumtreibt. Das ist der Marokkaner, mit dem Camille aus der Entzugsklinik getürmt ist. Mit ihm hat er ähnliche Probleme wie ich mit ihr. Yousef konsumiert harte Drogen.«

»Hattest du auch den Tipp von der Drogenparty in der alten Fabrik von ihm?«

»Ja, hatte ich. Wo Yousef ist, sollte auch Camille zu finden sein. Sie kennt ja sonst niemanden hier.«

»Warum rufst du diesen Nasire nicht an?«

»Weil er kein Telefon hat. Er ist kein sehr fortschrittsgläubiger Mensch. Er sagt, dass auch Mohammed kein Telefon besessen habe. Aber ich war schon mal bei ihm und kenne seine Adresse. Wir müssen nur hoffen, dass er nicht gerade in der Moschee ist, da dürfen wir nicht rein.«

»Dann lass uns hinfahren, vielleicht haben wir Glück.«

»Am Vormittag sei er meistens zu Hause, hat er mir gesagt, da studiere er den Koran.«

Isabelle griff zum Handy.

»Ich rufe Rachid an. Er wird uns fahren.«

»Rachid? Wir könnten ein Taxi nehmen.«

»Rachid kennt sich hier aus, er kann uns eine große Hilfe sein. Übrigens habe ich vorhin mit ihm telefoniert und ihm gesagt, dass wir nach einer jungen Frau suchen. Er hat uns seine Unterstützung angeboten.«

»Zudem ist er ein guter Autofahrer, das habe ich gestern festgestellt. Von den Taxifahrern kann man das hierzulande nicht immer behaupten.«

Der Wohnsitz von Yousefs Bruder Abu Nasire befand sich unweit der Moschee *Barrima.* Isabelle wartete mit Rachid im Auto. Nicolas war schon eine Weile drin, offenbar hatte er den Imam angetroffen.

Apollinaire, der ein Talent hatte, sie in denkbar ungünstigen Momenten mit einem Anruf zu stören, traf es heute besser. Gerade passte es wirklich. Jedenfalls so lange, bis Nicolas wieder auftauchte.

»*Bonjour, Madame,* ich wollte mich nur ordnungsgemäß von Paris zurückmelden und Ihnen versichern, dass ich weder überfahren noch ausgeraubt wurde. *Eh bien,* Letzteres war nicht sehr wahrscheinlich, da ich meine Polizeiuniform getragen habe. Wie auch immer, ich bin zurück und halte in unserem Kommissariat die Stellung.«

»Freut mich zu hören. Was hat Ihr Gespräch mit Richard Levin erbracht?«

»Mit Richard … Richard Levin, aber natürlich. Sagten Sie Gespräch? Nun, so kann man das wohl nicht nennen. Der Mann ist verschlossen wie eine Auster. Er hat mir auf keine meiner Fragen eine Antwort gegeben. Er behauptete doch tatsächlich, er habe ein Recht zu schweigen. So stehe das in der Verfassung. Verfassung? Dass ich nicht lache …«

Der arme Apollinaire, dachte Isabelle. Da fuhr er extra nach Paris, um einem Verdächtigen ein Geständnis zu entlocken. Und dann ließ ihn dieser einfach auflaufen.

»Was schließen Sie aus seinem Schweigen?«

»Dass er was zu verbergen hat, ist doch klar. Aber der Mann hat gute Nerven. Ich habe ihn konkret auf seine Garage angesprochen und auf die eingezogene Mauer. Er hat nicht mal mit der Wimper gezuckt. Das muss man erst mal bringen.«

»Es gäbe noch eine andere Erklärung …«

»Dass er schlecht hört?«

Isabelle musste lachen.

»Nein, aber vielleicht weiß er wirklich nichts von einer eingemauerten Leiche.«

»An diese theoretische Option habe ich auch schon gedacht. Aber ich bleibe dabei, der Mann ist in höchstem Maße suspekt. Wer andere Leute bei Anlagegeschäften übers Ohr haut, schreckt auch sonst vor keinem Verbrechen zurück.«

»Eine gewagte These …« Isabelle sah, dass Nicolas aus dem Haus kam. »Apollinaire, ich muss leider abbrechen. Lassen Sie sich nicht entmutigen. Sie schaffen das! Noch einen schönen Tag, auf bald.«

»Nicht entmutigen, ich verstehe. *Au revoir, Madame.*«

Nicolas setzte sich ins Auto und hob den Daumen.

»Hat leider etwas länger gedauert. Der Vorbeter war nicht so kooperativ wie das letzte Mal. Er dachte offenbar, dass ich was mit der Razzia zu tun hatte, bei der sein Bruder fast geschnappt worden wäre. Aber dann ist er doch damit herausgerückt, wo sich Yousef seines Wissens gerade aufhält.«

Rachid ließ den Motor an.

»Dann lass uns hinfahren. Wie ist die Adresse?«

18

Das sei keine feine Gegend, stellte Rachid fest, als sie sich dem Ziel näherten. Sogar eine besonders üble. Sie sollten sich in Acht nehmen. Leider könne er nicht mit reinkommen, denn dann sei im Anschluss sein Auto weg.
»*Pas de problème*«, sagte Isabelle. »Wir kommen ja in friedlicher Absicht.«
»Ihr wisst das, aber ob die das auch wissen …«, grummelte Rachid.
»Am besten wartest du um die Ecke. Wir gehen die letzten Meter zu Fuß, das ist am unverdächtigsten.«
»Wie soll ich dann wissen, falls ihr in Schwierigkeiten steckt?«
Isabelle lächelte. »Du bist nicht der Imam, du hast ein Handy. Und deine Nummer habe ich eingespeichert.«
Er parkte am Straßenrand. »Na gut, aber passt auf euch auf.«
Nicolas beteiligte sich nicht am Gespräch. Wieder einmal machte er den Eindruck, als ob er mit seinen Gedanken ganz woanders wäre. Falls es Schwierigkeiten geben sollte, wäre er keine große Hilfe.
Das Mietshaus war ein hässlicher grauer Block mit mehreren Etagen. Das hier war nicht das bezaubernde ockerfarbene Marrakesch aus den Reiseführern. Vor dem Hauseingang lungerten einige junge Männer herum und sahen ihnen abweisend entgegen. Isabelle ließ sich nicht beeindrucken und ging direkt auf sie zu. Einer stellte sich ihnen mit verschränkten Armen in den Weg. Natürlich der größte und kräftigste. Wie es schien, war er der Anführer.
»Stopp! Wo wollt ihr hin?«, fragte er.

»Zu Yousef, sein Bruder schickt uns«, antwortete Nicolas. Immerhin hatte es ihm nicht die Sprache verschlagen. Wobei sie bezweifelte, dass es klug war, Yousefs Bruder zu erwähnen. Sekunden später bestätigte sich ihr Verdacht.
»Ihr kommt von seinem Bruder? Dann könnt ihr euch gleich verpissen!«
Das war deutlich. Offenbar fehlte es dem Imam in diesen Kreisen an Respekt.
Isabelle lächelte ihn freundlich an.
»Erst müssen wir zu Yousef, danach verpissen wir uns.«
Ihm war anzusehen, wie er sich aufpumpte.
»Dazu müsstet ihr an mir vorbei.«
Er warf seinen Freunden einen triumphierenden Blick zu. Isabelle wurde klar, dass er den Weg nicht freiwillig räumen würde. Das war er seiner Reputation schuldig.
»Ihr zieht jetzt Leine, oder ich steche euch ab«, fügte er prompt hinzu. Noch hielt er kein Messer in der Hand. Aber Isabelle zweifelte nicht daran, dass er eines besaß.
»Komm, lass uns gehen«, raunte ihr Nicolas zu.
Nun hatte Isabelle eine schlechte Eigenschaft: Sie ließ sich ungern abweisen. Auch wenn es dafür gute Gründe geben sollte. Sie warf seinen Kumpels einen prüfenden Blick zu. Sie waren zu fünft. Er war zweifellos ihr Boss. Ihn galt es, auszuschalten.
»Ich hab einen Vorschlag«, sagte sie mit ruhiger Stimme. »Wenn ich dir einen Schlag auf den Solarplexus verpassen und anschließend die Schulter auskugeln kann, dürfen wir dann reingehen, ohne dass uns deine Freunde daran hindern?«
Er sah sie ungläubig an.
»Solarplexus? Häh, was soll das sein?«
»Zeige ich dir. Aber erst muss ich wissen, dass wir einen Deal haben.«
»Ich glaub, dir haben sie ins Hirn geschissen …«

Das war vulgär. Aber sie hatte eine ähnliche Reaktion erwartet.
»Haben wir eine Vereinbarung oder nicht?«
Der Mann knetete sich grinsend die Fäuste. Nicolas würdigte er keines Blickes.
»Geht in Ordnung, du Schlampe. Aber nicht jammern, wenn ich dir gleich die Nase breche und danach …«
Isabelle ließ ihn nicht ausreden. Den überfallartigen Taekwondo-Tritt mit ausgestrecktem Bein hatte sie tausendmal geübt. Auch wenn das schon lange her war, traf sie präzise die Stelle zwischen Brustbein und Bauchnabel. Jetzt wüsste er, wo der Solarplexus zu finden war. Auch dass ein Schlag zur Lähmung des Zwerchfells und zum Atemstillstand führte. Aber dies zu verstehen war er gerade nicht in der Lage … Sie hatte den Schlag mit verminderter Kraft ausgeführt, um ihn nicht schlimmer zu verletzen. Doch es reichte, dass er auf den Boden sank und keinen Mucks mehr von sich gab.
Sie deutete mit dem Zeigefinger energisch auf seine Freunde, die offenbar nicht fassen konnten, was gerade passiert war.
»Kümmert euch um euren Freund. Die ausgekugelte Schulter erspare ich ihm. So, und jetzt lasst uns rein. Nicht vergessen, wir haben einen Deal.«
Die jungen Männer machten keine Anstalten, sie aufzuhalten. Eine Reaktion, die sie erwartet hatte. Häufig genügte es, den Anführer außer Gefecht zu setzen, um erst mal Ruhe zu haben. Doch wie sie wusste, war dieser Effekt oft nur von kurzer Dauer.
»Wo finden wir Yousef?«
»Im zweiten Stock, dritte Tür«, antwortete einer.
Nicolas rührte sich nicht. Er starrte wie paralysiert auf den Mann am Boden.
Isabelle nahm ihn am Arm und zog ihn ins Haus.

»Hast du ihn umgebracht?«, fragte Nicolas im Treppenhaus.
»Nein, natürlich nicht«, antwortete sie. »Er hat uns ja nichts getan.«
»Ich bin zu Tode erschrocken.«
»Ich konnte dich ja schlecht vorwarnen. Aber mit guten Worten hätten wir uns keinen Zugang verschaffen können.«
»Mit guten Worten? Nein, wohl kaum.«
Im zweiten Stock angelangt, öffneten sie die dritte Tür – ohne anzuklopfen. Sie war nicht abgesperrt.
Nicolas blieb vorsichtshalber hinter ihr.
Isabelle checkte mit schnellem Blick die Situation.
Der Raum war rauchgeschwängert. In der Mitte stand eine große Shisha-Pfeife. Im Halbkreis lümmelten auf Kissen drei Männer und zogen an ihren Mundstücken. Dem süßlichen Geruch nach zu schließen enthielt die Wasserpfeife keinen normalen Tabak. Wahrscheinlich war Marihuana beigemischt. Oder ein anderes Rauschmittel. Dafür sprachen auch die glasigen Blicke der Männer.
»Wer von euch ist Yousef?«, fragte sie.
»Yousef? Kennen wir nicht …«
Weil zwei von ihnen aber nach ihrer Frage reflexartig zum Dritten in der Runde geblickt hatten, war nicht nur klar, dass sie gerade logen. Isabelle wusste somit auch, dass Yousef der junge Mann mit dem roten Fes war.
Aus dem Augenwinkel sah sie, wie Nicolas wortlos zu einem Diwan in einer Ecke ging. Erst jetzt bemerkte sie, dass dort eine zusammengekrümmte Gestalt lag. Er beugte sich hinunter und rüttelte sie an den Schultern.
»Camille, aufstehen!«, hörte sie ihn sagen.
Isabelle nahm Yousef in den Blick.
»Wir kommen von Ihrem Bruder Abu Nasire …«
»Mein Bruder kann mich mal!«

Dass sich Isabelle mit ihm auf ein Gespräch einließ, hatte nur einen Zweck: Sie wollte ihn von Camille ablenken, die in seinem Rücken mit Nicolas' Hilfe gerade schwankend auf die Beine kam.
»Ihr Bruder macht sich Sorgen. Kommt hinzu, dass er als Imam auf seinen Ruf achten muss.«
»Sein Ruf ist mir egal. Soll er doch vor die Hunde gehen …«
Plötzlich bemerkte Yousef, wie Camille von Nicolas durch den Raum geführt wurde.
»Halt, was machen Sie da? Camille ist meine Freundin, sie bleibt hier.«
»Camille ist meine Tochter«, log Nicolas. »Ich bringe sie nach Hause.«
Yousef schaute ihn mit offenem Mund an.
»Camille ist volljährig, sie möchte bei mir bleiben.«
»Möchte sie nicht!«
Wie zur Bestätigung gab ihm Camille einen Kuss – auf die Lippen.
»Das ist … das ist Freiheitsberaubung …«
Yousef versuchte aufzustehen. Was ihm nicht leichtfiel, denn die Shisha-Pfeife zeigte Wirkung.
Seine Freunde machten keine Anstalten, ihm zu helfen.
Camille ließ sich bereitwillig von Nicolas aus dem Raum führen. Nach Freiheitsberaubung sah das nicht aus.
Yousef stolperte hinter ihnen her.
Isabelle gab ihm einen sanften Stups. Er verlor sein Gleichgewicht, ruderte mit seinen Armen – und fiel hin.
Im Treppenhaus, auf dem Weg nach unten, stellte Isabelle fest, dass sie nicht verfolgt wurden.
»Gleich haben wir es geschafft«, sagte Nicolas mit Camille am Arm.
Wenn er sich da mal nicht täuschte, dachte Isabelle.

Als sie vor das Haus traten, bestätigte sich ihre Befürchtung. Ihr Kontrahent von vorhin saß auf einer niedrigen Mauer. Zusammengekrümmt – aber bei Bewusstsein. Vielleicht hätte sie doch fester zutreten sollen, überlegte sie. Und auch die Schulter auskugeln.

Isabelle erkannte, dass sich die Situation fundamental verändert hatte. Definitiv zu ihren Ungunsten. Die Zahl der Männer hatte sich verdoppelt. Einige hielten Messer in den Händen.

»*Quelle merde*«, murmelte Nicolas.

Auf Arabisch gab der angeschlagene Anführer auf der Mauer ein Kommando. Und damit ihn auch Isabelle verstand: »Macht sie fertig!«

Das hörte sich nicht gut an, dachte Isabelle. Gar nicht gut. Es blieb keine Zeit, das Handy aus der Gesäßtasche zu ziehen und Rachid anzurufen.

Isabelle nahm einen Mann ins Visier, der genau zwischen ihr und dem Anführer stand. Auch er war mit einem Messer bewaffnet. Das eröffnete eine Chance. Blitzartig entwickelte sie eine Angriffsstrategie. Sie würde auf den Mann mit dem Messer losstürmen, ihn außer Gefecht setzen und ihm gleichzeitig das Messer abnehmen. Dann zum Anführer … ihm einen Arm auf den Rücken drehen … das Messer an die Kehle setzen – und damit drohen, ihn umzubringen, wenn man sie nicht laufen ließe.

Ein besserer Plan fiel ihr auf die Schnelle nicht ein. Ob er funktionieren würde, wusste sie nicht …

Isabelle hörte ein Auto mit heulendem Motor heranrasen. Sie drehte sich um und erkannte Rachids verbeulten Renault. Auf dem Dach ein Blaulicht. Mit blockierenden Rädern kam er zum Stehen. Rachid sprang heraus und feuerte mit einer Pistole in die Luft.

»Das ist eine Operation der Geheimpolizei«, rief er. »Meine Kollegen sind im Anmarsch. Lasst die drei gehen! Wer sich ihnen in den Weg stellt, wird von mir auf der Stelle erschossen.«

Um seinen Worten Nachdruck zu verleihen, feuerte er erneut einen Schuss ab. Diesmal nicht in die Luft. Die Kugel schlug neben einem der Männer in der Hausmauer ein.
Isabelle gab Nicolas ein Zeichen. Er packte Camille und zerrte sie im Eiltempo zum Auto. Isabelle blieb dicht hinter ihm, um ihm Schutz zu bieten.
Aus einem offenen Fenster im zweiten Stock brüllte Yousef irgendwas auf Arabisch.
Als Letzter sprang jetzt auch Rachid ins Auto.
»Festhalten!«
Er gab Vollgas, schlug das Lenkrad ein, schleuderte um die Achse – zwei Männer brachten sich mit einem Hechtsprung in Sicherheit – und machte, dass er davonkam.

19

Einige Kilometer später parkten sie am Straßenrand. Camille war schlecht, sie musste sich übergeben. Nicolas hielt ihr den Kopf.

»Danke für deine Hilfe«, sagte Isabelle zu Rachid.

»War mir ein Vergnügen«, erwiderte er grinsend. »Fast so wie in alten Zeiten. Die Abwechslung tut meinen alten Knochen gut. Nichts gegen meine Frau, meine Familie und Datteln, nein, das ist alles wunderbar. Aber etwas … etwas eintönig. Das muss ich zugeben.«

»Woher hattest du das Blaulicht und die Pistole?«

Er lachte.

»Das Blaulicht habe ich beim Ausscheiden aus dem Dienst mitgehen lassen. Man weiß ja nie. Habe ich unter meinem Sitz verstaut. Und die Pistole habe ich aus meinem Handschuhfach. In meinem Nachtkästchen habe ich auch eine Waffe. Und auf meiner Dattelplantage sogar ein Schnellfeuergewehr. Wer so lange wie ich bei der Geheimpolizei war, ist ein bisschen …« Er machte mit dem Finger eine kreisende Bewegung vor seiner Schläfe. »Ist ein bisschen paranoid, wenn du verstehst.«

Isabelle verstand. Doch hatte in ihrem Fall nach ihrer aktiven Zeit der gegenteilige Effekt eingesetzt. Sie hatte eine tiefe Abneigung gegen Waffen jeder Art entwickelt. Auch wenn es nicht immer ohne ging. Jedenfalls hatte sich seine »Paranoia« für sie gerade ausgezahlt.

Rachid deutete aus dem Fenster.

»Der Kleinen geht's nicht gut. Kann es sein, dass sie unter Drogen steht?«
Isabelle nickte.
»Ganz bestimmt. Aber keine Ahnung, was sie nimmt.«
»So, jetzt brauchen wir noch drei freie Plätze im nächsten Flieger nach Frankreich. Und dann heißt es, Abschied nehmen.«
Isabelle nickte. »So ist es. Deine Dattelplantage schau ich mir das nächste Mal an. Versprochen!«

Kurze Zeit später, sie saßen bei Rachid in seinem Garten, stellte sich heraus, dass sie ein Problem hatten. Camille hatte ihren Ausweis verloren. Das war schon mal nicht gut, ließe sich aber über die französische Botschaft irgendwie lösen. Schlimmer war, dass sie ihren Ausweis bei der Flucht aus der Fabrik verloren hatte. Es war davon auszugehen, dass ihn die Polizei gefunden hatte. Jetzt stand sie mit ziemlicher Sicherheit auf der Fahndungsliste. Beim Versuch auszureisen würde man sie sofort festnehmen. Rachid sagte, dass in Marokko manches nicht perfekt funktioniere, aber die Grenzkontrollen seien rigoros.
Er telefonierte mit einem früheren Kollegen bei der Polizei. Sie verstand kein Wort, weil sie arabisch sprachen. Sein Gesichtsausdruck aber verhieß nichts Gutes. Es dauerte nicht lang, dann hatten sie die Bestätigung. Camille sei im Computer registriert, sagte er, und zur Verhaftung ausgeschrieben. Vor diesem Hintergrund sehe er keine Möglichkeit, sie außer Landes zu bringen, selbst mit provisorischen Papieren.
Camille bekam von der Diskussion nichts mit. Sie war auf einer Liege im Schatten einer Palme eingeschlafen. Rachids Frau Latifa war bei ihren Enkelkindern. Weshalb sie ungestört und offen über ihre Situation reden konnten.
Isabelle überlegte, ob sie Camille über Maurice Balancourt in Paris eine falsche Identität besorgen könnte. Die Möglichkeit

bestand, doch dafür müssten triftige Gründe vorliegen. Camille drohte nicht die Todesstrafe. Der Spionage wurde sie auch nicht verdächtigt. Nein, diese Option blieb ihnen verwehrt. Es musste einen anderen Weg geben.

»Dann miete ich uns ein Häuschen in Casablanca und bleibe mit Camille so lange im Land, bis Gras über die Sache gewachsen ist«, schlug Nicolas vor.

Gras klingt nett, dachte Isabelle, weil ihr dabei Haschisch in den Sinn kam.

»Das können Sie vergessen«, erwiderte Rachid. »Unsere Computer haben ein langes Gedächtnis. Wer einmal gespeichert ist, bleibt bis zum Jüngsten Tag.«

Jüngster Tag? Gab es den auch im Islam?

»Langsam glaub ich, dass du spinnst«, rutschte es Isabelle raus. »Du kannst doch nicht wegen eines Schuldkomplexes dein Leben wegschmeißen und dich in Marokko verkriechen.«

Er sah sie erschrocken an. »Das war hart.«

Isabelle nickte. »Ja, sollte es auch sein. Sonst verstehst du es nicht. Ich respektiere ja, dass du dich um Camille kümmern möchtest, aber ich finde, du übertreibst es mit deiner Fürsorge.« Sie warf einen schnellen Blick zur schlafenden Camille.

»Ich wäre jetzt auch lieber in meinem Atelier in Fragolin«, gab Nicolas kleinlaut zu. »Aber nun stecke ich mal in dem Schlamassel … und sehe keinen Ausweg.«

»Es gibt immer einen Ausweg«, sagte Isabelle. Und an Rachid gewandt: »Hast du denn keine alten Kontakte am Flughafen? Gibt es jemanden in der Passkontrolle, den wir bestechen könnten?«

Rachid hob die Augenbrauen.

»Du bist Kommissarin bei der *Police nationale* und machst einen solchen Vorschlag? Isabelle, Isabelle … ich muss mich schon wundern.«

»In Frankreich käme ich nicht auf die Idee«, räumte sie ein.

»Aber du denkst, im Orient geht so etwas …« Rachid lächelte. »Im Prinzip hast du sogar recht. Ein angemessenes Bakschisch kann manche Türen öffnen. Aber bei der Grenzkontrolle wäre das Risiko zu groß.«
»Ich würde mir das Bakschisch was kosten lassen«, bemerkte Nicolas.
Rachid schüttelte den Kopf.
»Wie ich schon sagte, das Risiko ist zu groß. Außerdem wüsste ich nicht, an wen man sich wenden könnte.«
»Du kennst dort wirklich niemanden?«
»Leider nein … niemanden. Na ja, bis auf meinen Schwager Tarek, aber der kann uns auch nicht helfen.«
»Warum nicht?«
»Er arbeitet bei der Passkontrolle im Abflugbereich für Privatjets. Mit Linienmaschinen hat er nichts zu tun.«
Isabelle sah ihn neugierig an. »Nur zum Verständnis, angenommen, wir hätten einen Privatjet, der uns abholt, könnte Tarek dann Camille durch die Kontrolle schleusen?«
»Ja, vielleicht. Ich müsste ihn fragen. Natürlich würde er es nicht umsonst machen. Mein Schwager hat fünf Kinder und eine verschwendungssüchtige Frau …« Rachid winkte ab. »Aber das kommt ja eh nicht infrage. Oder hast du neuerdings einen Privatjet?«
Isabelle strich sich nachdenklich eine Locke aus der Stirn.
»Nein, aber ich kenne jemanden, der hat einen.«
Nicolas sah sie erstaunt an.
»Du kennst jemanden? Doch nicht etwa den, an den ich jetzt denke? Warum sollte er mir helfen, ausgerechnet mir?«
Die Frage war berechtigt, dachte Isabelle.
»Dir würde er wahrscheinlich nicht helfen, aber mir. Käme auf einen Versuch an.« Isabelle stand auf. »Ich lass euch mal allein, ich möchte ungestört telefonieren.«

Als sie zurückkam, schlief Camille noch immer. Nicolas und Rachid tranken Minztee.
»Rouvens Maschine steht in Paris und könnte in einer Stunde starten«, sagte sie.
Nicolas schüttelte ungläubig den Kopf.
»Wer ist Rouven?«, fragte Rachid.
»Rouven Mardrinac. Ein sehr, sehr guter Freund …«
Rachid sah zwischen ihr und Nicolas hin und her.
»Ich dachte, er hier ist ein *sehr, sehr guter Freund* von dir?«
Isabelle lächelte versonnen.
»Stimmt, Nicolas ist das ebenfalls. Ich habe das besondere Privileg, mit zwei besonderen Männern befreundet zu sein.«
Rachid runzelte die Stirn.
»Und die beiden wissen voneinander?«
Nicolas nickte.
»Wir kennen uns sogar persönlich. Ist nicht immer … nun, nicht immer einfach, aber irgendwie geht es.«
Rachid fuhr sich durch die Haare.
»Im Islam ist es uns Männern gestattet, gleichzeitig mehrere Frauen zu ehelichen. Aber nicht umgekehrt.«
Wieder musste Isabelle leise lächeln.
Sie war Rachid keine Erklärung schuldig. Deshalb verkniff sie sich eine Erwiderung. Zum Beispiel, dass sie sich als emanzipierte Frau Freiheiten herausnahm, die sonst Männer gerne für sich reklamierten. Auch in Frankreich, wo selbst Präsidenten wie François Mitterand zugleich zwei Frauen hatten. Sie stellte das Prinzip auf den Kopf – und hatte eben zwei Männer. Auch das war eine Form von Gleichberechtigung. Simone de Beauvoir, die große Feministin, würde sie verstehen.
»*C'est la vie*«, sagte Isabelle stattdessen. »Aber ich denke, wir haben gerade Wichtigeres zu besprechen. Vordringlich wäre zu wissen, ob dein Schwager mitspielt und wann er Dienst hat?«

»Das habe ich während deines Telefonats geklärt. Tarek hat heute die Abendschicht ab achtzehn Uhr. Ob wir auf ihn zählen können, wollte ich nicht am Telefon besprechen. Aber ich denke, wir haben gute Chancen … Um das zu klären, würde ich euch kurz alleine lassen. Er wohnt nicht weit weg. Ich fahre schnell zu ihm.« Rachid stand auf. »Eine knappe Stunde, dann bin ich zurück.«

»Bitte schicke mir eine kurze SMS, sobald du mit ihm einig bist«, sagte Isabelle. »Dann gebe ich Rouven grünes Licht.«

Rachid grinste.

»Ich schicke dir ein Emoji, Daumen nach oben oder nach unten. Ich liebe Emojis, sie können vieles ausdrücken und verschleiern doch alles.«

»Viel Glück.«

»Fühlt euch wie zu Hause. *Je reviens tout de suite.*«

Isabelle und Nicolas tranken Tee und warteten auf Rachids Nachricht.

»Die Eskapaden deiner Schutzbefohlenen kommen dich ganz schön teuer zu stehen«, stellte sie fest.

»Sieht ganz so aus. Jedenfalls habe ich Rachid den Fotoapparat bereits bezahlt und ihm die Nikon geschenkt. Er hat sich sehr gefreut. Vor allem auch über mein Kompliment zu seinen Fotos. Er verfügt wirklich über ein gutes Auge. Ich zeig sie dir, wenn wir zurück in Fragolin sind. Er hat mir eine Speicherkarte mitgegeben.«

»Rachid hat viel für uns getan. Er würde sich darüber hinaus sicherlich noch über ein kleines Geldgeschenk freuen. Nicht jetzt, aber später.«

»Habe ich mir auch schon überlegt.«

»Von Khalid Moghadam erwartet dich eine Rechnung über seine anwaltschaftliche Tätigkeit«, führte sie eine weitere Position auf, die auf ihn zukam.

»Ist mir klar.«

»Jetzt noch Rachids Schwager Tarek. Er könnte wirklich, wirklich teuer werden.«
»Ich weiß. Rachid hat mir schon eine Summe genannt, die ihm angemessen erscheint.« Nicolas hob die Schultern. »Wenn wir Camille mit Tareks Hilfe außer Landes bringen können, bin ich nicht in der Situation zu verhandeln.«
Immerhin schätzte Nicolas seine Lage realistisch ein, dachte Isabelle. Auch wusste sie, dass ihm Geld nicht viel bedeutete. Davon profitierte gerade Camille. Ob sie es ihm je danken würde?
»Das ist noch nicht alles«, sagte sie nach einer Weile.
Er sah sie fragend an.
»Was kommt jetzt noch? Die Übernachtung im Riad und deine Reisespesen?«
Sie zeigte ihm einen Vogel.
»Willst du mich beleidigen? Außerdem waren wir von der alten Dame eingeladen.«
»Bitte entschuldige, ich bin gerade etwas durcheinander ...«
»Das ist die einzige Entschuldigung, die ich gelten lasse.«
»Was meintest du dann damit, dass das noch nicht alles wäre?«
»Ich musste Rouven andeuten, dass ich seinen Jet nicht für mich brauche. Er ist gerne bereit, dir zu helfen.«
»Ich sag's ja ungern, aber Rouven ist ein großartiger Mann.«
»So großartig nun auch nicht, als dass er nicht auf seinen Vorteil bedacht wäre. Er macht zur Bedingung, dass CLAC zur Eröffnung einer neuen Kunsthalle eine Auftragsarbeit anfertigt. Das Bild muss in acht Wochen fertig sein.«
Nicolas verzog das Gesicht.
»Ich fertige grundsätzlich keine Auftragsarbeiten an. Schon gleich gar nicht in acht Wochen ...«
»Das weiß er, aber er denkt, du könntest eine Ausnahme machen. Ach so, bevor ich es vergesse, er würde sich sehr glücklich

schätzen, wenn du das Gemälde seiner *Fondation* großherzigerweise als Schenkung überlässt.«

Nicolas stöhnte.

»Jetzt verstehe ich deine Bemerkung, dass bei den Kosten noch was hinzukommt.«

»Es *kostet* nur deine Kreativität und Arbeitszeit. Ich hab ihm in Aussicht gestellt, dass du es machst.«

»Acht Wochen? Wahrscheinlich soll es auch noch riesengroß sein?«

»Sind deine Werke doch immer.«

Auf Isabelles Handy blinkte eine Textnachricht auf.

Sie zeigte Nicolas wortlos das Display. Eine Hand mit Daumen nach oben.

»Soll ich Rachid ein Smiley zurückschicken?«

Er nickte. »Ja, bitte mach das. Und dann ruf Rouven an und sag ihm, dass er sein Bild bekommen wird.«

Nichts anderes hatte sie von ihm erwartet.

»Ich muss nur dem Piloten Bescheid geben. Rouven hat ihn bereits angewiesen, die Maschine startklar zu machen und alle Formalitäten für einen Flug von Paris nach Marrakesch in die Wege zu leiten. Der *Capitaine* wartet nur auf mein Signal.« Isabelle sah ihn lächelnd an. »Wenn Rouven davon erfährt, weiß er, dass ihr euch handelseinig seid.«

Wenige Stunden später brachen sie zum Flughafen auf. Camille war in einer denkbar schlechten Verfassung. Sie zitterte und konnte sich kaum auf den Beinen halten. Rachid meinte, dass sie in diesem Zustand am Terminal für unerwünschte Aufmerksamkeit sorgen könnte. Deshalb stoppte er auf dem Weg bei einer runtergekommenen Bar, von der er wusste, dass es dort unter der Theke Cannabis-Kekse zu kaufen gab. Tatsächlich verbesserten diese »Spacecakes« Camilles Verfassung ein wenig. Wie lange der Effekt anhielt, ließ sich nicht sagen. Hoffentlich so lange, bis sie an Bord waren.

Isabelle hatte mit Jacqueline in Paris telefoniert und veranlasst, dass für Camille ein provisorisches Ausweispapier ausgestellt und in Marseille beim Terminal für Privatflugzeuge hinterlegt wurde. Das wäre also auch geklärt. Jetzt kam es »nur« noch auf Tarek an.

Rachid begleitete sie bis zur Passkontrolle, wo sein Schwager schon auf sie wartete. Sie begrüßten sich mit gut gespielter Fröhlichkeit. Einen Kollegen, der neben ihm stand, schickte Tarek mit irgendeiner Bitte weg. Nicolas' und Isabelles Ausweispapiere sah er nur flüchtig an und knallte einen Stempel drauf. Dabei machte er einen Witz über das Wetter. Camille nahm er überhaupt nicht zur Kenntnis. Als ob sie Luft wäre.

Von Rachid wusste Isabelle, dass die Überwachungskameras genau in diesen Minuten durch einen überraschend aufgetretenen Defekt außer Betrieb waren.

Tarek machte eine auffordernde Handbewegung, sie sollten sich beeilen, ihr Jet habe bereits die Startfreigabe.

Nicolas nahm seinen Rollkoffer, hakte Camille unter und eilte los. Isabelle nahm sich noch die Zeit, Rachid zu umarmen und ihm ein *Merci* ins Ohr zu flüstern. Dann rannte sie den beiden hinterher.

Gegenüber Nicolas war es ihr fast unangenehm, dass sie in Rouvens Privatjet wie eine alte Bekannte begrüßt wurde.

»Madame Bonnet, wie schön, Sie wieder an Bord begrüßen zu dürfen …«

»Wir hoffen, Sie hatten einen angenehmen Aufenthalt in Marokko …«

»Vor dem Start ein Glas Champagner? So wie immer …«

Sie dachte, dass der Champagner eine von Rouvens Ritualen war. Gerade wollte sie stattdessen um ein Wasser bitten, da

wurde ihr bereits der Champagner gereicht. Was sollte Nicolas von ihr denken? Dass sie bei ihren Reisen mit Rouven ein Luxusleben führte? Isabelle gestand sich ein, dass dieser Eindruck zutreffend war. Aber nicht, weil sie darauf Wert legte. Im Gegenteil, sie fühlte sich oft unwohl dabei. Doch Rouven war nun mal so. Er kannte es nicht anders.
Natürlich bekam auch Nicolas Champagner. Ebenso Camille. Haschplätzchen und Champagner? Vielleicht keine ideale Kombination ... erst recht für jemanden wie Camille, die offenbar an der Nadel hing. Nicolas wollte ihr das Glas wegnehmen. Doch sie war schneller und trank es in einem Zug aus.

Isabelle war erleichtert, als sie die Reiseflughöhe erreicht hatten. Erst jetzt glaubte sie wirklich daran, dass ihnen die Flucht gelungen war. Camille war den Behörden durch die Finger geschlüpft. Die junge Frau war sicher gut beraten, Marokko für längere Zeit zu meiden. Dabei hatte sie nichts Dramatisches angestellt. Sie war drogenabhängig ... Sie hatte eine illegale Party besucht und dort ihren Ausweis verloren ... Das war kein Verbrechen – nur unsagbar dumm. Noch dümmer war es, mit Freunden wie Yousef herumzuhängen. Ohne Geld. Wie wollte sie den Stoff bezahlen, von dem sie abhängig war? In welcher »Währung«? Hatte sie sich das je überlegt? Es brauchte nicht viel Fantasie, um sich ihr weiteres Schicksal vorzustellen, das sie unweigerlich ereilt hätte ... wenn, wenn nicht Nicolas aufgetaucht wäre. Ob sie sich dessen bewusst war? Isabelle blickte zwischen den beiden hin und her. Camille schien mit offenen Augen eingeschlafen zu sein – was ziemlich *spooky* aussah. Nicolas dagegen hielt die Augen geschlossen. Doch er schlief ganz gewiss nicht. Es würde sie interessieren, was gerade in seinem Kopf vorging. Aber ... aber vielleicht war es besser, wenn sie es nicht wusste.

20

Am nächsten Vormittag putschte sich Isabelle mit einer Tasse extrastarken Kaffees auf. Dann zog sie sich ihre Joggingklamotten an und nahm ihre Lieblingsstrecke zur alten Chartreuse in Angriff. Die Nacht war kurz gewesen, denn nach der Landung in Marseille war sie noch mit dem Auto nach Fragolin gefahren. Nicolas dagegen hatte sich mit Camille in einem Hotel am *vieux port* einquartiert, um sie dann heute in die Entzugsklinik zu bringen, aus der sie vor einigen Wochen getürmt war. Wie er sicherstellen wollte, dass sie dort auch blieb, war ihr ein Rätsel. Man konnte Camille ja nicht einsperren, sie war erwachsen und freiwillig dort. In ihrem jetzigen Zustand allerdings war sie auf Hilfe angewiesen. Zunächst also sollte es klappen. Aber dann?
Isabelle versuchte, nicht zu viel an Camille zu denken, auch nicht an Nicolas und an ihren Kurztrip nach Marrakesch. Mit jedem Meter, den sie beim Laufen zurücklegte, kamen ihr die Ereignisse unwirklicher vor. Wie eine neuzeitliche Fassung einer Erzählung von Scheherazade aus *Tausendundeiner Nacht*. Nur nicht so schön.
Isabelle legte einen Zwischenspurt ein. Das brachte ihren Kreislauf in Schwung. Es roch nach Wald. Sie musste auf Wurzeln und Unebenheiten achten. Spätestens jetzt war sie im Hier und Jetzt angekommen. Fragolin und die Provence hatten sie wieder.

Später saß sie auf ihrer kleinen Dachterrasse. Mit frischen Croissants, die sie sich auf dem Rückweg vom Joggen in der *boulangerie* um die Ecke geholt hatte. Das liebte sie an dem kleinen Fragolin besonders: Alles war irgendwie gleich um die Ecke – *à quelques pas!* Sie las eine Textnachricht von Nicolas, in der er sich »für alles« bedankte. Er sei bereits unterwegs zur Entzugsklinik. Spätestens heute Nachmittag hoffe er zurück zu sein und sie zu treffen. Isabelle freute sich über die Nachricht – und ließ sie dennoch unbeantwortet. Gerade brauchte sie etwas Abstand.

Stattdessen telefonierte sie mit Jacqueline in Paris. Ihre Freundin hatte ein Recht zu erfahren, was passiert war und um wen es sich bei dieser Camille handelte, für die sie einen provisorischen Ausweis beschafft hatte. Isabelle fasste die Geschehnisse zusammen. Auch erzählte sie von Nicolas' schwerem Autounfall vor sechzehn Jahren, bei dem seine Verlobte und der Lenker des entgegenkommenden Fahrzeugs ums Leben gekommen seien. Vor dem Hintergrund dieser Vorgeschichte sei Nicolas in gewisser Weise rehabilitiert. Zwar habe er sie angelogen, aber nicht aus niederen Beweggründen, sondern schlicht deshalb, weil er mit Camille, für die er sich verantwortlich fühle, heillos überfordert sei.

Jacqueline wünschte ihr, dass mit Nicolas bald alles wieder wie früher sei. Da er doch ein so fantastischer und ungewöhnlicher Mann sei. Nun, ungewöhnlich war Nicolas zweifellos, dachte Isabelle. Wie »fantastisch« konnte sie gerade nicht sagen.

Nach den obligatorischen Grüßen an Maurice Balancourt verabschiedete sie sich von Jacqueline. Blieb noch ein wichtiges Telefonat zu führen. Danach könnte sie einen vorläufigen Schlussstrich unter die aktuellen Ereignisse ziehen. Gab es das überhaupt? Ein »vorläufiger« Schlussstrich, überlegte sie, war ja fast schon ein Widerspruch in sich selbst – nämlich kein wirklicher Schlussstrich.

Sie erreichte Rouven Mardrinac in Paris. Er sei zum Mittagessen mit dem Kurator der neuen Kunsthalle verabredet, sagte er,

dem er einen spektakulären CLAC versprochen habe. Weshalb er hoffe, dass sie den »Künstler« wohlbehalten in seinem Atelier in Fragolin abgeliefert habe. Sie solle dafür Sorge tragen, dass Nicolas zügig mit seiner Auftragsarbeit beginne, und Ablenkungen jeglicher Art von ihm abhalten. Isabelle überlegte, was sich Rouven unter derartigen »Ablenkungen« vorstellte. Er rechne fest damit, fuhr er fort, dass Nicolas zum Termin in acht Wochen ein Meisterwerk abliefern werde. Rouven lachte. Dann hätte sich die Einladung zu einem Privatflug auch unter finanziellen Gesichtspunkten gelohnt.
Sie versprach, Nicolas auf die Finger zu schauen – und ihn ansonsten in Ruhe zu lassen. Das Versprechen fiel ihr nicht schwer, denn genau das hatte sie vor.

Als Isabelle eine Stunde später das Rathaus betrat, stellte sie fest, dass sie sich auf ihr Kommissariat freute. Nicht wegen der kargen Räume und des in die Jahre gekommenen Mobiliars, sondern … wegen Apollinaire, der sie schnell auf andere Gedanken bringen würde.
Mit zügigen Schritten durchquerte sie die Eingangshalle. Ohne den Bildern mit den früheren Bürgermeistern einen Blick zuzuwerfen. Schon so fiel es ihr schwer genug, sich auf das Hier und Jetzt zu konzentrieren.
Weil sie ihr Kommen angekündigt hatte, traf sie Apollinaire gesittet hinter seinem Schreibtisch sitzend an. Also kein Kopfstand, um die Durchblutung im Gehirn zu fördern. Auch nicht mit einem Reagenzglas am Fensterbrett stehend, um seinem geliebten Kaktus mit wissenschaftlicher Akribie die genau berechnete Menge H_2O zuzuführen. Eine Auffälligkeit gab es aber doch: Apollinaire trug eine dunkle Sonnenbrille – dabei war es im Büro nicht übermäßig hell, geschweige denn, dass ihn die Sonne blenden könnte.

»*Bonjour, Madame*, ich heiße Sie herzlich willkommen zurück in der Zivilisation«, begrüßte er sie mit einem freudigen Lächeln.
Isabelle überlegte, dass sie sich nicht wie Livingston durch den afrikanischen Busch gekämpft hatte. Sie kannte Ecken in Frankreich, die weniger »zivilisiert« waren als Marrakesch. Doch was brachte es, ihm zu widersprechen? Vielmehr interessierte sie, warum er eine Sonnenbrille trug.
»*Merci*, Apollinaire, ich freue mich auch, Sie wiederzusehen.« Isabelle deutete auf seine Augen. »Darf ich fragen …?«
»Natürlich dürfen Sie. Wie Sie wissen, habe auch ich eine abenteuerliche Exkursion hinter mir.« Er räusperte sich. »Zwar bin ich in Paris weder überfahren noch ausgeraubt worden, ich habe mich sogar erstaunlich gut zurechtgefunden, aber die Klimaanlage im TGV ist eine Erfindung des Teufels. Sie hat bei mir eine akute Bindehautentzündung hervorgerufen. Den Anblick meiner geröteten Augen will ich Ihnen ersparen. Außerdem bin ich gerade etwas lichtempfindlich.«
»Das tut mir leid. Wollen Sie sich krankschreiben lassen?«
Er sah sie durch seine dunkle Brille empört an.
»Wo denken Sie hin? Natürlich nicht, ich bin ja weder angeschossen noch in Ausübung meiner dienstlichen Pflichten anderweitig verletzt worden. Ich bin voll einsatzfähig.«
Isabelle lächelte. Eine Bindehautentzündung im selben Atemzug mit einer Schussverletzung zu nennen konnte nur Apollinaire einfallen.
»Da bin ich aber beruhigt.«
»Madame, bevor ich Sie auf den neuesten Stand meiner Ermittlungen bringe, darf ich fragen, ob Ihre Reise nach Marokko erfolgreich verlaufen ist?«
Sie dachte an Nicolas und Camille und daran, dass beide wieder in Frankreich waren.

»Ja, kann man so sagen. Erzähle ich Ihnen mal bei einem Glas Wein in Jacques' Bistro. Aber jetzt interessiert mich doch, ob sich was Neues bei unserem Skelett ergeben hat?«

»Es schweigt beharrlich ... *pardon* ... das Skelett schweigt natürlich, wie könnte es anders sein. Mit dem Schweigen meinte ich Richard Levin. Wie ich Ihnen schon am Telefon sagte, verweigert er die Aussage. Das Einzige, was er kann, ist süffisant lächeln. Sein Glück, dass ich nicht zu Gewalt neige ...«

Das tat Apollinaire wirklich nicht, dachte Isabelle. Andererseits konnte sie sich vorstellen, wie er sich durch einen überheblich lächelnden, ansonsten aber mundfaulen Levin provoziert fühlte.

»Natürlich gebe ich nicht so leicht auf«, fuhr er fort. »Ich habe mich systematisch durch Levins Lebenslauf gearbeitet und bestätigt gefunden, dass er ein ausgesprochen unsympathischer Zeitgenosse ist. Zu Beginn seiner Karriere als Finanzberater hat er hochbetagten Rentnern Lebensversicherungen angedreht. Genauso gut hätte er Kühlschränke an Eskimos verkaufen können. Obwohl ...« Er kratzte sich am Kopf. »Angesichts der Klimaerwärmung ist das vielleicht gar nicht mehr so abwegig ...«

»Sie kommen vom Thema ab.«

Apollinaire rückte seine Sonnenbrille zurecht.

»Ich weiß, ich sollte mich aufs Wesentliche konzentrieren. Fakt ist, dass Levin wegen Steuerhinterziehung eine Strafe absitzt. Weder gibt es einen Zeugen noch einen Finanzbeamten, der im Vorfeld der Anklage auf unerklärliche Weise verschwunden ist und als Todesopfer infrage käme. Ich habe eine Liste früherer Geschäftspartner und Konkurrenten erstellt ...«

Er deutete auf das Flipchart in der Ecke. Es war so dicht vollgeschrieben und mit Zeichen versehen, dass Isabelle gar nicht erst in Versuchung kam, es sich genauer anzuschauen.

»Ich arbeite die Namen gegen den Uhrzeigersinn ab. Jeder von ihnen könnte die Leiche sein. Vorausgesetzt, er ist tot und ihm fehlte zu Lebzeiten ein Finger.«

»Da haben Sie ja einige Arbeit vor sich«, stellte sie fest. »Hinzu kämen die Anleger, die er mal übervorteilt hat.«

»Ist mir klar. Auch von ihnen könnte einer versucht haben, Levin zur Rechenschaft zu ziehen. Levin hat sich seiner Haut gewehrt, ihn totgeschlagen und in seiner Garage eingemauert. Natürlich, auch das wäre denkbar. Aber irgendwo muss ich ja anfangen.«

Sie warf einen skeptischen Blick auf Apollinaires Flipchart. Ob im Uhrzeigersinn oder dagegen, es war offensichtlich, dass seine Recherche einer Suche nach der Nadel im Heuhaufen gleichkam. Und selbst wenn, im unwahrscheinlichen Fall also, dass er erfolgreich sein sollte, was würde es bringen? Wie würde man Levin nach über zehn Jahren die Tat nachweisen können? Mit dem Verdacht konfrontiert, hätte er jeden Anlass, erneut süffisant zu lächeln. Außerdem wäre die Tat verjährt.

»Apollinaire, ich will Sie nicht entmutigen. Aber ich fürchte, so kommen Sie nicht weiter.«

»Das fürchte ich auch, aber die Hoffnung stirbt zuletzt.« Er schlug mit der flachen Hand auf den Tisch. »Ich will diesen Fiesling drankriegen. Solange uns nichts Besseres einfällt, checke ich systematisch alle Namen.«

Was Besseres einfällt? Genau das wäre nicht schlecht, dachte Isabelle.

»Ja, tun Sie das«, bestätigte sie ihn in seinem Vorhaben. »Vielleicht haben wir ja Glück.«

»Beharrlichkeit zahlt sich aus. Sie wissen ja, dass ich das Korn nicht so schnell in die Flinte werfe … Ähm … also umgekehrt.«

Apollinaire war aufgeregt, das konnte er nicht verbergen. Am Skelett lag das nicht. Offenbar hatte ihn dieser Richard Levin wirklich in Rage gebracht.

»Wie gesagt, ich wünsche Ihnen viel Glück. *Bonne chance!* Aber eine Bitte hätte ich vorab: Könnten Sie mir mal alle Unterlagen, die uns zum Fall vorliegen, alle Protokolle, die Grundbucheinträge, auch die Ergebnisse der Spurensicherung, den Autopsiebericht, Levins Vernehmungsprotokoll et cetera in einer Akte zusammenfassen? Ich möchte mir alles einmal in Ruhe anschauen.«

»*Je fais ça tout de suite!* Soll ich Ihnen die Akte physisch auf den Tisch legen, oder darf es auch ein digitaler Ordner im Computer sein?«

Sie sah sich amüsiert in ihrem antiquiert eingerichteten Kommissariat um.

»Nur weil es hier so aussieht, müssen wir nicht so arbeiten wie im vorigen Jahrhundert.«

21

Wie sich herausstellte, lag am späteren Nachmittag dann doch eine »physische« Mappe auf ihrem Schreibtisch. Nicht allzu dick, aber ganz ohne ging es offenbar doch nicht. Zum Beispiel gab es alle Unterlagen aus dem Bürgermeisterbüro nur in Papierform.

Da Isabelle sowieso nicht wusste, wonach sie konkret suchte, fing sie mit den Dateien an, die Apollinaire auf dem Computer hinterlegt hatte. Sie machte sich keinen Stress und ging auch nicht ins Detail. Zunächst ging es ihr darum, sich wieder in den Fall hineinzufinden und auf den neuesten Stand zu bringen. Das konnte man auch barfuß vor dem geöffneten Fenster auf dem Bürostuhl wippend, mit einem eisgekühlten Tee aus dem Kühlschrank und Lavendelplätzchen von Clodine.

Im Hintergrund hörte sie Apollinaire, wie er ein Telefonat nach dem anderen führte. Es gelang ihr, ihm nicht zuzuhören. Einmal warf er sein Lineal gegen die Wand. Was zeigte, dass er mit ganzem Herzen bei der Arbeit war.

Sie las das Protokoll seiner Vernehmung von Richard Levin in Paris. Apollinaire hatte den Bericht mit Kommentaren ausgeschmückt, in denen sich seine Frustration widerspiegelte. Die Anmerkungen hatten dort zwar sachlich nichts zu suchen, waren aber unterhaltsam zu lesen. Am Schluss kam sie zum selben Ergebnis wie er: Die Fahrt nach Paris hätte er sich sparen können! Auch dass Levin ein Unsympath war, kam überzeugend rüber – was ihn allerdings nicht zum Totschläger qualifizierte.

Aus einem anderen Schriftstück ging hervor, wie Richard Levin mit leichtfertigen Spekulationen nicht nur die Gelder seiner Anleger, sondern auch sein gesamtes eigenes Vermögen verspielt hatte. Gleichzeitig war ein von ihm erdachtes Steuersparmodell geplatzt, weshalb er Privatinsolvenz anmelden musste und wegen Steuerbetrugs zu sechs Jahren Haft verurteilt wurde. Da hatte es ihn wirklich voll erwischt. Leider aber auch die Anleger, die ihm vertraut hatten.

Als Nächstes nahm sie sich den abschließenden Bericht der Rechtsmedizin vor. Franell machte es ihr leicht. Netterweise hatte er seinen detaillierten Ausführungen ein populär formuliertes *résumé* angefügt: »Opfer männlich. Tod durch Zertrümmerung der vorderen Schädeldecke mit einem stumpfen Gegenstand. Alter: zwischen vierzig und fünfzig. Größe: ein Meter achtzig. Zu Tode gekommen vor etwa zehn Jahren. Arthrose im linken Knie. Zwei Zahnkronen. Fehlender Finger. Keine weiteren Auffälligkeiten.«

Sie schaute sich die angehängten Fotos des Skeletts an.

»Wer bist du?«, flüsterte sie.

Schon seltsam. Dass sie einen unbekannten Mörder suchten, war nichts Ungewöhnliches. Doch meistens war wenigstens die Identität des Opfers bekannt. Im vorliegenden Fall kannten sie aber auch diese nicht. Weshalb sich auch kein Motiv abzeichnete. Das war weniger als wenig. Richard Levin war ihr einziger Verdächtiger. Aber nur deshalb, weil ihm das Haus mit der Garage mal gehört hatte. Das besagte nicht viel.

Während sie noch darüber nachdachte, inwieweit es überhaupt Sinn machte, den Fall weiterzuverfolgen, auch eingedenk der Verjährungsfrist, erschien in ihrem Postfach eine Mail von Commandant Richeloin. Ziemlich verklausuliert erkundigte er sich nach einem Clanchef der korsischen Mafia. Ob sie Neues in Erfahrung gebracht habe, wollte er wissen.

Ihr fiel die haarsträubende Geschichte ein, die sie sich ausgedacht hatte, um dem aufgeregten Commandant den Wind aus den Segeln zu nehmen und eine Zeit lang ruhigzustellen. Auch dass sie äußerste Diskretion vereinbart hatten, erinnerte sie sich. Kaum zu glauben, dass er darauf eingestiegen war. Warum um Himmels willen sollte ein von Marseiller Banden ermordeter Clanchef ausgerechnet im beschaulichen Fragolin sein Ende gefunden haben? Und das vor zehn Jahren? Sollte sich das bestätigen und bekannt werden, fürchtete Richeloin einen Rachefeldzug. Schmunzelnd dachte Isabelle, dass diese Sorge unbegründet war.

Sie benötige noch etwas Zeit, schrieb sie zurück. Demnächst habe sie einen Termin mit einem Informanten. Um den Schein zu wahren, gehe Apollinaire derweil einer anderen, fiktiven Spur nach. Dieser Zusatz schien ihr wichtig, falls Richeloin von Apollinaires Termin in der Pariser Vollzugsanstalt erfuhr.

Sie drückte auf »Senden« – und schob sich ein Lavendelplätzchen in den Mund.

Apollinaire stand vor seinem Flipchart und strich einige Namen durch. Er kam also voran, aber nicht mit dem erhofften Erfolg.

Mit der Mappe und den Unterlagen aus dem Bürgermeisterbüro in der Hand drehte sie ihren Stuhl und legte ihre Füße auf die Fensterbank. Apollinaires Kaktus befand sich in sicherer Entfernung.

Die Baupläne für das neue Gemeindezentrum kannte sie natürlich, die hätte Chantal Lefèvre auch weglassen können. Interessanter war die Zwangsversteigerung von Levins Haus, das von der Gemeinde Fragolin mit Geldern aus Thierrys Nachlass erworben und anschließend zum Abriss freigegeben wurde.

Aus einem Gutachten ging hervor, dass es sich in einem verwahrlosten Zustand befunden hatte. Das war offenbar auch

Richard Levin bewusst gewesen, denn aus einem anderen Papier ging hervor, dass er vor drei Jahren – damals schien es ihm finanziell noch gut zu gehen – Renovierungsarbeiten vorgesehen hatte. Dokumentiert war darüber hinaus ein Antrag auf einen Erweiterungsbau, der nach behördlicher Prüfung genehmigt worden war. Die einzige in Fragolin ansässige Baufirma hatte bereits ein Angebot abgegeben.
Isabelle sah sich die Pläne genauer an. Offenbar hatte Levin dem Haus ein weiteres Gästezimmer mit Bad angliedern wollen. Zu diesem Zweck hätte die Garage versetzt werden müssen.
Isabelle stutzte. Die Garage? Sie nahm die Füße vom Fensterbrett und richtete sich auf. Beim Versetzen der Garage, das ging aus dem Grundriss eindeutig hervor, hätte zwangsweise auch die Wand mit dem Hohlraum abgerissen werden müssen, in dem sich die eingemauerte Leiche befunden hatte. Die Frage drängte sich auf: Würde ein Mörder klaren Verstandes eine solche Umbaumaßnahme in die Wege leiten? Die Antwort war klar und eindeutig: Nein, auf keinen Fall! Im Gegenteil, er würde alles daransetzen, dass alles so blieb, wie es war. Was wiederum nur eine Schlussfolgerung zuließ: Richard Levin wusste tatsächlich nichts von dem Skelett. Er war ahnungslos – und hatte mit der Tat nichts zu tun.
Sie warf einen Blick zu Apollinaire, der mit zerzausten Haaren und offenem Hemdkragen erste Erschöpfungszustände erkennen ließ, aber weiter verbissen seine Namensliste abtelefonierte. Sollte sie ihm sagen, dass er sich die Mühe sparen könnte, weil Levin vielleicht ein Unsympath war, aber kein Mörder?
Etwas hielt Isabelle davon ab. Erstens wollte sie Apollinaire, der sich auf Richard Levin eingeschossen hatte, die Enttäuschung ersparen. Und zweitens … zweitens bestand die vage Möglichkeit, dass Levin die Wand in der Garage rechtzeitig vor

Baubeginn selber eingerissen und die sterblichen Überreste seines Opfers beseitigt hätte.
Wie wahrscheinlich war das?, überlegte Isabelle. Warum sollte er das Risiko eingehen, dabei erwischt zu werden? Wegen eines zusätzlichen Gästezimmers mit Bad? Und wohin wollte er die Leiche entsorgen? Er konnte ja nicht wissen, dass nur noch Knochen übrig waren, die in einen großen Müllsack passten. Aber selbst der musste ja irgendwo hin, wo er nicht gefunden wurde.
Isabelle beschloss, Apollinaire vorläufig weitermachen zu lassen und ihre Überlegungen für sich zu behalten. Sie musste sich erst völlig sicher sein. Und … und sie sollte eine Idee haben, welcher Spur sie alternativ nachgehen könnten.
Sie stellte sich vor, sie hätte eine Garage, was in und um Fragolin sowieso eine Seltenheit war. Wie realistisch war es, dass ein Fremder in dieser Garage eine Zwischenwand einzog, ohne dass sie es bemerkte? Spätestens wenn ihr Auto nicht mehr reinpasste, würde sie darauf aufmerksam. Abgesehen davon, dass ihr Mustang für die meisten Garagen in Fragolin sowieso zu groß war. So gesehen würde sie es vielleicht doch nicht bemerken, weil ihr Auto draußen parkte und die Garage nur als Abstellraum diente …
Sie drehte sich nachdenklich auf dem Bürostuhl hin und her. Die These, dass ein Unbekannter in Levins Garage eine Leiche entsorgte, entbehrte jeglicher Logik. Also … also musste es eine andere Erklärung geben.
Isabelle erinnerte sich an eine Äußerung ihrer Freundin Clodine, dass Richard Levin, der eigentlich in Paris lebte, irgendwann in Fragolin aufgetaucht war – und prompt ihr Interesse geweckt hatte. Weil sich Clodine grundsätzlich für jeden neuen Mann in ihrem Dunstkreis interessierte. Hatte sie erwähnt, wann das gewesen war? Isabelle konnte sich nicht erinnern. Sie blätterte in der Mappe aus dem Bürgermeisterbüro. Gab es so

etwas wie einen Katastereintrag? Das nicht, aber sie fand eine notarielle Beurkundung. Aus dem *titre de propriété* ging hervor, dass Richard Levin die Immobilie vor zwölf Jahren erworben hatte. Zwölf Jahre? Damit lag der Kauf gerade zwei Jahre länger zurück als der angegebene Todeszeitpunkt im forensischen Gutachten.

Isabelle griff zum Telefon. Sie hatte Glück und erreichte Docteur Franell. Sie habe nur eine kurze Frage, sagte sie. Ursprünglich habe er geschätzt, dass der Mord in Fragolin vor etwa zwölf Jahren stattgefunden haben könne. Im Obduktionsbericht habe er dann einen Zeitpunkt vor zehn Jahren angegeben.

Das sei korrekt, bestätigte der Rechtsmediziner. Nach Berücksichtigung aller Parameter sei er zu diesem Schluss gekommen. Aber natürlich handle es sich dabei um eine Schätzung. Die forensische Bestimmung eines Todeszeitpunkts sei gerade bei länger zurückliegenden Verbrechen keine exakte Wissenschaft. Was aber genau sei ihre Frage?

Ob der Tod auch früher erfolgt sein könne, antwortete sie. Also zum Beispiel vor mehr als zwölf Jahren?

Franell musste nicht lange nachdenken. Das sei sehr wohl möglich, bestätigte er. Auch dreizehn oder vierzehn Jahre seien denkbar. Nur weniger als zehn Jahre schließe er aus, weil die Skelettierung des Leichnams unter den gegebenen Umständen dann noch nicht abgeschlossen gewesen wäre.

Isabelle bedankte sich für diese schnelle Antwort. Er habe ihr sehr geholfen. Sie wolle ihn nicht länger bei der Arbeit stören. *Au revoir et merci.*

Apollinaire hatte von ihrem Telefonat nichts mitbekommen. Er führte gerade ein Selbstgespräch. Das tat er gelegentlich, um seine Gedanken zu sortieren.

Sie selbst tat sich mit der Einordnung ihrer Gedanken weniger schwer. Gerade ergab sich das eine aus dem anderen. Wenn

Richard Levin als Täter nicht in Betracht kam, gleichzeitig ein unbekannter Dritter auch keine realistische Option war, dann rückten automatisch die Vorbesitzer in den Fokus. Vor allem deshalb, weil Docteur Franell die Zeitspanne für den Mord soeben neu definiert hatte.

Isabelle nahm die notarielle Beurkundung zur Hand. Als Käufer war Richard Levin eingetragen. Und als Verkäufer? Eine gewisse Joséphine Chavan. Der Name war ihr unbekannt.

Sie legte die Mappe zur Seite, lehnte sich zurück und verschränkte die Hände hinter dem Kopf. Joséphine Chavan … eine Frau! Plötzlich waren völlig neue Tatmotive denkbar. Zum Beispiel eine Umkehrung des klassischen Musters: Nicht ein Mann bringt seine Geliebte um, sondern eine Frau ihren Sexualpartner. Also doch eine Beziehungstat? Mit einem schweren Hammer einen Schädel einzuschlagen, dafür brauchte es nicht viel Kraft. Nur wilde Entschlossenheit. Aber von vorne? Isabelle wusste, wozu wütende Frauen in der Lage waren. Plötzlich würde auch ins Bild passen, dass das Opfer entblößt eingemauert wurde.

Isabelle fand, dass sie es sich gerade zu einfach machte. In Klischees zu denken lehnte sie eigentlich ab. Einerseits. Andererseits waren Klischees von der Wirklichkeit oft nicht weit entfernt. Doch waren natürlich viele weitere Szenarien denkbar. So könnte die Leiche ihr Bruder sein, und Hintergrund wäre in diesem Fall ein Erbschaftsstreit. Schon wieder ein Klischee. Aber als Motiv in der Kriminalstatistik ganz oben.

Joséphine Chavan … Joséphine …

Wer könnte ihr was über diese Frau erzählen?

Isabelle lächelte. Sie sollte einen Spaziergang machen.

22

Clodine war damit beschäftigt, vor ihrem Laden bunte Sommerkleider an einem Ständer zu arrangieren.
»Wie gefallen sie dir?«, fragte sie. »Die Kleider schneidert eine Freundin von mir aus Nizza. Der Verkauf meiner Seifen und Souvenirartikel läuft immer schlechter, jetzt probiere ich es mal mit Mode.«
Da war sie, dachte Isabelle, die falsche Ansprechpartnerin, weil ihr auf diesem Gebiet jegliche Expertise fehlte. Auch war sie nicht hier, um mit Clodine über *couture* zu plaudern.
»Sehen hübsch aus«, sagte sie dennoch.
»Kannst dir ein Kleid aussuchen, schenk ich dir!«
Ganz so bunt wollte sie nun doch nicht durch Fragolin laufen. Aber Clodine wäre beleidigt, wenn sie das Geschenk zurückweisen würde.
»Lieb von dir, vielen Dank. Ich komme morgen vorbei und suche mir eines aus.«
Morgen könnte sie es dann immer noch vergessen.
»Warum nicht gleich? Schau her, wie gefällt dir dieses Kleid mit den roten Blumen?«
Isabelle sah Clodine mit hochgezogenen Augenbrauen an.
»Ist nicht dein Ernst? Meinst du, Blumen passen zu mir? Besser wäre ein Kleid mit aufgedruckten Handschellen.«
»Oder mit Totenköpfen? Hast recht, Blumen sind nicht dein Style.«
»War ein Scherz. Morgen suche ich mir ein Kleid aus, versprochen. Hast du einen Moment Zeit? Ich möchte dich was fragen.«

»Natürlich habe ich Zeit. Für dich doch immer. Ich wollte dich auch was fragen. Du warst einige Tag weg. Stimmt es, dass du nach Marokko geflogen bist?«
Woher wusste sie das schon wieder? Hatte sich Apollinaire verplaudert?
»Ja, ein Kurztrip.«
»Mit Rouven?«
Manchmal ging ihr Clodines Neugier auf den Geist.
»Nein, ohne Rouven«, antwortete sie knapp.
»Aha, dann warst du mit Nicolas dort. Wie geht es ihm?«
»Keine Ahnung. Aber sobald er wieder auftaucht, werde ich ihn fragen und dir Bescheid geben.«
Clodine schüttelte lächelnd den Kopf.
»Du verschweigst mir was. Aber ich bekomme es noch raus ...«
Irgendwann vielleicht, dachte Isabelle. Aber heute ganz bestimmt nicht.
Sie deutete auf die roten Gartenstühle vor dem Eingang ihrer Boutique.
»Wollen wir uns einen Moment setzen? Wie gesagt, ich möchte dich was fragen.«
»Ich liebe deine Fragen. Sind immer spannend. Willst du was trinken? Im Kühlschrank habe ich eine angebrochene Flasche Wein.«
»Später vielleicht. Du erinnerst dich, dass ich dich mal nach Richard Levin gefragt habe?«
»Dem schleimigen Fisch, dem mal das Haus mit dem Skelett gehört hat? Natürlich erinnere ich mich. Hat er also was damit zu tun?«
»Das wissen wir noch nicht«, antwortete Isabelle vorsichtig. »Ich interessiere mich für die Vorgeschichte seines Hauses. Levin hat es vor zwölf Jahren von einer gewissen Joséphine Chavan gekauft. Kanntest du sie?«

»Joséphine? Natürlich kannte ich sie. Was willst du wissen?«
»Am besten alles.«
Clodine lachte.
»Dann hole ich doch besser den Wein aus dem Kühlschrank.«
»Gibt's so viel von ihr zu erzählen?«
»Ja und nein. Da fällt mir ein, ich habe schon lange nichts mehr von ihr gehört.«
»Ich weiß gar nichts von Joséphine. Wie alt habe ich sie mir vorzustellen und wo lebt sie jetzt?«
»Wie alt? Nun, ich schätze, sie müsste jetzt Anfang fünfzig sein …«
Also war Joséphine zur Tatzeit etwa vierzig oder Ende dreißig, rechnete Isabelle zurück.
»Soviel ich weiß, lebt sie bei ihrer Schwester Sandrine in Le-Plan-de-la-Tour«, fuhr Clodine fort. Und nach einer kurzen Pause: »Ich kann verstehen, dass sie das Haus verkauft hat.«
»Wieso?«
»Na ja, wenn mein Mann mit einer Geliebten getürmt wäre, hätte ich alles niedergebrannt, um die Erinnerungen an ihn auszulöschen.« Sie kicherte. »Aber das könnte mir natürlich nie passieren.«
»Weil du nie verheiratet warst.«
»Auch das, aber ich sehe mich grundsätzlich eher in der Rolle der Geliebten, für die Männer alles tun würden.«
»Bleiben wir bei Joséphine. Ihr Mann hat sie also verlassen, habe ich das richtig verstanden?«
»Marcel war nie treu, ich denke, das wusste sie. Aber sie hat nicht damit gerechnet, dass er eines Tages mit einer anderen durchbrennt.«
»Wo ist dieser Marcel jetzt?«
Clodine zuckte mit den Schultern.
»Keine Ahnung. Er hat sich hier nie mehr blicken lassen. Soviel ich weiß, hat er Joséphine mal eine Ansichtskarte aus der Kari-

bik geschickt. Wahrscheinlich liegt er dort unter einer Palme und lässt sich von seiner Geliebten die Füße massieren.«

»So also stellst du dir das vor?«

Clodine schaute verträumt.

»Nein, eher umgekehrt. In meiner Vorstellung würde *ich* unter einer Palme liegen, und mein Geliebter würde *mir* die Füße massieren.«

»Lass uns ernst bleiben. Weißt du noch, wann sich dieser Marcel aus dem Staub gemacht hat?«

»Wann? Im August ... Daran erinnere ich mich, weil es damals unerträglich heiß war und ich am liebsten in die Berge gefahren wäre.«

»Das Jahr, meine liebe Clodine, nicht den Monat.«

»Das Jahr weiß ich nun wirklich nicht. So beeindruckt hat mich das Ehe-Aus der Chavans nun auch nicht.«

»Joséphine hat das Haus vor zwölf Jahren verkauft«, half ihr Isabelle auf die Sprünge. »Wie lange war da ihr Mann schon weg?«

»Ach so, nun, vielleicht ein Jahr, höchstens zwei.«

Das würde passen, dachte Isabelle. Marcel könnte jemanden erschlagen und in der Garage eingemauert haben. Danach hat er sich mit seiner Geliebten aus dem Staub gemacht.

»Wie konnte Joséphine das Haus ohne ihren Mann verkaufen?«, fiel ihr noch eine Frage ein.

»Isabelle, sei mir nicht böse, du nervst. Das alles solltest du Joséphine fragen, nicht mich. Ich bin doch kein Auskunftsbüro.«

Doch, genau das war ihre Freundin, dachte Isabelle. Nämlich eine Art Auskunftsbüro. Und zwar das beste in ganz Fragolin.

»Bitte entschuldige, ich lade dich zum Abendessen ins Bistro ein.«

»Heute geht's nicht«, maulte sie. »Aber morgen, nachdem du dir dein Kleid abgeholt hast.«

»Einverstanden.«

»Okay, dann verrate ich dir, warum Joséphine das Haus ohne Marcel verkaufen konnte. Ganz einfach deshalb, weil es ihr alleine gehört hat, sie hat es von ihren Eltern geerbt. Aber das hätte dir in Fragolin von den Älteren fast jeder sagen können.«

»Clodine, ich hoffe, du bist mir nicht wirklich böse.«

»Quatsch.« Sie lächelte schon wieder. »Ich helfe dir doch immer gerne. Und morgen Abend verrätst du mir, warum dich das alles interessiert. Du glaubst doch nicht im Ernst, dass die Chavans etwas mit dem Mord zu tun haben könnten?«

»Nein, natürlich nicht.« Isabelle dachte nach. »Eine letzte Frage hätte ich doch noch …«

»Du lässt nicht locker.«

»Kanntest du in Fragolin einen Mann, dem ein Finger fehlte?«

»Unserem Metzger fehlt ein Finger, das weiß ich. Er hat ihn sich mal beim Filetieren eines Lammrückens abgeschnitten. Aber außer ihm? Nein, niemand!«

23

Als sie am Abend nach Hause kam, lehnte an ihrer Wohnungstür ein kleines auf Leinwand gemaltes Bild. Die Blumen darauf waren schöner als jene auf Clodines Kleid. *Merci pour tout* stand darunter. Vielen Dank für alles! Ohne Absender. Aber die Farbe war noch ganz frisch.
Isabelle schmunzelte. Ein CLAC war das nicht, schon die Größe sprach dagegen, aber es war ein echter Nicolas. Inspiriert von Picasso. Sie stellte das Bild auf den Küchentisch vor eine Karaffe. Jetzt hatte sie Farbe an den Fingern.
Sie überlegte, ihn anzurufen. Entschied sich aber dagegen, weil sie es ihrem Gefühl nach langsam angehen sollten. Genau das hatte er ja mit dem Bild auch gemacht. Sie brauchten Zeit, um sich eine Chance zu geben.
Sie schrieb ihm eine Textnachricht. »Schön, dass Du wieder da bist. Die Blumen riechen nach Öl. Gefällt mir. *Bonne nuit.*«

Am nächsten Morgen war Isabelle ausgeschlafen und voller Tatendrang. Schon um neun Uhr kam sie ins Kommissariat. Apollinaire hatte sie so früh noch nicht erwartet. Er saß auf dem Fensterbrett neben seinem Kaktus und las Zeitung. Mit Sonnenbrille.
»Madame, ist was passiert?«
Sie lachte.
»Ich wünsche Ihnen auch einen guten Morgen. Ob was passiert ist, wissen Sie besser als ich. Steht was in der Zeitung?«
Er rutschte vom Fensterbrett.

»Der ganz normale Wahnsinn. In Bormes-les-Mimosas wurde einer englischen Touristin am helllichten Tag eine Cartier-Uhr vom Handgelenk gerissen. Auf der A8 ist die Videoüberwachung ausgefallen. Im Hafen von Saint-Tropez ist auf einer Jacht ein Feuer ausgebrochen.«
»Gibt's auch gute Nachrichten?«
»*Mais oui*, die englische Lady ist unverletzt geblieben. Und das Feuer konnte gelöscht werden.«
»Wie schön. Von Fragolin steht nichts im *Var-Matin*?«
»Nur, dass unsere alte Brücke als *monument historique* eingestuft werden soll.«
»Da gibt es Fördergelder, das wird die Bürgermeisterin freuen. Wurde eigentlich über unser Skelett berichtet, während ich weg war?«
»Nein, es hat sich bislang auch kein Journalist gemeldet.«
»Ich hoffe, das bleibt so.«
»Jedenfalls so lange, bis wir Richard Levin am Haken haben.«
Am Haken? Isabelle lächelte. Das passte zu Clodines Beschreibung, dass Levin ein »schleimiger Fisch« war.
»Apollinaire, ich muss Ihnen was sagen.«
Er riss die Augen auf.
»Sagen Sie bloß, Sie haben herausgefunden, wie wir ihn rankriegen können.«
»Nein, viel schlimmer …«
»Er ist im Gefängnis gestorben?«
»Noch schlimmer. Ich halte es für wahrscheinlich, dass Richard Levin mit dem Mord nichts zu tun hat.«
Er sah sie verdattert an.
»Äh, Sie meinen, Levin wäre unschuldig?«
»Richtig.«
Er warf seinem Flipchart einen fast verzweifelten Blick zu.
»Das können Sie mir nicht antun.«

»Die ganze Arbeit, tut mir wirklich leid. Vielleicht täusche ich mich auch, dann war Ihre Tätigkeit nicht umsonst.«
»Sie täuschen sich bestimmt, da bin ich mir sicher.«
»Ich erkläre Ihnen, warum ich glaube, dass wir mit Levin falschliegen«, sagte sie.
Apollinaire zog seinen Schreibtischstuhl heran.
»Ich muss mich setzen.«
Sie wartete, bis er aufnahmebereit schien. Dann schilderte sie ihm die Argumente, die gegen Richard Levin sprachen. Anschließend informierte sie ihn, dass Docteur Franell einen früheren Todeszeitpunkt für möglich hielt. Und dass sie folgerichtig ihr Augenmerk auf die vorangegangenen Bewohner des Hauses richten sollten. Mit Marcel Chavan gebe es einen neuen theoretischen Verdächtigen. Er habe die Gelegenheit zur Tat gehabt und sei danach mit einer Geliebten verschwunden. Das habe natürlich nichts zu bedeuten. Aber immerhin hätten sie eine Spur, der sie nachgehen könnten.

Eine halbe Stunde später hatte Apollinaire seine Fassung wiedergewonnen. Dabei half, dass ihm Isabelle freistellte, seine Ermittlungen gegen Richard Levin fortzusetzen. Aber diese hätten keine Priorität mehr. Tatsächlich räumte sie ihm die Möglichkeit nur ein, um seine Enttäuschung zu lindern. Sie selbst hatte Levin bereits abgehakt.
Erste Versuche Apollinaires, den Aufenthaltsort von Marcel Chavan herauszufinden, liefen ins Leere. Erfolgreicher war er mit Joséphine Chavan. Er ermittelte ihre Adresse in Plan-de-la-Tour. Isabelle war oben im Bürgermeisterbüro. Als sie zurück ins Büro kam, teilte er ihr diesen Erfolg mit. Auch dass er bereits in Plan-de-la-Tour angerufen habe, sagte er. Aber Joséphine Chavan habe nicht verstanden, was er von ihr wolle, und habe einfach eingehängt.

Mit dem Anruf, dachte sie, hätte er warten sollen, bis sie wieder zurück war. Aber es brachte nichts, ihm einen Vorwurf zu machen. Er hatte es gut gemeint. Und ein Positives hatte sein Anruf: Immerhin wusste sie jetzt, dass Joséphine zu Hause war.

»Dann setze ich mich mal ans Steuer und fahre hin«, entschied sie.

24

Das idyllisch gelegene Dorf Le Plan-de-la-Tour befand sich wie Fragolin im Hinterland der quirligen Côte d'Azur. Eine knappe Stunde dauerte die Autofahrt auf kurviger Strecke durch das *Massif des Maures*. Wie immer genoss es Isabelle, mit offenem Verdeck und gemütlich blubberndem Achtzylinder durch die Wälder des *arrière-pays* zu cruisen. Sie hatte es nicht eilig und suchte im Autoradio nach dem Sender mit französischen Chansons. Jacques Brel sang gerade *Ne me quitte pas* …
Sie konnte sich nicht erinnern, je in Plan-de-la-Tour gewesen zu sein. Der Ort stand im Schatten der berühmten Glamour-Orte an der Küste. Was nach ihrer Ansicht nur ein Vorteil sein konnte. In den meisten Reiseführern von Südfrankreich würde man Plan-de-la-Tour wohl vergeblich suchen. Dass das Dorf dennoch einen gewissen Bekanntheitsgrad erlangt hatte, lag an Johnny Depp. Der Hollywood-Star hatte sich hierher über mehrere Jahre mit seiner Freundin Vanessa Paradis zurückgezogen. Auch nach ihrer Trennung war die französische Sängerin und Schauspielerin immer wieder mal im Ort zu sehen. Johnny Depp dagegen wohl eher nicht.
Isabelle fuhr über Grimaud und ließ die Abzweigung nach Sainte-Maxime rechts liegen. Le Plan-de-la-Tour lag in einem weiten Talkessel am Flüsschen Préconil. Sie hatte die Adresse der Geschwister Joséphine und Sandrine in ihr nachträglich eingebautes Navi eingegeben. Wie sich herausstellte, wohnten sie in einem entzückenden ockerfarbenen Häuschen am Ortsrand.

Sie parkte und stieg aus. Es gefiel ihr hier. Sie nahm sich vor, später noch ins Zentrum zu fahren, dort ein wenig herumzubummeln und ein Gläschen zu trinken.
An der Gartentür stehend suchte sie nach einem Klingelknopf – da tauchte hinter einem Lavendelbusch schon eine Frau mit hochgesteckten Haaren und einem freundlichen Lächeln auf. Isabelle deutete auf ihre Gartenschere.
»Störe ich Sie bei der Gartenarbeit?«
»Beim Rosenschneiden, aber Sie stören mich nicht. Wie kann ich Ihnen helfen?«
»Ich suche eine gewisse Joséphine Chavan. Bin ich hier richtig?«
Die Frau zögerte kurz. Isabelle konnte sich denken, warum. Apollinaires Anruf hatte sie misstrauisch gemacht.
»*Mais oui,* Sie sind hier richtig. Joséphine Chavan, das bin ich.«
»Wie schön, ich freu mich, dass ich Sie antreffe.« Isabelle zeigte ihr ihren Dienstausweis. »Mein Name ist Bonnet, ich bin von der *Police nationale* und würde mich gerne mit Ihnen unterhalten.«
Joséphine legte die Stirn in Falten.
»Habe ich was angestellt? Mich hat schon heute Vormittag jemand angerufen, der sich als Polizist ausgegeben und mir Fragen gestellt hat, die ich nicht verstanden habe.«
Isabelle lächelte.
»Daraufhin haben Sie eingehängt, ich weiß. Ich kann das übrigens nachvollziehen, Brigadier Eustache drückt sich häufig etwas umständlich aus. Aber ich darf Sie beruhigen, Sie haben natürlich nichts angestellt. Wir haben einige Fragen zu der Zeit, als Sie noch in Fragolin gelebt haben.«
»*Oh ciel,* das ist lange her. Eigentlich mag ich an die Zeit nicht mehr erinnert werden.«
»Können wir trotzdem kurz darüber reden?«

»Wenn es sein muss …« Joséphine öffnete die Gartentür. »Bitte kommen Sie herein.«
Sie ging durch einen gepflegten Garten zu einer kleinen Terrasse. Dort nahmen sie unter einem großen Marktschirm in schattigen Korbsesseln Platz. Vor ihnen zwei Zypressen und das Rosenbeet, in dem Joséphine offenbar gearbeitet hatte.
»Schön haben Sie es hier«, sagte Isabelle.
»Ja, finde ich auch, ich fühle mich hier ausgesprochen wohl.«
»Ich lebe in Fragolin, aber erst seit einigen Jahren. Vorher habe ich in Paris gearbeitet. Ich freu mich jeden Tag aufs Neue, wenn ich in der Früh die Fensterläden aufmache und die frische Luft einatme.«
»Paris wäre für mich ein Albtraum.« Joséphine sah sie fragend an. »Aber Sie sind nicht hier, um mit mir über die Lebensqualität in Südfrankreich zu plaudern …«
»Ist aber immer wieder ein schönes Thema. Doch kommen wir zur Sache. Sie leben hier mit Ihrer Schwester Sandrine?«
»Ja, Sandrine ist gerade im Ort beim Einkaufen. Aber Sie wollten mit mir über meine Zeit in Fragolin reden?«
»Richtig. Konkret geht es um Ihr Haus, das Sie an einen Pariser Geschäftsmann namens Richard Levin verkauft haben.«
»Und das gerade abgerissen wird, ich weiß. Ist übrigens kein schönes Gefühl, immerhin war das mein Elternhaus, in dem ich aufgewachsen bin.«
Isabelle dachte, dass auch ihr eigenes Elternhaus nicht mehr existierte. Seltsamerweise hatte sie das nie beschäftigt.
»Kann ich mir vorstellen«, sagte sie dennoch. »Immerhin entsteht auf dem Grundstück das neue Gemeindezentrum …«
»Und kein asphaltierter Parkplatz. Ja, mit dieser Bestimmung kann ich leben.« Sie seufzte. »Außerdem kann ich es sowieso nicht ändern.«
Isabelle überlegte, wie direkt sie die eingemauerte Leiche ansprechen sollte. Manchmal führten Umwege schneller ans Ziel.

»Schade, dass dieser Levin das Haus so vernachlässigt hat.«
»Der Mann war mir gleich unsympathisch. Aber er war der einzige Interessent, der den Kaufpreis auf den Tisch legen konnte.«
»Jetzt muss ich Sie doch fragen, was hat Sie damals bewogen, das Haus überhaupt zu verkaufen?«
Joséphine wischte imaginäre Brösel vom Tisch. Eine typische Verlegenheitsgeste.
»Genau darüber möchte ich nicht so gern reden.«
»Ihr Mann hat Sie verlassen, stimmt's?«
»Marcel, der Idiot. Wegen eines jungen Flittchens«, platzte es aus ihr heraus.
»Danach wollten Sie mit all den Erinnerungen in dem Haus nicht mehr leben, das kann ich verstehen.«
»Weil Sie eine Frau sind. Männer würden das nicht verstehen … Der Schritt ist mir nicht leichtgefallen. Immerhin war das mein Elternhaus, in dem ich aufgewachsen bin.«
»Konnten Sie das Haus ohne die Zustimmung Ihres Mannes verkaufen?«
»Ja, wir hatten Gütertrennung. Gott sei Dank. Meine Schwester habe ich nach dem Tod meiner Eltern ausbezahlt.«
»Wissen Sie, wo Marcel heute lebt?«, fragte Isabelle. »Mit oder ohne sein Flittchen.«
»Ich hoffe, sie hat ihm den Laufpass gegeben. Aber nein, ich weiß nicht, wo er lebt. Und ich will es auch nicht wissen.«
»Hat er sich denn nie gemeldet?«
»Hat er nicht, der Feigling. Er hat mir mal eine Ansichtskarte von Martinique geschrieben. Die hätte er sich auch sparen können.«
»Kann ich die Karte mal sehen?«
»Warum interessiert Sie eine Ansichtskarte? Nein, Sie können sie nicht sehen. Natürlich habe ich sie sofort verbrannt.«

Was erstens verständlich und zweitens nicht so schlimm war, dachte Isabelle. Tatsächlich würde die Karte keinen weiteren Aufschluss geben.

»Jetzt will ich aber wirklich wissen, warum Sie hier sind«, insistierte Joséphine. »Wohl kaum wegen meiner Eheprobleme.«

»Ich sage es Ihnen gleich. Vorab nur noch eine Frage: Wie war das damals? Hat sich Marcel wenigstens mit Anstand von Ihnen verabschiedet oder hat er sich einfach so aus dem Staub gemacht?«

»Mit Anstand? Dass ich nicht lache. Ich war zwei Wochen hier in Plan-de-la-Tour bei meiner Schwester. In der Zeit hat er wohl alles vorbereitet. Als ich nach Hause kam, habe ich auf dem Esstisch einen kurzen Brief vorgefunden, den er auf seiner alten Schreibmaschine geschrieben hat, darauf seinen Ehering und eine vertrocknete Rose aus unserem Garten. Das war eindeutig. Auch fehlten einige Reisetaschen. Und die Fächer in seinem Kleiderschrank waren ausgeräumt.«

»Den Brief haben Sie natürlich …«

»Auch verbrannt, ist wohl klar. Soll ich ihn etwa an meinen Kühlschrank kleben und mir jeden Tag anschauen?«

Isabelle dachte, dass sie jetzt wirklich damit herausrücken sollte, warum sie hier war.

»Madame Chavan, es könnte sein, dass Ihr Mann ein Verbrechen begangen hat … Wie gesagt: Es könnte sein, muss aber nicht. Beim Abriss Ihres Hauses wurde hinter der Garage ein Hohlraum mit einer eingemauerten männlichen Leiche entdeckt …«

Joséphine schlug die Hände vors Gesicht.

»Mon Dieu, c'est pas vrai!«

»Der Mann wurde erschlagen. Der Todeszeitpunkt ist nicht genau festzustellen, aber er könnte in den Zeitraum fallen, in dem Sie von Ihrem Mann verlassen wurden.«

Sie schüttelte ungläubig den Kopf.

»Eine Leiche? Hinter unserer Garage …?«

»Hat Ihr Mann gelegentlich Maurerarbeiten am Haus durchgeführt?«
»Ja, hat er«, antwortete sie zögernd. »Das hat ihm Spaß gemacht.«
»Auch in der Garage?«
Sie dachte angestrengt nach.
»Auch dort. Er hat die Wände in der Garage neu verputzt, daran erinnere ich mich. Offenbar während ich bei meiner Schwester war. Mit der Arbeit hatte er schon vor meiner Abreise begonnen. Als ich zurückkam, war alles fertig.«
Ob ihr klar war, dass sie mit dieser Aussage ihren Ex-Mann gerade schwer belastete?
»Er kann das?«, fragte Isabelle.
»Natürlich, Marcel ist Bauingenieur.«
Das passte alles zusammen, dachte Isabelle. Von wegen, dass sich Marcel nur wegen einer Geliebten aus dem Staub gemacht hatte. Wer gerade jemanden umgebracht hatte, neigte zu Panikreaktionen. Selbst wenn er davon ausgehen konnte, dass man das Mordopfer nie finden würde.
»Tut mir leid, Ihnen sagen zu müssen, dass Ihr Mann …«
»Ist nicht mehr mein Mann!«
»… der Tat dringend verdächtig ist.«
»Sie halten es für möglich, dass Marcel …« Joséphine sprach nicht weiter.
Isabelle nickte. Mehr brauchte es nicht.
»Hatte Ihr Mann, *pardon,* Ihr Ex-Mann, hatte er Feinde?«
»Was verstehen Sie unter einem Feind? Ist das jemand, den man am liebsten umbringen möchte? Da kenne ich niemanden. Um ehrlich zu sein, Marcel war sogar recht beliebt. Es fällt mir nicht leicht, das zuzugeben, aber so ist es. Natürlich hatte er Wettbewerber, mit denen er bei Baugeschäften konkurrierte. Aber das waren keine Feinde.«

»Sie müssen mir die Frage nicht beantworten, aber ist Marcel leicht reizbar? Neigt er zu Gewalt?«
»Sie wollen von mir wissen, ob ich ihm zutraue, jemanden umzubringen und dann hinter der Garage einzumauern? Nachdem er mich so schändlich wegen einer anderen Frau verlassen hat, traue ich ihm vieles zu ... Aber einen Mord? Ich weiß nicht ...«
Isabelle gefiel es, dass Joséphine über Marcel nicht vollends den Stab brach. Grund genug hätte sie.
»Eine ganz andere Frage: Kennen Sie Marcels Freundin, mit der er durchgebrannt ist?«
Wieder zögerte sie mit der Antwort.
»Marcel war mir nie treu, das wusste ich. Aber das waren Liebschaften. Ich habe mir eingeredet, dass Männer nun mal so sind. Wer seine letzte Freundin war, die ihn offenbar verrückt gemacht hat, weiß ich nicht. Keine Ahnung. Vielleicht hat *sie* den Mann umgebracht, und Marcel hat ihr nur geholfen, die Leiche zu beseitigen?«
Ein interessanter Gedanke.
»Umso wichtiger wäre es, ihren Namen zu kennen.«
»Da kann ich Ihnen nicht weiterhelfen. Ehrlich gesagt geht mir gerade so viel durch den Kopf, dass ich mich nicht wirklich konzentrieren kann.«
Das konnte Isabelle nachvollziehen. Für Joséphine war das im Augenblick etwas viel auf einmal.
»Hat Marcel Freunde, die das wissen könnten? Männer prahlen ja gerne mit ihren Liebschaften.«
»Freunde? Ja, eine ganze Reihe. Wie gesagt, er war sehr beliebt.«
»Gibt es einen besonders nahen Freund?«
»Mit Xavier hat er studiert. Sie waren sehr eng miteinander.«
»Könnten Sie mir bitte seinen Nachnamen geben, und wissen Sie, wo ich ihn erreichen kann?«

»Duchamp, Xavier Duchamp, soviel ich weiß, lebt er in Mougins. Er hat, nachdem mich Marcel verlassen hat, ein paarmal bei mir angerufen und gefragt, wie es mir geht. Ich schätze, er hat das aus reiner Höflichkeit getan, besonders interessiert hat es ihn nicht. Seit einigen Jahren habe ich nichts mehr von ihm gehört.«
»Denken Sie, er weiß, wo Marcel heute lebt?«
»Ich habe ihn nie gefragt, aber wenn es jemand weiß, dann er.«
Isabelle hörte, wie die Gartentür zugeschlagen wurde.
Joséphine lächelte.
»Meine Schwester Sandrine ist vom Einkaufen zurück. Sie hat viel Temperament, irgendwann bricht die Gartentür noch aus den Angeln.«
Es dauerte nicht lange, und Sandrine kam zu ihnen auf die Terrasse. Die Geschwister sahen sich ähnlich, stellte Isabelle fest, nur war Sandrine jünger. Wie Joséphine hatte sie ein offenes, sympathisches Lächeln.
»Wir haben Besuch, wie schön. Joséphine, mein Schatz, warum hast du der netten Madame nichts zu trinken angeboten?«
»Ist kein privater Besuch«, erklärte Isabelle. »Ich bin von der *Police nationale* …«
»Vielleicht wollen Sie trotzdem was trinken. Wie wäre es mit einer kalten *citronnade*? Wir machen die Zitronenlimonade selber.«
»Nein, vielen Dank. Ich will nicht lange bleiben. Ich habe nur einige Fragen zu Marcel Chavan.«
Sandrine sah sie überrascht an.
»Zu Marcel?«
»Ja, zu Ihrem Schwager …«
Sandrine schien es die Rede verschlagen zu haben.
»Ist er wieder aufgetaucht?«, fragte sie schließlich.
Isabelle schüttelte den Kopf.
»Nein, aber wir würden gerne wissen, wo er sich aufhält.«

»In unserem alten Haus in Fragolin wurde eine eingemauerte Leiche entdeckt«, kam ihr Joséphine mit der Erklärung zuvor.
»*C'est incroyable ...*«
»Madame Bonnet hält es für möglich, dass Marcel vor seinem Verschwinden vor dreizehn Jahren einen Mann umgebracht hat.«
»Marcel? Er soll jemanden umgebracht haben?«
Sandrine erging es wie ihrer Schwester. Sie brauchte einen Moment, um diese schockierende Nachricht zu verdauen.
»Das ist nur ein Verdacht«, stellte Isabelle klar. »Wir wissen ja nicht einmal, wer das Opfer ist.«
»Aber Marcel könnte der Täter sein ...«, wiederholte Sandrine immer noch fassungslos.
»Fällt es Ihnen schwer, das zu glauben?«
»Äh, ja, natürlich ... Sie sagten, Sie wissen nicht, um wen es sich bei der Leiche handelt?«
Isabelle schüttelte den Kopf.
»Nein, wir haben keinen einzigen Hinweis. Da fällt mir ein, gab es jemanden in Marcels Bekanntenkreis, dem ein Finger fehlte?«
»Ein Finger?« Joséphine schüttelte den Kopf. »Nein, da kenne ich niemanden. Wollen Sie damit andeuten, dass ...«
»Dass dem Mordopfer ein Finger fehlt, richtig.«
»Sonst wissen Sie nichts?«, fragte Sandrine. »Ist ja nicht gerade viel.«
»Leider nein. Aber wenn wir Marcel finden, werden wir hoffentlich mehr herausbekommen.«
»Falls er wirklich der Täter ist«, sagte Joséphine leise. »Ich kann es immer noch nicht glauben.«

25

Eine halbe Stunde später bummelte Isabelle durch Plan-de-la-Tour. Der Ort, der bis zur Französischen Revolution zu La Garde-Freinet gehört hatte, strahlte mit seinen pastellfarbenen Häuschen, mit alten Platanen und liebevoll dekorierten Läden und Restaurants einen ganz eigenen Charme aus, der sich von den gängigen provenzalischen Dörfern unterschied. Besondere Sehenswürdigkeiten schien es neben der wenig auffälligen *Église Saint-Martin* nicht zu geben. An der *Place Maréchal Foch* setzte sie sich auf die Terrasse einer Brasserie. Unter braunen Sonnensegeln und bei einer kalten *citronnade*, die sie zuvor abgelehnt, aber Lust darauf bekommen hatte, ließ sie das Gespräch mit Joséphine und Sandrine Revue passieren.

Mit dem Ergebnis sollte sie zufrieden sein. Der Ausflug nach Plan-de-la-Tour hatte sich definitiv gelohnt. Marcel Chavan war dringend tatverdächtig. Auf ihn würden sich die weiteren Ermittlungen konzentrieren. Von Joséphine wusste sie, dass er in der Garage eigenhändig Maurerarbeiten durchgeführt und sie neu verputzt hatte. Und zwar im für die Tat laut Rechtsmedizin fraglichen Zeitraum. Zudem unbeobachtet, weil Joséphine bei ihrer Schwester gewesen war. In Kombination mit seinem anschließenden Untertauchen ließ sich daraus zwar kein Beweis ableiten, aber ein starkes, sehr starkes Indiz.

Joséphine hatte noch erzählt, dass Marcel nach seinem Verschwinden einige Zahlungen mit seiner Kreditkarte getätigt hatte, sie glaubte sich an ein Restaurant in Saint-Tropez zu erin-

nern. Natürlich hatte sie keine Belege mehr. Auch Martinique? Ja, auch das könnte sein, hatte Joséphine bestätigt.
Von Sandrine hatte sie ein Foto von Marcel bekommen. Ihre Schwester Joséphine hatte aus Wut alle gelöscht oder vernichtet. Der Mann sah nicht unsympathisch aus, dachte Isabelle. Doch das war kein Kriterium, das wusste sie. Erst recht ließ sich das nicht auf Basis eines einzigen Fotos feststellen – und führte zudem oft in die Irre. Sie dachte an Clodines Bemerkung, dass Marcel ein notorischer Schürzenjäger gewesen war. Auch Joséphine hatte eingeräumt, dass er ihr nicht treu gewesen war. Das zumindest konnte sie sich bei dem verschmitzt lächelnden Mann auf dem Foto gut vorstellen.
Ihr ging Joséphines Bemerkung durch den Kopf, dass Marcel vielleicht nur ein Komplize sei, die eigentliche Täterin dagegen seine Freundin. Er könnte die Leiche nur beseitigt haben. Sicher, auch das war möglich. Änderte aber nichts daran, dass die Suche nach ihm Priorität hatte.
Als Nächstes würde sie Marcels alten Freund Xavier ausfindig machen. Von ihm versprach sie sich, mehr zu erfahren als den Namen der Geliebten. Kumpels, die sich seit Studientagen kannten, verloren sich selten vollends aus den Augen. Die Chance war groß, dass Xavier den Aufenthaltsort seines Freundes kannte. Und wenn nicht, hatte er vielleicht eine Idee, wer das Mordopfer sein könnte. Auch das wäre hilfreich.
Isabelle schrieb Apollinaire eine Textnachricht, dass Marcel Chavan ab jetzt ihr Hauptverdächtiger sei und dass sie die Kontaktdaten eines gewissen Xavier Duchamp in Mougins benötige. Ihr Blick fiel auf die Schiefertafel mit den Tagesgerichten. Eine Kleinigkeit zu essen wäre nicht verkehrt. Und ein Glas Rosé nach der *citronnade* auch kein Fehler. Isabelle bestellte einen *salade de chèvre chaud*. Sie mochte im Ofen gebackenen Ziegenkäse. Am liebsten mit Lavendelhonig.

Beim Stichwort »Honig« fiel ihr ein Frühstück ein, das gar nicht so lange zurücklag. Ein marokkanisches Omelett kam ihr in den Sinn, in einem Café nahe des Gauklerplatzes *Djemaa el Fna*. Den Namen des Rechtsanwalts Moghadam hatte sie schon fast vergessen. Aber nicht den von Rachid, der ihr so sehr geholfen hatte. Sie sollte sich dringend bei ihm melden. Und ... und natürlich fiel ihr Nicolas ein, wegen dem sie überhaupt nach Marokko geflogen war. Vielleicht war es an der Zeit, sich wieder mit ihm zu treffen. Nicht bei ihm zu Hause in seiner romantischen Bastide. Auch nicht in ihrer kleinen Dachwohnung. Besser auf neutralem Boden. Der Salat mit Ziegenkäse dauerte noch. Sie nutzte die Zeit, Nicolas eine kurze Nachricht zu schreiben: »Wie wäre es mit heute Abend? Um acht Uhr in Jacques' Bistro?« Die positive Antwort ließ nicht lange auf sich warten. *»Bonne idée. Je viens!«* Kurz und knapp. Egal, ein erster Schritt war getan.
Plötzlich fiel ihr ein, dass sie heute Abend eigentlich mit Clodine verabredet war. Sie würde ihr absagen müssen. Denn ganz sicher wollte sie ihre Freundin nicht dabeihaben. Auch wenn sie Clodine keine größere Freude machen könnte.

Während der Rückfahrt nach Fragolin führte sie einige Telefonate. Mit Jacqueline in Paris, die unverhohlen neugierig war, ob und wie es mit ihr und Nicolas weiterging. Isabelle vertröstete sie auf morgen, da wüsste sie vielleicht mehr. Gleichzeitig dachte sie, dass es so schnell wahrscheinlich nicht gehen würde.
Sie telefonierte mit Apollinaire und berichtete ihm ausführlicher von Joséphine und ihrer Schwester Sandrine. Als sie fertig war, wusste er, warum jetzt Marcel Chavan im Fokus stand. Richard Levin sei trotzdem ein Ekel, stellte er fest. Aber die Argumente seien natürlich erdrückend. Die Adresse von Xa-

vier Duchamp habe er noch nicht herausgefunden, aber bis sie zurück sei, habe er sie schwarz auf weiß.

Noir sur blanc? Die Farbe war ihr egal.

Gerade wollte sie Rachid in Marokko anrufen, da brach das Funknetz zusammen. Sie nahm es mit Gelassenheit. In den *Massif des Maures* kam das häufig vor. Aber das Radio ging noch:

La place rouge était vide. Devant moi marchait Nathalie …

Gilbert Bécaud. Ein wunderbares Lied und doch irgendwie aus der Zeit gefallen.

26

Wie geht es Camille?«, war Isabelles erste Frage, als sie mit Nicolas bei Jacques zusammensaß.

»Nicht gut«, antwortete er. »Ich habe erst vor einer Stunde mit dem Sanatorium telefoniert. Sie selbst hat ja kein Handy, das ist den Patienten verboten. Aber man hat mir gesagt, ich solle mir keine Sorgen machen. Die ersten Tage ohne Stoff seien für alle Drogenabhängigen eine Qual.«

»Nicht nur die ersten Tage.«

»Ich weiß. Ist nicht das erste Mal, dass ich das bei ihr mitmache.«

Isabelle sah ihn nachdenklich an.

»Warum hast du mir nie von ihr erzählt?«

»Das frage ich mich mittlerweile auch.«

War das ein Eingeständnis, einen Fehler gemacht zu haben? Isabelle dachte, dass sie sich mit dieser Antwort nicht zufriedengeben würde. Aber auch, dass sie den ganzen Abend Zeit hatten.

»Hast du schon eine Idee für Rouvens Bild?«, wechselte sie das Thema, um die Situation zu entspannen.

Über Nicolas' Gesicht huschte ein Lächeln.

»Die Idee klaue ich bei Rachid. Die Fotos, die er in Marrakesch gemacht hat, um mir ein Alibi zu verschaffen, sind wirklich inspirierend. Der Mann hat ein gutes Auge. Ich kombiniere einige Motive und werde sie dann im Stil von CLAC interpretieren. Morgen möchte ich beginnen.«

»Hast ja nur acht Wochen.«

»Ist mir klar. Aber ich weiß, was ich Rouven schuldig bin. Das Bild wird rechtzeitig fertig … Und groß genug wird es auch.«

Isabelle schob sich ein Stück geröstetes Brot mit Tapenade in den Mund.
Behutsam lenkte sie ihr Gespräch wieder auf Camille – und auf den dramatischen Unfall, der vor sechzehn Jahren Nicolas' Leben aus der Bahn geworfen hatte. Immerhin hatte er überlebt, auch Camille und ihre Mutter. Aber mit welchen Folgen? Camille war drogenabhängig geworden und ihre Mutter im Rollstuhl. Nicolas' Verlobte Amélie war bei dem Unfall gestorben. Auch Camilles Vater. Sie erinnerte sich an Nicolas' Schilderung der Tragödie. Spätabends waren sie im Innenhof eines Riad in Marrakesch gesessen, und er hatte ihr stockend alles erzählt.
Isabelle erkundigte sich nach der Mutter. Sie hieß Sylvie. Dass sie in einem Heim bei Aix-en-Provence lebte, das von ihm bezahlt wurde, wusste sie bereits. Auch dass sie ihm keine Schuld am Unfall gab. Nicolas sagte, dass er sie einmal im Monat besuche. Mit Bus und Bahn schaffe er es an einem Tag hin und zurück.
Isabelle wunderte sich, dass sie seine regelmäßigen Ausflüge nie bemerkt hatte. Sie hielt sich für eine aufmerksame Kommissarin, der nicht so schnell etwas entging. Offenbar war sie in ihrem Privatleben weniger wachsam.
Nicolas bestellte einen Pastis. Das tat er sonst nie. Offenbar schlug ihm das Gespräch auf den Magen.
Er erzählte von seiner Verlobten Amélie. Und dass er nach ihrem Tod lange Zeit keine andere Frau mehr berühren konnte.
Er sah Isabelle über sein Pastis-Glas an. Das habe sich geändert, sagte er. Wie sie ja wisse.
Isabelle dachte, dass er kaum bis zu ihrer Begegnung gewartet hatte. Sie war nicht die erste Frau nach Amélie, da war sie sich sicher. Ein gut aussehender Mann wie Nicolas dürfte häufig Avancen bekommen haben. Warum sollte er den Verlockungen auf Dauer widerstehen? Das wäre übermenschlich – und dumm zugleich.

Ihr fiel ein, dass sie ihn verdächtigt hatte, mit Camille eine Affäre zu haben. Und dass sie sich das gleichzeitig nicht hatte vorstellen können, weil Camille zu jung und ausgemergelt war.
Was also hatte Nicolas angestellt, überlegte sie, das sie ihm wirklich übel nehmen konnte? War sie zu streng mit ihm? Lag das Problem, das sie mit ihm zu haben glaubte, zum Teil vielleicht auch bei ihr selbst?
»*Mon cher Nicolas*«, sagte sie zu späterer Stunde. »Du sollst wissen, dass mir sehr zu Herzen geht, was dir widerfahren ist. Ich bewundere auch, wie sehr du dich für Camille und ihre Mutter einsetzt. Aber ich finde, eine Beziehung, selbst so eine, wie wir sie haben, basiert auf Ehrlichkeit und Vertrauen. Du hättest mir davon erzählen müssen …«
»Ich weiß von dir auch nicht alles«, warf er ein.
»Das trifft zu und liegt in meinem Beruf begründet, aber es gibt keine privaten Geheimnisse, die mein heutiges Leben bestimmen. Da weißt du alles.«
»Ja, sogar von Rouven.«
»Und Rouven weiß von dir. Ich spiele mit offenen Karten. Jeder kann entscheiden, ob er damit klarkommt. Übrigens sehe ich ihn nur noch selten … Aber darum geht es gerade nicht. Du und ich, wir sollten uns vertrauen und alles erzählen, was uns privat nahegeht. Das wäre der Deal, können wir uns darauf einigen?«
Nicolas lächelte. Nicht so locker wie früher, aber immerhin.
»Das ist einfach. Nachdem du jetzt alles von mir weißt, können wir darauf anstoßen.«
Er hob sein Glas. Vom Pastis war er auf Wein umgestiegen. Sie hatte sowieso nichts anderes getrunken.
»*Santé, Isabelle.* Auf die Zukunft!«
Auf die Zukunft konnte man immer anstoßen, dachte Isabelle. Das war unverfänglich.
»*Santé, Nicolas. À l'avenir!*«

27

Weil sie der Meinung war, dass man es mit der Zukunft nicht überstürzen sollte, hatten sich ihre Wege am Abend getrennt. Nicolas war zu seiner Bastide gelaufen und Isabelle zu sich nach Hause. Auf ihrer Dachterrasse hatte sie noch einige Zeit den Nachthimmel beobachtet und zugehört, wie es unten in den Gassen immer ruhiger wurde. Dann war sie zu Bett gegangen und hatte gut geschlafen. Offenbar hatte die Aussprache bei ihr einiges wieder ins Gleichgewicht gebracht.

Nach einem morgendlichen Workout am Sandsack und einem leichten Frühstück machte sie sich auf den Weg zum Kommissariat, wo sie schon von Apollinaire erwartet wurde.

Auf seinem Flipchart hatte er eine neue Seite aufgeschlagen. Die Überschrift: *Où se trouve Marcel?* Isabelle dachte, dass er es auf den Punkt gebracht hatte. Denn das war für den Moment die entscheidende Frage: Wo befand sich Marcel? Wer es wissen könnte, war sein bester Freund Xavier Duchamp. Aber würde er es auch verraten? Falls er ahnte, dass Marcel wegen eines Gewaltdelikts abgetaucht war und nicht vordergründig wegen einer Geliebten, könnte er den Ahnungslosen spielen.

»Die Kontaktdaten liegen wie versprochen auf Ihrem Schreibtisch«, sagte Apollinaire. »Auch habe ich mir erlaubt, über die Person einiges in Erfahrung zu bringen.« Er sah sie fragend an. »Dürfte ich kurz?«

»Selbstverständlich. Ist immer gut, wenn man weiß, mit wem man es zu tun hat.«

»*Alors,* besagter Xavier Duchamp ist achtundfünfzig Jahre alt, wohnhaft in Mougins und, wie es scheint, beruflich sehr erfolgreich. Er hat ein eigenes Architekturbüro, nimmt mit einem alten Ferrari an Oldtimer-Rallyes teil und ist nach seiner dritten Ehe gerade frisch geschieden. Eine Tochter, sie lebt in England …«

Xavier war Architekt, überlegte sie, Marcel Bauingenieur. Das passte. Laut Joséphine hatten sie zusammen studiert.

»Ich habe seine Handynummer«, fuhr er fort. »Soll ich ihn anrufen?«

Falls sich Apollinaire bei ihm ähnlich anstellte wie bei Joséphine, dann konnte sie sich auch gleich ins Auto setzen. Was wahrscheinlich sowieso am besten war. Von Angesicht zu Angesicht konnte sie am ehesten einschätzen, ob der Mann die Wahrheit sprach.

»Ja, machen Sie das. Aber nur ganz kurz und ohne Erklärungen. Sagen Sie ihm, dass ihn eine Kommissarin der *Police nationale* treffen möchte. Wenn es geht, noch heute. Sie wüssten nicht, worum es geht.«

»Ich soll mich also dumm stellen …«

Sie sah ihn schmunzelnd an.

»Darum würde ich bitten, wenn es Ihnen nicht zu schwerfällt.«

Wenig später saß Isabelle in ihrem Mustang Cabrio. Auch ein Oldtimer, dachte sie, aber im Vergleich zu einem eleganten Ferrari ein fast schon vulgäres Gefährt. Nichts für erfolgreiche Architekten, die auf Stil Wert legten. Isabelle lächelte. Ihr Mustang hatte mal einem Zuhälter gehört, den sie höchstpersönlich hinter Gitter gebracht hatte. So was verbindet.

Xavier Duchamp hatte Apollinaire zunächst eine Abfuhr erteilt. Er habe heute Termine und keine Zeit. Als ihm Apollinaire mit einer Vorladung gedroht hatte, ging es plötzlich doch. Um

zwölf Uhr auf der Terrasse des Cannes Mougins Golf Country Clubs. So also sahen seine Termine aus.
Die Fahrt dauerte länger als gestern nach Plan-de-la-Tour. Was nicht nur an der Entfernung lag. Ihr Navi leitete sie zum Royal Mougins Golf Resort. Dort benötigte sie eine Weile, bis sie feststellte, dass sie falsch war. Verabredet war sie mit Xavier Duchamp im Cannes Mougins Golf Club. Wer hätte gedacht, dass es in unmittelbarer Nähe von Mougins gleich zwei Golfplätze mit ähnlichem Namen gab? Sie jedenfalls nicht – und ihr Navi offenbar auch nicht. Wobei sie selbstkritisch einräumte, dass das auch an ihrer schlampigen Zieleingabe liegen konnte.
Mit fünfzehnminütiger Verspätung kurvte sie auf den Parkplatz des ehrwürdigen Privatklubs. Sie eilte zur Terrasse des Restaurants und fragte nach Xavier Duchamp. Der sei gerade noch hier gewesen, bekam sie zur Antwort. Ob sie die Person sei, auf die er gewartet habe? Jedenfalls komme sie zu spät. Monsieur Duchamp habe mit einem Freund die zweiten neun Löcher in Angriff genommen.
Isabelle fand das ziemlich dreist. Ihr Versuch, ihn auf seinem Handy zu erreichen, scheiterte. Er hatte es ausgeschaltet. Von einigen Golfrunden, auf die sie Rouven begleitet hatte, wusste sie, dass das der Etikette entsprach. Aber nicht, wenn man gerade einen Termin mit der *Police nationale* hatte sausen lassen. Nun gut, sie hätte ihn von unterwegs anrufen können, aber sie hatte nicht erwartet, dass er so schnell das Weite suchen könnte.
Isabelle ging zum Caddiemaster und organisierte sich ein Golfcart. Sie hatte keinen Klubausweis – aber der Polizeiausweis tat es auch. Sie fand den Abschlag vom zehnten Loch. Bei zwei alten Damen, die gerade aufteeten, entschuldigte sie sich. Sie fuhr das Fairway entlang. Bis zum Green keine weiteren Spieler. Erst am Abschlag von *Trou N° 11*, ein schönes, von Bäumen gesäumtes Par 3, stieß sie auf zwei Männer. Einer war vermut-

lich Xavier Duchamp. So viel verstand sie vom Golf, dass er ganz sicher nur wenige Minuten auf sie gewartet hatte. Sonst wäre er nicht schon so weit.
Sie fuhr direkt auf die beiden zu. Einer war entschieden zu jung, also war es der andere. Ein gut aussehender Typ mit schwarzen Haaren und roten Bermudashorts. Er holte gerade aus, sah sie offenbar im Augenwinkel kommen, fühlte sich gestört, konnte aber den Schlag nicht mehr abbrechen.
Der Ball landete in einem Bunker.
»Merde«, rief er empört. »Daran sind Sie schuld!«
»War mir ein Vergnügen«, antwortete sie spöttisch.
Duchamp rang sichtlich um Fassung. Sein Mitspieler grinste. Wahrscheinlich zockten sie. Ihr plötzliches Auftauchen hatte ihm einen Vorteil verschafft.
»Den Schlag darf ich wiederholen«, sagte Duchamp. Und an Isabelle gewandt: »Und Sie entschuldigen sich und verschwinden auf der Stelle.«
Das war ein perfekter Auftakt für ein harmonisches Gespräch, dachte Isabelle. Aber wer es nicht nötig hatte, auf sie ein paar Minuten zu warten, hatte es nicht besser verdient.
Sie stieg aus ihrem Golfcart und ging auf ihn zu.
»Sie werden den Schlag nicht wiederholen«, sagte sie entschieden.
»Das sehe ich auch so«, kommentierte sein Mitspieler.
»Falls Sie Xavier Duchamp sein sollten«, fuhr sie fort, »werden Sie das Loch nicht fertig spielen und die Runde abbrechen.«
Sie wusste auch nicht, warum sie so unhöflich war. Oder eigentlich doch: Der Mann hatte sie provoziert.
»Sind Sie verrückt?«
Isabelle beschloss, über diese Bemerkung großzügig hinwegzusehen.
»Sind Sie Monsieur Duchamp?«

»Ja, das bin ich.« Er fischte sein Handy aus dem Golfbag. »Und dieser Monsieur Duchamp ruft jetzt den Marshal an und lässt Sie vom Platz holen.«

Der Mann war schwer von Begriff, dachte Isabelle. Warum kam er nicht darauf, dass sie die Kommissarin war, mit der er gerade einen Termin gehabt hatte? Weil sie keine Uniform trug und auch sonst nicht seiner Vorstellung einer Polizeibeamtin entsprach? Er müsste es trotzdem kapieren.

»Den Anruf können Sie sich sparen«, erklärte sie. »Mein Name ist Bonnet, ich bin Kommissarin der *Police nationale*. Mich holt kein Marshal vom Platz.«

Duchamp sah sie verdattert an.

»*Sie* sind diese Kommissarin? Ähm, das konnte ich ja nicht wissen …«

»War nicht schwer zu erraten, oder? Immerhin hatten wir einen Termin.«

»Zu dem Sie nicht pünktlich erschienen sind«, versuchte er, wieder die Oberhand zu gewinnen.

»Es hat sich um wenige Minuten gehandelt. Nicht nur die Höflichkeit, sondern ihre Pflicht als Staatsbürger hätte es geboten, etwas zu warten.«

»Ich weiß ja nicht einmal, was Sie von mir wollen?«

»Genau das hätte ich Ihnen schon längst erklärt, wenn Sie es nicht vorgezogen hätten, lieber Golf zu spielen. So, und jetzt ist Schluss mit dem Gequatsche. Kommen Sie mit oder …«

Sie ließ die Alternative als Drohung im Raum stehen. Tatsächlich könnte Sie gar nichts dagegen unternehmen, wenn er sich entschied, sie zu ignorieren und einfach weiterzuspielen. Von einem Gespräch mit ihm erhoffte sie sich einige Informationen über Marcel Chavan. Duchamp war nicht verdächtig, irgendeine Straftat begangen zu haben. Im Grunde war sie auf seine freiwillige Kooperation angewiesen. Dafür hatte sie gerade die

denkbar schlechteste Ausgangsposition geschaffen. Sollte sie sich dazu beglückwünschen?
Duchamp knallte seinen Driver ins Bag.
»Richard, du hast es gehört ... Ich werde gezwungen, die Runde abzubrechen ...«
Sein Mitspieler hatte wieder Anlass zu grinsen.
»Ich liege zwei Löcher vorn, du hast verloren.«
Isabelle sah eine Möglichkeit, bei Duchamp etwas Sympathien zurückzugewinnen. Dabei halfen ihr die Golfrunden, bei denen sie Rouven als Caddie begleitet hatte.
»Zwei down bei acht zu spielenden Löchern?«, sagte sie. »Monsieur Duchamp hat definitiv noch nicht verloren.«
Die beiden sahen sie perplex an. Dass eine Polizeibeamtin was von Golf verstand, entsprach nicht ihrem Weltbild.
Duchamp nickte.
»Exakt so ist es. Die Unterbrechung erfolgt durch höhere Gewalt, in diesem Fall durch die höhere Gewalt der Exekutive. Morgen Nachmittag setzen wir die Runde fort.«
»Meinetwegen, wir beginnen mit deinem Schlag aus dem Bunker.«
»Wird ein Kinderspiel. Ich steig jetzt zur Kommissarin in ihr Golfcart. Kannst ja solange ein bisschen üben. Bitte bring später mein Bag ins Klubhaus.«
Kinderspiel? Isabelle dachte, dass das vorangegangene Geplänkel nichts anderes gewesen war: nämlich ein albernes Kinderspiel. Spaß gemacht hatte es trotzdem. Vor allem, weil sie den Sieg davongetragen hatte.
Routiniert legte sie den Rückwärtsgang ein, es piepte.
Duchamp hielt sich an einem Bügel am Dach fest.
»Sie spielen Golf?«, fragte er neugierig.
Sie legte den Hebel auf *Forward* – und fuhr so zügig los, dass er gut daran getan hatte, sich festzuhalten.

»Gelegentlich«, antwortete sie aus einer Laune heraus. Dabei war sie über einige Probeschläge auf der Driving Range nicht hinausgekommen. Auch verspürte sie nicht die geringste Lust, mit diesem seltsamen Zeitvertreib zu beginnen. Lieber fuhr sie mit ihrem alten Kutter aufs Meer. Und statt im Bunker hatte sie den Sand lieber am Strand zwischen den Zehen.
»Ich muss zugeben, ich habe Sie völlig falsch eingeschätzt«, sagte er. Sie spürte, wie er sie interessiert von der Seite ansah. »Eine Kommissarin von der Polizei habe ich mir irgendwie anders vorgestellt.«
»Soll vorkommen.«
»Hätte ich Sie gekannt, würde ich natürlich immer noch auf der Terrasse sitzen und geduldig auf Sie warten.«
Was war denn das für eine Begründung, dachte sie. Aber auch, dass es besser war, darauf nicht einzugehen.

Wenige Minuten später saßen sie sich auf der Klubterrasse gegenüber. An einem Tisch, der etwas abseits stand, sodass sie keine Mithörer hatten.
»Darf ich Sie auf ein Glas Champagner einladen?«, fragte Duchamp.
»Ein Glas Wasser wäre mir lieber.«
»Wie schade. Aber der Tag ist ja noch lang.«
Sie erinnerte sich an Apollinaires Bericht, dass Xavier Duchamp drei Ehen hinter sich hatte und gerade frisch geschieden war. Genau so verhielt er sich im Moment.
»Monsieur Duchamp«, begann sie deshalb ganz förmlich, »ich danke Ihnen, dass Sie sich die Zeit nehmen, einige Fragen zu beantworten.«
Er lächelte.
»Sie haben einen subtilen Humor, das gefällt mir.«

»Um gleich auf den Punkt zu kommen: Es geht um Ihren alten Freund Marcel Chavan.«

»Marcel? Was ist mit ihm?«

»Wir würden gerne wissen, wo er sich aufhält.«

»Das würde mich auch interessieren. Oder, um ehrlich zu sein, es interessiert mich nicht mehr. Ist zu lange her. Die untreue Seele hat sich einfach vom Acker gemacht und nie mehr was von sich hören lassen. Seine Entscheidung! Ich hoffe, er ist glücklich.«

»Ich habe gestern mit seiner Frau Joséphine gesprochen. Sie sagt, Marcel habe sie vor dreizehn Jahren verlassen …«

»So lange schon? Ja, kann sein.«

»Hat er sich damals von Ihnen verabschiedet und angedeutet, wo er hinwollte?«

»Nein, hat er nicht. Er war einfach weg, von einem Tag auf den anderen.«

»Das ist Ihnen nicht seltsam vorgekommen?«

»Natürlich ist es das.« Duchamp überlegte. »Einerseits, andererseits aber auch nicht. Marcel hat immer wieder von seinem Traum erzählt, alles hinzuschmeißen und irgendwo ein neues Leben zu beginnen. Ich habe das für eine Spinnerei gehalten. Manchmal hat wohl jeder solche Sehnsüchte. Aber wer traut sich's? Marcel offenbar schon.«

»Und seitdem haben Sie nichts mehr von ihm gehört? Das passt doch nicht zu einer alten Männerfreundschaft.«

»Das passt nicht wirklich, da haben Sie recht. Aber in der letzten Zeit vor seinem Ausstieg waren wir nicht mehr ganz so eng wie früher. So ist das im Leben, jeder geht seinen eigenen Weg … Aber jetzt würde ich wirklich gerne wissen, weshalb Sie sich für Marcel interessieren. Hat er was angestellt?«

»Könnte sein …«

»In den letzten Jahren?«

»Nein, wenn, dann damals vor dreizehn Jahren. Aber wie gesagt, es ist nicht mehr als ein Verdacht, dem wir allerdings nachgehen müssen.«
Diese Richtigstellung war wichtig, dachte Isabelle. Denn mehr als ein Verdacht war es nicht. Jedoch ein ziemlich gewichtiger.
»Hat er das Finanzamt betrogen?«
»Wie kommen Sie darauf?«
»Nun, Marcel hat's mit der Steuer nicht immer so genau genommen.«
»Dafür wäre ich nicht zuständig. Also noch mal meine Frage: Sie haben nicht den blassesten Schimmer, wo sich Marcel Chavan aufhält?«
Duchamp schüttelte energisch den Kopf.
»Ich weiß nicht mehr als Joséphine. Wenn ich mich recht erinnere, hat sie mal von einer Postkarte aus der Karibik erzählt. Es wäre Marcel zuzutrauen, dass er sich dorthin abgesetzt hat.« Er sah Isabelle grübelnd an. »Sie kommen extra zu mir nach Mougins in der Hoffnung, ich könnte Ihnen einen Hinweis zu Marcels Aufenthaltsort geben. Folglich ist es keine Kleinigkeit, die Sie ihm zur Last legen.«
Isabelle überlegte, dass Joséphine und ihre Schwester vom Leichenfund wussten. Also sprach nichts dagegen, auch ihm die Wahrheit zu sagen. Vielleicht half das seiner Erinnerung auf die Sprünge.
»In seiner alten Garage in Fragolin wurde eine eingemauerte männliche Leiche gefunden …«
Duchamp riss erstaunt die Augen auf.
»Der Todeszeitpunkt fällt ungefähr mit Marcel Chavans Verschwinden vor dreizehn Jahren zusammen. Es liegt also nahe, ihn der Tat zu verdächtigen. Ich sollte noch erwähnen, dass dem Opfer der Schädel eingeschlagen wurde.«

»Der Schädel eingeschlagen wurde …«, wiederholte er fassungslos.
»Verstehen Sie jetzt, warum ich mit Ihnen reden wollte?«
»Nein, verstehe ich nicht.«
»Von Joséphine weiß ich, dass Sie Marcel Chavans bester Freund sind. Ich habe gehofft, dass Sie mir seinen Aufenthaltsort verraten können.«
»Ich *war* mal sein bester Freund«, korrigierte er. »Wie ich schon sagte, hatten wir nicht mehr so intensiven Kontakt wie früher. Und seit seinem Verschwinden gar nicht mehr, das müssen Sie mir glauben. Außerdem würde ich nie jemanden decken, der eines Mordes verdächtigt wird.«
Sie beschloss, ihm zu glauben. Jedenfalls vorläufig.
»Dennoch könnten Sie mir helfen, ihn zu finden. Soviel ich weiß, war Marcel Chavan seiner Frau nicht immer treu. Hatte er vielleicht eine Geliebte, mit der er durchgebrannt sein könnte?«
Duchamp lachte.
»Nicht immer treu? Das ist leicht untertrieben.«
Mit drei Ehen, überlegte sie, war auch Duchamp kein Kostverächter. Was nicht ausschloss, dass er in jeder seiner Ehen treu gewesen war.
»Sie haben recht«, fuhr er fort. »Sich mit einer Freundin abzusetzen würde zu ihm passen.«
»Haben Sie einen Namen?«
»Einen Namen?« Er kratzte sich am Kinn. »Estelle? Nein, die habe ich letztes Jahr in Cannes gesehen, zusammen mit ihrem Mann. Oder Adrienne? *Oh, là là*, das war vielleicht eine Frau, vor allem in einer Hinsicht, wenn Sie verstehen … Aber mit ihr ein neues Leben beginnen? Nein, dafür kommt sie nicht infrage. Adrienne war eine Art Edelnutte. Für ihre Liebe hat er zahlen müssen. Schon eher … na, wie hieß sie doch gleich?« Er

schnippte mit den Fingern. »Ach ja, Céline? Die hat ihm wirklich den Kopf verdreht.«

»Kennen Sie Célines Nachnamen?«

»Das alles ist schon ziemlich lange her. Ich wundere mich, dass mir überhaupt noch die Vornamen einfallen.« Er sah sie schmunzelnd an. »Ich komme auf meinen Vorschlag mit dem Champagner zurück. Geben Sie sich einen Ruck und lassen sich zu einem Glas einladen, vielleicht hilft das meiner Erinnerung auf die Sprünge.«

Eigentlich war der Mann ganz nett, dachte Isabelle. Sie war schon von weniger attraktiven Männern zum Champagner eingeladen worden.

Sie hob spöttisch eine Augenbraue.

»Wenn das der einzige Grund ist, erkläre ich mich einverstanden.«

»Sie werden mir immer sympathischer. Wie war doch gleich Ihr Vorname?«

»Plumper Versuch. Mein Vorname ist *Madame le Commissaire*.«

»Aber jetzt nicht mehr. Im Dienst dürfen Sie doch sicher keinen Champagner trinken?«

»Mein lieber Monsieur Duchamp, wenn Sie wüssten, was ich im Dienst alles darf.«

»Sie machen mich neugierig.«

Er rief einen Ober zu sich und bestellte zwei Gläser Dom Pérignon. Falls er sie mit dieser Wahl beeindrucken wollte, hatte er sich getäuscht. Von Rouven Mardrinac war sie diesen Edelchampagner gewohnt. Dabei war sie persönlich der Meinung, dass mittags auf der Terrasse eines Golfklubs ein vergleichsweise einfacher Crémant aus der Provence mindestens genauso gut war.

»Darf ich Ihre Aufmerksamkeit wieder auf Céline lenken«, sagte sie. »Vielleicht fällt Ihnen schon vor dem Champagner ihr Nachname ein?«

»Es könnte sein«, antwortete er, »dass ich ihn nie wusste. Marcel hat uns nie förmlich vorgestellt. Aber ich erinnere mich, dass sie in Saint-Tropez in einer Boutique für Bademoden gearbeitet hat. In welcher genau, kann ich Ihnen nicht sagen. Nur, dass sie die perfekte Figur für Bademoden gehabt hat.« Er lächelte. »Bitte entschuldigen Sie diese chauvinistische Bemerkung, aber nur deshalb kann ich mich noch an ihren Job erinnern.«
Der Champagner wurde serviert.
»Ich würde mich freuen, wenn Sie mich Xavier nennen«, sagte er.
Isabelle schmunzelte. Er ließ nicht locker.
»Sehr gerne. Und Sie können weiter *Madame le Commissaire* zu mir sagen.«
Es machte ihr Spaß, ihn auflaufen zu lassen.
Er verzog das Gesicht.
»Sehr schön, das kann ich mir merken.«
»Santé!«
Es folgte eine kurze Pause, in der beide nachdachten.
Isabelle beschloss, gleich nach dem Gespräch noch aus dem Auto Apollinaire anzurufen. Mit dem Auftrag, sich in Saint-Tropez bei allen Boutiquen für Bademoden nach einer Céline zu erkundigen, die dort vor dreizehn Jahren gearbeitet hatte. Ihr war klar, dass das nach dieser langen Zeit wenig vielversprechend war. Aber einen Versuch war es wert.
Was Xavier Duchamp wohl gerade überlegte? Wahrscheinlich ging ihm durch den Kopf, dass sein *vieil ami* Marcel womöglich ein Mörder war.
»*Madame le Commissaire,* Sie sagten, dass in Marcels alter Garage eine eingemauerte männliche Leiche gefunden wurde. Wissen Sie, wer das Opfer ist?«
Auf diese naheliegende Frage hatte sie gewartet.
»Leider nein. Nur so viel, dass der Mann zum Zeitpunkt des Todes etwa fünfundvierzig Jahre alt gewesen war.«

»Er war also etwa in unserem Alter«, stellte Duchamp fest.
Sie hob eine Augenbraue.
»In unserem Alter?«
»*Pardon*, ich meinte natürlich in meinem und Marcels Alter.«
»Eine Besonderheit gibt es noch: Ihm fehlt ein Finger.«
»Ein Finger?« Er runzelte die Stirn. »Ich kenne keinen aus unserem früheren Bekanntenkreis, dem ein Finger fehlt ... beziehungsweise gefehlt hat.«
»Er müsste zudem vor dreizehn Jahren plötzlich von der Bildfläche verschwunden sein«, ergänzte sie. »Nur dann käme er als Leiche infrage.«
»Da habe ich keinen Kandidaten. Tut mir leid, ich fürchte, ich kann Ihnen nicht weiterhelfen.« Er hob sein Champagnerglas. »Aber ich freue mich, Sie kennengelernt zu haben.«
»Obwohl ich Sie beim Abschlag gestört habe?«
»Das habe ich Ihnen längst verziehen. Was halten Sie davon, wenn wir mal zusammen eine Runde spielen?«
Lügen haben kurze Beine, dachte Isabelle. Aber das machte nichts, selbst wenn sie Golf spielen könnte, würde sie auf seinen Vorschlag nicht eingehen.
»Daraus wird nichts werden«, antwortete sie.
»Schade, vielleicht können wir uns trotzdem wiedersehen?«
Sie lächelte amüsiert.
»Die meisten Menschen, mit denen ich beruflich zu tun habe, sind froh, wenn sie mich *nicht* wiedersehen.«
»Ich dachte auch weniger an ein berufliches Treffen ...«
Das war ihr klar. Sie reichte ihm ihre offizielle Visitenkarte.
»Rufen Sie mich an, wenn Ihnen zu Marcel oder seinem möglichen Aufenthaltsort doch noch was einfällt.«
Nach einem kurzen Blick auf die *carte de visite* sah er sie grinsend an. »Sie haben mich angeschwindelt. Ihr Vorname ist nicht *Madame le Commissaire*, sondern Isabelle.«

»Tatsächlich? So, und jetzt lasse ich Sie alleine. Vielen Dank für unser Gespräch.« Sie stand auf und reichte ihm die Hand. *»Au revoir!«*

Er hielt ihre Hand etwas länger fest als nötig.

»*C'était un plaisir.* Darf ich Sie zu Ihrem Auto begleiten?«

»Nicht nötig, ich finde alleine hin.«

»Doch, ich bestehe darauf.«

Als sie vor ihrem alten Mustang ankamen, geriet sein Weltbild erneut ins Wanken.

»Das ist Ihr Auto?«

»Nicht so elegant wie ein alter Ferrari. Aber dafür habe ich ein Blaulicht im Kofferraum.« Und eine schusssichere Weste, fügte sie in Gedanken hinzu.

Er schnalzte mit der Zunge.

»Ford Mustang, ich schätze Baujahr 1967, V8 Big Block, 6,4 Liter Hubraum …«

»Fast richtig«, bestätigte sie.

»Isabelle, wir müssen uns unbedingt wiedersehen.«

28

Auf der Fahrt von Mougins nach Fragolin ging ihr vieles durch den Kopf. Apollinaire hatte sie bereits instruiert, sich in Saint-Tropez nach einer Céline umzuhören. Er war also beschäftigt. Sie hatte schon häufig festgestellt, dass sie beim Autofahren gut nachdenken konnte. Vorausgesetzt, sie fuhr wie heute mit offenem Verdeck über wenig befahrene Landstraßen. Sie hatte mal mit Apollinaire über dieses Phänomen gesprochen. Er meinte, ihm könne das in seinem 2CV nicht passieren. Womöglich stimuliere der Achtzylinder die Synapsen in ihrem Gehirn? Das war natürlich Unfug. Schließlich konnte sie auch beim Joggen gut denken.

In gemächlichem Tempo cruiste sie durch die Landschaft. Dabei ließ sie nicht nur das vorangegangene Gespräch mit Xavier Duchamp Revue passieren, sondern auch den gestrigen Besuch in Plan-de-la-Tour. Neue Erkenntnisse kamen ihr dabei nicht.

Einige Kilometer weiter versuchte sie sich vorzustellen, wie Marcel Chavan vor vielen Jahren in seiner Garage Maurerarbeiten durchgeführt hatte, während Joséphine bei ihrer Schwester gewesen war. Als Bauingenieur beherrschte er den Umgang mit Ziegelsteinen und Mörtel. Er war alleine in der Garage, als er überraschenden Besuch bekam. Von einem Mann in seinem Alter. Sie gerieten in Streit. Marcel griff in seiner Werkzeugkiste zu einem schweren Hammer – und schlug seinem Besucher den Schädel ein. Im Affekt oder mit kühlem Vorsatz, das spielte keine Rolle.

Sie stellte sich vor, wie Marcel vor dem Leichnam stand und verzweifelt nach einer Möglichkeit suchte, den Toten zu beseitigen. Sein Blick fiel auf die unterbrochene Maurerarbeit. Die Lösung lag auf der Hand. Marcel mauerte einen Hohlraum …

So könnte es sich zugetragen haben.

Isabelle überholte einige Radfahrer. Es folgte eine lange Platanenallee. Licht und Schatten wechselten in schneller Folge. Der schwere Motor ihres Mustangs blubberte gemütlich vor sich hin. Als ob er sie einschläfern wollte.

So könnte es sich zugetragen haben … Aber war das schlüssig? Marcel hätte nach dem Totschlag auf seiner alten Schreibmaschine einen Abschiedsbrief an seine Frau geschrieben, seinen Ehering abgezogen, ihn mit einer abgebrochenen Rose aus dem Garten auf den Brief gelegt und sich aus dem Staub gemacht. Aber warum? Und warum gerade in diesem Moment? Kein Mensch würde die Leiche finden. Er hatte alle Zeit der Welt. Welche Erklärung gab es für seinen radikalen Entschluss?

Eine andere Frau? Céline zum Beispiel? Denkbar wäre, dass Marcel ihren eifersüchtigen Mann oder Freund erschlagen hatte, der ihn zur Rede stellen wollte? Isabelle hatte genug Fantasie, sich auch solche Szenarien vorzustellen.

Doch irgendwas stimmte nicht …

Warum hatte sich Marcel nirgends mehr gemeldet, nicht einmal bei seinem alten Freund Xavier? Nur eine Ansichtskarte an Joséphine von einer fernen Karibikinsel. Dafür fehlte jede Erklärung. Kein Mensch wusste, dass er jemanden getötet hatte. Also musste er sich nicht verstecken.

Was wäre … was wäre, wenn alles ganz anders …

Ein Gedanke keimte auf, da kam ihr in einer unübersichtlichen Kurve mit überhöhter Geschwindigkeit ein Wohnmobil entgegen. Sie sah es erst im letzten Moment. Es wurde eng, dann war der Camper vorbei. Schon war er auch im Rückspiegel nicht mehr zu sehen.

Mit überraschenden Gedanken erging es einem oft ähnlich, überlegte Isabelle. Sie kamen aus dem Nichts auf einen zugeflogen, eine flüchtige Begegnung, dann waren sie hinter einer Kurve verschwunden.

Doch in diesem Fall wusste sie noch genau, was ihr vor wenigen Sekunden durch den Kopf gegangen war. Dass sie nämlich einen grundsätzlichen Denkfehler gemacht haben könnte … Und schon würde sich ein völlig anderes Bild ergeben.

Dass ausgerechnet in diesem Moment Apollinaire anrief, empfand sie als Störung. Schnell stellte sich aber heraus, dass das absolute Gegenteil richtig war.

Er berichtete von einem unerwarteten Erfolg. So habe er tatsächlich nach wenigen Anrufen in Saint-Tropez eine Boutique ausfindig gemacht, in der eine gewisse Céline Laffargue als Store-Managerin arbeite. Er habe mit ihr gesprochen und sie ganz direkt nach Marcel Chavan gefragt. Céline Laffargue habe bestätigt, dass sie vor vielen Jahren mit ihm befreundet gewesen sei. Dann sei er plötzlich verschwunden und habe sich nie mehr gemeldet. Bis heute könne sie sich keinen Reim darauf machen. Mehr habe er nicht in Erfahrung gebracht.

Er drückte Isabelle sein Bedauern aus, dass er keine positivere Nachricht habe. Schließlich erführen sie nun auch von dieser Céline nicht, wo sich Marcel aufhalte.

Isabelle atmete tief durch. Céline Laffargue wusste nicht, wo ihr Freund abgeblieben war.

Aber sie selbst … sie glaubte es plötzlich zu wissen.

Eine halbe Stunde später saß sie noch immer am Steuer. Doch hatte sie in der Zwischenzeit einige Telefonate geführt. Gleich zweimal hatte sie mit Docteur Franell von der Rechtsmedizin

in Toulon telefoniert. Außerdem hatte sie mit Joséphine gesprochen. Mit dem Ergebnis, dass sie jetzt einen Umweg fuhr, um in Plan-de-la-Tour etwas abzuholen. Auch Apollinaire hatte sie angerufen. Er wusste, dass er am späten Nachmittag noch nach Toulon fahren musste, um dort etwas hinzubringen.
Mit jedem Kilometer war Isabelle mehr davon überzeugt, dass sie mit ihrer neuen Theorie richtiglag. Der Beweis stand noch aus. Aber alles passte viel zu gut zusammen. Und dann? Wie ging es weiter, sobald sie Gewissheit hatte? Sie lächelte. Dann begann die Suche von Neuem – aber mit geänderten Vorzeichen!

29

Während des Aufwachens am nächsten Morgen träumte Isabelle von einem exklusiven Kulturbeutel von Louis Vuitton. Aus bedrucktem Canvas. Mit vielen kleinen Monogrammen.

Später konnte sie sich sogar erklären, weshalb ihr im Traum eine *Poche Toilette* von Louis Vuitton erschienen war. Denn genau einen solchen Kulturbeutel hatte sie gestern Nachmittag von Joséphine erhalten. Er stammte von Marcel und war ein Glücksfall. Nach seinem Verschwinden vor dreizehn Jahren waren zwar viele Schrankfächer ausgeräumt gewesen, aber seine Kulturtasche hatte er dagelassen. Joséphine hatte das damit begründet, dass sie ihm die *Poche Toilette* mal zum Hochzeitstag geschenkt hatte. Wahrscheinlich wollte er in seiner neuen Beziehung nicht mehr daran erinnert werden. Joséphine wollte das auch nicht, weshalb sie den Kulturbeutel, so wie er war, in einen Karton gepackt und im Keller verstaut hatte. Zum Wegwerfen war er zu teuer. Und zum Verwenden aus emotionalen Gründen auch nicht geeignet.

Jetzt war er im Labor. Apollinaire hatte ihn gestern noch hingebracht. Docteur Franell hatte sich über den Inhalt sehr gefreut. Besser gehe es nicht. Normalerweise dauere die geforderte Analyse Wochen, hatte er schon am Telefon dargelegt. Aber der Zufall wolle es, dass sie in der Rechtsmedizin gerade ein Hochleistungsgerät aus den USA erproben würden. Das komme jetzt zum Einsatz. Sozusagen ein Test am lebenden Objekt … Nun ja, hatte er lachend eingeräumt, bei ihm bestünden die »lebenden« Objekte grundsätzlich aus toter Materie.

Um genau elf Uhr zwanzig klingelte im Kommissariat das Telefon. Franell war dran. Seine Nachricht war kurz und knapp: *Confirmation à cent pour cent!*
Übereinstimmung zu hundert Prozent? Mehr konnte sie nicht erwarten.
Apollinaire sah sie fragend an.
Isabelle hob den Daumen.
Er warf einen fast schon wehmütigen Blick auf sein vor wenigen Tagen neu angelegtes Chart, das bereits eng beschrieben war.
»Dann war ja schon wieder alles umsonst.«
»Nicht unbedingt. Nur verdächtigen wir Marcel Chavan nicht mehr des Mordes ...«
»Weil er selber ... selber das Opfer ist«, brachte Apollinaire ihren Satz zu Ende. »Das stellt alles auf den Kopf.«
Genauso war es, dachte Isabelle. Franell hatte die DNA von der Zahnbürste und dem Kamm aus Marcels Kulturbeutel mit der DNA der Knochen abgeglichen. Jetzt hatte sie die Bestätigung, dass sie mit ihrem Verdacht, der ihr gestern im Auto gekommen war, richtiglag.
Apollinaire schaute kopfschüttelnd auf sein Chart.
»Alles schien so logisch«, murmelte er.
»Jetzt ist es noch logischer. Und so viel müssen Sie gar nicht korrigieren. Es hat sich ähnlich zugetragen, wie wir angenommen haben, nur halt mit vertauschten Rollen. Marcel Chavan hat in seiner Garage Maurerarbeiten durchgeführt. Er hat überraschenden Besuch bekommen. Bis hierher bleibt alles gleich. Allerdings hat dann nicht er, sondern sein Besucher zur Tatwaffe gegriffen und ihm den Schädel eingeschlagen.«
»Vom Täter zum Opfer. So schnell kann's gehen.«
»Sein Mörder hatte anschließend den Einfall, Marcels Arbeit zu Ende zu bringen und seine Leiche einzumauern. Danach hat er

in aller Ruhe auf Marcels alter Schreibmaschine eine Art Abschiedsbrief geschrieben und alles so arrangiert, dass Joséphine denken musste, ihr Mann habe sie verlassen.«

»Deshalb auch der Ehering …«

»Ja, und deshalb auch der fehlende Finger. Ich hätte gleich draufkommen müssen, aber Docteur Franell hat in seinem Bericht vergessen zu erwähnen, welcher Finger es war. Der Mörder hat den Ehering nicht abbekommen. Das kommt häufig vor. Deshalb hat er den Finger mit dem Ring kurzerhand abgeschnitten.«

»Ganz schön brutal.«

»Jemanden zu erschlagen ist noch brutaler. Wir haben uns gefragt, warum beim Skelett keine Stoffreste gefunden wurden. Die Tat wurde im Hochsommer begangen. Ich stelle mir vor, dass es in der Garage drückend heiß war. Marcel hat vielleicht mit nacktem Oberkörper gearbeitet und barfuß. Bekleidet nur mit einer Shorts. Und die war zufällig aus einem Material, das sich mit dem Leichnam über die Jahre zersetzt hat.«

»Wir haben auch keine Armbanduhr gefunden …«

»Guter Hinweis. Entweder hat Marcel sie beim Arbeiten abgelegt, oder sie war so wertvoll, dass der Mörder der Versuchung nicht widerstehen konnte. Ich werde mal Joséphine nach seiner Uhr fragen.«

Apollinaire nestelte nervös an seinem Hemdkragen.

»Apropos Joséphine. Jemand muss ihr mitteilen, dass Marcel nicht irgendwo in der Sonne liegt, sondern nachweislich tot ist.«

»Wollen Sie sich freiwillig melden?«

Er machte eine abwehrende Handbewegung.

»*Pour l'amour du ciel*, da wäre ich total überfordert. Das Überbringen von Todesnachrichten stand nicht auf dem Lehrplan meiner Ausbildung.«

Auf meinem auch nicht, dachte Isabelle. Dennoch hatte sie das schon häufig machen müssen. Im Falle von Joséphine dürfte das weniger dramatisch ablaufen. Für sie war Marcel schon lange gestorben. Gleichwohl wusste man nicht, wie sie reagieren würde.

»Dann übernehme ich das«, sagte Isabelle. »Ich muss nur noch entscheiden, ob das am Telefon geht oder ob ich zu ihr hinfahren soll.«

Besondere Lust verspürte sie nicht, schon wieder nach Plan-de-la-Tour zu kurven.

»Muss ja nicht sofort sein«, sagte Apollinaire, der ihr den Widerwillen offenbar ansah. »Außer dem lieben Gott, Docteur Franell und uns beiden kennt ja keiner die Wahrheit.«

»*C'est vrai.* Und der liebe Gott wird uns nicht verraten.«

30

Den Gedanken, Joséphine erst morgen die Nachricht vom Tod ihres Mannes zu überbringen, verwarf sie wenige Minuten später. Unangenehme Aufgaben wurden nicht einfacher, wenn man sie vor sich herschob. Auch sprach vieles dafür, dies nicht am Telefon zu erledigen. Zudem würde sie sowieso mit Joséphine erneut über Marcel sprechen müssen – jetzt unter geänderten Vorzeichen. Ihr Mann war vom möglichen Täter zum tatsächlichen Opfer geworden. Es war also ein Gebot des Respekts und der Höflichkeit, sie zu besuchen, und diente zugleich der Wahrheitsfindung. Denn sie brauchte ganz dringend Hinweise, denen sie auf der Suche nach Marcels Mörder nachgehen könnte. Im Moment hatte sie keine Idee, wo sie zu beginnen hätte. Apollinaires Methode, im Nebel herumzustochern, im oder gegen den Uhrzeigersinn, schien ihr wenig Erfolg versprechend.

Bevor sie losfuhr, nahm sie sich die Zeit, einen anderen Besuch zu tätigen. Sie lief zur Bastide von Nicolas. Aus der großen Scheune, die ihm als Atelier diente, hörte sie laut aufgedrehte Musik. Dass es sich um eine Oper handelte, war offenkundig. Aber welche? Claude Debussy, Georges Bizet … oder vielleicht doch Jacques Offenbach? Einmal mehr bedauerte sie, dass sie auf dem Gebiet der Oper ziemlich ahnungslos war. Natürlich würde sie die tangoähnliche Habanera aus Bizets *Carmen* erkennen. Aber das war es nicht. Dennoch ging ihr die berühmte Arie durch den Kopf: *L'amour est un oiseau rebelle*. Dass die Liebe ein rebellischer Vogel und schwer zu zähmen ist, war eine

Gewissheit, die sich immer wieder bestätigte. Ob der »rebellische Vogel« auch Marcels Tod herbeigeführt hatte? Bei seinem unsteten Liebesleben lag dieser Verdacht nahe – und konnte doch in die Irre führen.

Kurz kam ihr der Gedanke, dass *l'amour* auch schon in ihrem eigenen Leben zu Verwicklungen geführt hatte. Nicht zuletzt deshalb, weil sie Gefühle nicht so leicht an sich heranließ und oft selber nicht wusste, was sie wirklich empfand. Bei Nicolas, vor dessen Atelier sie soeben stand, erging es ihr nicht anders. Sie nahm sich vor, es herauszufinden. Nicht heute Mittag, aber möglichst bald …

Das Tor der Scheune war mit einem Nummernschloss gesichert. Die Musik war so laut, dass er ihr Klopfen nicht hörte. Sie kannte den Code und gab ihn ein.

Nicolas stand vor einer riesigen Leinwand, die fast bis zur Decke reichte, auf einer Art Hebebühne. Er trug eine Atemmaske und arbeitete mit einer Spraypistole. Ein Renoir oder Cézanne würde nicht glauben, dass hier ein hoch bezahlter Künstler des 21. Jahrhunderts an einem neuen Werk arbeitete. Der arme Vincent van Gogh, der zu Lebzeiten kaum ein Bild verkauft hatte, vielleicht schon eher. Und Picasso, der sich immer für alles Neue interessierte, erst recht.

Sie ging zur Musikanlage und drehte sie leise. Erst jetzt bemerkte Nicolas, dass sie im Raum war.

Er schaltete die Spraypistole ab, zog die Maske herunter und begrüßte sie mit einem Lächeln.

»*Bonjour, Isabelle,* wie schön, dass du mich besuchen kommst.«

Sie wusste, dass sie der einzige Mensch war, der Zugang zu seinem Atelier hatte und ihn bei der Arbeit stören durfte.

Sie deutete auf die blaurot schimmernde Leinwand.

»Die Auftragsarbeit für Rouven?«, fragte sie.

Nicolas fuhr die Hebebühne herunter.

»Ja, aber ich bin erst bei der Grundierung.«

»Ach so, deshalb erkennt man noch nichts«, machte sie einen Scherz.
»Ob man später viel erkennen wird, weiß ich noch nicht. Aber ich plane eine versteckte Botschaft, die nur Rouven versteht. Na ja, und du vielleicht.«
»Was für eine Botschaft?«
»Das werde ich dir nicht verraten. Musst dich bis zur Fertigstellung gedulden.«
Isabelle lächelte.
»Ist ja schon in weniger als acht Wochen.«
Er zog eine Grimasse.
»Bitte erwähne nie mehr den Termin. Unter Druck kann ich nicht arbeiten.«
»Entschuldige. Jedenfalls freue ich mich, dass du wieder zurück bist …« Und nach einer kurzen Pause: »Um ehrlich zu sein, habe ich dich ein klein wenig vermisst.«
»Nur ein klein wenig?«
Un petit peu? Die Einschränkung hätte sie sich wirklich sparen können, dachte sie.
»Na ja, wollen wir mal nicht übertreiben«, antwortete sie dennoch.
Er lachte.
»Und ich habe deinen spröden Charme vermisst. Ach so, natürlich auch nur *un petit peu*.«

Eine knappe Stunde später saß sie am Steuer auf dem Weg nach Plan-de-la-Tour. Mit dem guten Gefühl, dass es richtig gewesen war, Nicolas zu besuchen. Im Garten hatten sie noch kurz zusammengesessen und Wein getrunken. Sie selbst nur ein Glas, sie musste ja noch Auto fahren – aber genug, um mit ihm anzustoßen. Nicolas hatte gesagt, er wünsche sich, dass mit ihnen beiden alles wieder so werde wie früher. Sie hatte geantwortet, dass grundsätzlich nichts dagegenspreche. Wahrscheinlich hatte er eine euphorischere Reaktion erwartet. Oder auch nicht, schließlich kannte er ihren *spröden Charme*.

Isabelle beschloss, für den Moment nicht weiter über Nicolas und ihren Beziehungsstatus nachzudenken. Es war an der Zeit, sich wieder auf ihren Kriminalfall zu konzentrieren. Apollinaire hatte recht: Mit dem DNA-Nachweis waren ihre bisherigen Überlegungen »auf den Kopf« gestellt worden. Es kam selten vor, dass man ein Opfer mit dem Täter verwechselte. Vor allem, wenn das Opfer ein Loch im Kopf hatte. Und dem Täter ein Finger fehlte … Nein, nicht dem Täter, sondern dem Opfer … aber nicht zu Lebzeiten. Eigentlich war alles ganz einfach, trotzdem fiel es schwer, sich im Kopf umzuprogrammieren.

In Plan-de-la-Tour angekommen, entdeckte sie als Erstes Sandrine, die die Gartentür reparierte. Isabelle musste schmunzeln, denn sie erinnerte sich daran, dass ihre Schwester vorhergesagt hatte, die Gartentür werde bald aus den Angeln brechen.

»*Salut, Madame le Commissaire*«, wurde sie von Sandrine begrüßt. »Haben Sie Neuigkeiten von Marcel? Oder warum kommen Sie uns erneut besuchen?«

»Ja, es gibt Neuigkeiten«, bestätigte Isabelle. »Ist Ihre Schwester da?«

»Sie ist in der Küche und kocht gerade Marmelade ein. *Abricots à la lavande.* Die Aprikosen stammen aus unserem eigenen Garten, die Lavendelblüten kommen von einem Freund …«

Sie öffnete behutsam die Gartentür.

»Kommen Sie herein! Dann stören wir Joséphine mal beim Einkochen. Interessiert mich auch, was Sie Neues von Marcel erfahren haben.«

Es sprach nichts dagegen, dass Sandrine beim Gespräch dabei war, dachte Isabelle. Sie würde von ihrer Schwester sowieso al-

les erfahren. Und vielleicht kam gerade von ihr ein entscheidender Hinweis?
Isabelle deutete auf eine hohe Leiter, die ans Haus gelehnt war. »Gibt's da auch was zu reparieren?«, fragte sie lächelnd.
»Ich ersetze gerade einige gebrochene Dachziegel. Den Dachdecker sparen wir uns, das mache ich selber.«
»Kompliment.«
»Ist kein Kunststück.«
Sie kamen zur Küche. Joséphine hatte gerade das letzte Weckglas mit der noch warmen Marmelade verschlossen. Sie wusch sich die Hände und begleitete sie mit einem Krug Wasser auf die Terrasse.
»Sagen Sie bloß, Sie haben herausgefunden, wo sich Marcel versteckt hält?«, fragte sie.
Isabelle senkte den Blick.
»In gewisser Weise. Madame Chavan, ich muss Ihnen leider sagen, dass Ihr Mann nicht mehr am Leben ist.«
Joséphine sah sie fassungslos an. Auch Sandrine.
»*Mes sincères condoléances,* mein herzliches Beileid. Tut mir leid, dass ich keine bessere Nachricht habe.«
Wie könnte diese aussehen, dachte Isabelle. Dass Marcel noch am Leben war und sich mit einer jungen Geliebten in der Karibik vergnügte? Das würde Joséphine auch nicht gefallen.
»Woher wissen Sie, dass mein Schwager tot ist?«, fragte Sandrine.
Joséphine nickte. »Ja, woher?«
»Es ist alles anders, als es den Anschein hatte«, antwortete Isabelle. »Die Wahrheit ist ... nun ja, schockierend. Aber ich kann sie Ihnen nicht vorenthalten. Die sterblichen Überreste, die wir in Ihrer alten Garage gefunden haben, stammen von Marcel. Wir haben einen DNA-Abgleich mit seinem Kulturbeutel durchgeführt, es gibt keinen Zweifel.«
Joséphine entgleisten die Gesichtszüge.
»Sie meinen, das Skelett, das ist Marcel?«

»Ihr Mann war nie weg«, fuhr Isabelle fort. »Er hat Sie nicht wegen einer Geliebten verlassen. Der Abschiedsbrief auf seiner alten Schreibmaschine, sein Ehering mit der vertrockneten Blume, die Ansichtskarte aus der Karibik, seine fehlenden Kleider und Reisetaschen … das waren alles falsche Spuren, die sein Mörder gelegt hat. Auch ich bin zunächst darauf hereingefallen. In Wahrheit wurde Ihr Mann, während Sie hier bei Ihrer Schwester Ferien machten, mit einem stumpfen Gegenstand erschlagen und danach in seiner Garage eingemauert.«
Sandrine fuhr sich über die Augen. »Wie grausam ist das denn?«
»Der Mord war grausam«, bestätigte Isabelle. »Das Grab hinter einer Mauer des Schweigens aber von nüchterner Logik.«
Joséphine biss sich auf die Unterlippe.
»Es gibt keinen Zweifel?«, fragte sie mit zitternder Stimme.
»Nein, die Gerichtsmedizin ist sich sicher.«
»Es muss sich um eine Verwechslung handeln. Sie sagten, dem Opfer fehlte ein Finger … Marcel aber …«
»Es war der Ringfinger«, sagte Isabelle.
Sandrine, die weniger stark unter Schock stand, zog sofort den richtigen Schluss.
»Der Mörder hat den Ehering nicht abbekommen …«, sagte sie leise.
Joséphine erstarrte. Dann schlug sie die Hände vors Gesicht.
»Quelle horreur, quelle horreur«, schluchzte sie.
Sandrine nahm sie in den Arm und versuchte, sie zu beruhigen. Isabelle ließ ihnen die Zeit, die sie brauchten.
Schon seltsam, dachte sie. Noch vor wenigen Tagen hatte es den Anschein gehabt, Marcel sei ein Mörder. Den Verdacht hatte Joséphine gut verkraftet. Weil er für sie längst gestorben war. Und jetzt, da er wirklich tot und offenbar kein Mörder war, verlor sie die Fassung. Weil er plötzlich nicht mehr das Charakterschwein war, das mit einer anderen Frau durchgebrannt war.

Durch seinen Tod war er quasi rehabilitiert und hatte ihr Mitgefühl und ihre Trauer verdient. Eine Wendung um hundertachtzig Grad in kürzester Zeit.
Sandrine ging ins Haus und kam mit einer Flasche Calvados und drei Gläsern zurück auf die Terrasse.
»Ich glaube, wir brauchen jetzt was Hartes«, sagte sie und goss ein.
Isabelle überlegte, dass das für sie nicht zutraf. Sie brauchte ganz gewiss keinen Calvados. Aber aus Solidarität mit den beiden tat sie so, als ob sie mittrinken würde.
»Ich habe Sie das letzte Mal gefragt, ob Marcel Feinde hatte. Die Frage stellt sich jetzt natürlich umso dringlicher.«
»Wie ich Ihnen schon sagte, war mein Mann sehr beliebt. Ich wüsste niemanden, mit dem er im Streit lag.«
»Doch muss es einen Menschen geben, der ein Motiv hatte, ihn umzubringen. Sonst wäre Marcel noch am Leben.«
Sandrine nickte.
»Das leuchtet mir ein. Aber ich muss meiner Schwester recht geben, Marcel ist jedem Konflikt aus dem Weg gegangen. Sein Sternzeichen war Waage, er war auf Harmonie bedacht.«
Isabelle gab nichts auf Sternzeichen. Gewiss gab es auf dieser Welt genauso viele Waagen, die auf Krawall gebürstet waren, was bestimmt nicht am Aszendenten lag. Aber es blieb festzuhalten, dass sich die Schwestern in der Beurteilung einig waren.
»Darf ich eine private Frage stellen?«, fragte Isabelle an Joséphine gerichtet. »Nach Marcels Verschwinden hatten Sie doch sicher irgendwann eine neue Beziehung?«
Joséphine lächelte schief. So wirklich glücklich sah sie dabei nicht aus.
»Natürlich hatte ich wieder jemand, so alt bin ja nun doch nicht. Roland hat schon in meiner Jugend für mich geschwärmt, aber damals habe ich mich für Marcel entschieden. Nun war die

Gelegenheit da, und wir haben es zusammen probiert. War eine Weile ganz nett, hat aber dann doch nicht geklappt.«

»Weil Roland Larousse ein schwärmerischer Waschlappen ist«, ergänzte Sandrine. »So jemand ist kein Mann fürs Leben.«

Isabelle überlegte, dass Joséphine erst Anfang fünfzig und nicht unattraktiv war. Der Mann fürs weitere Leben könnte immer noch kommen. Doch über diesen Roland würde sie gerne mehr wissen. Er wäre nicht der erste »Waschlappen«, der eine zweite Seite hatte.

»Roland lebt aber nicht in Fragolin, habe ich recht?«

Die Vermutung lag nahe, denn sonst hätte Clodine von ihm erzählt.

»Nein, er wohnt in La Garde-Freinet. Aber ich habe schon seit Jahren keinen Kontakt. Er meldet sich auch nicht mehr.«

Sandrine nahm ihre Schwester erneut in den Arm.

»Wir haben ja uns. Und Sie dürfen mir glauben, uns geht es nicht schlecht.«

Sandrine war jünger als Joséphine und ganz sicher eine Frau, die keine Probleme hatte, einen Mann zu finden. Sie nach ihrem Liebesleben zu fragen wäre wahrscheinlich interessanter als bei Joséphine. Doch ging sie das wirklich nichts an.

»Bitte denken Sie noch mal nach«, kam sie stattdessen auf den Grund ihres Besuchs zurück. »Sie erwähnten das letzte Mal seine Baugeschäfte, bei denen es naturgemäß nicht ohne Konkurrenz abgehe.«

Joséphine runzelte die Stirn.

»Es gab wohl schon Rivalitäten, aber Marcel hat nie viel über seine Arbeit geredet. Haben Sie eigentlich mit Xavier Duchamp gesprochen? Der könnte Ihnen mehr erzählen. Schließlich waren die beiden mal Partner, und Xavier ist in derselben Branche tätig.«

»Ich habe mich mit ihm getroffen, aber übers Geschäft haben wir nicht geredet.«

Das stimmte, dachte sie. Warum eigentlich nicht? Weil sie sich in die Frage verrannt hatte, wer Marcels große Liebe war, die ihn zur Flucht verleitet haben könnte. Xavier hatte sie auf die Spur von Céline Laffargue gebracht. Darüber hatte sie vergessen, Xavier Duchamp zu Marcels Arbeit zu befragen.

»Das werde ich nachholen«, sagte Isabelle. »Danke für den Tipp. Mir fällt noch etwas ein: Wir haben bei dem Toten …« – sie vermied das Wort Skelett – »… keine Armbanduhr gefunden. Hatte Marcel eine Lieblingsuhr, die er immer getragen hat? Und wenn ja: Wo ist sie?«

Joséphine musste nicht lange nachdenken.

»Ja, eine Rolex Daytona, die hat er sich selbst zum vierzigsten Geburtstag geschenkt. Mir wäre sie als Geschenk zu teuer gewesen. Die Uhr hat er nur zum Schlafen abgelegt. Deshalb habe ich sie nach seinem Verschwinden nicht vermisst. Aber jetzt … jetzt frage ich mich auch, wo sie abgeblieben ist.«

»Vielleicht hat sie der Mörder an sich genommen?«, spekulierte Isabelle. »Leider ist die Uhr zwar teuer, aber doch nicht so ausgefallen, dass man den Täter damit überführen könnte.«

»Sie hat ein blaues Ziffernblatt«, ergänzte Joséphine.

»Der Mörder wird wohl nicht so dumm sein, sie zu tragen«, merkte Sandrine an.

»Das weiß man nie«, stellte Isabelle fest.

»Jedenfalls hat der Täter schon einen Fehler gemacht«, sagte Sandrine nachdenklich. »Er hat vergessen, Marcels Kulturbeutel mitzunehmen. Sonst wäre es schwierig geworden, den DNA-Nachweis zu erbringen.«

Isabelle nickte.

»Einen Fehler machen sie immer. Und meistens nicht nur einen.«

31

Zurück im Auto, überlegte Isabelle, was sie als Nächstes tun sollte. Xavier Duchamp befragen, natürlich, aber nicht mehr heute. Feierabend machen, an den Strand fahren und baden? Gute Idee, die Badesachen hatte sie wie immer im Kofferraum – neben der schusssicheren Weste. Beim Stichwort Baden fiel ihr Céline Laffargue ein. Genauso gut könnte sie nach Saint-Tropez fahren und Marcels letzte Freundin in ihrem Bademodengeschäft aufsuchen. Apollinaire hatte mit ihr telefoniert – und ebenso wie sie selbst bei Xavier die falschen Fragen gestellt. Es ging nicht mehr um den Verbleib von Marcel. Sie suchten seinen Mörder. Alter und Geschlecht unbekannt.

Von Plan-de-la-Tour hinunter ans Meer war es nicht weit. Bis Port Grimaud blieb sie von Verkehrsstaus verschont. Der *bouchon* an der Küstenstraße von Sainte-Maxime war fast so sicher wie das Amen in der Kirche. Ab dem Kreisel mit der Abzweigung auf die 98A nach Saint-Tropez ereilte es sie aber doch. Isabelle widerstand der Versuchung, mit Blaulicht die Fahrzeugschlange zu überholen. Apollinaire hätte das sofort gemacht. Er freute sich über jeden Stau, wobei er die Vorschriften sehr flexibel interpretierte. Bei einem weiß-blauen Einsatzfahrzeug der *Police nationale* fiel das auch nicht weiter auf. Das Bild eines schwarzen Ford Mustang mit Sirene und Blaulicht würde sich dagegen sehr schnell im Internet wiederfinden.

Sie fasste sich in Geduld und nutzte die Zeit, mit Apollinaire zu telefonieren. Ihr Assistent machte einen ausgesprochen frustrierten Eindruck. Er sei gerade völlig desillusioniert, gab er zu.

Sein Chart habe er nicht nur zerrissen, sondern anschließend noch im Aktenvernichter geschreddert. Schon Konfuzius habe gesagt, dass man das Ziel kennen müsse, um die richtigen Entscheidungen zu treffen. Aber Marcel Chavan als potenzieller Mörder sei ihnen nun als Ziel abhandengekommen. Wie solle er da die richtigen Entscheidungen treffen?
Sie dachte, dass sich Apollinaire wieder einmal geradezu vorsätzlich in ein Dilemma hineinmanövrierte, das er selbst erfunden hatte. Aber auch, dass er spätestens morgen mit einem neuen Chart beginnen würde. Mit oder ohne eine neue Lebensweisheit von Konfuzius.
Isabelle schlug ihm vor, sich zu entspannen und nach Hause zu gehen. Sie gönne sich jetzt ebenfalls eine Auszeit. Was nicht ganz stimmte, aber das musste er nicht wissen.
Warum überraschte es sie nicht, dass er ihren Vorschlag erneut mit einem Zitat von Konfuzius annahm? In der Ruhe liege die Kraft, stellte er fest. Dies sei erst recht bei einem Skelett geboten, das schon lange tot sei ... Apollinaire räusperte sich. Nun, Skelette seien per se schon lange tot, räumte er ein, aber sie verstehe sicherlich, wie er das meine.
Mittlerweile war sie in Saint-Tropez angekommen. Sie parkte ihr Auto wie ein normaler Besucher in der Tiefgarage *Parc des Lices*. Dann schlenderte sie an nostalgischen Schwarz-Weiß-Bildern von Boule-Spielern vorbei zum Boulevard Vasserot, wo sie einer alten Gewohnheit folgend in der Bar le Clémenceau einen *café* trank. Ihr fiel ein, dass sie für Apollinaire doch einen Auftrag gehabt hätte, der aber bis morgen warten konnte. Sie würde ihn bitten, über einen gewissen Roland Larousse in La Garde-Freinet Erkundigungen einzuziehen. Viel versprach sie sich nicht davon, aber Apollinaire hätte wieder ein Ziel – und bei Fällen wie diesen konnte es nicht schaden, jeder noch so kleinen Spur nachzugehen.

Apollinaire hatte den Namen der Boutique erwähnt, wo Céline Laffargue als Store-Managerin arbeitete. Isabelle kannte den Laden vom Vorbeigehen. Er war nur einen kurzen Spaziergang entfernt. Wie in den schmalen Gassen von Saint-Tropez im Grunde alles ganz nah beieinanderlag. Genau das mochte sie an dem einstigen Fischerdorf, dessen Charme lange Zeit nur wenige Künstler wie der Schriftsteller Guy de Maupassant oder der Maler Paul Signac erkannt hatten. Bis 1956 Roger Vadim mit der blutjungen Brigitte Bardot den skandalträchtigen Film *Et Dieu créa la femme* drehte. Damit fing alles an – aus dem ehemaligen Fischerdorf wurde in kürzester Zeit ein internationaler Glamour-Hotspot. Am *vieux port,* wo früher die Fischerboote ankerten, machten heute unvorstellbar teure Luxusjachten fest. Wo früher auf den Kais die Netze zum Trocknen ausgebreitet waren, knatterten schwere Motorräder und posierten Frauen für Selfies oder mehr oder weniger professionelle Fotografen. In den einstigen Kneipen knallten Champagnerkorken, und nachts tanzte der sprichwörtliche Bär. Aber auch Gruppen von Tagestouristen gehörten zum Bild, die was vom Glanz abbekommen wollten und nach Promis Ausschau hielten.

Isabelle war sich bewusst, dass es viele Gründe gab, dieses Saint-Tropez des Jetsets und des hemmungslosen Hedonismus abzulehnen. Wie immer aber war das eine Frage der Perspektive. Ihr gefiel es hier dennoch. Was sie nicht sehen wollte, blendete sie einfach aus.

Es ging um einige Ecken, dann durch eine Passage. Schon war sie am Ziel. *Maillots de bain* stand bescheiden unter dem Namen der Boutique. Die Badeanzüge im Schaufenster dagegen waren alles andere als *bescheiden,* nicht nur, was den Style betraf, sondern auch auf den Preisschildern.

Isabelle trat ein und sah sich um.

Das Ambiente gefiel ihr. An den Wänden hingen moderne Gemälde, die das Meer und die Strände interpretierten. *La mer et les plages* … Sie passten gut zu der dekorierten Bademode und dem wie zufällig herumliegenden Schwemmholz.
Eine Frau, die etwa in ihrem Alter war, kam lächelnd auf sie zu.
»*Bonjour, Madame, comment puis-je vous aider?* Suchen Sie etwas Bestimmtes?«
Isabelle überlegte, ob sie ihr sagen sollte, dass sie keinen Badeanzug benötigte, weil sie am liebsten nackt badete, zumindest dann, wenn sie von ihrem Kutter ins Meer sprang. Oder von Rouvens Jacht *Dora Maar*. Kundinnen wie sie waren nicht gut fürs Geschäft.
»Ich suche eine gewisse Céline Laffargue«, sagte sie stattdessen.
»Das bin ich. Mir gehört der Laden.«
»Mir wurde gesagt, Sie seien die Store-Managerin?«
Céline lachte. Sie hatte ein schlichtes Strandkleid an. Und eine Muschelkette um den Hals. Aber die Muscheln kamen nicht aus dem Meer, sondern stammten von einem Schmuckdesigner.
»Das bin ich noch immer. Aber ich habe die Boutique vor einigen Jahren gekauft. Jetzt bin ich außerdem noch meine eigene Reinigungskraft, Schaufensterdekorateurin und Buchhalterin. Aber deswegen sind Sie nicht hier, das wollen Sie nicht wissen?«
»Doch, das interessiert mich.«
Céline sah sie neugierig an.
»Sind Sie von einem Modemagazin?«
Isabelle konnte sich ein Lachen nicht verkneifen. Dass Céline sie in ihrem schlampigen Outfit für eine Moderedakteurin halten könnte, wäre ihr nicht im Traum eingefallen.
»Nein, um ehrlich zu sein, ich lese solche Magazine nicht einmal. Mein Name ist Isabelle Bonnet, ich bin Kommissarin bei der *Police nationale* …«
Céline musterte sie überrascht.

»Sie sind von der Polizei? So sehen Sie aber wirklich nicht aus.«
Jetzt passierte ihr das schon wieder, dachte Isabelle. Wobei sie das nicht auf ihre Person zurückführte, sondern in dem überholten Bild begründet sah, das sich viele Menschen von der Polizei machten. Selbst Apollinaire wirkte, wenn er Shorts und eines seiner geliebten Hawaiihemden trug, nicht wie ein Polizeibeamter. Eher wie eine Vogelscheuche auf Urlaub ... Das war gemein, in Gedanken entschuldigte sie sich bei ihm.
»Tut mir leid«, sagte Isabelle und zeigte ihren Ausweis.
»Muss Ihnen nicht leidtun. War als Kompliment gemeint. Übrigens tragen Sie die gleichen Ledersandalen wie ich, Tropéziennes von Rondini ... Aber egal, jetzt möchte ich doch wissen, weshalb Sie hier sind. Vor Kurzem hat mich ein Polizeibeamter angerufen und nach Marcel Chavan gefragt. Sind Sie deshalb hier?«
Isabelle nickte.
»Ja, der Polizeibeamte war ein Mitarbeiter von mir ...«
Isabelle sprach nicht weiter, denn die Tür ging auf und eine ältere Kundin mit einer Frisur wie Tina Turner betrat den Laden. Sie war braun gebrannt und trug Stilettos, deren Absätze so hoch waren, dass man nur beten konnte, dass sie nicht umknickte und im Rollstuhl landete.
Wie sich herausstellte, holte sie nur eine vorbereitete Tüte ab. Sie tauschte mit Céline zwei Wangenküsschen aus. Céline schaffte es, so lange zu lächeln, bis das Gespenst auf High Heels leicht schwankend die Boutique verlassen hatte.
»Eine italienische Contessa«, erklärte Céline. »Behauptet sie wenigstens. Auch dass sie mal ein Verhältnis mit Jean Marais hatte. Aber der ist schon ziemlich lange tot ...«
»Außerdem war er schwul«, ergänzte Isabelle, »und mit Jean Cocteau liiert.«

»Wie das halt so ist mit Erinnerungen. Oft entspringen sie der Fantasie.«

»Womit wir wieder bei Marcel Chavan wären. Es ist wohl keine Fantasie, dass Sie mit ihm mal eine Beziehung hatten?«

»Eine Beziehung? Was für ein unschönes Wort. Ich würde sagen, eine *histoire d'amour*. Ist schon eine halbe Ewigkeit her. Aber es stimmt, wir waren mal zusammen.«

»Bis zu seinem plötzlichen Verschwinden vor dreizehn Jahren.«

»Dreizehn Jahre ... Ich sagte ja, eine halbe Ewigkeit. Warum interessieren Sie sich für Marcel? Ist er wiederaufgetaucht? Hat er was angestellt? Und selbst wenn, ich wüsste nicht, wie ich Ihnen weiterhelfen könnte. Bei mir hat er sich jedenfalls nie mehr gemeldet.«

»Das wird er auch nicht mehr«, sagte Isabelle. »Marcel Chavan ist tot ... und zwar seit genau dreizehn Jahren.«

Céline sah sie erstarrt an.

»Ich hoffe, ich war nicht zu direkt«, entschuldigte sie sich.

»Nein ... natürlich nicht«, antwortete Céline stockend. »Ich bin selber ... überrascht, wie sehr mich diese Nachricht trifft. Nach so vielen Jahren ...«

»Sie haben ihn mal geliebt?«

Céline zog einen Hocker heran und setzte sich.

»Ob ich ihn geliebt habe? Ich weiß nicht. Liebe ist ein großes Wort.«

»Marcel war verheiratet.«

»Stimmt, aber Ehen gehen kaputt und werden geschieden.«

Da hatte sie recht, dachte Isabelle. Aber auch, dass viele Liebschaften diesem Trugschluss unterlagen.

Céline sah sie stirnrunzelnd an.

»Sie sagten, Marcel ist seit dreizehn Jahren tot? Aber warum tot? Wie kann das sein?«

»Wir haben seinen Leichnam gefunden. In Fragolin. Eingemauert in seiner Garage. Und um Ihnen die ganze Wahrheit zu sagen: Marcel wurde erschlagen. Jetzt suchen wir seinen Mörder.«
Céline verdeckte ihr Gesicht mit den Händen. So saß sie eine Zeit lang ohne jede Regung. Dann stand sie auf und ging zur Glastür der Boutique. Sie schloss ab und hängte ein Schild an die Scheibe: *»Fermé. Je suis à la plage.«*
Nach Strand war ihr bestimmt nicht zumute, dachte Isabelle.
»Wie Sie sich denken können, hätte ich einige Fragen.«
»Nicht nur Sie, auch ich hätte einige Fragen. Die Boutique hat einen Hinterausgang. Lassen Sie uns verschwinden, bevor uns eine Kundin entdeckt und gegen die Scheibe klopft.«

Wenig später saßen sie auf der von Pinien, Palmen und Büschen gesäumten Terrasse des *Hôtel Ermitage.* Von hier hatte man einen malerischen Blick über die Dächer und vorbei am charakteristischen Turm der *Chapelle de la Miséricorde* auf die Bucht von Saint-Tropez mit den dort ankernden Jachten. Selbstverständlich interessierten sie sich nicht dafür. Céline hatte den Platz nicht wegen des Ausblicks gewählt, sondern weil zu dieser Zeit kaum Gäste da waren. Sie saßen abseits und konnten sich ungestört unterhalten.
Céline schüttelte langsam den Kopf.
»Ich wundere mich über mich selbst. Jetzt ist Marcel schon so lange aus meinem Leben verschwunden, und doch geht mir die Nachricht von seinem Tod ziemlich nah. Vor allem darf ich mir gar nicht vorstellen, auf welch grausame Weise er zu Tode gekommen ist. Sie sagten, er wurde erschlagen?«
»Ja, und danach in seiner Garage eingemauert, wo er jetzt nur deshalb gefunden wurde, weil das Haus abgerissen wird.«
Céline gab dem Kellner ein Zeichen.

»Ich hätte gerne einen Gin Tonic, mit viel Eis und einer Limette.« Und an Isabelle gerichtet: »Was ist mit Ihnen?«
Sie überlegte, dass sie am Calvados in Plan-de-la-Tour nur genippt hatte.
»Aussi pour moi, s'il vous plaît.«
»Hat Marcel leiden müssen?«, fragte Céline. »Hat er vielleicht noch gelebt, als er eingemauert wurde?«
Das war eine naheliegende Frage, dachte Isabelle. Sie konnte sich nicht erinnern, dass Joséphine sie gestellt hätte.
»Laut Rechtsmedizin hat der Schlag auf den Kopf unmittelbar zum Tod geführt. Was ihm danach widerfahren ist, hat er nicht mehr mitbekommen.«
»Grâce à Dieu!«, flüsterte Céline.
»Wie war das damals? Sind Sie nicht auf die Idee gekommen, dass Marcel etwas passiert sein könnte?«
»Marcel … nun, wie soll ich sagen … Marcel war ein Filou. Ich wusste, dass ich nicht die Erste war, mit der er seine Frau betrogen hatte. Und ich dachte, es geschieht mir recht, dass ich auf ihn reingefallen bin. Es gibt Männer, die ziehen ohne Vorwarnung von jetzt auf gleich die Reißleine.«
»Dennoch hätte ihm ja was passiert sein können«, hakte Isabelle nach.
»Ach so, das war ja Ihre Frage …« Nachdenklich rührte Céline mit einem Stick im Gin Tonic. »Ganz sicher hätte ich mir Sorgen gemacht. Aber Marcel hat mir eine Kurznachricht auf mein Handy geschickt. In dem Sinne wie: Tut mir leid, das war's. Ich habe eine andere. Gruß und Kuss. Dein Marcel.«
Isabelle sah sie perplex an. Wie konnte ihr Marcel eine Textnachricht schicken? Nach seinem Tod bestimmt nicht. Oder sein Mörder hatte sein Handy verwendet? Um Céline von Nachforschungen abzuhalten. Ähnlich wie mit dem Abschiedsbrief an Joséphine? Alternativ hätte Marcel kurz vor seinem

Tod mit Céline Schluss gemacht. Dann wäre ein Zusammenhang zu vermuten. Bis hin zur Möglichkeit, dass Céline nach Fragolin gefahren war und Marcel in seiner Garage zur Rede gestellt hatte … mit bekanntem Ausgang.
Isabelle betrachtete Céline. Sie war eine gut aussehende Frau, auch dreizehn Jahre nach Marcels Tod. Sie hatte zweifellos Klasse. War das eine Frau, von der man sich per SMS trennte? Allerdings, räumte Isabelle in Gedanken ein, war das schon ganz anderen Frauen widerfahren. Und nicht jede hatte danach ihre Emotionen unter Kontrolle.
»Ein Schlussstrich per SMS … das ist hart«, sagte Isabelle.
Céline hob eine Augenbraue.
»War jedenfalls eine neue Erfahrung. Aber jetzt weiß ich ja, dass die SMS nicht von ihm kam. Ich habe ihm unrecht getan.«
Die Schlussfolgerung war interessant, dachte Isabelle. Wie selbstverständlich ging Céline davon aus, dass die Textnachricht ein Fake gewesen war. Marcel hatte ihr nicht den Laufpass gegeben. Und schon gleich gar nicht auf so unschöne Art.
War es möglich, dass Céline diese Reaktion nur vorspielte? Das wäre eine schauspielerische Glanzleistung – mit gehörigem Improvisationstalent.
Isabelle brauchte einige Sekunden, dann merkte sie, dass sie gerade einem Denkfehler aufgesessen war. Denn natürlich hätte Céline die Textnachricht nie erwähnt, wäre sie danach in einer Kurzschlussreaktion nach Fragolin gefahren, um Marcel den Schädel einzuschlagen. Sie hätte die SMS verschwiegen und die Ahnungslose gespielt. Also … Also war der Verdacht ebenso abwegig wie unlogisch. Isabelle war ein klein wenig erleichtert. Denn Céline war ihr sympathisch. Es hatte ihr nicht gefallen, sie eines Mordes zu verdächtigen. Wobei sie professionell genug war, dass sie das dennoch getan hätte.
Isabelle hob lächelnd ihr Glas.

»Trinken wir auf die Männer, von denen manche besser sind als ihr Ruf.«
»Wie es aussieht, gehörte Marcel dazu. *Santé!*«
Während sie anstießen, überlegte sie, dass Marcel zwar Mitleid verdient und offenbar Céline nicht im Stich gelassen hatte. Als verheirateter Mann mit häufigen Affären dürfte sein Ruf aber auch nicht der beste gewesen sein.
Céline musterte Isabelle.
»Ich muss Sie was fragen. Ich hatte von Anfang an den Eindruck, dass ich Sie schon einige Male in Saint-Tropez gesehen habe. Aber nicht als Polizistin, irgendwie ganz anders, aber ich komme nicht drauf.«
»Kann sein. Ich wohne zwar in Fragolin, aber ich bin immer wieder mal in Saint-Tropez, auch privat.«
»In Begleitung eines Mannes?«
»Auch das ist möglich.«
Céline schnippte mit den Fingern
»Jetzt habe ich es – aber nein, das kann nicht sein. Da habe ich Sie wohl verwechselt. Für einen Moment dachte ich, ich hätte sie an der Seite von Rouven Mardrinac gesehen.«
»Da haben Sie mich ganz sicher verwechselt.«
»Na klar, der begehrteste Junggeselle Frankreichs und eine Polizeibeamtin … Das wäre eine Story für die Boulevardpresse.«
»Zwei Welten, die nicht zusammenpassen«, sagte Isabelle leise. Und genau das war das Problem, dachte sie. Sie müsste ihre Welt aufgeben, um in seiner zu leben und ihrer *histoire d'amour* eine Perspektive zu geben. Dazu war sie nicht bereit. Rouven wusste das. Außerdem gab es noch Nicolas.
Céline legte den Zeigefinger an die Lippen und lächelte.
»Eine Verwechslung? Ich habe verstanden. Sie sind eine ungewöhnliche Frau.«
Céline hatte sie durchschaut.

»Sie aber auch. Sie wirken nicht auf mich, als ob eine Boutique für Bademoden Ihr Lebenstraum war.«
»Oje, nein, das war es nicht. Ich habe in Paris Kunstgeschichte studiert, dann hat mich die Liebe nach Saint-Tropez verschlagen. Die Liebe hat nicht lange gehalten. Ich musste Geld verdienen, also habe ich in dieser Boutique gejobbt. Sie sehen ja, was daraus geworden ist. Mittlerweile gehört sie mir. Und ich bin immer noch hier. Das Geschäft lief schon mal besser. Nebenher male ich und verkaufe meine Bilder in meiner Boutique und über eine befreundete Galerie.«
Isabelle erinnerte sich an die Bilder an den Wänden.
»*La mer et les plages,* die sind von Ihnen?«
Céline nickte.
»Schön, dass sie Ihnen aufgefallen sind.«
»Die gefallen mir gut, Kompliment.«
»Vielen Dank.«
»Ich muss noch mal auf Marcel zurückkommen. Hatte er Feinde?«
»Jedenfalls keine, von denen ich wüsste. Marcel ist Konflikten aus dem Weg gegangen.«
Das hatte sie schon mal gehört. Von Joséphine und Sandrine. Langsam glaubte sie es. Und dennoch musste es jemanden geben, der ihm nicht wohlgesinnt war, sonst wäre er noch am Leben.
»Mir fällt ein, dass er mal von einem Typen erzählt hat, der ihn bedroht und das Auto angezündet hat. Aber das war vor meiner Zeit.«
Na bitte, auch der friedfertigste Mensch hatte Feinde.
»Einen Namen wissen Sie nicht zufällig?«
»Keine Ahnung. Vielleicht weiß es seine Frau?«
Joséphine hatte den Vorfall nicht erwähnt. Womöglich hatte Marcel einen Grund gehabt, ihr nichts davon zu erzählen?
»Wie sind Sie eigentlich auf mich gekommen?«, fragte Céline. »Woher wussten Sie von Marcel und mir?«

»Ich hatte ein Gespräch mit Marcels altem Freund Xavier Duchamp. Er hat mir von Ihnen erzählt.«

»Xavier? Hätte nicht gedacht, dass er sich noch an mich erinnert.«

»Sehr gut sogar. Er hält es für möglich, dass Marcel mit Ihnen durchgebrannt ist. Sie hätten ihm den Kopf verdreht …«

»*Quelle connerie.* Ich verdrehe Männern nicht den Kopf. Sonst wäre ich gerade nicht ohne Partner.«

»Jedenfalls hat Xavier gewusst, dass Sie in Saint-Tropez in einer Boutique für Bademoden arbeiten.« Isabelle lächelte. »Auch hat er sich die Bemerkung nicht verkneifen können, dass Sie die dafür passende Figur hätten.«

»Typisch Macho. Ist leider schon eine Weile her.«

Eine Bikini-taugliche Figur hatte Céline wohl noch immer, dachte Isabelle. Aber sie war nicht hier, um Frauen Komplimente zu machen.

»Xavier hat mir erzählt, dass er in der Zeit vor Marcels Verschwinden …«

»Verschwinden?«

»Er weiß noch nichts von seinem Tod. Jedenfalls habe er in der letzten Zeit keinen so engen Kontakt zu seinem alten Kumpel mehr gehabt.«

»Das ist untertrieben«, antwortete Céline. »Die beiden sind sich beruflich in die Quere gekommen. Genaueres weiß ich nicht, nur so viel, dass Xavier bei einem Bauprojekt ins gegnerische Lager gewechselt ist. Es ging um irgendeine Ausschreibung. Marcel hat sich geärgert, dass ausgerechnet sein ältester Freund ein Konkurrenzangebot abgegeben hat. Das war kurz vor seinem Tod.«

Wieder einmal, dachte Isabelle, zahlte es sich aus, sich Zeit für ein längeres persönliches Gespräch zu nehmen. Man bekam Antworten auf Fragen, die man gar nicht gestellt hatte.

»Zu einem handfesten Streit ist es aber nicht gekommen?«

»Ich glaube nicht, wie gesagt ging Marcel Konflikten wenn möglich aus dem Weg. Er war nur maßlos enttäuscht.«
»Wissen Sie, wer die Ausschreibung gewonnen hat?«
Céline zuckte mit den Schultern.
»Keine Ahnung, ich weiß nicht mal, worum es konkret ging. Da müssten Sie Xavier fragen.«
Genau das würde sie tun, dachte Isabelle. Auch war sie gespannt, wie er auf Marcels Tod reagierte. Dabei würde sie ihm gerne in die Augen sehen.
Isabelle beschloss, für den Moment nicht weiter über Marcel nachzudenken. Eine kleine Pause würde guttun. Céline machte ganz den Eindruck, als ob man mit ihr bei einem Gin Tonic auch über andere Themen reden könnte. Zum Beispiel … Na ja, irgendwas würde ihnen schon einfallen. Bald waren sie beim Du …

32

Am nächsten Morgen schaffte sie es, schon vor Apollinaire im Kommissariat zu sein. Nicht, weil sie besonders früh dran war, sondern weil er – wie sich herausstellte – seinen 2CV in die Werkstatt gebracht hatte. Er habe sich schon seit Wochen gewundert, erklärte er, warum er in seiner Ente bei längeren Fahrten selbst bei geöffnetem Verdeck und hochgeklappten Seitenfenstern immer heiße Füße und einen roten Kopf bekommen habe. Zunächst habe er es auf seinen Kreislauf und die hochsommerlichen Temperaturen geschoben. Dann aber sei ihm aufgefallen, dass sich die Heizung nicht abstellen lasse. Was ein erstaunliches Phänomen sei, denn im Winter habe sie noch nie richtig gearbeitet. Eine Heizung, die nur bei Hitze funktioniere, sei eine miserable Ingenieurleistung. Außerdem habe es im Auto zunehmend nach Abgasen gerochen, was für seine Bindehautentzündung Gift sei. Wie auch immer, morgen bekomme er seine Ente zurück. Er bitte, sein Zuspätkommen zu entschuldigen.

Isabelle deutete auf seine Augen. Bereits gestern habe sie seine Sonnenbrille vermisst. Offenbar gehe es ihm besser, stellte sie fest.

Tatsächlich verspüre er eine Linderung, bekam sie zur Antwort. Aber mit der Sonnenbrille habe es eine andere Bewandtnis. Ein Bügel sei abgebrochen. Fast könne man glauben, dass sich das Schicksal gerade gegen ihn verschworen habe. Sein *Deux chevaux,* seine *lunettes de soleil* … Wäre noch zu erwähnen, dass ihm heute früh das Frühstücksomelett angebrannt sei …

Apollinaire räusperte sich verlegen. Er wolle sie nicht mit seinen Missgeschicken konfrontieren. Er hoffe inständig, dass *Madame* Positiveres zu berichten habe.
Isabelle nickte. Ob Positiveres könne sie nicht sagen, aber sie habe einige neue Erkenntnisse gewonnen.
Sie wartete, bis er sein Jackett ausgezogen, glatt gestrichen und auf einen Kleiderbügel an den Aktenschrank gehängt hatte. Dann gab sie ihm eine Zusammenfassung der gestrigen Ereignisse.
Als sie fertig war, schlug Apollinaire auf seinem Flipchart eine neue Seite auf und lockerte seinen Krawattenknoten.
»Ich stelle fest, es gibt viel zu tun«, sagte er mit erhobenem Filzstift. *»Il y a beaucoup à faire!«*
Isabelle lächelte.
»Dann schießen Sie mal los! Bin neugierig, ob Sie sich alles gemerkt haben.«
»Wenn es Ihnen recht ist, beschränke ich mich zunächst auf jene Menschen, die im näheren oder weiteren Sinne als Täter infrage kommen und der Überprüfung bedürfen.«
Seine Überschrift war weniger kompliziert:
»SUSPECTS.«
Er dachte einen Moment nach. Dann begann er mit seiner Liste.
»Erstens: Der große Unbekannte!« Apollinaire lachte. »Den gibt es immer, deshalb will ich ihn nicht vergessen.«
»Wird schwierig, ihn zu befragen«, stellte sie fest.
»Zweitens: der Mann, der laut Céline Marcel bedroht und sein Auto angezündet hat. Schon länger her.«
»Joséphine oder Xavier könnten mehr darüber wissen.«
»Drittens: Ehemann von Marcels früherer Geliebten Estelle.«
»Motiv Eifersucht. Aber etwas spät. Dennoch, Sie haben recht, er gehört auf die Liste. Wir brauchen seinen Namen.«
»Viertens: Edelnutte Adrienne respektive Zuhälter.«

»Sehr gut, Sie haben aufgepasst. Einen Zuhälter hat Xavier nicht erwähnt, aber es liegt nahe, dass Adrienne einen hatte. Vielleicht war Marcel mit seinen Zahlungen im Rückstand? Obwohl er Adrienne wohl kaum zeitgleich mit Céline hatte. Das kann ich mir nicht vorstellen, aber möglich ist alles.«

»Fünftens: Joséphines Ex-Freund Roland Larousse. Wohnhaft in La Garde-Freinet.«

»Dem Marcel seine Jugendliebe Joséphine weggeschnappt hat. Nach seinem Tod hoffte er, doch noch zum Zug zu kommen. Hat ja auch fast geklappt.«

»Ist jedenfalls ein Motiv. Sechstens: Xavier Duchamp.«

Sie hätte nicht gedacht, dass Apollinaire auch auf ihn kommen würde.

»Korrekt, den dürfen wir nicht vergessen. Laut Céline sind sich die alten Freunde geschäftlich in die Quere gekommen. Wir müssen herausfinden, um welchen Auftrag es damals gegangen ist.«

»Siebtens: Céline.«

Jetzt übertrieb er es aber.

»Können wir nach meinem gestrigen Gespräch ausschließen. Aber ich habe nichts dagegen, wenn Sie ihren Namen der Vollständigkeit halber auf der Liste lassen.«

»Achtens: Joséphine Chavan.«

Apollinaires Ehrgeiz bestand offenbar darin, ja niemanden auszulassen.

»Marcels Ehefrau? Warum sollte sie ihren Mann erschlagen? Er hatte sie schon immer betrogen, das wusste sie. Auch kann ich mir nicht vorstellen, dass sie ihm einen Finger abschneidet, um den Ehering abzubekommen. Nein, Joséphine können Sie ebenfalls streichen. Am Ende schreiben Sie noch die Bürgermeisterin auf Ihr Chart. Oder sogar mich.«

Apollinaire verzog keine Miene.

»Ihre Person kann ich ausschließen. Vor dreizehn Jahren waren Sie noch in Paris.«
Sie hob eine Augenbraue.
»Da bin ich aber beruhigt.«
»Ich gebe zu, Joséphine können wir streichen. Dafür möchte ich unter Achtens Richard Levin notieren.«
An den Anlageberater, der in Paris im Gefängnis saß, hatte Isabelle überhaupt nicht mehr gedacht. Der Mann kam definitiv nicht infrage.
»Ich dachte, das hätten wir geklärt.«
»Ja, das haben wir, aber ich mag ihn nicht. Deshalb bereitet es mir eine Genugtuung, ihn auf der Liste der Tatverdächtigen zu sehen. Die kleine Freude können Sie mir doch machen?«
Isabelle lächelte. »Genehmigt. Dann halt auch noch dieser Levin.«
»*Merci beaucoup*. Mir fällt noch etwas ein. Sie haben gegenüber Commandant Richeloin die Marseiller Mafia erwähnt. Was wäre, wenn sie in die Vergabe des Bauauftrags verwickelt wäre, von der Céline berichtet hat? Vielleicht wollten sie nicht, dass Marcel die Ausschreibung gewinnt?«
Isabelle kniff die Augen zusammen.
»Ist nicht Ihr Ernst. Sie wissen doch, dass ich mir die Geschichte von der Mafia ausgedacht habe, um Richeloin ruhigzustellen.«
»Natürlich weiß ich das. Muss ja nicht die Marseiller Mafia sein, aber dass in Südfrankreich bei der Vergabe von Bauaufträgen nicht alles legal abläuft, dürfte unstrittig sein.«
Da würde ihm wohl keiner widersprechen, dachte Isabelle. Erst vor einem halben Jahr war in Nizza ein Kartell aufgeflogen, das sich mit Bestechungen und Erpressungen den Zuschlag für einen Großauftrag gesichert hatte.
»Ist zwar weit hergeholt«, antwortete sie, »aber wir wollten sowieso herausfinden, bei welchem Auftrag sich Marcel und Xavier Duchamp in die Quere gekommen sind …«

»Unter Sechstens. Ich werde einen entsprechenden Vermerk machen.«

Isabelle nickte.

»Dann schlage ich vor, dass wir loslegen. Ich knöpfe mir als Erstes Xavier Duchamp vor.«

»Fahren Sie wieder nach Mougins?«

Sie war, dachte Isabelle, in den letzten Tagen genug in der Gegend herumgefahren.

»Nein, bitte rufen Sie ihn an und sagen ihm, er habe sich heute Nachmittag um drei Uhr in unserem Kommissariat einzufinden. Falls er darauf besteht, schicken Sie ihm eine schriftliche Vorladung.«

Apollinaire grinste.

»Ist mir ein Vergnügen. Vielleicht ist er so leichtsinnig und trägt Marcels verschwundene Armbanduhr?«

»Eine Rolex Daytona? Den Gefallen wird er uns nicht tun. Beim Golf hatte er eine Plastikuhr an, auf der man per GPS die Entfernung zum Green ablesen kann. Wer weiß, was sie sonst noch alles kann.«

Apollinaire kratzte sich am Kopf.

»Vielleicht zeigt sie, mit welcher Geschwindigkeit sich die Erde unter der Flugbahn des Balles wegdreht? Am Äquator beträgt die Rotation fast fünfhundert Meter pro Sekunde. Ein guter Golfer müsste das berücksichtigen.«

Sie lachte.

»Das können Sie ihm ja heute Nachmittag erklären. Ich wette, darauf hat er noch nie geachtet.«

Nach kurzer Überlegung sparte sich Isabelle auch die Fahrt nach Plan-de-la-Tour. Es sollte völlig reichen, Joséphine später am Telefon zu befragen. Während Apollinaire versuchte, Xavier Duchamp ins Kommissariat zu zitieren, ging Isabelle hinauf ins Bürgermeisterbüro. Es wurde höchste Zeit, Chantal Lefèvre über die Wende zu informieren. Für den Bau des neuen Gemeindezentrums war die Identität des gefundenen Skeletts zwar belanglos, aber mit Marcel Chavan war immerhin ein Bürger des Ortes gewaltsam zu Tode gekommen.

Chantal ging es wie ihr selbst vor zwei Tagen: Sie brauchte einen Moment, bis sie begriff, dass Marcel nicht des Mordes verdächtig, sondern umgekehrt selbst das Opfer war. Dann aber kam sie sehr schnell zu den praktischen Fragen: Von wem und wann erhielt sie eine Sterbeurkunde? War seine Witwe Joséphine bereits informiert? War eine Trauerfeier geplant? Gab es die Notwendigkeit einer erneuten Presseverlautbarung? In welche Richtung ging die polizeiliche Ermittlungstätigkeit? Gab es einen konkreten Verdacht?

Nach einer guten halben Stunde hatten sie alles besprochen. Bis hin, dass sie jedes größere Aufsehen vermeiden wollten. Weshalb es auch keine weitere Pressemeldung geben würde.

Isabelle versprach, Chantal weiterhin auf dem Laufenden zu halten. Und sobald es irgendwelche Ermittlungsergebnisse geben sollte, würde sie es als Erste erfahren.

Zurück im Kommissariat, vermeldete Apollinaire stolz, dass er Xavier Duchamp dazu verdonnert habe, heute Nachmittag um drei Uhr im Kommissariat aufzuschlagen. Ob sie das Wortspiel verstanden habe, fragte er augenzwinkernd. *Aufzuschlagen!* Statt auf dem Golfplatz *abzuschlagen!* Isabelle machte ihm die Freude und zeigte den erhobenen Daumen. Ob es großer Überredungskünste und einer schriftlichen Vorladung bedurft habe, fragte sie.

Seltsamerweise, gab Apollinaire zu, habe sich Xavier Duchamp viel kooperativer gezeigt als das letzte Mal. Er habe sich sofort bereit erklärt zu kommen. Nur bitte er, direkt vor dem Rathaus parken zu dürfen. Das habe er ihm zugestanden. Und … ach so, er solle der werten *Madame le Commissaire* die herzlichsten

Grüße ausrichten. Er freue sich schon darauf, sie wiederzusehen.
Isabelle schüttelte lächelnd den Kopf. Der gute Mann schien die Vorladung mit einem Rendezvous zu verwechseln. Den Unterschied würde sie ihm heute Nachmittag schnell klarmachen.
Nachdem für den Moment also alles geklärt war, begann Apollinaire mit seinen Recherchen im Internet. Darin war er gut. Sie würde ihm nicht vorschreiben, wo er anfangen sollte.
Sie griff zum Telefon und rief in Plan-de-la-Tour an. Joséphine war gleich am Apparat. Isabelle kündigte ihr an, dass die Bürgermeisterin von Fragolin, Chantal Lefèvre, wegen einiger Formalitäten auf sie zukommen würde. Aber das sei nicht der Grund ihres Anrufs.
»Sie können sich bestimmt daran erinnern«, fuhr sie fort, »dass vor vielen Jahren mal Marcels Auto angezündet wurde?«
»Sein geliebtes Cabrio von Peugeot, natürlich erinnere ich mich. Warum fragen Sie?«
»Mich interessiert, ob man den Täter ermitteln konnte.«
»Ich glaube nicht. Es hat wohl einen Verdächtigen gegeben, aber der war es dann wohl doch nicht. Marcel hat sich damit abgefunden, dass man den Täter nicht finden wird.«
Isabelle überlegte, dass damals die Gendarmerie für den Fall zuständig gewesen sein musste. Sie würde Apollinaire bitten, im dortigen Archiv nachzuforschen. Da der Vorfall aber weit über zehn Jahre zurücklag, könnte eine Akte, wenn es denn je eine gegeben hatte, längst vernichtet sein.
»Habe ich schon fast gedacht«, sagte Isabelle. »Schade um das Cabrio.«
Sie warf einen Blick auf Apollinaires Flipchart. Unter den *SUSPECTS* stand auch der Name von Joséphines Ex-Freund Roland Larousse. Lohnte es sich, mit Joséphine ausführlicher über ihn zu reden? Wohl kaum. Joséphine hielt ihn für einen »Wasch-

lappen«, dem sie nicht viel zutraute. Schon gleich würde ihr nie die Möglichkeit in den Sinn kommen, dass Roland ihren Mann erschlagen haben könnte, um bei ihr freie Bahn zu haben. Was tatsächlich ein ziemlich absurder Gedanke war. Doch die Kriminalgeschichte war voller absurd erscheinender Mordmotive.
»Madame Chavan, ich will Sie nicht länger stören«, beendete Isabelle das Telefonat. *»Au revoir et une bonne journée.«*

Statt in die Mittagspause zu gehen, lief Apollinaire zur Gendarmerie, um etwas über den Fahrzeugbrand in Erfahrung zu bringen. Sie hatte ihm eingeschärft, möglichst diskret vorzugehen und keine schlafenden Hunde zu wecken. Wahrscheinlich liege schon zentimeterdicker Staub auf der Akte. Wenn sie überhaupt noch existiere. Sie erinnerte sich, wie schwer es gewesen war, Briand den Fall zu entreißen. Der Capitaine der Gendarmerie durfte keinesfalls auf die Idee kommen, dass sie jetzt seine Hilfe benötigten.
Apollinaire versicherte, dass Diskretion eine seiner großen Stärken sei. Isabelle sah ihn verwundert an. Glaubte er das wirklich? Im Gegenteil, er hatte schon oft seine Fähigkeit unter Beweis gestellt, sich wie der sprichwörtliche Elefant im Porzellanladen aufzuführen. Aber er war mit einigen Gendarmen niedriger Ränge befreundet. Diesmal könnte es mit der Diskretion also klappen.
Isabelle traf sich derweil mit Clodine in Jacques' Bistro. Ihre Freundin hatte ein Magazin dabei und legte es auf den Tisch. Neugierig erkundigte sie sich nach dem Skelett. Ob Isabelle denn schon irgendetwas herausbekommen habe?
Weil sie es sowieso bald erfahren würde, überlegte Isabelle, könnte sie ihr auch gleich sagen, dass Marcel Chavan nicht mehr verdächtig sei – weil er selber das Opfer war.
Auch bei Clodine war die Verblüffung groß. Und sie zeigte sich bestürzt. Offenbar war es eben doch was anderes, ob man je-

manden, den man früher kannte, in der Sonne unter einer Palme liegen sah – oder als Skelett mit eingeschlagenem Schädel in der Rechtsmedizin.

Jacques kam an den Tisch und empfahl ihnen als Tagesgericht *dos de cabillaud*. Das Kabeljaufilet werde auf einem Bett von frischen Tomaten, Artischocken und schwarzen Oliven serviert. Er schnalzte mit der Zunge. *C'est délicieux!*

Natürlich folgten sie seiner Empfehlung. Jacques wäre sonst beleidigt gewesen.

Clodine klopfte mit dem Zeigefinger auf das mitgebrachte Magazin.

»Schon gelesen?«, fragte sie.

Isabelle hob eine Augenbraue.

»Natürlich nicht. Du weißt doch, dass ich mich nicht für die Boulevardpresse interessiere.«

Clodine zögerte.

»Vielleicht sollte ich dir den Artikel auch besser nicht zeigen …«

Isabelle nahm einen Schluck vom Hauswein. Clodine machte es mal wieder spannend.

»Dann lass es sein.«

»Aber ich denke, du solltest es wissen.«

Isabelle lächelte.

»Musst du entscheiden.«

Clodine gab sich einen Ruck.

»Es geht um Rouven. Auf Seite vierundzwanzig ist ein großer Artikel über ihn … Bitte nicht erschrecken. Aber vielleicht weißt du es ja auch schon …«

»Was soll ich wissen?«

Clodine schlug das Magazin auf.

»Dass Rouven eine neue Freundin hat.«

Isabelle winkte lachend ab.

»Hat er doch ständig. Jedenfalls wenn es nach der Klatschpresse geht.«
»Diesmal ist es anders. In der Reportage steht, dass sich die beiden heimlich verlobt hätten. Die Hochzeit sei bereits fest terminiert und soll in Saint-Tropez gefeiert werden.«
»Meine liebe Clodine, Rouven wurde schon oft verheiratet. Du darfst nicht alles glauben, was du liest.«
»Und wenn es doch so wäre?«
Isabelle schluckte. Ja, was wäre, wenn? Zumindest hätte sie es lieber zuerst von ihm gehört und nicht von Clodine erfahren, die es aus einem Journal hatte.
»Dann wäre es auch in Ordnung. Du weißt, dass ich nicht bereit bin, für Rouven mein Leben aufzugeben.«
»Vielleicht wirst du es mal bereuen?«
»Mag sein, aber ich bin nicht so naiv zu glauben, dass ein Mann wie Rouven ewig Junggeselle bleibt. Doch diesem Artikel hier würde ich keinen Glauben schenken.«
Dass sie dennoch einen Blick auf die Fotos warf, war unvermeidbar. An Rouvens Seite sah sie eine attraktive Frau, die sich von seinen üblichen Begleitungen unterschied. Keine Blondine, sondern dunkelhaarig. Auch nicht mehr so jung, dass sie seine Tochter sein könnte. Selbstbewusst und ohne das stupide Lächeln, das sich viele seiner angedichteten oder tatsächlichen Amouren angesichts der Pressefotografen nicht verkneifen konnten. Die Frau war anders – und genau das irritierte sie.
»Du kannst das Magazin mitnehmen«, sagte Clodine, »und den Artikel in Ruhe lesen. Auch wenn nicht alles stimmen sollte, was drinsteht, scheint diese Angela eine außergewöhnliche Frau zu sein.«
»Schön für ihn.«
Meinte sie das gerade ernst? Isabelle war sich nicht sicher.
Clodine schlug das Magazin zu und legte es zur Seite.

»Wir sollten das Thema wechseln, wir bekommen Besuch. Schau da drüben, dein Nicolas schlendert gerade über die Straße. Kurze Frage: Wieder alles gut bei euch?«
»Es war nie schlecht.«
»Lügnerin. Jedenfalls bist du zu beneiden. Selbst wenn dich dein Rouven verlassen sollte, bleibt dir immer noch ein so faszinierender Mann wie Nicolas. Ich sollte in Zukunft auch zweigleisig fahren …«
»Salut, Isabelle, bonjour, Clodine.« Nicolas deutete auf den freien Stuhl. »Darf ich mich zu euch setzen?«
Clodine sah ihn lächelnd an.
»Natürlich, immer gerne. Uns ist sowieso gerade der Gesprächsstoff ausgegangen.«
Nicolas grinste.
»Das kann ich mir bei dir nicht vorstellen.«
Jacques trat mit den zwei Tellern *dos de cabillaud* an den Tisch. Nicolas fächelte sich mit der Hand den Duft zu.
»Hätte ich auch gerne.«
»Pech gehabt. Das waren die letzten beiden. Aber die *ravioli aux truffes* sind auch sehr zu empfehlen.«
»Dann eben Ravioli, ich mag sowieso keinen Fisch.«
Isabelle stellte fest, dass Nicolas nicht nur wieder fast so aussah wie früher, auch sein Humor war wieder da.
Um auf dem Tisch Platz für einen dritten Teller zu schaffen, nahm Isabelle das Magazin an sich. In Wahrheit wollte sie vermeiden, dass Nicolas darin herumblätterte. Der Einfachheit halber setzte sie sich drauf.

Sie waren gerade mit dem Dessert fertig, *nougat glacé au coulis de framboises*, da traute Isabelle ihren Augen kaum. Xavier Duchamp erschien auf der Terrasse von Jacques' Bistro. Sie blickte auf die Uhr. Es war erst kurz nach zwei. Duchamp sah sich suchend um, entdeckte sie und winkte ihr fröhlich zu. Während er sich durch die Tische schlängelte, stieß Clodine sie in die Rippen.

»Sag mir sofort, wer dieser gut aussehende Typ ist!«

Fast wäre ihr herausgerutscht, dass er auf Apollinaires Liste der Verdächtigen stand und rein theoretisch Marcels Mörder sein könnte.

»Er hat sich verlaufen«, antwortete sie stattdessen. »Wir sind um drei im Kommissariat verabredet.«

Clodine zwinkerte mit den Augen.

»Ist doch nett, dass er früher kommt.«

Das sah Isabelle entschieden anders.

Duchamp nahm seine Sonnenbrille ab. Er war braun gebrannt, hatte die grau melierten Haare nach hinten gekämmt und ein offenes Lächeln. Clodine hatte recht, schlecht sah er nicht aus.

»*Bonjour, Madame le Commissaire.* Ich hoffe, ich störe nicht. Aber Brigadier Eustache war so nett, mir zu verraten, dass ich Sie hier antreffe.«

Das wäre ein Grund, dachte Isabelle, Apollinaire fristlos zu kündigen.

Clodine reichte Duchamp die Hand.

»Ich bin Clodine, bitte setzen Sie sich doch zu uns.«

Warum hatte sie das Gefühl, dass die Situation gerade ihrer Kontrolle entglitt?

Duchamp sah Nicolas an.

»Sie haben hoffentlich nichts dagegen?«

»Ich wollte sowieso gerade gehen. Meine Mittagspause ist zu Ende. Ich muss pünktlich wieder bei der Arbeit erscheinen, sonst verliere ich meinen Job.«

»Wie schade. Was machen Sie beruflich?«

»Ich bin Anstreicher.«

»Aha, deshalb die Farbflecken auf Ihrer weißen Kleidung.«

Nicolas stand auf und verabschiedete sich.

»Nur damit Sie es wissen«, sagte Isabelle zu Duchamp, »ich bin nicht damit einverstanden, dass Sie mich in meiner Freizeit behelligen.«

Clodine gab ihr einen Stups.

»Nun sei nicht so. Wie war doch gleich Ihr Name?«

»Ich habe mich nicht vorgestellt, *je m'excuse*. Ich bin Xavier. Xavier Duchamp aus Mougins. *Madame le Commissaire* war so freundlich, mich auf ihr Kommissariat zu bestellen …«

Er machte sich den Spaß, jetzt schon zum zweiten Mal die *Madame le Commissaire* geradezu genüsslich zu betonen. Sie erinnerte sich an ihr kleines Spiel mit dem Vornamen und dass sie darauf bestanden hatte, so angesprochen zu werden.

»Ich habe mich mit der Fahrzeit verschätzt«, fuhr er fort. »Deshalb bin ich zu früh dran. Ich wollte Sie keineswegs, wie sagten Sie doch gerade, ›behelligen‹. Soll ich gehen und in Ihrem entzückenden Kommissariat auf Sie warten?«

Nun musste Isabelle doch lächeln.

»Jetzt bleiben Sie schon hier. Wollen Sie was trinken?« Sie dachte an den Golfklub und ergänzte: »Dom Pérignon gibt's hier leider nicht.«

»Doch, natürlich«, platzte Clodine heraus.

»War ein Scherz.« Isabelle gab der Bedienung ein Zeichen. »Bitte bring unserem Gast eine kleine Karaffe Wasser.«

Er machte eine abwehrende Bewegung.

»Wasser vertrage ich leider nicht. Lieber einen *café double*.«

Isabelles Blick fiel auf sein Handgelenk. Fast stockte ihr der Atem.

»Sie haben eine schöne Uhr«, sagte sie. »Ist das eine Rolex Daytona?«

Ihr fielen Sandrines und Apollinaires Worte ein. Marcels Mörder würde ja nicht so blöd sein und seine Uhr tragen. Auch erinnerte sie sich, dass Joséphine ein blaues Ziffernblatt erwähnt hatte.

»Richtig. Hätte nicht gedacht, dass Sie sich auch mit Uhren auskennen. Obwohl, bei Ihnen überrascht mich nichts mehr.«
»Isabelle hat eine Panerai«, quasselte Clodine dazwischen. »Aber sie trägt sie nicht immer.«
»Eine Panerai, was für eine wunderbare …«
»Seit wann haben Sie diese Uhr?«, fiel ihm Isabelle brüsk ins Wort.
»Äh, Sie meinen, diese Rolex? Schon ewig.«
»Geht's genauer?«
Er sah sie empört an.
»*Madame,* verdächtigen Sie mich etwa, die Uhr gestohlen zu haben?«
»Wäre möglich«, antwortete sie.
»Isabelle, wie kommst du denn auf diese bescheuerte Idee?«, mischte sich Clodine ein. »Monsieur Duchamp hat es doch nicht nötig, eine Uhr zu klauen. Habe ich recht, Monsieur?«
»Nein, wirklich nicht. Übrigens verstehe ich gerade gar nichts mehr …«
Er machte tatsächlich einen verwirrten Eindruck.
»Ich schlage vor, wir setzen unser Gespräch auf dem Kommissariat fort«, sagte Isabelle.
Er lächelte gequält.
»Bin ich jetzt verhaftet?«
»Noch nicht, kann aber noch kommen.«

33

Vor dem *Hôtel de ville* stand ein neuer Ferrari. Isabelle erinnerte sich, dass Apollinaire ihm gestattet hatte, dort zu parken. Auch dass Xavier Duchamp nach seinen Recherchen mit einem alten Ferrari an Oldtimer-Rallyes teilnahm. Offenbar konnte er sich also gleich zwei dieser teuren Renner aus Maranello leisten. Dazu eine Mitgliedschaft in einem exklusiven Golfklub … Ihm schien es also nicht schlecht zu gehen. Sogar nach drei Scheidungen. Als weiterer Luxus die Rolex Daytona am Handgelenk. Auf diese Uhr würde sie zu sprechen kommen, dachte Isabelle.

Ohne seinem Ferrari die von ihm wohl erhoffte Aufmerksamkeit zu schenken, ging sie mit schnellen Schritten voran. Statussymbole hatten sie noch nie beeindruckt.

Im Kommissariat angekommen, deutete sie auf die Besucherecke. »Bitte nehmen Sie Platz.«

Apollinaire drehte eilig das Flipchart zur Wand, damit Duchamp die dort aufgeführten Namen nicht lesen konnte. Unter Sechstens würde er auch seinen eigenen finden.

»Wie ich sehe, haben Sie *Madame le Commissaire* im Bistro angetroffen«, stellte Apollinaire höflich lächelnd fest. »Das freut mich.«

»Mich nicht«, sagte Isabelle. »Meine Mittagspause ist mir heilig.«

Xavier Duchamp sah sie mit verlegenem Lächeln an.

»Es lag mir wirklich fern, Sie zu stören. Ehrlich gesagt dachte ich, Sie würden sich freuen. Immerhin haben wir uns in Mougins doch gut verstanden.«

Die Interpretation war nicht ganz falsch, dachte sie. Aber sie würde einen Teufel tun, seinen Eindruck zu bestätigen.

»So kann man sich täuschen«, sagte sie stattdessen.

Duchamp deutete auf seine Uhr.

»Hat Ihr Stimmungsumschwung etwas mit meiner Uhr zu tun? Von dem Moment an, als Sie diese entdeckt haben, sind Sie wie ausgewechselt. Das kann ich mir nicht erklären.«

»Aber ich könnte es«, sagte Apollinaire, »vorausgesetzt, bei Ihrer Uhr handelt es sich um eine Rolex Daytona.«

»*Exactement*, aber das Tragen dieser Uhr steht meines Wissens nicht unter Strafe.«

Duchamps Lächeln wirkte verkrampft.

»Ich habe nicht gedacht, dass er so dumm ist«, flüsterte Apollinaire. Duchamp konnte ihn nicht verstehen. Aber Isabelle stand direkt neben ihrem Assistenten und musste schmunzeln. Tatsächlich glaubte sie selber nicht daran, dass Duchamp so dumm sein könnte. Aber auszuschließen war es nicht. Ihr fiel ein Lieblingszitat von Apollinaire ein. Es stammte von Albert Einstein. Zwei Dinge seien unendlich, das Universum und die menschliche Dummheit. Schon oft hatte sie Einsteins Theorie bestätigt gefunden. Apollinaire legte Wert auf Einsteins witzigen Zusatz: Beim Universum sei er sich noch nicht ganz sicher.

»Monsieur Duchamp, bevor wir uns über Ihre Rolex unterhalten, möchte ich Sie auf den neuesten Stand bringen. In Mougins haben wir uns über Ihren alten Freund Marcel Chavan unterhalten. Ich habe Sie gefragt, ob Sie eine Ahnung haben, wo er sich aufhalten könnte.«

»Und ich habe geantwortet, dass ich keinen Schimmer habe.«

»Mittlerweile wissen wir, dass Marcel Chavan tot ist.«

Er riss die Augen auf.

»Ist nicht wahr?«

War er wirklich überrascht? Jedenfalls machte er ganz den Eindruck.
»Ich habe Ihnen von der eingemauerten Leiche in seiner Garage erzählt ...«
»Ja, und dass Sie Marcel im Verdacht haben ...« Xavier Duchamp hielt im Satz inne. »Sagen Sie bloß ... bei dieser Leiche ... handelt es sich um Marcel?«
Der Mann war schnell von Begriff. Oder er wusste es schon immer.
»So ist es. Marcel Duchamp wurde umgebracht. Er war nie auf der Flucht, schon gleich gar nicht mit einer Geliebten in der Karibik. Er war einfach nur tot.«
Duchamp langte sich an die Stirn.
»Der arme Marcel. Ich bin wirklich erschüttert. Aber ... aber sagten Sie nicht, dass dem Opfer ein Finger gefehlt hat? Marcel hatte Kniebeschwerden, aber alle zehn Finger.«
Er war wirklich sehr aufmerksam.
»Der Mörder hat ihm einen abgeschnitten.«
»Wie in einem schlechten Film ... Um ihn zu foltern?«
An diese Möglichkeit hatte sie noch gar nicht gedacht. Weil die Erklärung mit dem Ehering so plausibel war. Tatsächlich wäre es möglich, dass Marcel der Finger schon vor seinem Tod abgeschnitten wurde. Um ihn zu zwingen, ein Geheimnis preiszugeben?
»Es gibt einen anderen Grund«, sagte sie. »Raten Sie mal, welcher Finger Marcel abgeschnitten wurde?«
»Woher soll ich das wissen?«
»Keine Idee?«
»Das ist jetzt kein Quiz, oder? In den Filmen ist es immer der kleine Finger, weil man auf ihn am ehesten verzichten kann.«
Damit, dachte sie, hatte er recht. Wobei diese Fürsorge egal war, wenn man vorhatte, dem Opfer gleich danach den Schädel einzuschlagen.

»Nein, nicht der kleine Finger«, sagte sie. »Wären Sie der Täter, wüssten Sie das.«
Isabelle freute sich über seinen entgeisterten Gesichtsausdruck. Sie hatte ihn aus der Fassung bringen wollen. Ganz offenbar war ihr das gelungen.
»Ist nicht Ihr Ernst? Sie verdächtigen mich wirklich, meinen alten Kumpel Marcel umgebracht zu haben?«
»Nein, ich verdächtige Sie nicht. Ich ziehe nur die Möglichkeit in Betracht. Das ist mein Job.«
»Ein blöder Job«, murmelte er.
»Kommen wir auf Ihre Uhr zu sprechen. Eine Rolex Daytona mit blauem Ziffernblatt.«
»Was ist mit ihr?«
»Genau so eine Uhr hatte Marcel Chavan. Sein Mörder hat sie mitgehen lassen. Und jetzt tauchen Sie auf und tragen ausgerechnet eine Rolex Daytona mit blauem Ziffernblatt.«
»Bitte kommen Sie uns nicht mit Zufall«, mischte sich Apollinaire ein. »Ich habe recherchiert. Wenn Sie wünschen, kann ich Ihnen exakt sagen, wie viele dieser Uhren bis heute auf der Welt verkauft wurden.«
Isabelle dachte, dass Apollinaire bluffte. So selten war das Modell nun auch nicht. Außerdem waren viele Fälschungen auf dem Markt. Bei Xavier Duchamp konnte man Letzteres wohl ausschließen.
»Jetzt verstehe ich. Sie verdächtigen mich … nein, Sie *ziehen die Möglichkeit in Betracht,* dass ich Marcel nicht nur umgebracht habe, sondern jetzt fröhlich mit seiner Daytona durch die Gegend laufe.«
Sein gerade noch angespanntes Gesicht ging in ein erleichtertes Lächeln über.
Isabelle sah ihn weiterhin streng an. »Wäre doch möglich, oder?«

»Das wäre erstens ziemlich dumm, und eines bin ich ganz bestimmt nicht, nämlich dumm.«
Letzteres, dachte Isabelle, glaubte sie ihm schon mal auf jeden Fall.
»Und zweitens«, fuhr er fort, »gibt es eine einfache Erklärung. Marcel und ich haben früher zusammengearbeitet. Als wir vor vielen Jahren einen fetten Bauauftrag an Land gezogen haben, haben wir uns mit dem ersten Vorschuss beide die gleiche Uhr gekauft. Ich habe sicherlich noch irgendwo die Quittung, für die Versicherung, falls sie mir mal geklaut wird. Marcel fand die Daytona einfach nur chic. Ich habe mit ihr meine Begeisterung für den Motorsport verbunden. Sie müssen wissen, der Chronograf geht auf die berühmten Rennen in Daytona zurück. Auf ihm kann man zum Beispiel die Durchschnittsgeschwindigkeiten ablesen. Na egal, wir haben uns beide die gleiche Daytona gegönnt und beide für das blaue Ziffernblatt entschieden.«
Die Erklärung war plausibel, dachte Isabelle. Sie zweifelte nicht daran, dass er ihr die Quittung zeigen könnte. Fast ärgerte sie sich, dass sie wie ein pawlowscher Hund reflexartig auf seine Uhr angesprungen war. Hatte sie sich damit blamiert? Eigentlich nicht – und außerdem wäre es egal.
»Ich glaube Ihnen«, sagte sie nach einer Weile.
»Puh, da bin ich aber erleichtert. Sie können einem vielleicht einen Schrecken einjagen.«
»Trotzdem können Sie mal den Kaufbeleg raussuchen.«
»Mache ich gerne. Wussten Sie übrigens, dass die Daytona auch die Lieblingsuhr von Paul Newman war?«
»Wer ist Paul Newman?«, antwortete sie im Scherz.
»Aber Madame«, mischte sich Apollinaire ein. »Sie kennen doch seinen berühmten Film …«
»Nein, kenne ich nicht«, unterbrach sie ihn. »Monsieur Duchamp, ich habe Sie in mein Kommissariat gebeten, um eini-

ges über die früheren Geschäfte von Marcel Chavan zu erfahren. Als ehemaliger Studienkollege und Partner können Sie mir da sicher fundiert Auskunft geben.«
Er kratzte sich am Kinn.
»Ja, natürlich kann ich das. Aber warum interessieren Sie sich für Marcels Berufsleben?«
Sie sah ihn vorwurfsvoll an.
»Können wir uns darauf einigen, dass ich es bin, die hier die Fragen stellt?«
»*Pardon.* Außerdem ist's ja klar: Marcels Mörder könnte aus seinem beruflichen Umfeld stammen …«

Xavier Duchamp setzte zu einem längeren Vortrag an. Er schilderte die gemeinsamen Anfänge nach dem Studium. Es sei nicht leicht gewesen, aber irgendwann hätten sie die ersten lukrativen Bauaufträge erhalten. Als Architekt sei er für den kreativen Part zuständig gewesen, Marcel als Bauingenieur für die Ausführung. Angefangen habe es mit einigen Supermärkten. Danach ein kleines Hotel. Auch Privathäuser. Für einen Weinkeller hätten sie einen Architekturpreis gewonnen.
Auf Isabelles Zwischenfrage erklärte Duchamp, dass sie keine gemeinsame Firma besessen, sondern auf freiberuflicher Basis kooperiert hätten. Das habe ausgesprochen gut funktioniert.
Ob sich Marcel Chavan dabei Feinde gemacht haben könnte, wollte sie wissen.
Feinde? Darüber hätten sie doch schon in Mougins gesprochen, wandte er ein. Marcel sei kein Mann gewesen, der sich Feinde gemacht habe. Natürlich habe es Konkurrenz und auch Meinungsverschiedenheiten gegeben, aber Marcel habe sich immer friedlich mit allen geeinigt. Das sei nun mal sein Naturell gewesen. Im Unterschied zu ihm, merkte Duchamp lachend an. Er könne sich durchaus zoffen. Er halte nichts davon, Konflikten prinzipiell

aus dem Weg zu gehen. Entsprechend gebe es Menschen, die ihn nicht mehr grüßen würden. Was ihn nicht weiter störe.

Isabelle hakte nach. Ob ihm nicht doch irgendjemand in Erinnerung sei, mit dem sich Marcel mal angelegt habe. Man könne doch beruflich nicht erfolgreich sein, ohne anderen in die Quere zu kommen.

Duchamp nickte bestätigend. Da gebe er ihr recht. Aber für den Streit mit Konkurrenten oder Zulieferern sei er zuständig gewesen. Nur so habe sich Marcel aus allem raushalten können. Eine gute Arbeitsteilung.

Isabelle ging durch den Kopf, dass Marcel Chavan ein vergleichsweise bescheidenes Leben geführt hatte. Im ererbten Haus seiner Frau Joséphine. Im beschaulichen Fragolin. Xavier Duchamp dagegen schien sich ein Leben in Luxus zu gönnen. Statt in Fragolin wohnte er im glamourösen Mougins. Er spielte Golf und fuhr Ferraris.

Sie fragte ihn, wie er sich diesen Unterschied erkläre. Marcel und er seien doch Partner gewesen, aber finanziell stehe er offenbar viel besser da.

Duchamp zuckte mit den Schultern.

So sei das nun mal im Leben. Marcel habe es nicht gestört, dass er an den gemeinsamen Projekten immer deutlich mehr verdient habe. Schließlich sei Marcel alleine an die Aufträge überhaupt nicht rangekommen.

»Aber irgendwann haben sich Ihre Wege getrennt«, sagte Isabelle, »geschäftlich und wohl auch privat. Warum?«

Wieder kratzte sich Duchamp am Kinn.

»Fangen wir mit dem Privaten an. Ich habe ihn ja fast nie in Fragolin besucht. In den letzten Jahren haben wir uns außerhalb unserer Arbeit nur noch dort getroffen, wohin er seine Liebschaften ausgeführt hat. Übrigens hat er sich das einiges kosten lassen. Besonders Adrienne ist ins Geld gegangen …« Er

räusperte sich. »Nun, sie war ja auch eine Professionelle und nicht gerade mein bevorzugter Umgang. Bei Céline dagegen dachte ich, er kommt wieder in die Spur. Die Frau hatte Klasse. Apropos: Haben Sie Céline ausfindig gemacht?«
»Ja, sie lebt immer noch in Saint-Tropez. Aber kommen wir zum Geschäftlichen: In der Zeit vor Marcels Tod haben Sie nicht mehr mit ihm zusammengearbeitet, richtig?«
Isabelle erwartete, dass er sich jetzt wieder am Kinn kratzen würde. Doch diesmal blieb die Verlegenheitsgeste aus.
»Das stimmt. Aber wenn Sie dahinter ein Zerwürfnis vermuten, muss ich Sie enttäuschen. Wir haben uns einfach für unterschiedliche Projekte interessiert. Das ist wie in einer Ehe: Man lebt sich auseinander.« Duchamp lachte. »Bei uns war es einfacher, wir mussten uns nicht einmal scheiden lassen und konnten Freunde bleiben.«
Isabelle erinnerte sich an ihr Gespräch mit Céline.
»Unterschiedliche Projekte? Freunde bleiben? Da habe ich aber was anderes gehört. Sie sollen Marcel bei der Ausschreibung eines größeren Bauauftrages in die Quere gekommen sein, indem Sie ein Konkurrenzangebot abgegeben haben. Marcel sei maßlos enttäuscht gewesen.«
Duchamp kniff die Augenbrauen zusammen. Weil sie ihn gerade der Lüge überführt hatte?
»Von wem haben Sie das gehört?«
Isabelle wollte nicht verraten, dass sie diese Information von Céline hatte. Er könnte auf die Idee kommen, sie zur Rede zu stellen.
»Von mir«, antwortete Apollinaire geistesgegenwärtig. »Ich habe mich in Ihrer Branche etwas umgehört. Da erzählt man sich so was.«
»Das ist völliger Unfug. Im Gegenteil, ich habe mich mit Marcel sogar abgestimmt, was die Preise angeht. Später haben wir

uns zu einem Bier getroffen. Was in der Branche erzählt wird, dürfen Sie nicht glauben.«
»Um was für ein Projekt ging es?«
»Um ein Parkhaus. Nichts Besonderes also.«
»Wer hat den Auftrag erhalten?«
Duchamp zögerte. Weil er sich erst daran erinnern musste? Oder gab es einen anderen Grund?
»Eine Firma in Cannes.«
»Wie ist der Name?«
Er runzelte die Stirn.
»Warum wollen Sie das wissen?«
»Weil ich immer alles wissen will.«
»*EdC French Riviera SAS*«, antwortete er zögernd. »*EdC* steht für *Entreprise de Construction*.«
Sie sah, dass sich Apollinaire eine Notiz machte.
»Am besten sage ich es Ihnen gleich«, fügte Duchamp hinzu. »Ich bin an der Firma beteiligt.«

34

Gedankenverloren blickte Isabelle Xavier Duchamp aus dem Fenster hinterher, wie er mit dem röhrenden Ferrari wegfuhr. Er gab nicht übertrieben Gas. Er schien sich unter Kontrolle zu haben. Bester Laune war er aber bestimmt nicht. Gekommen war er in der Hoffnung, sein fröhliches Geplänkel mit ihr fortsetzen zu können. Zum Abschied hatte sie ihm nicht einmal die Hand gereicht. Isabelle gestand sich ein, dass sie übertrieben hatte. Das passierte ihr gelegentlich bei Menschen, die sie eigentlich ganz nett fand. Vielleicht aus dem Gefühl heraus, dass sie diese keinesfalls bevorzugt behandeln durfte. In ihrer Arbeit durfte Sympathie keine Rolle spielen. Aber auch von Antipathien sollte sie sich nicht beeinflussen lassen. Ein Gleichgewicht zu finden war nicht immer leicht. Es half, dass sie sich auch sonst im Leben selten von Emotionen leiten ließ. Jedenfalls bildete sie sich das ein. Doch gab es Momente, in denen sie an ihrer Coolness zweifelte. Ihr fiel das Magazin mit Rouven Mardrinacs angeblicher Verlobung ein. Clodine gegenüber hatte sie es nicht zugegeben, aber der Artikel war nicht spurlos an ihr vorübergegangen. Beziehungsweise die Fotos, denn den Text hatte sie noch gar nicht gelesen. Wo war das Magazin eigentlich? Sie erinnerte sich, dass sie die Zeitschrift bei Jacques auf den Sitz unter ihren Hintern geschoben hatte. Dort hatte sie es vergessen. Sie würde später im Bistro vorbeigehen. Vielleicht war es noch da.

»Was denken Sie von ihm?«, fragte Apollinaire.

Sie drehte sich um und sah, wie er sein Flipchart wieder in Position brachte. Auf dem Papier stand Xavier Duchamp als potenziell Verdächtiger. War er das nach seinem Besuch noch immer? Oder jetzt erst recht? Weil er an der Firma beteiligt war, gegen die Marcel die Ausschreibung verloren hatte? Ließ sich daraus ein Motiv ableiten?

»Danke, dass Sie mir bei Duchamps Frage nach meiner Informationsquelle beigesprungen sind«, sagte sie.

»War mir klar, dass Sie Madame Laffargue nicht hinhängen wollten.«

Madame Laffargue? Ach ja, Céline.

»Sie wollen wissen, was ich von Duchamp denke? Ehrlich gesagt habe ich mir noch keine Meinung gebildet. Alles ist möglich …«

»Und auch das Gegenteil davon.«

»Die Geschichte mit der Uhr nehme ich ihm ab. Allerdings erstaunt mich, dass er an der Firma beteiligt ist, gegen die Marcel damals die Ausschreibung verloren hat. Vor allem finde ich verdächtig, dass er damit nicht rausrücken wollte. Die Ausschreibung war ja ziemlich zeitnah mit Marcels Ermordung.«

»Richtig, das haben Sie von Madame Laffargue in Erfahrung gebracht.«

»Bitte sagen Sie Céline, ich habe sie gedanklich unter ihrem Vornamen abgespeichert.«

Apollinaire grinste.

»Céline wie die Handtaschen … Kann ich mir gut merken.«

»Nicht nur Handtaschen.«

»Was ist mit Xavier Duchamp? Unter welchem Namen haben Sie ihn abgespeichert?«

»Unter seinem Nachnamen. Dabei möchte ich es auch gerne belassen.« Jedenfalls vorläufig, dachte sie. »Apollinaire, ich hätte eine Bitte …«

»Dass ich mich über diese«, er sah auf seinen Zettel, »*EdC French Riviera SAS* schlaumache, richtig?«

»Genau. Und wie das mit der Ausschreibung für dieses Parkhaus abgelaufen ist.«

Apollinaire hob sein Lineal, mit dem er gerne und häufig herumspielte.

»Erinnern Sie sich an meine Worte? Dahinter steckt die korsische Mafia.«

Isabelle lachte.

»Ich dachte, die Marseiller Mafia?«

»Kann auch sein, jedenfalls irgendein Kartell. Sie werden schon sehen.«

Ob er das gerade ernst meinte? Unmöglich war das nicht. Aber welche Rolle würde dabei Duchamp spielen?

»Waren Sie eigentlich bei der Gendarmerie?«, wechselte sie das Thema.

Apollinaire sah sie ratlos an.

»Bei der Gendarmerie?«

Wie üblich tat er sich schwer, wenn sie abrupt das Thema wechselte. Dabei war er selber ein Meister darin.

»Der Brandanschlag auf Marcels Auto …«, half sie ihm auf die Sprünge.

Er schlug sich mit dem Lineal an die Stirn.

»Aber natürlich. Ich war nicht nur dort, sondern zudem außerordentlich erfolgreich. Ich habe eine Mappe mitgebracht, in welcher der Vorfall dokumentiert ist. Ich habe sie weggeschmissen …«

»Wie bitte?«

»Die Mappe, nicht den Bericht. Sie war fingerdick mit Krankheitserregern unbekannter Herkunft bedeckt. Der Archivkeller der Gendarmerie ist eine hygienische Katastrophe. Ein Biotop des Untergangs. Allerdings haben unsere Kollegen alles aufgehoben, was seit Napoleon in Fragolin passiert ist. Wahrscheinlich aus Bequemlichkeit, aber egal.«

»Was steht drin?«

»Marcel Chavans Peugeot Cabrio wurde mit einem Brandbeschleuniger abgefackelt. Man hat tatsächlich einen Tatverdächtigen ermittelt, aber er hatte für die Tatzeit ein Alibi.«
»Sagten Sie nicht gerade, Sie seien *außerordentlich erfolgreich* gewesen?«
Apollinaire grinste. »Sagte ich das? Dann wird's wohl stimmen. Ich habe den Namen des Tatverdächtigen: Emile Thouvenin.«
»Der allerdings für die Tatzeit ein Alibi hat.«
»Das ihm seine Frau gegeben hat. Solche Alibis sind das Papier nicht wert, auf dem sie protokolliert sind.«
Sie ahnte, dass Apollinaire noch was in der Hinterhand hatte. Er würde es nie lernen, schnell auf den Punkt zu kommen.
Er deutete auf sein Flipchart. »Ich möchte Sie auf unseren dritten Tatverdächtigen aufmerksam machen. Da steht: Ehemann von Marcels früherer Geliebten Estelle.« Apollinaire machte mit dem Lineal eine kreiselnde Bewegung wie mit einem Zauberstab. »*Eh voilà:* Emile Thouvenins Frau, die zugleich sein Alibi ist, heißt Estelle. Die Wahrscheinlichkeit, dass das ein Zufall ist, geht gegen null. Woraus folgt, dass der dritte Tatverdächtige auf unserer Liste mit dem zweiten identisch ist. Es war der Ehemann von Marcels Seitensprung Estelle, der ihn bedroht und danach sein Auto angezündet hat. Sein Name: Emile Thouvenin. Er lebt in Draguignan und betreibt dort eine Autowerkstatt.«
Das war nun tatsächlich ein positives Rechercheergebnis, dachte sie. Dennoch wollte sie seinen Optimismus zügeln.
»Hört sich vielversprechend an. Muss aber nicht stimmen.«
»Ich würde ihn gerne selber ins Kreuzverhör nehmen«, sagte Apollinaire.
Schon wieder *Kreuzverhör?* Was immer er auch darunter verstand. Hoffentlich lief es diesmal besser als bei Richard Levin in Paris.
»Ja, übernehmen Sie das!«
Er strahlte über das ganze Gesicht.

»Ich danke Ihnen, dass Sie mir diese Aufgabe anvertrauen. Meine Arbeitshypothese lautet, dass sich Emile Thouvenin nicht damit begnügt hat, das Auto des Liebhabers seiner Frau anzuzünden. Später hat er ihm den Schädel eingeschlagen und in seiner Garage eingemauert.«

»Was zu beweisen wäre.«

Er nickte.

»Es wird mir ein Vergnügen sein.«

Den Erfolg würde sie ihm gönnen, dachte Isabelle. Doch so einfach würde es kaum werden. Selbst wenn dieser Emile Thouvenin schuldig sein sollte, was ja nur ein vager Verdacht war, dürfte es äußerst schwerfallen, ihm die Tat nachzuweisen. Außerdem fragte sie sich, warum er Marcel umgebracht haben sollte. Logisch wäre das nur, wenn Marcel seine Affäre mit Estelle fortgesetzt hätte. Doch nach allem, was sie wusste, hatte er mit Céline längst eine neue Geliebte. Und Céline war keine Frau, die man mit einer zweiten Affäre hinterging. Schlimm genug, dass Marcel noch verheiratet war.

Mit einem Blick auf Apollinaires Flipchart resümierte sie, dass sie auf zwei verschiedenen Ebenen Spuren verfolgten. Auf der privaten Beziehungsebene von Marcels Affären, aus denen sich vielfältige Motive ableiten ließen. Und auf einer beruflichen Ebene, die ebenfalls Stoff für Spekulationen bot.

Isabelle dachte, dass der Fall immer interessanter wurde. Sie hatte nichts dagegen. Einfache Fälle langweilten sie.

35

Am späten Nachmittag saß sie auf ihrer Dachterrasse. Vor sich das Magazin mit dem Bericht über Rouvens angebliche oder tatsächliche Heiratspläne. Vielleicht wäre es besser gewesen, dachte sie, Jacques hätte das Journal weggeworfen. Denn die Lektüre schlug ihr auf den Magen. Obwohl sie sich klarmachte, dass der Artikel erstens nicht stimmen musste. Und zweitens hatte sie Clodine nicht angelogen: Es war ihr immer bewusst gewesen, dass dieser Moment irgendwann kommen würde. Sie hätte Rouven an sich binden können, er hatte es sich gewünscht – dann wären jetzt Bilder von ihr im Magazin. Aber sie hatte sich dagegen entschieden. Jetzt durfte sie sich nicht beklagen. Jetzt oder ein anderes Mal. Der Moment würde kommen – oder er war schon da.

Warum sie diesen Artikel ernster nahm als viele andere, die es schon gegeben hatte, lag an der Frau. Ihr Name war Angela d'Agostin. Ende dreißig, dunkelhaarig und gut aussehend. Ihr Vater war Botschafter, ihre Mutter Pianistin. Sie selbst war Anwältin. Isabelle hatte von Rouven schon häufig Bilder mit attraktiven Frauen an seiner Seite gesehen. Einige Male war sie sogar selbst als »unbekannte Begleiterin« fotografiert worden. Es war ihnen immer gelungen, ihre Identität zu verschleiern.

Doch diese Angela d'Agostin war keine »unbekannte Begleiterin«, sie hatte einen Namen. Einen klangvollen zudem.

Isabelle widerstand der Versuchung, Rouven anzurufen. Das wäre uncool. Außerdem war es an ihm, sich zu melden. Selbst wenn der Artikel das Fantasieprodukt eines Journalisten sein sollte, konnte sie von ihm eine Richtigstellung erwarten. Denn es war etwas anderes, mal wieder mit einem Glamourgirl bei einer Vernissage fotografiert – oder gleich verheiratet zu werden.

Auf ihrem Handy blinkte eine Nachricht auf. Nein, nicht Rouven, sondern Céline: »Lust auf einen Gin Tonic?«

O ja, dachte Isabelle. Der würde ihr jetzt guttun. Und Céline würde sie auf andere Gedanken bringen.

»Gute Idee, bin leider in Fragolin. Gerne ein anderes Mal«, schrieb sie zurück.

»Gibt's in Fragolin keinen Gin Tonic?«

Isabelle lächelte. Hörte sich ganz so an, als ob Céline sogar nach Fragolin kommen würde.

»Nicht auszuschließen, aber heute geht's nicht. Melde mich.«

»Dann betrinke ich mich alleine. *À bientôt.*«

Isabelle überlegte, wie sie Célines Kontaktaufnahme interpretieren sollte. War ihr was Neues zu Marcel eingefallen? Hatte sie den Artikel über Rouven gelesen? Oder einfach nur so. *Sans raison. Juste comme ça*. Sie entschied sich für *einfach nur so*.

Clodine hatte sie darum beneidet, dass sie »zweigleisig« fuhr. Isabelle empfand das nicht so. Zweigleisig klang berechnend. Doch so war sie nicht. Dass sie mit Rouven und Nicolas gleich zwei Männer hatte, war so nie geplant gewesen. Es hatte sich ergeben. Und sie hatten alle drei einen Modus gefunden, damit umzugehen. Zu Rouven gab es über Wochen oder Monate eine große räumliche Distanz. Einfach, weil er für seine *Fondation* in der Weltgeschichte herumreiste. Nur zwischendurch trafen sie sich. Nie in Fragolin, immer woanders. Und – in der jüngsten Zeit immer seltener.

Und Nicolas? Er war wieder da. Alles hatte sich aufgeklärt. Es gab keinen Grund, ihm wirklich böse zu sein. Im Gegenteil, er hätte ihr Mitgefühl verdient. Und ihre Unterstützung mit Camille, sofern das überhaupt möglich war.

Isabelle ging von der Dachterrasse die schmale Treppe hinunter in ihre Wohnung. Das Magazin warf sie … nein, nicht in den Papierkorb, sondern auf ihren Küchentisch. Mit Nicolas hatte sie lose vereinbart, dass sie ihn heute Abend zu einem kleinen Imbiss, einem *casse-croûte* besuchen wollte. Wahrscheinlich machte es keinen Sinn, ihn anzurufen. In seinem Atelier mit aufgedrehten Lautsprechern würde er es nicht hören.

Sie erinnerte sich, dass er sich gegenüber Xavier Duchamp als *Anstreicher* vorgestellt hatte. Nicolas war ein Meister der Untertreibung – und sicherlich der am besten bezahlte Malermeister des Planeten.

Sie schloss die Wohnung ab und lief zur *épicerie* um die Ecke. In Fragolin war das gleichermaßen ein Tante-Emma-Laden wie ein Feinkostgeschäft. Dort bekam sie alles, was ihr auf die Schnelle einfiel: eine Terrine de Campagne, verschiedene Käsesorten von Comté bis Beaufort und Camembert, Cornichons, Oliven, Weintrauben, Tomaten, Schinken, Melone, gesalzene Butter – und zwei Baguettes. Zugegeben ziemlich wahllos und uninspiriert. Aber es fiel ihr gerade schwer, sich auf ihren Einkauf zu konzentrieren.

Mit zwei großen Tüten machte sie sich auf den Weg zu Nicolas' Bastide. Das wäre ihr erster gemeinsamer Abend seit Langem. Sie wagte keine Prognose, wie er sich entwickeln würde. *On verra* – man würde sehen.

36

Es gab Abende, die erstreckten sich über die Nacht und endeten erst am nächsten Morgen. Auf dem Weg ins Kommissariat dachte Isabelle, dass sie genau so einen besonderen Abend hinter sich hatte. Begonnen hatte er in Nicolas' Garten bei einer Flasche Champagner … Geendet hatte er heute früh mit der aufgehenden Sonne.

Bemerkenswerterweise fühlte sie sich nicht müde. Auch das war typisch für solche »Abende«. Schmunzelnd dachte Isabelle, dass sie die Zeiger in der Beziehung mit Nicolas wieder auf Anfang gestellt hatten. Dann fragte sie sich, wie das möglich sein sollte. Zeiger ließen sich auf einer Uhr nicht auf Anfang stellen, sie bewegten sich im Kreis. Apollinaire würde auf Yin und Yang verweisen und darauf, dass jedem Ende ein Anfang innewohnte. Aber das war ihr zu dieser frühen Stunde zu kompliziert. Entscheidend war, dass sie sich mit Nicolas so gut verstanden hatte wie vor jener verhängnisvollen Nacht in Marseille – vielleicht sogar besser.

Guter Stimmung betrat sie ihr Büro im Rathaus. Mit dem ersten Blick erkannte sie, dass Apollinaires Gemütszustand weit weniger erfreulich war. Er begrüßte sie mit einem gequälten *Bonjour, Madame*. Weil er wieder seine dunkle Sonnenbrille aufhatte, fragte sie: »Hat sich Ihre Bindehautentzündung verschlechtert?«

»Welche Bindehautentzündung? Ach ja, aber nein … ich habe schreckliche Kopfschmerzen.«

So ungerecht ging es im Leben zu, dachte Isabelle. Sie selbst hatte bestimmt ein Glas zu viel getrunken, fühlte sich aber prächtig. Apollinaire dagegen trank abends aus Solidarität mit

seiner tunesischen Freundin Shayana keinen Alkohol – und hatte einen dicken Kopf.
»In meiner Schublade habe ich Schmerztabletten …«
»Vielen Dank, ich habe schon eine Überdosis eingeworfen. Jetzt glaube ich, wird mir auch noch schlecht …«
»Apollinaire, ich schreibe Sie hiermit krank und schicke Sie nach Hause.«
Er verzog das Gesicht. »Aber ich wollte doch zu diesem Emile Thouvenin nach Draguignan fahren und ihn in die Mangel nehmen.« Seine Stimme klang weinerlich.
»Den übernehme ich.« Isabelle deutete auf sein Flipchart. »Da stehen noch andere Kandidaten, die Sie *in die Mangel* nehmen können, sobald es Ihnen wieder gut geht. Zum Beispiel Joséphines Ex-Freund Roland Larousse.«
»Unter fünftens, ich weiß. Na gut, dann melde ich mich mal ab und wünsche Ihnen einen schönen Tag. Ach so, was ich Ihnen noch sagen sollte: Thouvenin ist wegen Körperverletzung mehrfach vorbestraft. Offenbar ist er psychisch krank. Er leidet unter plötzlichen Aggressionsschüben und musste sich deshalb zu einer Therapie verpflichten …«
Apollinaire sprach immer leiser, sie konnte ihn kaum mehr verstehen.
»Ich glaube nicht, dass die Therapie geholfen hat«, fuhr er flüsternd fort. »Vor einigen Wochen hat er einem Kunden einen Wagenheber hinterhergeworfen. So steht es jedenfalls in der Anzeige, die der Polizei vorliegt …« Er langte sich an die Stirn. »Zu Hause habe ich Eisbeutel im Kühlschrank«, murmelte er.
»Na also, jetzt machen Sie schon, dass Sie wegkommen, und kurieren sich aus.«
Er stand auf und zog seine Uniformjacke an. Natürlich kam er mit den Knöpfen durcheinander. Das passierte ihm aber sonst auch.
»Sie kommen alleine klar?«, fragte er.

Die Fürsorge rührte sie. Dabei müsste er sich die Frage gerade selber stellen.
»Ich werde es versuchen. Eine letzte Frage: Wo finde ich diesen Thouvenin in Draguignan?«
»Seine Autowerkstatt heißt so wie er. Die Adresse müsste ich schnell raussuchen ...«
»Nicht nötig. Ich find schon hin. *Au revoir* und gute Besserung!«

Auf der Fahrt nach Draguignan erinnerte sie sich, dass sie dort vor Jahren schon einmal auf Recherche gewesen war. Damals auf der Suche nach einem verschwundenen Engländer und einer toten Geliebten, die ein Tattoo über dem Hintern hatte und ein Piercing im Genitalbereich. In Draguignan waren mehrere Militärschulen ansässig, und es gab entsprechend viele Soldaten mit Tattoos. Ein schräger Typ namens Charly hatte sie auf die richtige Spur gebracht ... Lächelnd dachte sie, dass sie damals über Piercing einiges gelernt hatte, was sie so genau eigentlich hatte gar nicht wissen wollen.
Dieser Charly war ein hünenhafter Mann gewesen, mit dem man sich nicht hätte anlegen wollen. Dabei war er sanftmütig wie ein Lamm.
Sie hatte von unterwegs in Thouvenins Autowerkstatt angerufen und mit ihm einen Termin vereinbart. Dabei lief ihr alter Mustang absolut störungsfrei.
Sie wusste noch, dass Draguignan einen schönen Altstadtkern hatte, über ein *Musée des Arts et Traditions,* einen berühmten Uhrenturm und schöne Platanenalleen verfügte, sonst aber kaum touristische Attraktionen vorweisen konnte. Doch ja, jedes Jahr im Oktober gab es ein bekanntes Jazzfestival.
Sie hatte seine Werkstätte in ihr Navi eingegeben. Auf der Einfallstraße kam sie an einigen Tankstellen und Autohäusern vorbei. Ein Hinweisschild zu einer *École militaire*. Sie erinnerte

sich an das Kommissariat der *Police nationale* in der Rue Olivier Descamps, aber sie sah keine Notwendigkeit, dort vorbeizuschauen. An einem *rond-point* ging es links. Noch hundert Meter, dann war sie am Ziel.

Isabelle fuhr auf den Parkplatz der *Garage Thouvenin*. Kaum hatte sie den Motor abgestellt, kam bereits ein schmächtiger Mann mit Glatze aus der Werkstatt und begrüßte sie.

»*Bonjour, Madame.* Sie haben mich wegen eines Termins angerufen?«

»Wenn Sie Monsieur Thouvenin sind, dann trifft das zu.«

Er lächelte höflich.

»Ich bin der Chef, richtig.«

Besonders Furcht einflößend sah er nicht aus, dachte Isabelle.

Thouvenin warf einen Blick auf ihren Mustang.

»Sie mögen alte Autos, das gefällt mir.«

»Weil sie häufiger kaputtgehen?«

Thouvenin grinste.

»Auch das. Kaputte Autos sind meine Geschäftsgrundlage, da haben Sie recht. Kommt hinzu, dass Oldtimer besser zu reparieren sind als neue Autos. Heutzutage wird alles verkapselt, da kommt man nirgends mehr ran.« Er machte eine abfällige Handbewegung. »Und dann noch diese neumodischen Elektroautos, die bringen uns noch um.«

»Würde ich nie fahren«, sagte sie. Was nicht stimmte, denn ihr war klar, dass es irgendwann dazu kommen würde.

Er wischte sich die ölverschmierten Hände an einem Lappen ab.

»Nun sagen Sie schon, was fehlt Ihrem Mustang? Ich hoffe, dass ich helfen kann.«

Isabelle dachte, dass er bislang einen zuvorkommenden Eindruck machte. Bislang wirkte er nicht wie ein Mann, der zu Wutausbrüchen neigte, Autos anzündete und mit Wagenhebern um sich warf.

»Ich hoffe ebenfalls, dass Sie mir helfen können«, antwortete sie. »Aber ich bin nicht wegen meines Autos hier.« Sie zeigte ihm ihren Dienstausweis. »Ich bin Kommissarin der *Police nationale* und hätte einige Fragen.«
Auf seine Reaktion war sie gespannt. Würde er jetzt aus der Haut fahren und sie beschimpfen, weil sie den Eindruck erweckt hatte, sie wäre wegen einer Reparatur hier?
Emile Thouvenin erschrak sichtlich. Er zwang sich, einige Male tief durchzuatmen. Dann hatte er sich wieder unter Kontrolle.
»Schade, es hätte mir gefallen, an Ihrem Mustang herumzuschrauben.«
»Ich komme gerne wieder, wenn was fehlt.«
»Tun Sie doch nicht, aber ist nett, dass Sie das sagen. Ich gebe Ihnen einen Tipp: Sie sollten mal den Lack aufpolieren lassen. Sieht ziemlich ramponiert aus.«
»Ich habe leider keine Garage und parke im Freien.«
»Gerade deshalb.« Er hob die Augenbrauen. »Sind Sie wegen meines Kunden hier, der mich angezeigt hat?«
Fast hatte sie den Eindruck, dass er das hoffte.
»Weil Sie ihm einen Wagenheber nachgeworfen haben? Nein, das fällt nicht in mein Ressort.«
»Ich habe ihn nicht einmal getroffen. Außerdem hatte ich allen Grund dafür. Der Typ wollte nicht bezahlen …«
»Wie gesagt, das interessiert mich nicht. Ich bin wegen eines Vorfalls hier, der sich vor vielen Jahren ereignet hat. Damals wurden Sie verdächtigt, den Peugeot eines Monsieur Chavan abgefackelt zu haben.«
Seine Hände verkrampften sich. Er biss sich auf die Unterlippe. Aber er behielt die Beherrschung. Sein Antiaggressionstraining schien zu fruchten.
»Ich erinnere mich, ist aber schon ewig her. Dürfte auch längst verjährt sein … Damit Sie mich nicht falsch verstehen, ich war un-

schuldig.« Er sah sie mit zusammengekniffenen Augen an. »Wie kommt es, dass Sie sich für diese alte Geschichte interessieren?«

»Erkläre ich Ihnen gerne. Wollen wir das hier draußen besprechen oder besser in Ihrem Büro?«

Er warf einen wehmütigen Blick auf ihr Auto.

»Ich würde lieber Ihren Mustang reparieren. Irgendetwas ist bestimmt defekt.«

Diese Reaktion fand sie fast sympathisch.

»Der Zigarettenanzünder, aber ich rauche nicht.«

Er zuckte mit den Schultern.

»Na ja, dann gehen wir in mein Büro. Ach so, dort sind wir nicht alleine«, fiel ihm plötzlich ein, »meine Frau ist da und macht die Buchhaltung. Vielleicht ist es also doch besser, wir sprechen gleich hier. Hört uns ja keiner.«

Das mit seiner Frau traf sich gut, dachte Isabelle.

»Sie haben doch keine Geheimnisse vor Ihrer Frau?«

»Aber nein, natürlich nicht.«

»Dann gehen wir in Ihr Büro«, entschied sie.

Sie folgte ihm durch die Werkstatt, wo unter einer Hebebühne zwei Mechaniker an einem aufgebockten Citroën herumschraubten. Hinten war eine Art Glaskasten mit seinem Büro. Von hier hatte er alles im Blick.

Sie kamen an einem schweren Motorrad vorbei. Eine Harley-Davidson.

»Sie reparieren auch Zweiräder?«

»Natürlich. Alles, was einen Motor und Räder hat, egal, wie viele. Die Harley gehört mir. Ich warte gerade auf eine neue Bremsscheibe.«

»Schöne Maschine.«

Sie betraten den Glaskasten.

»*Estelle, mon amour,* das ist eine Kommissarin von der Polizei. Sie hat einige Fragen an mich.«

Die Frau hinter dem Schreibtisch sah nicht aus wie eine Buchhalterin. Sie hatte lange blonde Haare und stark geschminkte Augen, verfügte über eine beträchtliche Oberweite – und hatte rote, aufgeklebte Fingernägel, bei denen sich Isabelle unwillkürlich fragte, wie man mit ihnen eine Computertastatur bedienen konnte.

Isabelle sah zwischen den beiden Eheleuten hin und her. Man konnte nicht sagen, dass sie besonders gut zusammenpassten. Auf der einen Seite ein hagerer Mann mit fortgeschrittenem Haarausfall. Auf der anderen Seite eine … nun ja, eine *femme fatale* mit allen Attributen, von denen manche Männer träumten.

Estelle stand auf und gab ihr die Hand. Ihr Rock reichte kaum über den Schritt und spannte sich über ihre Oberschenkel. Sie war barfuß.

»Ich freue mich über jede Abwechslung. Die Zahlen gehen mir auf den Geist.«

»Du weißt, dass du das nicht machen musst«, sagte Emile. »Aber ich freue mich, wenn du in meiner Nähe bist.«

Weil er sie da im Auge hatte? So, wie sie aussah, war das eine begründete Vorsichtsmaßnahme.

»Sie machen die Buchhaltung noch nicht so lange, oder?«

»O nein, erst seit einigen Monaten. Gott sei Dank nur halbtags.« Sie sah lächelnd auf die Uhr an der Wand. »Bald habe ich Schluss. Aber ich helfe meinem *Chéri,* wo ich nur kann.«

»Das ist lieb von dir. *Madame le Commissaire* möchte mit mir über einen Vorfall reden, der schon ewig her ist. Du erinnerst dich, dass mal vor vielen Jahren ein armer Irrer behauptet hat, ich hätte seinen hässlichen Peugeot angezündet.«

»Ich muss nachdenken«, sagte sie. »Doch ja, ich erinnere mich.«

Sie war eine schlechte Schauspielerin, dachte Isabelle.

Emile Thouvenin deutete auf einen Stuhl.

»Wollen Sie sich setzen?«

»Nein danke, ich bleibe nicht lang. Mich interessiert, ob Sie diesen *armen Irren,* der sie angezeigt hat, also diesen Monsieur Chavan, ob Sie ihn persönlich kannten.«
»Natürlich nicht. Woher auch?«
»Wie kommen Sie eigentlich zu Ihrer Einschätzung, dass sein Peugeot *hässlich* war?«
Die Frage traf ihn unerwartet. Für die Antwort brauchte er einen Moment.
»Weil, weil ... Ach ja, wahrscheinlich hat mir die Polizei Fotos vom Auto gezeigt.« Thouvenin rang sich ein Grinsen ab. »Im ausgebrannten Zustand war noch zu erkennen, dass es ein Peugeot war, und zwar ein Modell, das nach meinem Geschmack ziemlich hässlich ist.«
Isabelle drehte sich abrupt zu Estelle. »Was ist mit Ihnen?«, fragte sie. »Von Ihnen weiß ich sicher, dass Sie Monsieur Chavan gekannt haben.«
Estelle riss die Augen auf. Sie langte sich in gespielter Empörung an die Brust. »Ich, ich soll diesen ... diesen Marcel Chavan gekannt haben? Das ist eine absurde Behauptung. Ich höre seinen Namen gerade zum ersten Mal.«
Isabelle amüsierte es immer wieder, wenn sich jemand gleich mit der ersten Antwort in einen Widerspruch verwickelte – oder wie gerade eben selbst der Lüge überführte. Dass Chavan mit Vornamen Marcel hieß, hatte sie mit keiner Silbe erwähnt.
Isabelle entschied, Estelle mit diesem Versprecher davonkommen zu lassen. Jedenfalls für den Moment. Ihrem Mann war er offenbar nicht aufgefallen.
»Tut mir leid«, entschuldigte sie sich. »Da hat man mich wohl falsch informiert.«
Emile Thouvenin sah Isabelle streng an. »Sie sollten mit solchen Unterstellungen vorsichtig sein«, wies er sie scharf zurecht.
Zeigte er langsam sein wahres Gesicht?

»Ich habe mich entschuldigt, also lassen Sie es gut sein. Außerdem gebe ich Ihnen den Rat, mich nicht zu provozieren. Zu meinen schlechten Eigenschaften zählt, dass ich ziemlich gemein sein kann.«

»Wie soll ich das verstehen?«

»Besser, Sie finden es nicht heraus.«

Auf seiner Stirn trat eine pulsierende Ader hervor. Er nahm vom Schreibtisch einen kleinen Gummiball und knetete ihn zwischen den Fingern. Offenbar eine seiner Beruhigungsübungen.

»Ich weiß immer noch nicht, was Sie eigentlich von mir wollen«, zischte er sie an. »Sie kommen in meine Werkstatt und befragen mich zu einer uralten Geschichte, an die ich mich kaum mehr erinnern kann. Was soll das?«

»Ihre Frau hat Ihnen damals ein Alibi gegeben. Bin gespannt, ob sie das jetzt wieder tut?«

Thouvenin drückte so fest auf den kleinen Gummiball, dass seine Knöchel weiß hervortraten. Sein Blick flackerte. Isabelle fragte sich, warum. Weil er ahnte, dass es um Chavans Tod ging? Oder gab es einen anderen, aktuelleren Vorfall, von dem sie nichts wusste? Das würde seine Reaktion erklären.

»Wofür brauche ich ein Alibi? Was werfen Sie mir vor?«

»Muss ich Ihnen nicht sagen«, antwortete sie. »Aber Sie sollten wissen, dass Monsieur Chavan nicht mehr am Leben ist.«

Estelle hielt sich entsetzt eine Hand vor den Mund.

»Er ist tot?«

»Das freut mich«, rutschte ihm heraus.

»Warum?«

»Weil … weil …«

»Weil er mal was mit Ihrer Frau hatte?«

Jetzt bekam er doch einen roten Kopf. Endlich.

»Mit meiner … Estelle …« Er schnappte nach Luft. »Nie und nimmer. Stimmt doch, *Chérie?*«

»*Mais non*, natürlich nicht. Wie gesagt, mir ist dieser Mann unbekannt.«
»Ach ja, das erwähnten Sie schon.«
Estelle schluckte. »Wann ist er gestorben?«
Sie hatte keine Ahnung, das war offensichtlich.
»Ist schon eine Weile her. Aber da Sie ihn beide nicht kannten, muss Sie das nicht interessieren.«
»Stimmt, das geht mir am Arsch vorbei«, stellte er fest. »Aber noch mal: Wofür soll mir meine Frau ein Alibi geben?«
»Monsieur Chavan wurde ermordet.«
»Geschieht ihm recht.«
Sie überlegte, ob er so reagieren würde, wenn er der Täter war? Emile Thouvenin war vielleicht jähzornig und gewaltbereit – aber einen dummen Eindruck machte er nicht.
»Sie waren es also nicht?«, fragte sie ganz direkt.
Sie rechnete damit, dass er spätestens jetzt aus der Haut fahren würde. Einen Wagenheber hätte er gerade nicht zur Hand. Mit dem Gummiball nach ihr zu werfen wäre albern.
Er atmete tief ein und aus. Fast glaubte sie ein lang gestrecktes *Ommm* zu hören.
»Sie meinen, ob ich ihn umgebracht habe?«, presste er hervor. »NEIN … ich war es nicht! Und jetzt fordere ich Sie auf, sofort meine Werkstätte zu verlassen …«
»Bevor Sie Ihre Selbstbeherrschung verlieren?«, fragte Isabelle.
Estelle griff nach seinem Arm.
»Emile, bitte reg dich nicht auf. Denk an deinen Blutdruck.«
»Ich bin die Ruhe selbst. Aber jetzt gehen Sie bitte!«
Diesen Gefallen, dachte Isabelle, würde sie ihm tun. Obwohl ihre »Vernehmung« einen ziemlich chaotischen Verlauf genommen hatte, verbuchte sie doch einige Erkenntnisgewinne. Bis hin zum Gefühl, dass Emile Thouvenin etwas verbarg.

»Das mache ich. Vielen Dank für die nette Unterhaltung.« Isabelle lächelte. »Ach ja, und halten Sie sich bereit, falls wir weitere Fragen haben sollten.« Sie reichte ihm ihre Visitenkarte. »Und falls Ihnen doch noch was einfällt, was Sie mir sagen wollen, erreichen Sie mich in meinem Kommissariat in Fragolin.« Bei *Fragolin* zuckte er erneut zusammen.

Estelle hatte ihren Mann so lange festgehalten, bis Isabelle das Büro verlassen hatte und durch die Werkstätte nach draußen gegangen war. Jetzt saß sie in ihrem Mustang, den sie im Schatten einer Platane geparkt hatte. Gleich um die Ecke und so, dass sie die Ausfahrt sehen konnte. Auf dem Parkplatz war ihr ein lilafarbener Fiat Cinquecento aufgefallen, mit einem roten Stoffherzen am Innenspiegel. Nun wartete sie darauf, dass der Fiat auftauchte – mit Estelle am Steuer.
Isabelle zog ein kurzes Resümee. Sie traute Thouvenin durchaus zu, Chavan im Affekt erschlagen zu haben, aber die Logik sprach dagegen. So hätte er nicht über die nötigen Kenntnisse verfügt, nach der Tat auf Marcels alter Schreibmaschine einen glaubwürdigen Abschiedsbrief zu schreiben oder Céline eine Trennungs-SMS zu schicken. Estelle, überlegte sie weiter, hatte definitiv mit Marcel Chavan eine Affäre gehabt. Was wiederum ein Motiv darstellte. Aber nicht mehr zu einem Zeitpunkt, da Marcel Chavan mit Céline längst eine neue Freundin hatte. Freilich war es möglich, dass sich Thouvenin nur eingebildet hatte, seine Frau würde immer noch mit Chavan herumturteln. Weil er krankhaft eifersüchtig war? Psychologisch war die Frage sowieso interessant. Man sollte meinen, dass sich seine Eifersucht gegen seine Frau richten sollte, immerhin war sie es, die ihm Hörner aufsetzte. Vielleicht hatte er sie über das Knie gelegt oder einige Tage zu Hause eingesperrt. Aber Isabelle vermutete, dass er emotional von ihr abhängig war und sie auf kei-

nen Fall verlieren wollte. Vielleicht schmeichelte es sogar seiner Eitelkeit, dass sich Männer nach ihr umdrehten. Immerhin, so mochte er denken, gehörte ihm die »Beute«. Er war schmalbrüstig und hatte wenig Haare auf dem Kopf, aber er fühlte sich als Raubtier, das diese Frau erlegt hatte. Jetzt ging es darum, den Besitz zu verteidigen und die Aasgeier zu vertreiben ... Dazu war jedes Mittel recht. Oft verhielten sich Menschen nicht anders als Tiere in der freien Wildbahn. Diese Erfahrung hatte Isabelle schon häufig gemacht. Warum sollte es diesmal anders sein?

Blieb allerdings ihr Eindruck, dass Thouvenin nicht wegen des Mordes an Chavan in Stress geraten war, erst recht nicht wegen des Wagenhebers und der Anzeige. Sie hatte gesagt, er brauche ein Alibi. Aber nicht, wofür. Daraufhin erst hatte er mit flackerndem Blick seinen Gummiball malträtiert. Bestimmt nicht wegen eines Kavaliersdelikts. Da gab es etwas anderes, davon war sie überzeugt. Estelle hatte erwähnt, dass sie erst seit wenigen Monaten in seinem Büro arbeitete. Als Strafe, überlegte Isabelle, weil sie ihn schon wieder mit einem anderen Mann betrogen hatte? Das würde sie gerne von ihr erfahren. Wenn sie mit ihrem Verdacht recht hatte, wüsste sie gerne den Namen ihres letzten Liebhabers. Und auch, ob es ihm gut ging. Im günstigsten Fall hatte ihm Thouvenin nur einen »Denkzettel« verpasst und vielleicht eine Palme in seinem Garten angezündet. Oder sein »hässliches« Auto.

Isabelle überlegte, dass Marcel Chavan an seinem eigenen Tod in gewisser Weise eine Mitschuld trug. Jedenfalls dann, wenn sein unstetes Liebesleben der Auslöser gewesen sein sollte. Hätte er nicht fortwährend seine Frau betrogen, lägen seine sterblichen Überreste jetzt nicht in der Rechtsmedizin. Freilich könnte das Motiv für seine Ermordung auch in seinen Geschäftsprojekten begründet sein. Ihr fiel das Parkhaus ein,

Duchamp und Apollinaires Hirngespinst mit der Marseiller Mafia ... Es blieb viel zu tun.

Auf ihrem Handy blinkte eine Textnachricht auf.

Rouven Mardrinac.

»Hallo, Isa. Kann gerade nicht telefonieren. Wir müssen uns sehen, ist dringend. Morgen um vierzehn Uhr im Club 55? Passt das? *Bonne journée*. Rouven.«

Sie dachte an den Magazinartikel. Und sie fühlte, dass seine SMS mit der Veröffentlichung zusammenhing.

»Wir sollten uns sehen? Das glaube ich auch«, schrieb sie zurück. »Vierzehn Uhr passt. *À demain*. Isabelle.«

Unwillkürlich verwendete sie statt Isa ihren vollen Vornamen. Doch das hatte nichts zu bedeuten.

Sie überlegte, dass sie Rouven auf eine ganz besondere Weise in ihr Herz geschlossen hatte. Das würde auch nach einem möglichen Ende ihrer sehr speziellen Liebesbeziehung so bleiben. Sie würde ihm wünschen, dass er mit dieser Angela d'Agostin sein Glück gefunden hatte. Aber auch, dass sie Freunde bleiben konnten. Wenn die Dame nichts dagegen hatte, würde das ganz sicher klappen. An ihr sollte es jedenfalls nicht liegen.

»D'accord. Je t'embrasse«, kam seine Bestätigung.

Ich umarme dich? Isabelle lächelte leise. Umarmen konnten sich auch gute Freunde.

37

Gerade wollte sie in Paris anrufen, um mit ihrer Freundin Jacqueline zu plaudern – und wieder einmal mit Maurice Balancourt, der wissen sollte, wie sie bei ihren Ermittlungen vorankam. Da tauchte aus der Auffahrt der lilafarbene Fiat auf. Am Steuer Estelle. Ihr ungeliebter Halbtagsjob war vorbei. Isabelle wartete noch einen Moment, dann startete sie ihren Motor und fuhr hinterher. Aus ihrem Büro hatte Estelle nicht sehen können, mit welchem Auto sie gekommen war. In einem alten Mustang würde sie die aufdringliche Kommissarin nicht vermuten. Sofern sie überhaupt in den Rückspiegel schaute. Außerdem hatte Isabelle ihre dunkelgrüne Pilotenbrille auf und ein Baseballcap des AS Monaco.

Estelle hielt bei einem Parfumgeschäft. Isabelle wartete. Nach zehn Minuten kam sie mit einer kleinen Tüte wieder herausgestöckelt. Sie kam ihr vor wie eine Barbiepuppe für Erwachsene. Weiter ging es in einen tristen Vorort von Draguignan mit grauen Reihenhäuschen. Davor eine vertrocknete Wiese. Die Garage ging elektrisch auf. Hier also waren die Thouvenins daheim. Isabelle konnte sich vorstellen, dass es einer Barbiepuppe in dieser Umgebung schnell langweilig wurde.

Den Mustang parkte sie in einer Seitenstraße. An der grün lackierten Haustür gab es einen Klopfer, der aussah wie ein herausgefrästes Stück einer Kurbelwelle.

Estelle machte auf – und blickte sie erschrocken an.

»Was machen … machen Sie denn hier?«, stotterte sie.

Isabelle versuchte, ihr freundlichstes Gesicht aufzusetzen.

»Ich wollte mit Ihnen kurz unter vier Augen sprechen, wenn Sie nichts dagegen haben. Darf ich reinkommen?«

»Unter vier Augen? Äh … aber natürlich, kommen Sie rein.«

Im Wohnzimmer waren die Vorhänge halb zugezogen. Über den Sofas lagen gehäkelte Überwürfe, um den Stoff zu schützen. In der Ecke eine Zimmerpflanze, die bei diesen Lichtverhältnissen nur aus Plastik sein konnte. Das sollte ihre Welt sein? Nein, das war die spießige Welt ihres Mannes. Fast konnte Isabelle verstehen, dass sie jede Gelegenheit ergriff, auszubrechen.

»Ich möchte mich entschuldigen«, sagte Isabelle, »ich wollte Sie vor Ihrem Mann nicht bloßstellen. Aber ich weiß, dass Sie vor vielen Jahren eine Affäre mit Marcel Chavan hatten, und ich bin davon ausgegangen, dass er es auch weiß.«

»Woher … ich meine, von wem wissen Sie davon? Hat es Ihnen Marcel erzählt? Ach so … er ist ja tot.«

Sie nestelte ein Taschentuch hervor und schnäuzte sich.

»Wollen wir uns setzen?«

»Gerne, ich hole uns was zu trinken.«

Estelle kam mit einer angebrochenen Flasche Wein und zwei Gläsern zurück.

»Kennen Sie seinen Freund Xavier Duchamp? Er hat es mir erzählt.«

»Ach ja, Xavier, ein gut aussehender Kerl.«

»Wo haben Sie eigentlich Marcel kennengelernt? Ihr Mann lässt ja bestimmt nicht zu, dass Sie abends alleine ausgehen?«

»Sie haben recht, das würde er nie zulassen. Er ist, nun ja …«

»Ziemlich eifersüchtig«, vervollständigte Isabelle ihren Satz.

»Ja, und das ist untertrieben. Ehrlich gesagt kann ich mich gar nicht erinnern, wo ich Marcel begegnet bin. Sie müssen wissen, untertags fahre ich oft in der Gegend herum. Ich brauche frische Luft.«

Bei dieser Wohnung, dachte Isabelle, kein Wunder.

»Das kann ich verstehen. Übrigens tue ich das auch sehr gerne. Mein Dasein als Kommissarin in einem muffigen Kommissariat ist recht eintönig.« Isabelle blinzelte ihr verschwörerisch zu. »Ab und zu lerne ich einen Typen kennen«, improvisierte sie. »Mit dem treffe ich mich dann während der Arbeitszeit in einem Hotel. Mein Mann darf davon nichts wissen.«

»Wir haben mehr gemeinsam, als ich dachte«, sagte Estelle. »Mit Marcel habe ich mich auch in einem Hotel getroffen. Wir waren ja beide verheiratet.«

»Aber Ihr Mann hat's herausgefunden?«

Estelle trank ihr Weinglas in einem Zug aus.

»Er findet es immer heraus. Manchmal dauert es etwas länger, bis dahin genieße ich die Zeit.«

»Was passiert dann?«

Sie goss sich Wein nach.

»Sie haben es vielleicht nicht bemerkt, aber mein Mann ist Choleriker, er kann völlig austicken, von einer Sekunde auf die andere. Dann macht er Dinge, die kann man sich nicht vorstellen.«

»Schlägt er Sie?«

»Nein, das tut er nie. Er liebt mich abgöttisch, er würde mich nie schlagen. Er schreit mich nur an und wirft mit Gegenständen um sich. Ich warte, bis er irgendwann zu weinen beginnt, dann gehe ich mit ihm ins Bett. Und alles ist wieder gut.«

»So sind die Männer. Sie lassen sich immer wieder einfangen.«

»Ja, man muss nur wissen, wie es geht.«

Isabelle dachte daran, dass Estelle seit einigen Monaten in seinem Büro Strafarbeit leisten musste. Also war es wieder passiert. Und diesmal sah er sich gezwungen, seiner *Chérie* eine Lektion zu erteilen.

»Das letzte Mal war es besonders schlimm, habe ich recht?«

»Woher wissen Sie das?«

»Ich weiß es nicht, aber ich spüre es, von Frau zu Frau.«

»O ja. Vor drei Monaten hat er mich mit Clément erwischt. Danach hat er mich einige Tage ans Bett gefesselt.« Estelle lächelte. »Das macht er sonst auch, aber nicht so lange und aus anderen Gründen. Macht mir sogar Spaß.«
»Ich habe es auch gerne, wenn man mich ein bisschen quält«, sagte Isabelle, weil sie Estelle weiter das Gefühl geben wollte, von ihr verstanden zu werden. Nur deshalb schüttete Estelle ihr Herz aus. In ihren Augen war sie gerade keine Polizeibeamtin, sondern eine Frau mit ähnlichen Bedürfnissen.
»Was ist mit Clément? Geht es ihm gut? Mein Mann hat mal einen meiner Liebhaber verprügelt«, sagte Isabelle.
»Clément hat sich nicht mehr gemeldet, aber es geht ihm sicher gut. Sie haben Emile ja kennengelernt. Er hat nicht die Statur, jemanden zu verprügeln.«
Wenn sie sich da mal nicht täuschte, dachte Isabelle.
»Aber er zündet ihre Autos an«, sagte Isabelle. »Das finde ich lustig.«
Wie konnte Estelle glauben, dass sie das wirklich lustig fand? Hatte sie verdrängt, dass sie von der Polizei war? Oder war sie nicht ganz helle im Kopf? Offenbar beides.
Estelle kicherte.
»Ja, das kann vorkommen. Mein Emile ist ein kleiner Pyromane. Aber das ist nicht schlimm, zahlt ja die Versicherung.«
Isabelle kam zu dem Schluss, dass von ihr nicht mehr zu erfahren war. Vor allem nicht, ob Emile ihrem Liebhaber Marcel Chavan mehr angetan hatte, als nur sein Auto abzufackeln. Außerdem glaubte sie nicht mehr daran.
Isabelle stand auf. »Ich muss leider gehen.« Sie deutete lächelnd auf die beiden Weingläser. »Meines lassen Sie am besten gleich verschwinden. Sonst denkt Ihr Mann noch, Sie hätten Herrenbesuch gehabt, und sperrt Sie diesmal in den Schrank.«
Estelle bekam einen Schluckauf.

»Hat er auch schon mal gemacht. Nackt. Nach einer Stunde hat er es nicht mehr ausgehalten und ist zu mir in den Schrank gekommen.«

Auf dem Weg zu ihrem Auto sah sie einen schweren Pick-up näher kommen. Auf der Tür stand *Garage Thouvenin. Réparation de toutes les voitures.* Isabelle sprang über eine niedrige Hecke und duckte sich. Ihren Mustang hatte sie ja vorsichtshalber in einer Seitenstraße geparkt. Der Pick-up hielt vor dem grauen Reihenhaus. Emile Thouvenin stieg aus. Hatte er in seiner Werkstatt nichts mehr zu tun? Oder war das eine seiner üblichen Kontrollfahrten?

Sie wartete, bis er im Haus verschwand. Hoffentlich war Estelle nicht so dumm, ihm von ihrem Besuch zu erzählen. Doch, überlegte sie, wahrscheinlich war sie es und würde genau das tun.

Minuten später fuhr Isabelle auf der Avenue, die nach Süden aus Draguignan hinausführte.

Ob Apollinaire im Kommissariat war? So, wie sie ihn kannte, würde er nicht den ganzen Tag krankmachen. Auch wenn sie ihm dazu geraten hatte. Sie konnte es ja mal versuchen.

Prompt ging er ans Telefon.

»*Madame le Commissaire,* ich habe schon auf Ihren Anruf gewartet.«

»Was machen Ihre Kopfschmerzen?«

»Sind fast weg. Shayana hat mir die Schläfen mit Pfefferminzöl eingerieben. Jetzt habe ich zwar einen Hautausschlag, aber ich kann wieder klar denken.«

»Das freut mich. Grüßen Sie Ihre Wunderheilerin von mir.«

»Wie war Ihr Termin bei Thouvenin? Sitzt er mit Handschellen auf Ihrem Rücksitz?«

»Wäre schön. Aber nein, ich glaube sogar, er ist unschuldig. Jedenfalls was den Mord an Marcel Chavan betrifft. Aber Sie könnten mir einen Gefallen tun. Bitte finden Sie heraus, ob vor etwa drei Monaten einem gewissen Clément, den Nachnamen weiß ich nicht, in der näheren oder weiteren Umgebung sein Auto angezündet wurde …«

»So wie bei Marcel der Peugeot?«

»Richtig, so oder so ähnlich. Ist nicht mehr als ein vager Verdacht und hilft uns in unserem Fall auch nicht weiter. Interessiert mich aber trotzdem.«

»Kein Problem, reicht es, wenn ich mich morgen darum kümmere? Ich bin gerade damit beschäftigt, die Ausschreibung für das Parkhaus zu recherchieren. Ist nicht einfach nach so vielen Jahren. Jedenfalls waren Marcel Chavan und Xavier Duchamp in der Endausscheidung, das hat sich schon bestätigt.«

»Morgen reicht völlig. Das Parkhaus ist wichtiger. Schon eine Spur von der Marseiller Mafia?«

»Von wem? Ach so …« Apollinaire lachte. »Noch nicht, kann aber noch kommen.«

38

Den nächsten Vormittag ging sie gemütlich an. Auch deshalb, weil es ihr schwerfiel, sich zu konzentrieren. Sie wollte es sich nicht eingestehen, aber das bevorstehende Treffen mit Rouven ging ihr immer wieder durch den Kopf. Wollte er mit ihr tatsächlich über seine Heiratspläne sprechen? Oder war der Artikel im Magazin ein Fake und es gab einen ganz anderen, weniger persönlichen Grund für die von ihm angesprochene Dringlichkeit.
Um sich abzulenken, telefonierte sie mit Maurice Balancourt in Paris. Ihr Chef durfte erwarten, von ihr über den Stand der Ermittlungen informiert zu werden – auch wenn sie keine wirklichen Fortschritte zu vermelden hatte. Zu ihrer Erleichterung gab er sich mit ihrem kargen Bericht zufrieden. Der Fund eines eingemauerten Skeletts interessierte ihn nicht. Das wäre anders, würde es sich beispielsweise um einen verschwundenen Staatsbeamten oder um einen ermordeten Oppositionspolitiker handeln. Auch eine tatsächliche Verwicklung der Mafia würde seine Aufmerksamkeit wecken. Aber ein Bauingenieur, dem mutmaßlich eine seiner vielen Liebschaften zum Verhängnis geworden war, war gewissermaßen unter seinem Niveau – und nach seiner Auffassung auch unter ihrem. Als Begründung für ihr Engagement ließ er nur gelten, dass das Skelett nun mal in Fragolin gefunden wurde, wo sie lebte. Daraus ließ sich eine gewisse Zuständigkeit ableiten. Außerdem musste er zugeben, dass er sie gerade mit keinem »wichtigeren« Fall betraut hatte. Von Richeloin in Toulon

solle sie sich nicht reinreden lassen, merkte er noch an. Der Commandant stehe schon längst auf seiner Abschussliste. Plötzlich kam ihm noch ein verwegener Gedanke: Da sie sich hartnäckig weigere, nach Paris zurückzukehren, könne er doch Richeloin in den unverdienten Vorruhestand schicken und sie zur neuen Chefin der *Police nationale* im Département ernennen. Auf diese Weise könne sie in der Provence bleiben und müsse nur nach Toulon umziehen. Und er hätte einen Versager weniger in seinen Reihen. Das sei ein genialer Schachzug. Er wunderte sich, dass er nicht schon früher darauf gekommen war.

Isabelle lachte laut los. Am liebsten hätte sie ihn gefragt, ob er schon am Vormittag zu viel getrunken habe. Aber das traute sie sich nun doch nicht.

Nach einem kurzen Hustenanfall kam er von selber drauf, dass er gerade übers Ziel hinausgeschossen war. Obwohl … obwohl der Gedanke seinen Reiz habe. Jetzt musste auch er lachen.

Es war erst elf Uhr. Etwas Zeit musste sie noch überbrücken. Sie fragte Apollinaire, wie weit er mit seinen Recherchen zum Parkhaus sei.

Er kratzte sich am Kopf.

»Ziemlich weit … und doch blicke ich noch nicht richtig durch.«

»Warum?«

»Weil mich diese Ausschreibungen geistig überfordern.«

Sie sah ihn lächelnd an.

»Das kann nicht sein.«

»Nun ja, Sie haben recht, nicht wirklich. Wahrscheinlich liegt es daran, dass solche Bauaufträge nicht nach objektiven Kriterien vergeben werden.«

»Wundert Sie das?«

»Nein, wahrscheinlich wäre alles andere überraschend. Erst recht bei einem Projekt dieser Größenordnung …«

»Duchamp hat doch behauptet, der Auftrag wäre nichts Besonderes«, erinnerte sie sich. »Hab mir gleich gedacht, dass er das bewusst heruntergespielt hat.«

»Das hat er ganz sicher. Es handelte sich zweifellos um ein Millionenprojekt, die genaue Summe habe ich noch nicht ermittelt. Aber … jetzt kommt der Knaller … die Ausschreibung hat nicht Duchamps *EdC* gewonnen, sondern Marcel Chavan mit seinem Team.«

Sie runzelte die Stirn.

»Er hat doch das Gegenteil behauptet?«

Apollinaire hob das Lineal, mit dem er seine Ausführungen begleitete.

»Hat er nicht wirklich. Sie hatten ihn gefragt, wer den *Auftrag* erhalten habe. Das ist was anderes. Marcel Chavan hat zwar die Ausschreibung gewonnen, den Auftrag hat aber schließlich Duchamp bekommen.«

Also hatte Duchamp nicht gelogen, überlegte Isabelle. Nur nicht die ganze Wahrheit erzählt.

»Gibt es dafür eine Erklärung?«

»Ich sagte ja, die Aufträge werden nicht nach objektiven Kriterien vergeben. Aber ich bekomm schon noch raus, was für ein krummes Ding da gelaufen ist.«

»Ja, bleiben Sie dran«, ermunterte sie ihn.

»Auf jeden Fall, ich sehe da interessante Parallelen …«

Er nickte, sprach aber nicht weiter.

»Parallelen zu was?«

»*Ah oui* … Ich habe gerade im Fernsehen einen amerikanischen Krimi gesehen, da wurden in New York unliebsame Konkurrenten mit einem Betonblock an den Füßen im Hudson versenkt. In Fragolin haben wir nur unseren kleinen Fluss, da geht das nicht. Bleibt also die Alternative, jemanden in seiner Garage einzumauern.«

»Sie verdächtigen Xavier Duchamp?«

Apollinaire wackelte bedächtig mit dem Kopf.

»Eher nicht, in New York steckte die Mafia dahinter …«

Isabelle schmunzelte. Die Mafia war offenbar eine fixe Idee von ihm.

»Sie sollten nicht so viele amerikanische Krimis schauen.«

»Doch unbedingt, von ihnen kann man viel lernen.« Er grinste. »Sie werden schon sehen.«

»Ich bin gespannt. Ganz was anderes, bitte denken Sie an …«

»Ich weiß, ich soll rausfinden, ob vor etwa drei Monaten einem gewissen Clément, Nachname unbekannt, in der näheren oder weiteren Umgebung von Fragolin sein Auto angezündet wurde. Ich werde mich heute Nachmittag darum kümmern. Apropos: Wie definieren Sie *weitere* Umgebung?«

»Überlasse ich Ihnen, aber Sie sollten schon das ganze Département Var in Betracht ziehen.«

»Verstehe. Gehe ich recht in der Annahme, dass Sie den Zornbeutel Emile Thouvenin verdächtigen, wieder ein Auto oder sonst was angezündet zu haben?«

Sie zuckte mit den Schultern.

»Ja, könnte sein. Laut Estelle ist er ein kleiner Pyromane. Mit einem Clément hatte sie eine Affäre. Vor drei Monaten hat er es rausbekommen.«

»Estelles Liebhabern sollte man raten, sich gut zu versichern.«

Isabelle sah auf die Uhr und stand auf.

»Ich bin mal einige Stunden weg. Falls ich später nicht mehr ins Kommissariat komme, sehen wir uns morgen.«

»Haben Sie einen Termin, von dem ich wissen sollte?«

Isabelle lächelte. »Ja, ich habe einen Termin. Aber keinen, von dem Sie wissen sollten.«

39

Isabelle stieg in ihr Mustang Cabrio, wie sie das bei geöffnetem Verdeck und heruntergedrehter Seitenscheibe am liebsten tat: mit einem Sprung über die geschlossene Fahrertür. Sobald Zuschauer in der Nähe waren, verkniff sie sich diese artistische Einlage. Ihr war klar, dass das ihrem Amt nicht angemessen war. Eine konventionelle Kommissarin der *Police nationale* fuhr aber auch keinen alten Ami-Schlitten. Also sollte es egal sein – und es machte Spaß. Vor allem an Tagen, an denen sie eigentlich gar nicht zum Spaßen aufgelegt war. So wie heute.

Ihr Auto stand im absoluten Halteverbot vor dem *Hôtel de ville*. Die Gendarmerie wartete nur auf Parksünder. Am liebsten rückte sie dann mit einem Abschleppwagen an. Doch nicht in ihrem Fall. Isabelles Mustang sah zwar nicht so aus, aber er stand im Rang eines offiziellen Dienstfahrzeugs der *Police nationale*. Weil ihr Kommissariat nun mal im Rathaus untergebracht war, durfte sie hier so oft und so lange stehen, wie sie wollte. Auch über Nacht.

Der Mustang sprang normalerweise auf Anhieb an. Heute brauchte sie mehrere Versuche. Unwillkürlich dachte sie an Thouvenin in Draguignan, der sich über einen Reparaturauftrag freuen würde. Aber daraus wurde nichts. Der schwere Achtzylinder erwachte mit tiefem Brummen zum Leben – wie ein Grizzlybär nach dem Winterschlaf. Über die Assoziation musste sie lächeln. Schließlich hatte sie keine Ahnung, wie sich das bei einem Bären anhörte.

Sie legte den Rückwärtsgang ein und wendete. Chantal Lefèvre, die Bürgermeisterin, kam aus dem Rathaus und winkte ihr zu.
»*Bonjour, Isabelle.* Gibt's was Neues von unserem Skelett?«
»Nein, nichts Neues.«
Was nicht ganz stimmte, aber aus dem offenen Auto gab sie grundsätzlich keinen Lagebericht.
»Kannst mich ja mal besuchen kommen«, schlug Chantal vor.
»Mache ich gerne, aber heute klappt's nicht mehr.«
»Alles klar. Dann sehen wir uns morgen. *Bonne route.*«
»*Merci, au revoir.*«
Isabelle fuhr in gemächlichem Tempo durch eine kurze Platanenallee. Der Motor hatte einen kurzen Aussetzer, dann lief er wieder rund. Der Bär schien noch nicht so richtig wach.
Es gab zwei Straßen, die aus Fragolin führten. Sie war rechtzeitig dran, deshalb wählte sie nicht die kürzeste Strecke, sondern die schönere.
Im Radio war noch der Sender mit Chansons eingestellt. Édith Piaf sang *La vie en rose*. Isabelle war nicht in der Stimmung, das Leben wie im Lied durch eine rosarote Brille zu sehen. Sie schob eine CD mit Songs von Johnny Cash in den Recorder. *Love is a burning thing* … Auch nicht besser. Bei dem Treffen, zu dem sie unterwegs war, ging es im weitesten Sinn um dieses Thema. Im weitesten Sinn? Genau genommen sogar im engeren.
Sie schaltete das Radio aus und ließ sich vom sonoren Brummen des Motors und den Windgeräuschen beschallen. Es machte wenig Sinn, zu viel über das bevorstehende Treffen mit Rouven im Club 55 nachzudenken. Sie sollte froh sein, dass Clodine ihr den Magazinartikel gezeigt hatte. So ahnte sie wenigstens, worum es gehen würde. Sie war vorbereitet – und doch hätte sie nichts dagegen, sollte sich herausstellen, dass diese Angela d'Agostin sowie die bevorstehende Hochzeit eine Erfindung

der Klatschpresse waren. Einerseits. Andererseits wäre es natürlich völlig in Ordnung. Sie hätte es in der Hand gehabt, Rouven an sich zu binden. Aber sie war nicht bereit gewesen, diesen Schritt zu gehen. Jetzt musste sie die Konsequenzen tragen.
Erneut hatte der Motor einen kurzen Aussetzer. Langsam machte sie sich Sorgen. Hoffentlich schaffte es ihr alter Mustang bis nach Saint-Tropez und an die Plage de Pampelonne. Bisher hatte er sie noch nie im Stich gelassen. War das ein Omen? Quatsch, an solchen Unsinn glaubte sie nicht. Außerdem lief der Motor schon wieder rund.
Obwohl es von Fragolin zur Küste prinzipiell bergab ging, schlängelte sich die Straße zunächst einen bewaldeten Hügel hinauf. Dann ging es über eine Kuppe, von wo man einen ersten Blick auf *le grand bleu* erhaschen konnte. Oft war das Meer wirklich so blau, dass es diesen Namen verdiente. Auch konnte man an diesen Tagen nachvollziehen, warum der Dichter Stéphen Liégeard 1887 in einem Buch ausgerechnet auf die Bezeichnung *Côte d'Azur* gekommen war. Die Tourismusbranche müsste ihm auf ewig dankbar sein.
Isabelle lehnte sich hinter dem Steuer entspannt zurück. Sie genoss die Fahrt. Falls sie vor Rouven im Club 55 ankommen sollte, wäre das kein Problem. Sie würde an der Bar ein Glas Champagner trinken. Auf dem Meer würde sie vermutlich Rouvens Jacht *Dora Maar* entdecken, die dort vor Anker lag. Kurz vor zwei Uhr würde dort ein Tender ablegen und ihn an Land bringen. So lief es meistens ab. Noch häufiger war sie allerdings selber mit an Bord, und sie legten gemeinsam am Steg des berühmten Strandlokals an. Rouven war ein Mann, der an Traditionen festhielt. Weshalb es für ihn zum Club 55 keine Alternative gab. Die Gründung und der Name des Lokals gingen auf das Jahr 1955 zurück. Damals drehte Roger Vadim den legendären Film *Et Dieu créa la femme* mit Brigitte Bardot und

Curd Jürgens. Das Catering für die Crew übernahm eine einfache Strandhütte. Geführt wurde sie von den Eltern des heutigen Patrons Patrice de Colmont, mit dem Rouven befreundet war. Mit ihren Gedanken war Isabelle also schon weit voraus an der Plage de Pampelonne, als es plötzlich einen lauten Knall gab. Die Motorhaube hob sich unter dem Druck einer Explosion. War das der Zylinderkopf? Flammen loderten hervor, und dichter Rauch nahm ihr die Sicht. Zwei Gedanken schossen ihr gleichzeitig durch den Kopf: erstens, dass ihr schöner Motor offenbar gerade den Geist aufgab. Standesgemäß tat er dies mit mächtigem Getöse. Und zweitens, dass sie gut daran tat, sofort stehen zu bleiben und das Fahrzeug zu verlassen.

Sie trat entschlossen auf das Bremspedal – und ins Leere. *Quelle merde …* Offenbar hatte die Detonation des Motors die Bremsschläuche zerfetzt. Die Handbremse? Funktionierte auch nicht. Isabelle versuchte, herunterzuschalten und mit dem Motor zu bremsen – was dringend nötig war, denn die Straße ging steil bergab. Es krachte und kreischte im Getriebe. Der Rauch schlug ihr ins Gesicht, und die Augen brannten. Rechts nahm sie schemenhaft einige Bäume wahr. Lieber jetzt als später … Sie steuerte beherzt auf sie zu. Einen Airbag hatte ihr Mustang nicht, dafür war er zu alt. Hoffentlich hielt der Sicherheitsgurt. Statt aber frontal auf einen Baum zu knallen und so zum Stillstand zu kommen, streifte sie nur einen, und der Mustang schleuderte nach links. Sehen konnte sie fast nichts mehr, aber weil sie die Straße schon unzählige Male gefahren war, wusste sie, dass dort keine Bäume auf sie warteten – nur eine kleine hölzerne Leitplanke, die ihr schweres Auto wie ein Streichholz knicken würde. Und dahinter? Folgte ein steiler Felsabbruch …

Isabelle hatte während ihrer Zeit beim Spezialeinsatzkommando viele Fahrertrainings absolviert. Sie beherrschte die abenteuerlichsten Manöver – aber ihr fiel gerade kein passendes ein. Es gelang ihr, den schleudernden Mustang ein letztes Mal zurück auf die Straße zu zwingen … doch war ihr klar, dass es gleich wieder in Richtung Abgrund gehen würde. Diesmal im rechten Winkel.

Sie nahm es ihrem brennenden Mustang persönlich übel, dass er sie bei seinem Abflug in die Tiefe und der unweigerlich folgenden Einäscherung dabeihaben wollte …

Verrückt, was einem in Sekundenbruchteilen durch den Kopf schießen konnte … Auch, dass sie es Rouven gerade leicht machte. Er musste ihr nichts mehr erklären … Doch durfte sie erwarten, dass er zu ihrer Trauerfeier erschien …

Eine Eigenschaft von ihr war, dass sie so gut wie nie in Panik verfiel und instinktiv oft das Richtige tat. Schon hatte sie den Sicherheitsgurt gelöst. Sie umklammerte die Windschutzscheibe und zog sich aus dem Sitz. Wer über eine geschlossene Tür ins Auto springen konnte – machte sie sich Mut –, sollte es doch schaffen, auch aus ihm hinauszuspringen …

Der Mustang durchschlug die Leitplanke. Sehen konnte sie es wegen des dichten Rauches nicht. Hören erst recht nicht … aber sie glaubte es zu spüren. Sie mobilisierte alle Kräfte und katapultierte sich aus dem Auto …

Dann wurde ihr schwarz vor Augen!

40

»*Pouvez-vous m'entendre?* Können Sie mich hören?«

Was war denn das für eine blöde Frage? Natürlich konnte sie die Stimme hören. Sogar mit geschlossenen Augen. Und trotz des unerträglich lauten Hämmerns in ihrem Kopf. Statt zu antworten, überlegte sie, wo sie sich gerade befand. Auf einer Technoparty bei voll aufgedrehten Basslautsprechern? Wummm, wummm … Oder lag sie rücklings auf dem Schiffsdiesel einer Fähre? Wummm, wummm … Oder schlug ihr jemand mit einem Baseballschläger auf den Kopf? Immer wieder. Wummm, wummm …

»*Pouvez-vous m'entendre?* Können Sie mich hören?«

Die Stimme gehörte zu einer Frau.

»Sind Sie bei Bewusstsein?«

Noch so eine blöde Frage.

Jemand tätschelte ihre Wangen. Wahrscheinlich diese Frau.

Das aber ging jetzt entschieden zu weit, dachte Isabelle. Sie hasste solche Vertraulichkeiten.

Vielleicht sollte sie doch mal die Augen öffnen und nach dem Rechten sehen?

Über ihr ein blauer Himmel. Wattebäuschchen schwebten dahin. Nein, keine Watte, das waren natürlich Wolken. Schönwetterwolken. Vom Typ *Cumulus humilis,* um genau zu sein. Aha, ihr Kopf funktionierte noch, konstatierte sie. Sogar der lateinische Name dieser Wolken fiel ihr ein. Das war beruhigend – erklärte aber nicht, wo sie sich gerade befand.

Ein weibliches Gesicht schob sich in ihr Blickfeld.

»Wie schön, Sie sind wieder bei Bewusstsein …«

Warum sollte sie es nicht sein, überlegte Isabelle. Nur weil sie mit geschlossenen Augen dagelegen hatte? Deshalb war man doch nicht gleich ohnmächtig …

»Ich bin die Notärztin vom SAMU«, sagte das Gesicht.

»Service d'Aide Médicale Urgente«, murmelte Isabelle. Auch das ein Beweis, dass sie voll bei Bewusstsein war und jede Sorge unbegründet. Warum dann aber eine Notärztin?

»Ganz genau. Können Sie sich bewegen?«

Interessante Frage. Woher sollte sie das wissen? Aber was sprach dagegen?

»Selbstverständlich.«

»Dann versuchen Sie es doch mal. Bewegen Sie bitte Ihre Beine.«

Isabelle wackelte mit den Füßen. Das ging wunderbar. Unaufgefordert hob sie auch ihre Hände und drehte sie.

»Autsch, mein linkes Handgelenk. Aber sonst fehlt mir nichts.«

»Sie haben eine Platzwunde am Kopf und waren einige Zeit ohne Bewusstsein. Aber wir haben die Blutung zum Stillstand gebracht …«

»Sehr freundlich.«

»Wissen Sie, wer Sie sind?«

Isabelle dachte, dass es Tage gab, an denen sie sich dieselbe Frage stellte. Die Suche nach dem eigenen Selbst begleitete sie schon das ganze Leben. Welchen Sinn hatte ihr Dasein, welche Ziele und Vorstellungen verfolgte sie? Gab es vielleicht noch ein zweites Ich mit völlig anderen Wünschen und Bedürfnissen?

»Ich denke schon«, antwortete sie.

»Können Sie mir bitte Ihren Namen nennen?«

»Bonnet, Isabelle Bonnet, wohnhaft in Fragolin, ledig, keine Kinder. Beruf: Kommissarin bei der *Police nationale*. Reicht das?«

»*Merveilleux.* Noch eine Frage: Wissen Sie, warum Sie hier sind und was passiert ist?«

Isabelle versuchte, sich zu erinnern. Aber das Hämmern in ihrem Kopf störte sie in der Konzentration.

»Natürlich weiß ich das«, log sie. »Ich möchte gerne aufstehen.«

»Gute Idee. Vorher möchte ich aber noch Ihre Pupillen testen.«

Die Ärztin leuchtete in ihre Augen.

»Alles gut. So, jetzt helfe ich Ihnen beim Aufstehen.«

Die Notärztin griff ihr unter die Arme.

Isabelle wunderte sich über ihre Ungeschicklichkeit. Aufzustehen war ja nun wirklich kein Kunststück. Aber sie musste zugeben, dass sie es ohne Hilfe kaum geschafft hätte. Assistiert wurde die Notärztin von einer Vogelscheuche in Uniform ... Isabelle musste lächeln. Apollinaire. Er war da, wenn man ihn brauchte. Nicht zum ersten Mal.

Leicht schwankend stand sie auf den Beinen und sah sich um. Eine ihr vertraute Landstraße. Ein Rettungswagen. Ein Einsatzfahrzeug der *Police nationale*. Ach ja, Apollinaire. Dahinter zwei Fahrzeuge der Gendarmerie und eine Straßensperre. Ein Lieferwagen mit der Aufschrift: *Boucherie Durand et fils*. Daneben ein dicker Mann mit weißer Schürze und sorgenvollem Blick. Gaspard, der Metzger. Was zum Teufel hatte er hier zu suchen?

Ihr Blick fiel am Straßenrand auf eine hölzerne Leitplanke – beziehungsweise auf das, was von ihr noch übrig war.

»Sie lagen auf der anderen Seite«, erklärte Apollinaire. »Zentimeter nur vom Abgrund entfernt. Ihr Glück, dass gerade Durand entgegenkam und Ihren schlimmen Unfall mitverfolgt hat.«

Schlimmer Unfall?

Erneut sah sie sich um. Zu einem Unfall auf der Landstraße gehörte logischerweise ein Auto. Mindestens eines. In ihrem Fall ein alter Mustang ... Doch der war definitiv nicht zu sehen.

Isabelle langte sich an die Stirn. Das Hämmern ließ langsam nach.

»Vorsicht, Ihr Kopfverband.«

Stimmt, das war keine Mütze.

»Wo genau soll ich gelegen haben?«

Apollinaire führte sie langsam zur durchbrochenen Leitplanke. Doch keinen Schritt weiter.

»Meine Hypothese lautet, dass es Ihnen gelungen ist, aus dem Auto hinauszuspringen …«

Hypothese? Das war typisch Apollinaire. Normale Menschen würden sagen: Ich vermute …

»Das ist die einzige Erklärung«, hörte sie von hinten die Stimme des Metzgers. »Aber der Rauch war so dicht, dass ich Sie dabei nicht sehen konnte.«

Dichter Rauch? Isabelle stellte fest, dass ihre Augen brannten … In den Ohren eine Explosion … Ein Bremspedal, das nicht funktionierte … Ein Baum, der auf sie zukam …

Plötzlich fiel ihr alles ein.

Sie deutete zum Abgrund.

»Mein Auto liegt da unten, richtig?«

Apollinaire nickte.

»Jedenfalls das, was von Ihrem Mustang übrig ist. Gewissermaßen die sterblichen Überreste.«

So poetisch kannte sie ihren Assistenten gar nicht. Nun war ihr Mustang kein Mensch gewesen, nicht einmal ein Wildpferd, dennoch tat ihr sein Ableben leid. Sie würde ihn vermissen.

»Ich möchte, dass Sie das Wrack von unserer Technik untersuchen lassen«, sagte sie. »Plötzlich hat es im Motorraum eine Explosion gegeben, gleichzeitig ist die Bremse ausgefallen. Die Handbremse funktionierte auch nicht …«

»Sie halten es für möglich, dass jemand Ihr Auto manipuliert hat?«

»Das halte ich sehr für möglich. Ein normaler Motorschaden war das jedenfalls nicht.«
»Ich rufe gleich in Toulon an.« Er kratzte sich am Kopf. »Aber keine Ahnung, wie wir den Mustang von da unten rausbekommen sollen.«
»Ist nicht unser Problem. So, jetzt brauche ich Ihr Auto, ich habe einen Termin.«
Mittlerweile war Isabelle nämlich wirklich alles wieder eingefallen. Auch, dass sie mit Rouven im Club 55 verabredet war.
»Da wird nichts draus werden«, meldete sich die Notärztin wieder zu Wort. »Sie haben zwar einen Termin, aber im Krankenhaus.«
»Mir fehlt doch nichts«, protestierte Isabelle.
Ihr war klar, dass das nicht stimmte. Aber sie hasste Krankenhäuser.
»Ihre Wunde am Kopf muss genäht werden. Sie haben ein Schädel-Hirn-Trauma erlitten. Um eine ernstere Kopfverletzung auszuschließen, sollte eine Computertomografie durchgeführt werden. Ihr Handgelenk muss geröntgt werden. Überhaupt gehören Sie sorgfältig untersucht. Anschließend bleiben Sie vierundzwanzig Stunden zur Beobachtung bei uns.«
Genau deshalb hasste Isabelle Krankenhäuser. Weil sie einem immer vorschrieben, was man zu tun hatte – und vor allem, was man nicht tun durfte. Zugegeben, sie verdankte der Medizin, dass sie überhaupt noch am Leben war. Trotz der schweren Verletzungen, die sie in der Vergangenheit erlitten hatte. Also würde sie sich doch untersuchen lassen. Aber aus den vierundzwanzig Stunden klinischen Zwangsaufenthalts würde nichts werden, so viel stand fest.
»Aber vorher muss ich telefonieren. Wo ist eigentlich mein Handy?«
Apollinaire deutete in die Tiefe.

»Wenn Sie es nicht bei sich haben, dann ist es da unten. Würde mich wundern, wenn es noch funktioniert.«
»Dann brauche ich bitte kurz Ihr Handy.«
»Wissen Sie die Nummer auswendig?«
Gute Frage. Wusste sie Rouvens Handynummer auswendig? Natürlich nicht. War ja abgespeichert, sogar unter Favoriten. Apollinaire dürfte sie nicht kennen. Schnell herausbekommen ließ sie sich auch nicht. War eine Geheimnummer.
»Leider nein. Aber Sie können im Club 55 anrufen und darum bitten, Rouven Mardrinac auszurichten, dass ich leider nicht kommen kann.«
Apollinaire unterdrückte ein Grinsen.
»Das also war Ihr Termin?«
Sie nahm ihm die Bemerkung nicht übel.
»Der Club 55 soll ihm ausrichten, mir wäre ein Polizeieinsatz dazwischengekommen. Ich würde mich später bei ihm melden.«
»So, jetzt sollten wir endlich aufbrechen«, sagte die Notärztin.
»Dann können wir auch die Straßensperre wieder aufheben«, stellte Apollinaire fest. »Dahinter warten schon einige Fahrzeuge in beiden Richtungen.«
»Das macht die Gendarmerie?«
»Sie wissen doch, unsere Gendarmerie liebt Straßensperrungen. Das ist gewissermaßen ihre Kernkompetenz. Gleichzeitig bleiben sie so auf Abstand.«
»Capitaine Briand?«
»Hat heute dienstfrei.«

41

Die medizinischen Untersuchungen im *Centre Hospitalier de Hyères* nahmen mehr Zeit in Anspruch als gedacht. Nicht zuletzt deshalb, weil sich die Ärzte geradezu fasziniert davon zeigten, welche schlimmen Verletzungen sie schon hinter sich hatte. Es kam in dieser Klinik wohl nicht so häufig vor, dass jemand sowohl diverse Schussverletzungen als auch Bombensplitter zu bieten hatte – und noch einiges mehr. Auf dieses Privileg hätte sie gerne verzichtet. Außerdem war sie kein Schauobjekt.

Als die Mediziner schließlich mit allem durch waren, freute sie sich aber doch über das positive Ergebnis. Denn diesmal war ihr nichts Ernsteres passiert. Neben einer leichten Gehirnerschütterung, offenbar war sie auf dem Kopf gelandet, der genähten Platzwunde, einigen Prellungen und einem gestauchten, aber nicht gebrochenen Handgelenk war sie bei bester Gesundheit. Gegen die Kopfschmerzen hatte sie Tabletten bekommen. Und Tropfen für die entzündeten Augen. Den leichten Schwindel hatte sie erfolgreich verschwiegen. Der würde sich von selbst wieder legen.

Wenig erfreut zeigten sich die Doktoren, als sie sich weigerte, über Nacht dazubleiben. Sie unterschrieb ein Formular, mit dem sie sich entgegen dem ärztlichen Rat und auf eigene Verantwortung selbst entließ.

Vor dem Krankenhaus wartete Apollinaire im Polizeiwagen auf sie. Er hatte keine Minute angenommen, dass sie länger als unbedingt nötig bleiben würde. Dazu kannte er sie zu gut. Als sie sagte, dass ihr absolut nichts fehle, warf er ihr einen skeptischen

Blick zu. Immerhin habe sie einen Kopfverband und am Handgelenk eine Manschette.
Sie zuckte mit den Schultern. Irgendwas müssten die Ärzte für ihr Geld ja machen. Die Manschette sei völlig überflüssig. Spätestens beim Zubettgehen werde sie diese ablegen und ganz nach hinten in den Schrank werfen.
Apollinaire übergab ihr ein Handy.
»Ist für Sie. Habe ich in der Zwischenzeit gekauft und über eine Prepaidkarte freigeschaltet. Als Übergangslösung.«
»Oh, merci.«
»Wichtige Nummern, die ich kannte, habe ich abgespeichert. Ihr Einverständnis voraussetzend auch einige private wie zum Beispiel von Nicolas.« Er lächelte triumphierend. »Sogar jene von Rouven Mardrinac.«
»Wie haben Sie denn die herausgefunden?«
»Ihre Freundin Jacqueline in Paris hat sie mir gegeben. Übrigens weiß sie Bescheid, was passiert ist. Sie wünscht Ihnen gute Besserung.«
»*Bien fait,* nochmals vielen Dank.«
»Dann fahre ich Sie jetzt nach Hause, damit Sie sich hinlegen können.«
Sie sah ihn empört an.
»Nach Hause? Kommt nicht infrage. Wir fahren ins Kommissariat und nehmen wieder unsere Arbeit auf.«
»Ich kann mir nicht vorstellen, dass die Ärzte …«
Sie lächelte. »Doch, sie haben mir ausdrücklich dazu geraten.«

Auf der Fahrt nach Fragolin berichtete Apollinaire, dass ihr ausgebrannter Mustang bereits von Technikern untersucht werde. Viel könne man aufgrund des beklagenswerten Zustandes natürlich nicht feststellen. Morgen komme das Fahrzeug nach Toulon, wo man es sich genauer anschauen werde.

Wen sie denn in Verdacht habe?, fragte er. Mal unterstellt, an dem Wagen sei tatsächlich herumgeschraubt worden. Wahrscheinlich diesen Emile Thouvenin, richtig?
Sie zuckte mit den Schultern.
»Ja, kann sein. Als Mörder von Marcel Chavan kommt er wohl nicht in Betracht. Aber er stand bei unserem Gespräch mächtig unter Druck. Irgendwas verbirgt er, da bin ich mir sicher. Wenn er fürchtet, ich könnte ihm auf die Spur kommen, bei welchem Delikt auch immer, wäre das ein Motiv, mich aus dem Weg zu räumen.«
»Bei einem psychisch kranken und gewaltbereiten Typen wie Thouvenin wäre das plausibel.«
»Er weiß, dass ich aus Fragolin komme, und er kennt mein Auto. Als Automechaniker wüsste er, was zu machen ist. Außerdem ist er ein Pyromane, das hat auch seine Frau bestätigt.«
Isabelle dachte kurz nach. »Wir sollten unsere Techniker bitten, den Mustang auch gezielt auf Brandmittel oder Sprengstoff zu untersuchen.«
Apollinaire grinste.
»Habe ich so schon weitergegeben. Ich weiß ja, dass Thouvenin gerne mit dem Feuer spielt. Deshalb soll ich ja auch nach einem gewissen Clément suchen, habe ich recht?«
»Ja, könnte sein, dass Thouvenin auch ihm das Auto oder sonst was angezündet hat. Er hatte mal eine Affäre mit seiner Frau.«

Als sie in Fragolin vor dem *Hôtel de ville* parkten, eilte Apollinaire sofort ins Kommissariat, um mit der Recherche nach Clément zu beginnen.
»Ich komme später nach«, sagte sie. »Ich muss noch was erledigen.«
Isabelle lief auf Schleichwegen zum Friedhof. Mit ihrem Kopfverband wollte sie niemandem begegnen. Beim Gehen stellte sie

fest, dass ein Bein wehtat. Genauer gesagt das linke Knie. Dafür waren die Kopfschmerzen fast weg. Alles halb so schlimm, dachte sie. Ihr »Unfall« hätte wirklich ganz anders ausgehen können. Im schlimmsten Fall säße sie noch immer am Steuer ihres Mustangs – als verkohlte Leiche. Und irgendwann würde man sie hier auf dem *vieux cimetière* beisetzen. Wahrscheinlich im Grab ihrer Eltern. Ihr wurde bewusst, dass sie keine entsprechende Verfügung getroffen hatte. Offenbar verdrängte sie die Möglichkeit eines frühzeitigen Ablebens. Was erstaunlich war, denn einige Male wäre es schon fast dazu gekommen. Zuletzt vor wenigen Stunden. Ihr alter Freund Thierry, dessen Grabstein sich auch auf diesem Friedhof befand, hatte sie mal als »skeptische Optimistin« bezeichnet. Was zunächst widersprüchlich klang, begründete er so: Sie würde grundsätzlich immer alles in Zweifel ziehen und mit dem Schlimmsten rechnen, sich gleichzeitig aber die Hoffnung bewahren, dass es schon irgendwie gut ausgehen werde. Das mit der Skepsis sei eine *déformation professionelle,* hatte Thierry gesagt, eine berufsbedingte Macke. Damit hatte er wohl recht. Aber woher resultierte dann ihr Optimismus, der sie selbst in scheinbar aussichtslosen Situationen selten verließ? Der sei ihr in die Wiege gelegt, hatte er vermutet. Sie dachte, dass Thierry ein außergewöhnlich kluger Mann gewesen war. Vielleicht hatte er sie besser gekannt als Nicolas und Rouven zusammen.

Sie blickte sich um und stellte fest, dass sie auf dem Friedhof allein war. Das hatte sie gehofft. Sie setzte sich auf eine Bank, nahm ihr neues Handy zur Hand – und zögerte. Sollte sie Rouven anrufen oder eine Textnachricht schicken? Auch wenn ihr Kopf kaum mehr schmerzte, fühlte sie sich nicht fit genug für ein Gespräch. Sie wollte weder über ihren »Unfall« reden noch über eine gewisse Angela d'Agostin, egal, welche Rolle sie in seinem Leben spielen sollte.

»Tut mir leid, dass ich nicht kommen konnte«, schrieb sie kurz und knapp. »Ich habe gerade viel um den Kopf …« Isabelle langte sich an ihren Kopfverband. »Aber morgen Mittag müsste es klappen. Bist du dann noch im Lande?«
Während sie noch über ihre doppeldeutige Formulierung nachdachte und darüber, dass einem manches ganz unbewusst in den Sinn kam, erreichte sie bereits seine Antwort.
»*Pas de problème.* Ich müsste eigentlich zurück nach Paris, aber den Termin kann ich schieben. Treffen wir uns in Saint-Tropez? Wie immer beim alten Suffren? Um vierzehn Uhr?«
Beim alten Suffren? Tatsächlich hatten sie sich schon häufig am Hafen vor der großen Statue des Admirals getroffen. Eine ihrer vielen über die Jahre lieb gewordenen Gewohnheiten. Womöglich trafen sie sich morgen dort zum letzten Mal.
»Passt gut«, antwortete sie. »Gebe mir Mühe, dass diesmal nichts dazwischenkommt. *À demain!*«
»Freu mich. *On se verra.*«
Freute er sich wirklich? Es war müßig, darüber nachzudenken. Eine alte Dame kam vorbei, grüßte flüchtig und legte Blumen auf ein Grab.
Isabelle wartete, bis sie fertig und wieder gegangen war. Dann rief sie Nicolas an. Er sollte wissen, was passiert war. Aber auch, dass sie in Ordnung war. Er ging nicht ans Telefon. Wahrscheinlich stand er bei laut aufgedrehter Musik auf der Hebebühne und arbeitete an seinem Gemälde. Künstler waren zu beneiden, überlegte sie. Oft bekamen sie nichts von dem mit, was um sie herum geschah. Dann lebten sie in ihrer eigenen Welt, die nur in ihrer Fantasie existierte. Bei Malern war das so. Wahrscheinlich auch bei Schriftstellern. Sie schufen sich ihre eigene Realität – und wenn ihnen was nicht gefiel, veränderten sie es einfach.
Bei ihr war das anders. Ihr Job war es, möglichst tief in eine Realität einzutauchen, die sie nicht ihren Wünschen anpassen

konnte. Die Wirklichkeit war unveränderbar und oft voller Rätsel und dunkler Geheimnisse. Diese auszuforschen forderte freilich auch viel an Fantasie. Oft musste man das Undenkbare denken, um der Wahrheit näherzukommen.
Sie dachte an ihr Unglück mit dem Auto. Hier allerdings bedurfte es nicht allzu viel Fantasie, um darauf zu kommen, dass das kein normaler Motorschaden war. Ein V8 konnte nicht explodieren wie ein Raketentriebwerk. Der gleichzeitige Ausfall der Bremsen ließ nur eine Erklärung zu: Jemand hatte ihren Mustang entsprechend präpariert. Warum war er nicht sofort nach dem Anlassen in die Luft gegangen? Das wäre der Klassiker. Jetzt brauchte es doch etwas Fantasie. Weil Thouvenin – kein anderer fiel ihr ein –, weil Thouvenin wollte, dass es auf der Fahrt passierte und wie ein Unfall aussah. Vielleicht war mit dem Anlasser eine Schaltuhr gekoppelt, die den Brandsatz erst nach einiger Zeit zündete? Oder er hatte sich eine andere raffinierte Methode ausgedacht. Als Automechaniker und pathologischer Brandstifter sollte er über die nötigen Fähigkeiten verfügen. Blieb noch eine weitere Frage: Warum war der Mustang genau an diesem gefährlichen Straßenabschnitt mit dem Abgrund auf der linken Seite in Brand geraten? Eine Fernzündung konnte sie ausschließen. Ihr war niemand gefolgt, das hätte sie bemerkt. Und im Wald hatte sich auch niemand versteckt, schließlich gab es zwei Straßen, die aus Fragolin hinausführten. Und keiner konnte wissen, wann sie vorbeikam. Also … also war das ein Zufall, schlussfolgerte sie. An einer anderen Stelle wäre es vielleicht glimpflicher ausgegangen. Isabelle rief sich in Erinnerung, wie schnell das Feuer vom Motorraum auf das Auto übergegriffen hatte. Viel Zeit wäre ihr in keinem Fall geblieben, den Mustang zu verlassen. Ihr fiel eine weitere mögliche Gemeinheit ein: Vielleicht hatte Thouvenin – sie blieb bei seinem Namen – den inneren Türöffner blockiert? So hätte sie

zwar einsteigen, aber nicht mehr aussteigen können. Isabelle lächelte. Er konnte ja nicht ahnen, dass sie Übung darin hatte, über die geschlossene Fahrertür zu springen. Offenbar gab es Situationen im Leben, in denen es sich auszahlte, kindische Albernheiten zu pflegen.
Isabelle langte sich an ihren Kopfverband. Ihre Verletzung war zweifellos nur äußerlich. Das merkte sie schon daran, dass sie beim Denken immer besser in Schwung kam. Die Computertomografie hätten sich die Ärzte sparen können.
Wann hätte Thouvenin ihr Auto präparieren können? Das war die logisch zwingend nächste Frage. Natürlich nur in der vergangenen Nacht. Leichtsinnigerweise hatte sie ihm sogar verraten, dass sie keine Garage hatte und draußen parkte. Deshalb der schlechte Lack. In Fragolin ihren auffälligen Mustang zu finden war leicht – vor allem, wenn er wie letzte Nacht direkt vor dem Rathaus stand.
Vor dem Rathaus? Wieder musste Isabelle lächeln. Sie wusste, was sie als Nächstes tun würde.

Zehn Minuten später betrat sie die Gendarmerie. Capitaine Briand hatte heute keinen Dienst, das wusste sie von Apollinaire. Sergeant Albertin stand hinter dem Tresen. Er war überrascht, dass sie so munter hereinspazierte. Vor einigen Stunden war er noch am Notfalleinsatz auf der Landstraße beteiligt gewesen. Er begrüßte sie freundlich.
»*Bonjour, Madame,* wie schön, dass Sie wieder am Leben sind.«
»Ich war nie wirklich tot«, korrigierte sie ihn. »Aber ich freue mich über Ihre Anteilnahme.«
»Ist doch klar, schließlich kennen wir uns schon so lange.«
Und zwar seit der ersten Minute ihrer Ankunft in Fragolin, dachte sie. Von Paris kommend war sie damals von Albertin angehalten und nach ihrer *carte d'identité* sowie dem Führer-

schein gefragt worden. Mit dieser Schikane hatte er sich bei ihr eingeführt. Daran erinnerte sie sich noch genau. Er hatte es sicherlich vergessen. Der Sergeant vergaß vieles.

Er deutete auf ihren Kopfverband.

»Sind Sie schlimm verletzt?«

Isabelle winkte ab.

»Nicht der Rede wert.«

»Da haben Sie verdammtes Glück gehabt.«

Ausnahmsweise hatte er recht.

»Sind Sie hier, weil Sie eine Anzeige erstatten wollen?«, fragte er.

»Ich wüsste nicht, gegen wen. Aber ich hätte eine Bitte. Ich würde gerne im Videoraum einige Aufzeichnungen unserer Überwachungskameras kontrollieren. Wäre das möglich?«

Er kratzte sich verlegen am Kinn.

»Ich weiß nicht, ob ich das erlauben kann. Die Videoüberwachung unserer Gemeinde ist Aufgabe der Gendarmerie und nicht der *Police nationale*.«

Die Reaktion hatte sie erwartet. Der Sergeant war ein notorischer Quälgeist.

»Wie oft schauen Sie sich die Bilder der Kameras an?«

»Ständig. Wir haben immer alles im Blick.«

»Das habe ich nicht anders erwartet. Wo sind eigentlich die Monitore?«

»Die Monitore? Äh, natürlich im Videoraum.«

»Und wer schaut sie sich gerade an?«

Er runzelte die Stirn.

»Warum sollte das jemand tun?«

»Sie sagten doch gerade, dass Sie immer alles im Blick hätten?«

»Aber doch nur, wenn was passiert. Gerade ist nichts los. Aus polizeilicher Sicht ist Fragolin eine einzige Enttäuschung.«

»Da bin ich mir nicht so sicher. So, jetzt geben Sie mir bitte den Schlüssel zum Videoraum.« Sie zeigte ihm ihr Handy. »Ich

kann aber auch Capitaine Briand an seinem freien Tag stören …«
Albertin hob die Hände.
»*Mais non.* Das mag er nicht.« Er langte unter den Tresen und gab ihr den Schlüssel. »Sie wissen, wo unser Videoraum ist?«
»Im Keller, ich weiß. Ich hab dort schon viele Stunden verbracht.«
»Richtig, ich erinnere mich. Ich würde Ihnen gerne helfen. Aber ich habe Bereitschaft und darf meinen Arbeitsplatz nicht verlassen.«
Isabelle lachte.
»Ist schon gut, vielen Dank.«

Isabelle kannte die Technik und war entsprechend schnell bei den Aufzeichnungen der letzten Nacht. Die Anlage war so konfiguriert, dass die Bilder nach vierundzwanzig Stunden überspielt und damit gelöscht wurden. Morgen wäre es also zu spät. Sie konzentrierte sich auf die Kamera vor dem *Hôtel de ville.* Sie war auf einem hohen Mast montiert und hatte den Vorplatz des Rathauses gut im Blick. Am linken Bildrand stand ihr geparkter Mustang. Gegen zehn Uhr kam Chantal Lefèvre heraus. Die Bürgermeisterin hatte offenbar Überstunden gemacht. Um zehn Uhr dreißig sperrte der Hausmeister den Eingang ab. Um elf Uhr zwanzig lief schmusend ein sehr junges Pärchen durchs Bild. Das Licht der Straßenlaterne war hell genug, dass sie erkennen konnte, um wen es sich bei den beiden handelte. Ob ihre Eltern wussten, dass die beiden was miteinander hatten? Kurz vor Mitternacht pinkelte ein schwarzer Hund ans Rathaus. Isabelle lächelte. Den Hund hatte sie schon einmal auf einem Video gesehen. Er war ein Wiederholungstäter. Und blieb dennoch straffrei. Danach passierte nichts mehr. Fragolin hatte sich schlafen gelegt.

Isabelle spulte vor. Bis exakt um ein Uhr zweiundvierzig eine dunkle Gestalt erschien. Mit einer Kappe auf dem Kopf und mit einem Rucksack. Das Gesicht war nicht zu sehen. Er oder sie blieb stehen und blickte sich um. Auf die Idee, nach oben zu gucken, kam sie nicht. Dann lief die Gestalt auf direktem Weg zu ihrem Mustang. Sah sich noch einmal vorsichtig um, legte den Rucksack ab und robbte rücklings unter das Auto.

Isabelle entschied, dass es sich um Emile Thouvenin handelte. Auch wenn das Video keine Identifikation zuließ. Doch niemand anderes kam infrage. Thouvenin war komplett unter ihrem Auto verschwunden. Den Rucksack hatte er zu sich gezogen. Immer wieder blitzte der Lichtkegel einer Taschenlampe hervor.

Zwei Uhr zwölf. Seine Beine tauchten wieder auf. Dann die ganze Gestalt. Die Kappe war ihm vom Kopf gerutscht. Isabelle machte ein Standbild und vergrößerte es. Sie bezweifelte, dass es als Beweis vor Gericht ausreichen würde, dafür war es zu unscharf. Aber wenn man wusste, dass das Thouvenin war, erkannte man ihn sofort. Sie druckte das Foto aus.

Jetzt machte er sich an der Fahrertür zu schaffen. Und zwar auf der Innenseite. Isabelle lächelte zufrieden in sich hinein. Genau wie sie es erwartet hatte. Offenbar setzte Thouvenin gerade den Türöffner außer Betrieb.

Zwei Uhr sechsundzwanzig. Er war fertig. Er hängte sich den Rucksack um. Selbst auf diesen schlechten Bildern konnte man sehen, dass dieser jetzt deutlich leichter und kleiner war. Die Kappe hatte Thouvenin wieder auf dem Kopf. Zum Abschied strich er dem Mustang über die Motorhaube. Fast so, als ob es ihm leidtun würde, was er ihm gerade angetan hatte. Dann lief er aus dem Bild.

Isabelle erstellte eine Kopie der Videoaufnahme und sicherte sie auf einem Datenträger.

Sie überlegte, wo Thouvenin geparkt haben könnte. Die Richtung, aus der er gekommen und in die er auch wieder gegangen war, sprach für den nahe gelegenen Parkplatz am alten Kriegerdenkmal, am *Monument de guerre*. Auch dort gab es eine Videokamera.

Sie startete die Aufzeichnung und spulte schnell vor bis zwei Uhr dreißig. Volltreffer. Kurz darauf erschien Thouvenin. Mitten auf dem verwaisten Parkplatz begann er plötzlich zu tanzen. Er war wirklich nicht ganz normal. Unter einem Baum stand der große Pick-up, den sie von ihm kannte. Er warf den Rucksack auf die Ladefläche, stieg ein und fuhr los. Nun war der Wagen von der Seite zu sehen. Sehr deutlich sogar, denn der Parkplatz war bei der Ein- und Ausfahrt beleuchtet. Auf der Tür stand unübersehbar: *Garage Thouvenin. Réparation de toutes les voitures*. Sie stoppte das Video, machte ein Standbild und druckte es aus. Das Gesicht des Fahrers war nicht zu erkennen, aber das machte nichts. Der Beweis war erbracht. Auch von dieser Aufzeichnung erstellte sie eine Sicherheitskopie.

42

Isabelle verließ die Gendarmerie im Hochgefühl, Thouvenin überführt zu haben. Das war schneller gegangen als erwartet. Die Anklagepunkte würden von Sachbeschädigung bis zu versuchtem Totschlag reichen. Sie würde ihn nicht davonkommen lassen.
Während ihrer konzentrierten Recherche im Videoraum hatte sie vergessen, was ihr eigentlich alles wehtat. Jetzt, beim Gehen, spürte sie wieder ihren Kopf pochen, das Handgelenk und ein Knie schmerzten. Die Rippen beim Atmen. Vor den Augen flimmerte es – der Blick auf den Monitor war da sicher wenig hilfreich gewesen. Und sie verspürte einen leichten Schwindel. Aber nicht so stark, dass sie sich irgendwo festhalten müsste. Sie war also wirklich glimpflich davongekommen. Das hatte sich Thouvenin wohl anders vorgestellt. Er sollte froh sein, dass es so ausgegangen war. Sonst wäre aus dem versuchten Totschlag ein vollzogener Mord geworden. Mit dem kleinen Problem, dass sie selber nicht mehr in der Lage gewesen wäre, ihn aufzuklären.
Vor dem *Hôtel de ville* angelangt, wurde sie von einer Frau aus ihren Gedanken gerissen, die aufgeregt auf sie zugestürzt kam: Clodine.
»Mein Gott, bin ich froh, dich zu sehen. Ich hab im Kommissariat auf dich gewartet … Apollinaire wusste auch nicht, wo du bist … Ich hatte schon Angst …«
Clodine musste Luft holen. Die kurze Pause nutzte Isabelle, ihr mit einer abwehrenden Handbewegung ins Wort zu fallen.
»Mir geht's gut, vielen Dank. Aber bitte nicht umarmen.«

»Nein, natürlich nicht, ich verstehe. Du machst vielleicht Sachen … O Gott, o Gott. Du könntest tot sein … Gaspard hat mir alles erzählt … Ein Inferno …«
Gaspard, der Metzger? Stimmt, er war als Erster an der Unglücksstelle gewesen und hatte die Rettung verständigt.
»Von Apollinaire habe ich nichts erfahren … Er ist doch sonst so redselig … Er ist wohl auch noch geschockt …«
Oder er hielt sich an die Verschwiegenheitspflicht, dachte Isabelle.
»Es gibt keinen Grund, geschockt zu sein, ist doch alles gut ausgegangen. Sei mir nicht böse, aber ich muss dringend ins Kommissariat. Sobald ich Zeit habe, komme ich bei dir vorbei und erzähle dir alles.«
»Bitte mach das. Dann stoßen wir darauf an, dass du noch am Leben bist.«
»Sehr gerne, aber ich war nicht wirklich in Gefahr.«
Das war definitiv gelogen, dachte sie.
»Du hast einen schicken Kopfverband«, sagte Clodine. »Ich habe in meiner Boutique eine orientalische Brosche. Die könnte ich vorne draufstecken, dann schaut er aus wie ein Turban.«
Auf so eine Idee konnte nur Clodine kommen.
»Großartiger Vorschlag, aber jetzt muss ich wirklich weiter.«
Clodine machte demonstrativ den Weg frei.
»Ist doch klar, Apollinaire wartet schon auf dich. Ich glaube, er hat dir was Wichtiges zu sagen.« Sie hauchte Isabelle einen Kuss zu. »Pass auf dich auf, *Chérie*. Und gönn dir eine Pause …«
Das mit der Pause war ein gut gemeinter Vorschlag, dachte Isabelle. Ging aber an der Realität vorbei.

»Ich habe mir schon Sorgen gemacht«, sagte Apollinaire. »Wo waren Sie denn so lange?«
»Ich habe Fernsehen geschaut«, antwortete sie lächelnd.
Er sah sie ungläubig an.

»Ist nicht Ihr Ernst? Oder wird über Ihren Unfall schon in den TV-Nachrichten berichtet?«
»Natürlich nicht. Außerdem war es kein Unfall, jedenfalls nicht im herkömmlichen Sinne.«
»Da gebe ich Ihnen recht ... Madame, ich habe eine spektakuläre Neuigkeit.«
»Ich auch. Wer fängt an?«
»Wenn Sie gestatten, würde ich gerne beginnen.«
»*Allez-y!* Nur zu!«
»Ich sollte ja herausfinden, ob einem gewissen Clément im näheren oder weiteren Umkreis vor mutmaßlich drei Monaten sein Auto angezündet wurde ...«
Warum kam er nicht gleich auf den Punkt?
»Das kann ich nun bestätigen«, fuhr er fort. »Allerdings kann das Feuer auch auf einen technischen Defekt zurückzuführen sein ... Dazu komme ich später. Sein vollständiger Name ist Clément Roudaut, übrigens ein häufiger Familienname im Finistère ...« Er räusperte sich. »*Pardon,* ich weiß, das gehört nicht zur Sache. Wo war ich stehen geblieben? Ach so, das Auto dieses Clément Roudaut, wohnhaft in Bormes-les-Mimosas, ist vor exakt zwei Monaten und dreiundzwanzig Tagen in Flammen aufgegangen. Es ist vollständig ausgebrannt.«
Isabelle konnte nicht anders, sie dachte an ihren Mustang.
»Das ist wirklich eine interessante Neuigkeit«, sagte sie. »Dann komme ich zu dem, was ich herausgefunden habe ...«
Apollinaire hob sein Lineal wie eine Polizeikelle bei der Verkehrskontrolle.
»Stopp, nein, noch nicht. Ich bin noch nicht fertig. Sie sollten wissen, dass man diesen Clément Roudaut nicht mehr zum Fahrzeugbrand befragen kann ...«
Jetzt machte es Apollinaire schon wieder spannend.
»Warum?«

»Weil er am Steuer sitzend mit seinem Auto verbrannt ist.« Er sah sie triumphierend an. »Sie verstehen jetzt, warum ich von einer *spektakulären* Neuigkeit gesprochen habe? Clément Roudaut hat es nicht mehr geschafft, aus dem brennenden Wagen zu springen. Madame, das hätte Ihnen auch passieren können.«
»Ich vermute, er hatte kein Cabrio?«
»Nein, eine viertürige Limousine. Übrigens mit vollelektrischem Antrieb. Also kein Verbrenner oder Hybrid. Deshalb ist die Polizei auch von einem technischen Defekt ausgegangen. Irgendwas mit der Batterie. Es gab keinen Hinweis auf Fremdeinwirkung, wenn Sie verstehen, was ich meine.«
War nicht schwer zu verstehen, dachte sie. Aber auch, dass die Techniker etwas übersehen hatten. Sie glaubte keine Sekunde daran, dass sich Roudauts Auto von selbst entzündet hatte.
»Thouvenin«, sagte sie leise. »Es war ganz sicher Thouvenin. Außerdem hasst er Elektroautos.«
»Wir werden es ihm nicht beweisen können. Die Untersuchung ist abgeschlossen und das ausgebrannte Auto sicher längst in der Schrottpresse gelandet.«
»Muss nicht sein. Bei einem technischen Defekt sind ja komplizierte Versicherungsfragen zu klären. Zum Beispiel, ob der Hersteller haftet. Ich denke, dass alles gut dokumentiert ist.«
»Ich werde mich gleich morgen darum kümmern.«
»Verhaften können wir Thouvenin trotzdem schon.«
Er sah sie überrascht an.
»Wir können ihm doch überhaupt nichts nachweisen? Auf welcher Grundlage sollen wir ein *mandat d'arrêt* bekommen?«
»Der Haftbefehl ist kein Problem. Sie haben sich ja noch nicht angehört, was ich in der Zwischenzeit herausgefunden habe.« Sie legte ihm einen Datenspeicher auf den Tisch. »Da ist alles drauf. Ich war bei der Gendarmerie und hab mir die Videoaufzeichnungen unserer Überwachungskameras angeschaut. Man

sieht, wie sich jemand nach Mitternacht an meinem geparkten Auto zu schaffen macht. Man kann Thouvenin nicht richtig erkennen, aber mit einem geeigneten Bildbearbeitungsprogramm lässt sich vielleicht doch ein schönes Porträtfoto rauskitzeln. Daran, dass er es ist, besteht auch so kein Zweifel. Das Video von der Kamera am *Monument de guerre* zeigt, wie kurz danach ein Pick-up mit der Aufschrift seiner Werkstätte den Parkplatz verlässt.«

Apollinaire schlug mit seinem Lineal auf den Tisch.

»*Magnifique!* Madame, jetzt haben wir diesen Hundesohn am Wickel. Den Rest weisen wir ihm auch noch nach. Soll ich unsere Kollegen in Draguignan verständigen, damit sie ihn gleich in Untersuchungshaft nehmen?«

Isabelle überlegte.

»Nein, das machen wir selber. Ich hätte da noch einige Fragen, die ich ihm gerne stellen würde.«

»Madame, jetzt muten Sie sich aber zu viel zu. Mit Verlaub, Sie gehören ins Bett.«

Dass sich ihr Assistent bemüßigt fühlte, sie ins Bett zu stecken, fand Isabelle rührend. Auch wenn das eigentlich zu weit ging.

»Da haben Sie vielleicht sogar recht. Deshalb werden wir morgen früh nach Draguignan fahren.«

»Morgen früh? *Très bien.* Die Handschellen habe ich dabei. Und meine Dienstwaffe, falls er Widerstand leistet. Fast hoffe ich es, dann kann ich ihm in Ausübung meines Amtes einen Denkzettel verpassen.«

Isabelle überlegte, wie er das anstellen wollte. Emile Thouvenin war jähzornig, skrupellos und gewaltbereit. Sollte er Widerstand leisten, würde das so schnell gehen, dass Apollinaire keine Zeit blieb, ihm einen *Denkzettel* zu verpassen – was immer er auch darunter verstand. Ihr Assistent hatte eine Reaktionszeit wie ein betrunkener Maulwurf.

Bevor sie darauf eingehen konnte, klingelte ihr Festnetztelefon. Nicolas war dran. Er sei gerade im Ort gewesen, sagte er, um fürs Abendessen einzukaufen. Da habe er von ihrem schrecklichen Unfall erfahren. Wie es ihr jetzt gehe, wollte er wissen. Warum sie nicht angerufen habe und warum sie überhaupt im Kommissariat sei. Die Ärzte hätten ihr doch sicher Ruhe verordnet.
Jetzt fing er auch damit an, dachte sie. Sie war groß genug, um selber zu entscheiden, ob und wann sie Ruhe benötigte.
Ihr gehe es ausgezeichnet, sagte sie. Nun ja, mit einigen Einschränkungen, aber die könne man vernachlässigen. Außerdem habe sie angerufen, aber er sei nicht drangegangen. Sie habe übrigens vorübergehend eine neue Handynummer.
Nicolas fragte, ob sie zum Abendessen kommen wolle und wie er ihr helfen könne.
Das sei lieb von ihm, bedankte sie sich. Aber sie wolle heute Abend zu Hause bleiben und die Beine hochlegen. Sie müsse über einiges nachdenken. Aber vielleicht morgen? Ihr fiel ihre Verabredung mit Rouven ein. Morgen war vielleicht auch nicht so günstig …
»Morgen kann ich nicht«, sagte er. »Ich wollte dich eigentlich fragen, ob du Zeit hast, mich zu begleiten. Ich fahr zu Camille ins Sanatorium. Sie hat nach dir gefragt. Aber nach deinem Unfall möchte ich dir das nicht zumuten.«
Isabelle dachte, dass sie unter normalen Umständen sogar mitgefahren wäre. Aber gerade passte es wirklich nicht.
»Gerne ein anderes Mal. Vielleicht … vielleicht können wir uns ja morgen Abend sehen, wenn du wieder zurück bist.«
Sie fragte sich, ob das ein guter Vorschlag war. Nach dem Gespräch mit Rouven war sie womöglich nicht gut aufgelegt. Aber dann könnte sie ja bei Nicolas immer noch absagen.
»Würde mich freuen. Und wie gesagt … wenn du was brauchst …«

»Ich hab alles, *merci*. Ich schick dir meine neue Handynummer. Ich wünsch dir einen schönen Abend. Und … danke für deinen Anruf.«

An der Tür klopfte es. Chantal Lefèvre steckte den Kopf herein. »Isabelle, also stimmt das, du bist wirklich im Büro? Gehörst du nicht ins Krankenhaus?«

Langsam gingen ihr die Bevormundungen auf die Nerven. Auch wenn sie gut gemeint waren.

»Im Krankenhaus war ich schon. Und um gleich deine nächste Frage zu beantworten: Mir geht's gut.« Sie tippte sich an ihren Verband. »Ein kleiner Brummschädel, das ist alles.«

Isabelle sah, wie Apollinaire den Mund aufmachte, um sie zu korrigieren. Sie warf ihm einen strengen Blick zu. Das genügte.

»Das war doch kein normaler Unfall?«, fragte die Bürgermeisterin. »Nach allem, was ich gehört habe, ist dein Auto regelrecht explodiert.«

»Nein, kein normaler Unfall«, bestätigte Isabelle. »Jemand hat mein Auto präpariert.«

»Ich kann es nicht glauben. In unserem friedlichen Fragolin …«

»War keiner von hier.«

»Du kennst den Täter?«

»Ja, ich kenne ihn, wie gesagt, ist kein Bürger von Fragolin.«

»Da bin ich aber froh.« Chantal runzelte die Stirn. »Hat das Attentat was mit unserem Skelett zu tun? Also mit Marcel Chavan?«

Gute Frage, dachte Isabelle.

»Nicht direkt. Der Mann hat mal Marcel Chavans Auto abgefackelt, aber für den Mord kommt er nicht in Betracht.«

»Verstehe ich nicht, warum hat er es dann auf dich abgesehen?«

Noch eine gute Frage.

Isabelle lächelte.

»Das würde mich auch interessieren.«

»Wir fahren morgen zu ihm und legen ihm die Handschellen an«, sagte Apollinaire. »Da können wir ihn ja fragen.«
Genau das würde sie tun, dachte Isabelle. Aber die Antwort glaubte sie längst zu kennen.

»So, jetzt gehe ich wirklich nach Hause«, entschied Isabelle wenig später. »Morgen um acht Uhr brechen wir auf. Bitte schauen Sie, dass der Wagen vollgetankt ist.«
»Selbstredend, das ist er immer. Dazu gibt es eine Dienstvorschrift: Einsatzfahrzeuge müssen immer vollgetankt sein. Stellen Sie sich vor, uns geht bei einer Verfolgungsjagd der Sprit aus. Das wäre was für die Presse.«
Sie schmunzelte.
»Wäre nicht gut, da haben Sie recht.«
Er kratzte sich hinter dem Ohr.
»Sagen Sie, war Ihr Mustang eigentlich vollgetankt? Hat er deshalb so gut gebrannt?«
»Halb voll, aber das reicht.«
»Kann ich mir vorstellen. Bei dem Motor braucht's einen großen Tank.«
»Ja, der Mustang hatte einen gewaltigen Durst«, bestätigte sie.
Apollinaire wackelte mit dem Kopf.
»Madame, dann können Sie doch versuchen, den Verlust Ihres Autos positiv zu sehen. Sie sparen in Zukunft viel Geld für den Sprit, belasten die Umwelt mit weniger Kohlendioxid …«
»Woher wollen Sie das wissen?«, unterbrach sie ihn. »Vielleicht kaufe ich mir wieder einen alten Mustang.«
Tatsächlich hatte sie noch keine Sekunde darüber nachgedacht. Gerade gab es wirklich Wichtigeres.
»Ist nicht Ihr Ernst? Madame, Sie können doch nicht den technischen Fortschritt einfach ignorieren. In Zukunft wird sowieso nur noch elektrisch gefahren.«

»Wie Clément Roudaut? Der ist in seinem E-Auto verbrannt.«
»Dafür konnte das Auto nichts. Wir wissen doch beide, dass Thouvenin für den Fahrzeugbrand verantwortlich war.«
»Wir wissen es nicht, aber wir gehen streng davon aus.«
»Das ist fast dasselbe. Madame, wenn Sie nichts dagegen haben, werde ich Ihnen mal eine Liste attraktiver E-Autos aus französischer Produktion zusammenstellen.«
»Sehr freundlich, aber ich habe was dagegen. Außerdem will ich wieder ein Cabrio …«
»Das wird schon schwieriger.«
»Sehen Sie … Und außerdem gehe ich beim Autokauf den umgekehrten Weg. Nicht ich habe den alten Mustang ausgewählt, sondern er mich. Wir hatten schon Freundschaft geschlossen, als ich ihn mir mal von einem Zuhälter ausgeliehen hatte. Dann hatte ich mit meinem Dienstfahrzeug einen Motorschaden. Vor der Werkstätte hat der Mustang auf mich gewartet. Wir haben uns gleich wiedererkannt. So ist es passiert.«
Er sah sie skeptisch an.
»Und Sie rechnen wieder mit einem solchen Zufall?«
Isabelle lachte.
»Ganz genau. Vielleicht ist es diesmal aber kein Auto, das auf mich wartet, sondern ein Motorrad.«
Apollinaire langte sich an den Kopf.
»Madame, Sie sind Kommissarin bei der *Police nationale*. Sie können doch nicht mit einem Motorrad durch die Gegend fahren?«
»Warum nicht? Aber keine Angst, das war Spaß. So, und jetzt bin ich wirklich weg. Schlafen Sie gut, *à demain*.«

43

Isabelle hatte eine traumlose Nacht. Was an der Schlaftablette lag, die sie genommen hatte. In Kombination mit einem Schmerzmittel und einem Glas Cognac. Sie war überzeugt, dass die Ärzte diese Form der Medikation nicht gutheißen würden. Aber nach ihrem Unfall könnte sie auf verminderte Zurechnungsfähigkeit plädieren.

Um sieben Uhr in der Früh riss sie der Wecker, den sie direkt neben ihren Kopf gestellt hatte, aus dem tiefen Schlaf. Sie brauchte eine Weile, bis sie realisierte, warum sie ihn so früh gestellt hatte. Weil sie sich um acht Uhr mit Apollinaire im Kommissariat traf … um … um nach Draguignan zu fahren. Warum nicht später, Thouvenin würde nicht davonlaufen? *Ah oui*, jetzt wusste sie es wieder. Weil sie um vierzehn Uhr mit Rouven in Saint-Tropez verabredet war. Bis dahin musste sie zurück sein.

Isabelle stand auf, hielt sich kurz am Schrank fest, bis der Schwindel nachließ, dann ging sie ins Bad und betrachtete sich im Spiegel. *Merde,* sie hatte schon mal besser ausgesehen. Vorsichtig wickelte sie den Verband vom Kopf. Am Haaransatz hatte man ihr ein Stück ausrasiert, um die Platzwunde verarzten und klammern zu können. Sie lächelte gequält. Fehlte nur noch der Irokesenschnitt, dann könnte sie auf ein Punkertreffen gehen.

Isabelle nahm die Manschette am Handgelenk ab – und ging unter die Dusche. Dabei versuchte sie, die Wunde am Kopf möglichst trocken zu halten.

Danach sah sie sich wieder im Spiegel an. Jetzt gefiel sie sich schon besser. Sie trocknete ihre Haare. Dann holte sie aus ihrem

Apothekenschrank eine Schachtel mit Pflaster. Eines war groß genug für die Wunde. Danach kämmte sie sich so, dass man gar nicht mal so viel davon sah. Im Grunde war es ihr auch egal. Aber sie wollte nicht länger mit dem Kopfverband rumlaufen und sich dumme Kommentare anhören.
Sie betrachtete ihr geschwollenes Handgelenk. Schonen konnte sie es auch ohne Manschette. Sie schmierte eine Salbe drauf. Dann Tropfen für die noch immer leicht geröteten Augen. Schon war sie fertig ... Ach so, sie sollte sich noch anziehen.

Apollinaire fuhr vorsichtig und gleichmäßig. Sie dachte, dass er in den letzten Jahren viel dazugelernt hatte. Mit Grauen erinnerte sie sich an seine Anfänge. Man hätte glauben können, er hätte seinen Führerschein auf einem Vergnügungspark beim Autoscooter erworben. Was für ein Unterschied! Heute steuerte er geradezu souverän über die kleinen kurvigen Landstraßen, die von Fragolin durch das *Massif des Maures* nach Draguignan führten. Grundsätzlich gefährlich wurde es nur bei Blaulichteinsätzen. Da fiel Apollinaire wieder in seinen Hauruckstil zurück. Vollgas, Bremsen, Vollgas ... kurze, heftige Lenkausschläge ... Ein Wunder, dass er dabei noch kein Schleudertrauma erlitten hatte.
Isabelle telefonierte mit dem Kommissariat der *Police nationale* in der Rue Olivier Descamps. Sie kannte dort einige Kollegen. Schnell hatte sie die nötigen Vereinbarungen getroffen.

Auf dem Parkplatz vor Thouvenins Werkstätte standen sowohl sein schwarzer Pick-up als auch Estelles lilafarbener Cinquecento. Das traf sich gut. Auch an sie hatte Isabelle einige Fragen.
Auf der Hebebühne war noch immer der Citroën vom letzten Mal aufgebockt. Entweder arbeiteten sie bei Thouvenin besonders langsam, oder es gab ein größeres Problem. Die beiden Mechaniker schraubten daneben an einem alten Cabrio herum,

einem wunderschönen Peugeot 404 aus den Sechzigerjahren. Mit schwarzer Karosserie und roten Ledersitzen – wie ihr Mustang. Die Mechaniker blickten erstaunt auf, als sie in ihrer Begleitung Apollinaire in seiner Polizeiuniform sahen.

Emile Thouvenin hatte sie noch nicht entdeckt. Im Glaskasten des Büros sah ihn Isabelle heftig mit seiner Frau streiten. So wirkte es jedenfalls.

Sie kamen an seiner Harley-Davidson vorbei, bei der, wie sie wusste, eine Bremsscheibe defekt war. Sonst aber sah die schwere Maschine top gepflegt aus. Unwillkürlich musste sie sich an ihren Scherz von gestern erinnern: Als Nachfolger ihres Mustangs käme auch ein Motorrad in Betracht …

Die Tür zum Büro ging auf. Von der Auseinandersetzung mit Estelle hatte Thouvenin noch einen roten Kopf. Die Klinke in der Hand, blieb er wie erstarrt stehen.

Gerne würde sie wissen, dachte Isabelle, was ihm jetzt durch den Sinn ging. War er verblüfft, dass sie gesund und munter vor ihm stand? Weil er gehofft hatte, dass sie mit ihrem Mustang in Flammen aufgegangen war? Was hatte es zu bedeuten, dass sie in Begleitung eines Uniformträgers war?

»*Bonjour, Monsieur Thouvenin*«, begrüßte sie ihn. »Überrascht, mich zu sehen?«

»Ähm …« Offenbar hatte es ihm die Sprache verschlagen.

Estelle tauchte hinter ihm auf.

»*Salut*, *Madame le Commissaire*, was führt Sie zu uns?«

»Fragen Sie Ihren Mann, er wird es wissen.«

»Ähm … ja … nein … woher soll ich das wissen?«

»Sie haben keine Ahnung?«

Estelle stieß ihn von hinten an.

»Willst du unseren Besuch nicht ins Büro bitten?«

Er warf den neugierigen Mechanikern einen Blick zu.

»Ins Büro? Ja, das wäre wahrscheinlich besser.«

»Darf ich Ihnen was zu trinken anbieten?«, fragte Estelle, als die Tür hinter ihnen geschlossen war. »Vielleicht ein Glas Wasser?«
Das letzte Mal, dachte Isabelle, hatte sie eine Flasche Wein auf den Tisch gestellt. Aber das war zu Hause gewesen. Jedenfalls hatte der Alkohol ihre Zunge gelöst und ihr entscheidende Hinweise gegeben.
»Sehr freundlich, nein danke.«
Apollinaire stellte sich vor den Ausgang. Mit über der Brust verschränkten Armen. Besonders einschüchternd sah er trotzdem nicht aus.
»Sie haben gesagt«, wandte sich Isabelle an Thouvenin, »dass ich zu Ihnen kommen soll, wenn ich Probleme mit meinem alten Mustang habe. Sie erinnern sich?«
Er griff zum kleinen Gummiball, den sie schon vom letzten Mal kannte, und begann ihn heftig zu kneten. Sein Atem ging flach und schnell. »Ich … ich erinnere mich …«, stammelte er.
»Glauben Sie, Sie können ihn wieder instand setzen?«
»Sicher kann er das«, sagte Estelle. »Mein *chéri* kann alles.«
Offenbar hatte sie keine Ahnung, worum es gerade ging.
»Dazu müsste ich wissen …«, begann Thouvenin.
»Ob Ihr Brandanschlag funktioniert hat?«, fuhr sie ihm über den Mund.
Estelle sah ihren Mann entsetzt an. *»Chéri …«*
»Sie haben gute Arbeit geleistet«, sprach Isabelle weiter. »Mein Mustang ist nach einer Explosion in Flammen aufgegangen und in eine Schlucht gestürzt.«
Thouvenin malträtierte den Gummiball.
»Was habe ich damit zu tun, dass Ihre alte Schrottkiste einen Motorbrand hatte? So was kommt vor.«
»Auch, dass gleichzeitig die Bremsen ausfallen?«
Seine Augenlider flatterten. »Das wundert mich nicht …«
»Natürlich nicht, Sie haben ja selber für ihren Ausfall gesorgt.«

Isabelle drehte sich zu Estelle. »Sie sind ja gut darin, Ihrem Mann ein Alibi zu geben. Vermutlich war er die ganze letzte Nacht zu Hause?«

»Die ganze Nacht? Also …«

»*Ta gueule,* halt die Klappe«, herrschte er sie an. »Ich war natürlich bei meiner Frau im Bett. Die ganze Nacht. Das gibt sie hiermit zu Protokoll. So, jetzt haben Sie mein Alibi und können Leine ziehen.«

»Monsieur Thouvenin«, meldete sich Apollinaire mit strenger Stimme zu Wort, »das hier ist eine polizeiliche Einvernahme. Wann wir gehen, bestimmen wir selbst. Außerdem sind Sie nicht befugt, im Namen Ihrer Gattin zu sprechen. Auch ist jede Form der Beeinflussung zu unterlassen. Bitte antworten Sie nur auf Fragen, die *Madame le Commissaire* direkt an Sie richtet. Haben wir uns verstanden?«

Isabelle unterdrückte ein Schmunzeln.

Thouvenin schnappte nach Luft.

Isabelle richtete sich erneut an Estelle.

»Stimmt es, dass Ihr Mann die ganze Nacht neben Ihnen im Bett war? Überlegen Sie gut, was Sie sagen!«

Sie warf einen zitternden Blick zu ihrem Mann.

»Ja, natürlich, das stimmt.«

»Gnädige Frau«, sagte Apollinaire, »Sie haben sich gerade der Falschaussage schuldig gemacht und vorsätzlich ein falsches Alibi gegeben. Wir werden das nach Paragraf dreivierundzwanzig Absatz zwei zur Anzeige bringen.«

Den Paragrafen gab es überhaupt nicht, dachte Isabelle.

»Es sei denn«, sagte Isabelle, »Sie hätten eine Schlaftablette genommen und deshalb nicht bemerkt, dass Ihr Mann für einige Stunden abwesend war.«

Estelle schien angestrengt nachzudenken.

»Eine Schlaftablette, ja, das könnte sein.«

Sie hatte es kapiert. Allerdings wäre es gar nicht nötig gewesen, sie so in die Zange zu nehmen, stellte Isabelle selbstkritisch fest. Das hätten sie ihr ersparen können.
»Monsieur Thouvenin, mir sind solche Spielchen zu blöd. Sie wurden von einer Überwachungskamera gefilmt, wie Sie in besagter Nacht von exakt ein Uhr zweiundvierzig bis zwei Uhr sechsundzwanzig vor dem Rathaus in Fragolin mein Auto präpariert haben. Anschließend sind Sie mit Ihrem Pick-up davongefahren, auch das wurde von einer Überwachungskamera aufgezeichnet.«
»Überwachungskameras …?«, wiederholte er ungläubig.
»Fragolin ist nicht so rückständig, wie manche glauben. Sie sind relativ weit oben angebracht und im Dunkeln kaum zu sehen. Monsieur Thouvenin, es macht also keinen Sinn, die Tat zu leugnen. Der Mustang wird gerade kriminaltechnisch untersucht. Sie können mir aber schon vorab verraten, wie Sie das angestellt haben. Warum ist mein Wagen nicht gleich nach dem Starten in die Luft gegangen? Die Bremsen haben zu Beginn ja auch noch funktioniert?«
Thouvenin bekam einen Zitteranfall. Wütend warf er den Gummiball durch das Büro. Er traf eine Vase mit Plastikblumen. Sie zersplitterte auf dem Boden.
»*Fils de pute … merde, merde …*«, fluchte er.
»Haben Sie eine Zeitschaltuhr montiert, die mit der Zündung in Gang gesetzt wurde?«
Eigentlich war ihr völlig egal, wie er das angestellt hatte. Aber sie hoffte, dass er sich aus Eitelkeit zu einer Erklärung hinreißen ließ, was dann indirekt einem Geständnis gleichkam.
»Also keine Zeitschaltuhr?«, hakte sie nach.
»Natürlich nicht«, murmelte er.
»Nun sagen Sie schon, die Kriminaltechniker bekommen es sowieso raus!«
Er zeigte ein überhebliches Grinsen.

»Glaube ich kaum. Vom Thermostat dürfte nichts mehr übrig sein. Sobald der Motor die Betriebstemperatur erreicht hat, wurde eine Kettenreaktion in Gang gesetzt …«

»Bei der auch die Bremsen außer Funktion gesetzt wurden. Ganz schön raffiniert.«

Estelle schüttelte ungläubig den Kopf.

»*Chéri*, was machst du nur für Sachen?«

Isabelle sah ihn nachdenklich an. Bisher hatte er sich weitgehend unter Kontrolle. Womöglich glaubte er, mit einer geringen Strafe davonzukommen. Die Tötungsabsicht würde er leugnen. Was stand auf Sachbeschädigung?

Es schien ihr an der Zeit, die nächste Runde einzuläuten.

»Monsieur Thouvenin, ich gehe davon aus, dass Sie vor über zehn Jahren auch Marcel Chavans Peugeot in Brand gesetzt haben. Aus Wut und Eifersucht, weil Ihre Frau mit dem Mann eine Affäre hatte …«

Sie konnte förmlich sehen, wie in Thouvenins Kopf der Druck anstieg. Wie in einem Dampfkessel. Fragte sich nur, wann das Sicherungsventil rausflog.

»Ihre Frau hat Ihnen damals ein Alibi gegeben, so, wie sie das auch diesmal getan hätte.«

Er ballte die Fäuste.

»Beruhigen Sie sich! Darüber will ich mit Ihnen gar nicht reden. Ist außerdem längst verjährt.«

»Das will ich meinen«, zischte er durch die Zähne.

Isabelle drehte sich abrupt zu Estelle.

»Sie hatten vor einigen Monaten eine Beziehung mit einem gewissen Clément. Er hieß mit Nachnamen Roudaut, richtig?«

Estelle nickte.

»Das stimmt, Clément Roudaut. Ich kannte ihn aber nur flüchtig.«

»Du blöde Kuh«, platzte Thouvenin heraus. *»Pauvre conne …«*

»Clément Roudaut ist vor drei Monaten in seinem Auto verbrannt. Bei einer erneuten forensischen Untersuchung wurde festgestellt, dass der Brand keine technische Ursache hatte, wie ursprünglich angenommen, sondern vorsätzlich gelegt wurde. Erste Ergebnisse deuten darauf hin, dass die Manipulationen an Roudauts Fahrzeug mit jenen an meinem Mustang übereinstimmen.«

Das war ein Bluff. Aber Isabelle ging davon aus, dass sie damit durchkommen würde. Thouvenin war längst »weich gekocht« und nicht mehr in der Lage, logisch zu denken.

»Nach meiner Befragung vor zwei Tagen«, fuhr sie fort, »hielten Sie es für möglich, dass ich Ihnen auf die Spur kommen könnte. Weshalb Sie sich entschieden haben, mich aus dem Weg zu räumen. Hat leider nicht geklappt.«

»Roudaut war ein Schwein«, sagte er mit gepresster Stimme, »er hat es nicht anders verdient.«

Sie rechnete damit, dass es jeden Moment mit der mühsam aufrechterhaltenen Selbstbeherrschung von Thouvenin vorbei sein könnte. Aus dem Augenwinkel sah sie, wie Apollinaire die Sicherung an seinem Pistolenhalfter löste …

Später sollte sie es auf ihre Kopfverletzung und die Schlaftablette der letzten Nacht zurückführen … Jedenfalls gelang es Thouvenin, sie zu überrumpeln.

Mit einem schnellen Satz war er bei Estelle. Er riss sie herum, hatte plötzlich einen spitzen Schraubenzieher in der Hand und setzte ihr diesen an die Kehle.

»Keiner rührt sich vom Platz, sonst steche ich die Hure ab.«

Mehrere Gedanken schossen Isabelle gleichzeitig durch den Kopf. Würde er das wirklich tun? Warum nannte er sie plötzlich *Hure?* Weil sie ihn immer wieder mit anderen Männern betrog? Und doch liebte er sie abgöttisch … oder nicht mehr?

Estelle war mit angsterfüllten Augen zu einer Salzsäule erstarrt. Sie traute sich nicht einmal zu zittern.
Apollinaire hielt seine Pistole auf die beiden gerichtet.
»Lassen Sie den Schraubenzieher sofort fallen und heben Sie beide Hände über den Kopf!«
Dachte er wirklich, Thouvenin würde ihm Folge leisten? Stattdessen verstärkte dieser den Druck mit dem Schraubenzieher. Über Estelles Hals rann bereits Blut.
»Träumen Sie weiter, Sie Armleuchter. Was wollen Sie tun? Meine Geisel erschießen?«
Geisel? Bis vor Kurzem war Estelle noch seine Frau gewesen. Tatsächlich stand er so hinter ihr, dass selbst Isabelle keinen Schuss wagen würde. Außerdem war sie unbewaffnet. Für Apollinaire kam das sowieso nicht infrage. Bei der letzten Schießprüfung hatte er sogar die Zielscheibe verfehlt.
»Sie haben doch sicher einen Verbandskasten«, sagte Apollinaire. »Dann schieße ich Ihrer Frau jetzt dorthin, wo es nicht lebensbedrohlich ist. Die Kugel dringt durch sie durch und trifft Sie an einer Stelle, wo es richtig weh tut.«
Isabelle dachte, dass die einzige Erklärung für seinen aberwitzigen Vorschlag ein Film war, den er vor Kurzem gesehen hatte. Im Fernsehen mochte so etwas funktionieren, aber nicht in der Realität. Außerdem verbot es sich natürlich, auf eine Geisel zu schießen. Abgesehen davon, dass er sie nicht treffen würde.
»So … so verrückt können Sie nicht sein«, sagte Thouvenin mit unsicherer Stimme. Hielt er es doch für möglich? »Es läuft jetzt so, wie ich das sage: Sie legen jetzt ganz langsam Ihre Pistole auf den Boden und machen den Ausgang frei.«
Isabelle nickte Apollinaire zu.
»Monsieur Thouvenin, wir gehen auf Ihre Forderung ein. Geben Sie Ihre Frau frei, und wir lassen Sie gehen.«

»Wem soll ich jetzt glauben? Ihrem durchgeknallten Polizeibeamten oder Ihnen?«
»Natürlich mir, ich bin seine Vorgesetzte.«
Apollinaire legte seine Pistole auf den Boden und trat einen Schritt zur Seite.
Thouvenin zerrte seine Frau zur Glastür. Ohne den Schraubenzieher von ihrem Hals zu nehmen, bückte er sich und hob mit der anderen Hand die Pistole auf. Er zielte auf Isabelle.
»Wenn Sie Ärger machen, schieße ich Ihnen ein Loch in den Kopf.«
Der Mann war ein Fall für die psychiatrische Sicherheitsverwahrung, dachte sie.
Apollinaire stellte sich schützend vor sie.
»Dann schießen Sie!«, forderte er Thouvenin auf.
Apollinaire war kein Hasardeur. Es gab nur eine Erklärung: Wie so oft hatte er seine Dienstwaffe überhaupt nicht geladen. Aus Sicherheitsgründen, so konnte sie nicht versehentlich losgehen und unschuldige Menschen verletzen. Außerdem hatte er eine panische Angst, sich selbst in den Fuß zu schießen.
»Va te faire foutre«, schrie Thouvenin. »Fick dich!«
Sie hörte das Klacken des Abzugs. Aber keinen Schuss.
Thouvenin sah ungläubig auf die Waffe und drückte erneut ab. Wieder nur ein Klacken.
Er schleuderte Estelle zu Boden und warf mit der Pistole nach ihnen. Dann rannte er aus dem Büro durch die Werkstatt zur Ausfahrt.
»Soll ich hinterher?«, fragte Apollinaire.
»Nein, er ist schneller.«
Isabelle half Estelle auf die Beine.
»Alles gut?«
Ungläubig wischte sich Estelle das Blut vom Hals.
»Emile hätte mich wirklich abgestochen … Ich fass es nicht.«

Apollinaire hob seine Pistole auf, sicherte sie überflüssigerweise und steckte sie zurück in den Holster.
»Er hat umfassend gestanden«, stellte er zufrieden fest. »Direkt und indirekt, aber definitiv überzeugend. Ich hätte ihm noch seine Rechte vorlesen müssen …«
»Sie sehen zu viele Filme.«

Minuten später standen sie auf dem Parkplatz vor der Werkstatt. Thouvenin trug Handschellen und wurde gerade auf den Rücksitz eines Polizeiwagens verfrachtet.
»Bonjour, Isabelle«, wurde sie von dem Leiter der *Police nationale* in Draguignan begrüßt. Er lachte. »Ich dachte nicht, dass es so lange dauert. Was habt ihr so viel zu quatschen gehabt?«
»*Salut, Jean-Luc.* Schön, dich zu sehen.«
»Ich freu mich auch.«
»Ich hab dir doch am Telefon gesagt, dass ich etwas Zeit brauche. Schließlich musste Monsieur Thouvenin erst einen Mord gestehen.«
»Und? Hat er?«
Apollinaire deutete auf eine Bodycam an der Brusttasche seiner Uniformjacke. So klein war sie eigentlich nicht, dass man sie übersehen konnte. Aber Thouvenin hatte von der ersten Minute an so unter Druck gestanden, dass sie ihm nicht aufgefallen war. Oder es war ihm egal gewesen.
»Wir haben alles auf Video. In Wort und Bild.«
Sie warf ihm einen amüsiert skeptischen Blick zu.
»Madame, was denken Sie? Natürlich war die Bodycam eingeschaltet.«

44

Zufrieden?«, fragte Apollinaire auf ihrer Rückfahrt nach Fragolin.

Isabelle überlegte kurz.

»Doch ja, ich denke, wir können zufrieden sein. Mit Emile Thouvenin haben wir einen gemeingefährlichen Psychopathen und Mörder aus dem Verkehr gezogen. Das ist ein Erfolg.«

Apollinaire, der im Gegensatz zu früher mittlerweile die Kunst beherrschte, beim Autofahren gleichzeitig zu reden und sogar für wenige Sekunden den Blick von der Straße zu wenden, sah sie von der Seite an.

»So wirklich glücklich sehen Sie aber nicht aus?«

»Ich bin nie glücklich, wenn wir jemanden verhaften. Dem sind immer Verbrechen vorangegangen, Menschen haben leiden oder sogar ihr Leben lassen müssen. Clément Roudaut ist durch seine Schuld in seinem Auto verbrannt. Wie kann man da glücklich sein?«

»Das hätte Ihnen auch passieren können. Aber ich kann Sie verstehen. Konfuzius hat gesagt …«

»Apollinaire, bitte verschonen Sie mich. Wir sollten uns auf das konzentrieren, was als Nächstes zu tun ist.«

»*C'est vrai.* Als Nächstes muss ich da vorne links abbiegen.«

»Nein, rechts.«

»Wie bitte? Ach ja, ich habe in meinem Kopf gerade die Koordinaten vertauscht.«

So konnte man eine Rechts-Links-Schwäche auch umschreiben.

»Im Büro wäre als Nächstes einiger Papierkram zu erledigen«, stellte sie fest.
»Das ist mir klar. Primär werde ich mich ans Protokoll setzen.«
»Sehr gut. Ich schlage vor, Sie vergessen dabei Ihre ungeladene Dienstwaffe.«
»Ist aber auf der Aufzeichnung meiner Bodycam zu sehen.«
»Stimmt nicht. Man sieht nur, dass Sie sich heldenhaft vor mich gestellt haben und dass Ihre Pistole in den Händen von Thouvenin Ladehemmung hatte.«
»Ladehemmung …? O ja. Was für ein Glück.«
»Und Ihre Drohung, auf die Geisel zu schießen, sollten Sie mit dem Hinweis versehen, dass Sie das natürlich nicht ernsthaft in Erwägung gezogen haben.«
»Nicht ernsthaft … natürlich nicht. Das war ein taktisches Manöver, um Thouvenin psychologisch zu verunsichern.«
Sie schmunzelte.
»Steht so wahrscheinlich in keinem Lehrbuch. Das Protokoll schau ich mir an, wenn ich später zurück bin.«
Wieder warf er einen schnellen Blick zur Seite.
»Zurück? Von wo?«
»Ich habe einen Termin in Saint-Tropez. Dafür brauche ich übrigens unseren Polizeiwagen. Ich hab ja kein Auto mehr.«
»Ich würde Ihnen gerne meinen 2CV anbieten. Ist aus der Werkstatt zurück und funktioniert tadellos.«
»Sehr freundlich. Nichts gegen Ihren *Deux chevaux,* aber Sie haben die Rückbank ausgebaut und den Fahrersitz so weit hinten angeschraubt, dass ich wahrscheinlich nicht an die Pedale komme.«
»Sie haben recht, das könnte sein. Gott sei Dank sind meine Arme im Verhältnis genauso lang wie meine Beine, sonst wäre das Lenkrad zu weit weg. Ist Ihnen übrigens bekannt, dass die Spannweite der ausgestreckten Arme der Körpergröße eines

Menschen entspricht. Während die Beinlänge … Also, Sie kennen doch sicher diesen gezeichneten Mann von Leonardo da Vinci mit dem Kreis und dem Quadrat außen herum …«

»Apollinaire, warum schweifen Sie immer vom Thema ab? Erst Konfuzius und jetzt Leonardo da Vinci. Wir waren gerade bei meinem Termin in Saint-Tropez und dass ich, sobald ich zurück bin, das Protokoll gegenlesen und freigeben werde. Ich telefoniere gleich mit dem Staatsanwalt und im Anschluss mit Jean-Luc von der *Police nationale* in Draguignan, um die weitere Vorgehensweise zu besprechen. Ich schätze, dass Emile Thouvenin morgen nach Toulon überstellt und dort dem Haftrichter vorgeführt wird.«

Isabelle überlegte, dass sich jemand um Estelle kümmern sollte. Wahrscheinlich benötigte sie psychologische Betreuung. Sie würde Jean-Luc bitten, jemanden vorbeizuschicken.

»Dann hätten wir nur noch ein Problem«, sagte Apollinaire nach einer Weile. »Wir wissen immer noch nicht, wer Marcel Chavan auf dem Gewissen hat.«

Da hatte er recht. Bei ihrem eigentlichen Fall waren sie nicht weitergekommen. Aber nach dem Ausschlussverfahren grenzte sich der Kreis der möglichen Täter langsam ein.

»Das finden wir auch noch heraus«, zeigte sie sich zuversichtlich. »Sobald Sie mit dem Protokoll fertig sind, setzen Sie bitte Ihre Recherchen zum Parkhaus und zur dubiosen Vergabe des Bauauftrages fort.«

»So dubios ist die Vergabe wahrscheinlich gar nicht. Vermutlich gehört die Korruption zum üblichen Prozedere.«

»Und im Hintergrund zieht die Mafia die Fäden«, ergänzte sie lachend.

Isabelle war eine halbe Stunde zu früh dran. Sie lief zum Hafen. Auf dem winzigen Balkon des *Le Sube* war ein Tischchen frei. Sie bestellte eine *bruschetta de carpaccio bœuf* und ein kleines

Bier. Direkt vor ihr die Statue des alten Suffren, wo sie mit Rouven verabredet war. Der Admiral schaute mit weitem Blick über die festgemachten Luxusjachten hinweg aufs Meer. Im 18. Jahrhundert hatte er sich ruhmreiche Gefechte mit britischen Kriegsschiffen geliefert. Was interessierten ihn die seltsamen Objekte im *vieux port,* von denen die meisten nicht einmal einen Mast hatten – und Kanonen schon gleich gar nicht?

Sie sah Rouven von ihrem Balkon schon von Weitem kommen. Er war zweifellos eine auffällige Erscheinung. Mindestens einen Kopf größer als die meisten anderen, von kräftiger Statur, mit dunkler Hornbrille und Zigarre. Dazu sein extravaganter Bekleidungsstil: ein roter Klubblazer mit Einstecktuch über einem weißen T-Shirt und zu blauen Bermudas. An den Füßen, das konnte sie von hier zwar nicht sehen, aber so gut kannte sie ihn: Flipflops. Das war sein üblicher Dresscode für Saint-Tropez.

Isabelle stand auf und lief durch die maritime Bar des *Le Sub* die Treppe hinunter auf den Quai.

Zur Begrüßung umarmten sie sich. Nicht ganz so eng wie sonst, hatte sie das Gefühl. Aber vielleicht täuschte sie sich.

Er deutete auf ihre Verletzung am Kopf.

»Was ist denn dir passiert?«

»Ein kleines Missgeschick. Deshalb konnte ich gestern nicht kommen.«

»Missgeschick?« Rouven sah sie besorgt an. »Du solltest wirklich den Beruf wechseln.«

»Mach ich nicht, das weißt du doch.«

»Ja, das ist ein Teil des Problems«, sagte er leise.

Eine Bemerkung, dachte sie, die ihre Vorahnung zu bestätigen schien.

»Du hast geschrieben, wir müssten uns dringend sehen. Wollen wir gleich hier reden?«

Um sie herum war dichtes Gedränge.

»*Mon Dieu,* natürlich nicht.« Er deutete ans andere Ende des Quais. »Lass uns dort hingehen.«

Sie kamen am Sénéquier vorbei, wo die roten Tische in den ersten Reihen alle voll belegt waren. In Saint-Tropez war wieder einmal Hochbetrieb. Wie an den meisten Tagen in den Sommermonaten.

Sie war gespannt, wo er hier ein ruhiges Plätzchen finden wollte. Einige Schritte weiter wurde es ihr klar. Sie hätte gleich draufkommen können.

Obwohl an diesem Abschnitt der Kaimauer keine großen Jachten lagen, machten einige Touristen Fotos mit ihren Handys. Ein vergleichsweise kleines, aber exklusives Mahagoniboot hatte ihr Interesse geweckt. Eine alte Riva Aquarama. Mit lackiertem Holz, türkisfarbenem Leder und viel Chrom. Das Boot hatte Kultstatus. Schon Stars wie Brigitte Bardot und Anita Ekberg hatten sich auf dem gepolsterten Heck gerekelt. Zu den Fans zählten Sean Connery und Cary Grant. George Clooney fuhr mit einer Riva Aquarama über den Comer See. Diese hier, das wusste Isabelle, gehörte Rouven Mardrinac. Sie war das Beiboot seiner nostalgischen Motorjacht *Dora Maar,* die offenbar außerhalb des Hafens vor Anker lag. Dora Maar, wie die langjährige Geliebte und Muse von Pablo Picasso. Selber eine großartige Fotografin und Malerin, hatte sie ihre Karriere für Picasso aufgegeben – um dann 1943 von ihm für die jüngere Françoise Gilot verlassen zu werden. Anschließend war Dora Maar in eine tiefe Depression verfallen, von der sie sich nie mehr richtig erholen sollte.

Isabelle konnte nicht anders, aber ihr ging die dramatische Lebens- und Liebesgeschichte der Dora Maar, während sie neben Rouven herlief, durch den Kopf. Er verehrte die Künstlerin. Deshalb hatte er seine Jacht nach ihr benannt. Isabelle dachte, dass sie nichts mit einer Dora Maar gemeinsam hatte. Doch womöglich gab es eine Parallele. Wenn der Artikel im Magazin stimmte, würde Rouven sie für eine andere Frau verlassen. Für eine gewisse Angela d'Agostin. Doch eines wusste Isabelle ganz sicher: Sie würde deshalb nicht in Depressionen verfallen. Ihr war immer klar gewesen, dass dieser Moment kommen würde. Rouvens Bootsführer Gilbert reichte ihr die Hand, um ihr an Bord zu helfen. Das wäre nicht nötig gewesen. Bei ihrem alten Kutter half ihr auch niemand. Aber so gehörte sich das eben in der feinen Gesellschaft.

Während Gilbert die Riva aus dem Hafen steuerte, erkundigte sich Rouven nach Nicolas. Ob er sein marokkanisches Abenteuer gut überstanden habe, wollte er wissen. Und wie weit er mit seinem Bild sei?

Isabelle verstand, dass Rouven nicht gleich auf den eigentlichen Grund ihres Treffens zu sprechen kommen wollte. Außerdem interessierte ihn der Fortschritt seiner Auftragsarbeit wohl wirklich. Schließlich war der neue CLAC für eine Ausstellungseröffnung in wenigen Wochen fest eingeplant.

Lange konnten sie nicht darüber sprechen, denn außerhalb des Hafens gab Gilbert Gas. Im Heck der Riva Aquarama entfalteten zwei mächtige Achtzylinder ihre Kraft. Die alte Dame schoss über die Wellen. Eine Unterhaltung war nicht mehr möglich. Isabelle beschloss, die Fahrt zu genießen.

Dreißig Minuten später saßen sie auf dem Achterdeck der *Dora Maar*. Die wichtigsten Worte waren bereits gewechselt. Rouven hatte gesagt, dass es ihm leidtue, dass sie es aus der Presse habe erfahren müssen. Aber es stimme, er habe sich heimlich mit Angela verlobt. Sie habe eine Schwester, die sei mit einem Journalisten befreundet …

»Macht doch nichts«, sagte Isabelle. Und lächelnd: »Uns war die Presse ja auch schon auf die Spur gekommen. Du erinnerst dich an

die Überschrift? Frankreichs begehrtester Junggeselle und die rätselhafte Schöne. Das Foto war sehr schmeichelhaft gewesen.«
»Schmeichelhaft? Von mir vielleicht, aber nicht von dir. Du bist tatsächlich eine rätselhafte Schöne.«
Sie dachte an ihre Narben. Auch daran, dass sie sich so gut wie nie schminkte. Eine Schönheit war sie gewiss nicht.
»Du bist ein Charmeur«, sagte sie.
»Nein, ich bin Kunstmäzen und habe einen geschulten Blick. Aber lass uns darüber reden, warum ich mich entschieden habe, mein Junggesellendasein aufzugeben. Ich möchte es dir erklären ...«
»Musst du nicht. War ja klar, dass du diesen Schritt irgendwann gehen würdest. Ich hoffe und wünsche dir, dass du mit dieser Frau die richtige Wahl getroffen hast und mit ihr glücklich wirst.«
Er sah sie nachdenklich an.
»Ich freue mich, dass du das sagst. Es ist mir wichtig, dass du mich verstehst. Du weißt, dass ich viel für dich empfinde. Ich hätte mir sogar vorstellen können, dass wir ...«
»Sag's nicht!«, unterbrach sie ihn. »Uns ist beiden klar, dass es nicht funktioniert hätte. Leider – aber so ist das Leben.«
»Ja, das Leben, wir haben nur das eine.«
»Bitte erzähl mir von deiner Angela d'Agostin. Ich hab gelesen, sie ist Anwältin, ihr Vater Botschafter und ihre Mutter Pianistin?«
Er nickte.
»Sie entstammt einer interessanten Familie.«
»Siehst du, ich nicht.«
»Als ob das eine Rolle spielen würde.«
Er hatte recht, die Bemerkung hätte sie sich sparen sollen.
»Bevor ich dir von Angela erzähle, habe ich zwei Fragen und eine Bitte.«
»Nur zu.«
Sie war neugierig, was jetzt kam.

»Die erste Frage: Kannst du dir vorstellen, dass wir Freunde bleiben? Halt etwas anders als bisher, aber Freunde.«
Als ob sie sich die Frage nicht schon selber gestellt hätte! Sie wusste, dass das selten funktionierte. Aber möglich sollte es sein.
»Von meiner Seite gerne. Sofern deine Angela nichts dagegen hat.«
»Sie wird es akzeptieren müssen. Sie ist eine kluge Frau. Sie wird es verstehen.«
Das hatte weniger mit Klugheit zu tun, dachte Isabelle. Eher mit Toleranz.
»Zweite Frage: Was hältst du von einem Glas Champagner? Oder ist das gerade unpassend?«
»Warum sollte das unpassend sein? Ganz im Gegenteil: Wir stoßen auf dein Glück an. Und darauf, dass wir uns nicht ganz verlieren.«
»Wir werden uns nicht verlieren, das verspreche ich dir.«
»Fehlt noch deine Bitte.«
»Ich möchte, dass du auf meine Hochzeit kommst.«
Isabelle schluckte. Mit dieser Bitte hatte sie nicht gerechnet. Sie bräuchte Zeit, um darüber nachzudenken. Aber Rouven erwartete eine Antwort.
»Einverstanden. Solange ich nicht deine Trauzeugin mimen soll …«
Rouven lachte.
»Das wäre etwas viel verlangt. Aber die Idee gefällt mir.«
»Angela würde das Jawort verweigern.«
»Damit wäre zu rechnen. Na, dann lassen wir das. Also du kommst?«
»Danke für die Einladung. Ja, ich komme. Wo wollt ihr heiraten?«
»Wissen wir noch nicht. Wahrscheinlich in Paris. Aber feiern wollen wir hier in Saint-Tropez.«
»Da habe ich es ja nicht weit.«
»Ich sagte Paris.«

»Ist ja auch nicht weit. Bei dir hätte es auch Buenos Aires oder Hawaii sein können.«
»Für mich schon, aber nicht für Angela. Was ich noch sagen wollte, ich würde mich freuen, wenn du mit Nicolas kommen würdest.«
Auch dieser Vorschlag kam überraschend. Und erneut bräuchte sie Bedenkzeit.
»Wann plant ihr eure Hochzeit?«
»Wir haben noch keinen Termin, etwas wird's wohl noch dauern.«
Isabelle lächelte.
»Dann schauen wir mal, was bis dahin aus mir und Nicolas wird.«
»Ist ein netter Kerl, ich mag ihn.«
»Ich verspreche dir, dass ich in Begleitung komme. Ob in männlicher oder weiblicher«, fügte sie im Spaß hinzu, »wird sich zeigen.«
»Dir traue ich alles zu.«
»Wo bleibt eigentlich der Champagner?«

45

Rouvens Vorschlag, über Nacht auf der *Dora Maar* zu bleiben, ein letztes Mal, um als Liebespaar voneinander Abschied zu nehmen, schlug sie aus. Das war keine gute Idee. Ganz abgesehen davon, dass sich ihre Verletzungen wieder zurückmeldeten. Sie hatte Kopfschmerzen, ihr Handgelenk war geschwollen, und ihr linkes Bein fühlte sich taub an.

Sie umarmten sich an Deck ein letztes Mal. Und küssten sich. Auf die Wangen. Dann brachte sie Gilbert mit dem Riva-Boot zurück an die Mole im Hafen von Saint-Tropez.

Er half ihr an Land.

»*Au revoir, Madame.* Ich hoffe, wir sehen uns bald wieder.«

Wohl kaum, dachte sie. Aber das musste sie ihm nicht sagen.

Sie drehte dem Boot den Rücken zu. Sie wollte ihm nicht nachschauen, wie es aus dem *vieux port* zurück zur *Dora Maar* fuhr. Geistesabwesend lief sie über den Quai Jean Jaurès. Wieder kam sie am Café Sénéquier vorbei.

»*Salut, Isabelle*«, rief ihr eine weibliche Stimme zu.

Sie erkannte Céline, die mit einer Freundin an einem Tisch saß und ihr fröhlich zuwinkte.

»Hast du Zeit? Magst du dich zu uns setzen?«

Isabelle zögerte. Mit ihren Gedanken war sie gerade wirklich woanders. Und mit dem Herzen. Andererseits würde eine kleine Ablenkung guttun. Aber nur kurz. Dann wollte sie nach Hause, wieder einige Tabletten einwerfen und sich in eine traumlose Nacht flüchten.

Nach einem *café double* und einem Glas Wasser trat sie eine knappe Stunde später endgültig den Heimweg an. Die Unterhaltung mit Céline und ihrer Bekannten, wie sich herausstellte, eine Schmuckdesignerin, war kurzweilig gewesen. Als Céline sagte, sie habe sie gegen zwei Uhr mit einem Mann gesehen, der wie Rouven Mardrinac aussah, winkte Isabelle ab. Das sei ein Doppelgänger gewesen. Céline hatte ihr zugezwinkert. Genau das habe sie sich auch gedacht.

Eine endlos lange Autoschlange staute sich auf der 98A, die aus Saint-Tropez hinausführte. Isabelle tat, was sie sonst nie tat und Apollinaire verboten hatte: Sie schaltete das Blaulicht ein. Sie wollte wirklich möglichst schnell nach Fragolin. Der Tag hatte sie erschöpft.

Als sie den schlimmsten Stau hinter sich hatte, machte sie das Blaulicht wieder aus und reihte sich in den normalen Verkehr ein. Weil sie darauf verzichten wollte, noch einmal im Kommissariat vorbeizuschauen, rief sie aus dem Auto Apollinaire an.

»Was macht die Arbeit?«, fragte sie. »Gibt's was Neues?«

»Nichts von Belang. Sieht man einmal davon ab, dass Thouvenin auf der Polizeiwache in Draguignan randaliert hat und in eine Zwangsjacke gesteckt werden musste. Aber das ist Gott sei Dank nicht unser Problem. Das Protokoll habe ich geschrieben, fehlt nur noch Ihr Okay, dann würde ich es zusammen mit der Aufzeichnung der Bodycam auf den Weg bringen.«

»Gibt's irgendwelche kritischen Passagen?«

»Habe ich alle umschifft. Meine Pistole hatte Ladehemmung. Und wir bedanken uns bei den Kollegen der Dienststelle vor Ort für ihre Kooperation.«

»Ich vertraue Ihnen. Schicken Sie das Protokoll raus!«

»Wird umgehend erledigt.«

»Sonst noch was?«

»Wir haben erneut jemanden, den wir von der Liste der potenziell Tatverdächtigen streichen können. Sie erinnern sich an Marcel Chavans Edelnutte namens Adrienne?«
»Natürlich. Den Namen haben wir von Duchamp.«
»Madame, erlauben Sie mir zunächst die Anmerkung, dass unser Knochenmann zu Lebzeiten ausgesprochen sexsüchtig gewesen sein muss. Seine vielen Liebschaften haben ihm wohl nicht gereicht.«
»Die Analyse ist zutreffend«, sagte sie trocken. »Was haben Sie über Adrienne herausgefunden? Hatte sie einen Zuhälter?«
»Ja, sie hatte einen. Das klassische Muster: Sie hat anschaffen müssen, damit er sich ein schönes Leben machen konnte. Nun ja, war wohl zu anstrengend, dieses Leben.«
»Für wen?«
»Für ihn. Er ist wenige Monate vor Chavans Tod an einem Herzinfarkt verstorben. Er kann es nicht gewesen sein.«
»Was ist aus Adrienne geworden?«
»Sie hat den Absprung geschafft und vor zwei Jahren einen Jachtbroker geheiratet. Jetzt arbeitet sie in seinem Verkaufsbüro am Quai Claude Meiffret in Saint-Tropez.«
»Hoffentlich begegnen ihr dort nicht zu viele ehemalige Kunden.« Apollinaire lachte.
»Muss nicht schlecht fürs Geschäft sein, vorausgesetzt, sie können sich eine neue Jacht leisten.«
»Okay, jetzt bleiben nicht allzu viele Kandidaten übrig. Wen hätten wir noch?«
»Roland Larousse, mit dem sich Joséphine über das Verschwinden ihres Gatten hinweggetröstet hat. Ich habe einige Erkundigungen eingezogen. Viel habe ich nicht herausgefunden. Der Mann war noch nie verheiratet, er bewohnt in La Garde-Freinet ein kleines Häuschen, hat früher in einer Bank gearbeitet, ist aber nicht mehr berufstätig. Er ist so farblos wie … wie ein

grauer Fußabstreifer. Ich kann mir nicht vorstellen, dass sich so jemand zu einem kaltblütigen Mord hinreißen lässt.«
Der Mord an Marcel Chavan musste nicht kaltblütig begangen worden sein, überlegte Isabelle. Heißblütig war genauso möglich. Erst recht, wenn Eifersucht ins Spiel kam. Aber das passte auch nicht zu Apollinaires Personenbeschreibung. Andererseits hatten auch *Fußabstreifer*, wenn man sie umdrehte, eine andere Seite – vielleicht war diese rot?
»Wir sollten ihm trotzdem einen Besuch abstatten.«
»Das sollten wir, da haben Sie recht. Ich würde das gerne übernehmen.«
»Nichts dagegen. Vorausgesetzt, Sie können sich vorstellen, mit Ihrem privaten 2CV nach La Garde-Freinet zu fahren. Unser Einsatzfahrzeug brauche ich nämlich selbst.«
»Mein *Deux chevaux* hat schon viel längere Strecken bewältigt. Daran wird's nicht scheitern. Aber wofür brauchen Sie unseren Polizeiwagen? Madame, Sie dürfen sich nicht zu viel zumuten. Machen Sie doch einfach mal ein oder zwei Tage Pause und erholen sich von Ihrem Unfall. Das wäre vernünftig.«
»Ich war doch noch nie vernünftig, das sollten Sie wissen. Ich will morgen erneut bei Joséphine und Sandrine in Plan-de-la-Tour vorbeischauen. Und im Anschluss möchte ich Xavier Duchamp treffen und ihn in die Mangel nehmen. Wie konnte es passieren, dass Marcel Chavan zwar die Ausschreibung für den Bau des Parkhauses gewonnen hat, der Auftrag aber schließlich bei Duchamp und der *EdC* gelandet ist?«
»Ich sag ja, die Mafia …«
Bevor er sich wieder in sein Lieblingsthema verstricken konnte, war es besser, das Gespräch zu beenden. »Apollinaire, wir sehen uns morgen früh im Büro. Jetzt mache ich das, was Sie mir ans Herz gelegt haben. Ich fahre heim und mache Pause.«
»Endlich hören Sie mal auf mich.«

Fast hätte Nicolas ihren Plan vereitelt. Er rief sie an und lud sie zu einem Candle-Light-Dinner in seinem Garten ein. Sie erinnerte sich an gemütliche Abende mit einem fein perlenden Crémant, mit Baguette, *foie gras, tomates gratinées* mit Ziegenkäse ... und fangfrischem Fisch vom Grill. Nicolas beherrschte die Kunst, mit scheinbar geringem Aufwand auf verwitterten Gartenmöbeln und inmitten verwilderter Pflanzen köstliche und sehr intime Abende zu arrangieren.

Aber das Timing war schlecht. An einem Tag, an dem ihre Beziehung zu Rouven ... nun ja, *gescheitert* war, konnte sie nicht frohen Herzens mit Nicolas einen romantischen Abend verbringen. Nein, das war unmöglich.

Sie bedankte sich – und sagte ab. Mit der Ausrede, dass sie nach ihrem Unfall immer noch nicht fit sei. Er habe hoffentlich Verständnis dafür. Und sie hoffe, dass sie in den nächsten Tagen so weit sei, dann würden sie es nachholen.

Nach dem Gespräch fiel ihr ein, dass sie ignoranterweise vergessen hatte, sich nach seinem Besuch bei Camille zu erkundigen und wie es seiner Schutzbefohlenen ging. Offenbar war sie gerade tatsächlich nicht in der Verfassung, alles im Blick zu behalten.

Sie schaltete ihr Handy aus. Ab jetzt war sie für niemanden mehr zu sprechen.

46

Isabelle hatte gelernt, dass es im Leben wenig brachte, zweifelnd zurückzublicken und getroffene Entscheidungen infrage zu stellen. Hätte sie Rouven nicht vor Jahren eine Absage erteilt ... hätte, hätte ... Es war nicht mehr zu ändern. Außerdem hatte sie gute Gründe gehabt. Im normalen Leben wären sie sich nie begegnet. Sie bewegten sich in verschiedenen Welten. Doch das Schicksal hatte es so gewollt, dass Rouven im Zeugenschutzprogramm eine Aufpasserin gebraucht hatte. Und Maurice Balancourt war auf die geniale Idee gekommen, sie für diesen Job auszuwählen. Bei Entführungen gab es das sogenannte Stockholm-Syndrom. Vom Personenschutz war ihr Ähnliches nicht bekannt – aber Rouven und sie waren sich in Momenten der Gefahr nähergekommen. So nahe, wie man sich nur hatte kommen können. Später, als alles vorbei war, hatte Rouven geglaubt, er könne das fortsetzen. Sie brauche nur ihren Job zu quittieren und sich in seine Welt zu begeben. Für immer. Doch ihr war klar gewesen, dass sie scheitern würden. Nicht wegen ihm, sondern wegen ihr.

Dass sie dennoch eng befreundet blieben, war das Besondere an ihrer Beziehung. Immer wieder nahmen sie sich Zeit füreinander. Oft nur einige Tage und Nächte auf der *Dora Maar*. Aber es gab auch größere Fluchten, die sie bis Saint-Barth in der Karibik führten. Im Anschluss ging jeder wieder seinen eigenen Weg. Er wusste von Nicolas ebenso wie früher von Thierry. Was auch umgekehrt galt. Und sie akzeptierte seine attraktiven Begleiterinnen, mit denen er sich auf Vernissagen und anderen

Events fotografieren ließ. Das war ihr *arrangement.* Es hatte erstaunlich lange funktioniert.
Isabelle beschloss, die Zeiten in schöner Erinnerung zu behalten. Aber auch zu akzeptieren, dass sie vorbei waren. Das Leben spielte im Hier und Jetzt. Und der Blick sollte sich nach vorne richten.

Am nächsten Morgen wusste sie nicht mehr, wann ihr diese und andere Gedanken durch den Kopf gegangen waren. Häufig genug hatte sie wach gelegen. Weil sie geglaubt hatte, es müsse auch ohne Schlaftabletten gehen. Der Cognac alleine war offenbar zu wenig gewesen. Aber das machte nichts. Sie fühlte sich trotzdem … *alors,* nicht ausgeschlafen, aber ganz gut.
Vor dem *Hôtel de ville* begegnete sie Apollinaire, der gerade mit der Handkurbel seinen 2CV startete. Er zuckte entschuldigend mit der Schulter. Der Tank sei voll, aber die Batterie habe sich entleert. Er hatte Übung darin, seine Ente mit der Kurbel anzulassen. Bevor sie ihm ihre Hilfe anbieten konnte, zum Beispiel mit einem Starterkabel, sprang der 2CV bereits an.
»*Pardon, Madame,* ich muss jetzt gleich losfahren, bevor mein *Deux chevaux* wieder ausgeht. Auf Ihrem Schreibtisch liegt ein Blatt mit meinen neuesten Erkenntnissen zur Vergabe des Bauauftrags. *Très interéssant!* Mit Monsieur Larousse habe ich einen Termin bei ihm zu Hause vereinbart. Sobald ich fertig bin, gebe ich Ihnen Bescheid. *Adieu* … und passen Sie auf sich auf.«
Das Gleiche wollte sie ihm auch gerade wünschen. Er war mit seiner Ente schon mal in einem Feld mit Sonnenblumen gelandet.
»*Bonne route. À bientôt.*«
Im Büro roch es nach Kaffee. Auf der Maschine stand noch eine heiße Kanne. Sie goss sich eine Tasse ein und nahm Apollinaires Bericht zur Hand.

Très interéssant? Da hatte er untertrieben. Spätestens jetzt wusste sie, weshalb sie erneut mit Xavier Duchamp sprechen sollte. Denn Apollinaire hatte herausgefunden, warum Marcel Chavan den Bauauftrag trotz der gewonnenen Ausschreibung nicht erhalten hatte: Er war zum Unterschriftstermin schlicht nicht erschienen! Er hatte ihn platzen lassen. Alle Versuche, Marcel Chavan zu erreichen, waren vergeblich geblieben. Die Zeit drängte. Es gab eine Fristsetzung. Die Auftraggeber seien stinksauer gewesen. Also hatten sie sich entschieden, den Auftrag an den Zweitplatzierten zu vergeben. Xavier Duchamp war sofort zur Stelle gewesen und hatte im Namen der *EdC French Riviera SAS* unterzeichnet.
»Honi soit qui mal y pense«, hatte Apollinaire noch notiert. Ein Schelm, der Böses dabei denkt? Es fiel schwer, dies nicht zu tun, stellte Isabelle fest. Falls nämlich Marcel Chavan deshalb nicht zur Unterschrift gekommen war, weil man ihm zuvor den Schädel eingeschlagen hatte, erschien alles in einem anderen Licht. Dann lagen die Motive für die Tat nicht in seinem ausschweifenden Liebesleben begründet, sondern hatten ganz nüchterne, wirtschaftliche Gründe. Wobei kaum vorstellbar war, dass Xavier Duchamp nichts davon wusste.

Obwohl sie also sehr dringend mit ihm reden wollte, fuhr sie zunächst nach Plan-de-la-Tour zu Joséphine und ihrer Schwester. Mit Xavier Duchamp war sie in Mougins zum Mittagessen verabredet. Sie hatte sich ursprünglich darauf eingelassen, weil es keinen Unterschied machte, wo sie ihn befragte. Bei einem Glas Wein kam vielleicht sogar mehr dabei heraus. Nachdem sie aber jetzt von Apollinaires Recherche wusste, hätte sie lieber davon Abstand genommen und ihn wieder ins Kommissariat zitiert. Mit einem Mitwisser eines Mordes wollte sie nicht speisen – und sich vielleicht noch anbaggern lassen. Allerdings bestand immer noch die Möglichkeit, dass er völlig unschuldig war. Im Zweifel für den Angeklagten. Aber theoretisch war auch das extreme Gegenteil nicht auszuschließen: nämlich, dass Xavier Duchamp nicht nur Mitwisser, sondern sogar ganz unmittelbar Marcel Chavans Mörder war. Doch daran wollte sie nicht glauben.

Vor dem ockerfarbenen Häuschen am Ortsrand von Plan-de-la-Tour angekommen, war es wieder Joséphines Schwester Sandrine, die sie begrüßte. Diesmal von oben – vom Dach.

»Bin mit den blöden Dachziegeln noch nicht fertig«, rief sie ihr zu. »Sind mehr kaputt als erwartet.«

Sie war wirklich eine patente Frau, dachte Isabelle. Für Joséphine ein Segen. Für die Herausforderungen des Alltags brauchte sie keinen Mann.

»Passen Sie nur auf, dass Sie nicht runterfallen.«

Sandrine lachte.

»Ich bin schwindelfrei. Gibt's was Neues? Soll ich runterkommen?«

Isabelle warf einen Blick auf die hohe Leiter, die ans Haus gelehnt war. Besser, sie blieb oben.

»Nein, die Mühe können Sie sich sparen. Es gibt nichts wirklich Neues. Ich wollte nur noch mal mit Ihrer Schwester plaudern. Vielleicht ist ihr ja doch noch was eingefallen, was uns weiterhelfen könnte.«

»Ist ihr nicht«, rief Sandrine. »Das hätte sie mir gesagt. Aber sie freut sich bestimmt über Ihren Besuch. Sie ist hinten bei ihren Rosen.«

Isabelle überlegte, warum sich Joséphine über ihren Besuch freuen sollte. Hatte sie so wenig Abwechslung?

»*Merci.* Ich weiß ja, wo es langgeht.«

Joséphine hatte ihr lautes Gerede gehört und kam um die Ecke. Mit der Gartenschere in der Hand wie beim ersten Mal.

»*Madame le Commissaire,* mit Ihrem erneuten Besuch habe ich nicht gerechnet. Haben Sie was herausgefunden? Wissen Sie, wer Marcel auf dem Gewissen hat?«
Isabelle schüttelte den Kopf.
»Tut mir leid. Wir haben nicht einmal einen Tatverdächtigen ...«
»Sie haben einen Tatverdächtigen?«, rief Sandrine, die sie offenbar nicht richtig verstanden hatte, vom Dach. »Warten Sie, dann komme ich doch runter.«
»Du hast dich verhört«, schrie Joséphine. »*Keinen* Tatverdächtigen.«
»Ach so. Hätte mich auch gewundert.«
»Warum?«
»Nach so vielen Jahren? Ich fürchte, der Mord an Marcel wird niemals aufgeklärt werden. Das ist die bittere Wahrheit ... *Merde ... Attention!*«
Es schepperte. Ein Dachziegel rutschte über die Schindeln, fiel nach unten und zerschellte auf dem Steinboden.
»Besser, ihr bringt euch in Sicherheit«, rief Sandrine lachend von oben. Ihre gute Laune schien das Missgeschick nicht zu beeinträchtigen.
»Guter Vorschlag«, sagte Joséphine zu Isabelle. »Kommen Sie mit auf die Terrasse.«
Sie setzten sich an den Gartentisch unter dem Marktschirm. Joséphine holte eine Karaffe mit Eiswasser.
»Gibt's wirklich keinen Grund für Ihren Besuch?«, fragte sie. »Sie kommen doch nicht einfach so vorbei?«
»Sie liegen quasi auf dem Weg. Ich habe später einen Termin mit Xavier Duchamp.«
Joséphine nickte.
»Duchamp, die untreue Seele ... Hat er Ihnen weiterhelfen können?«

»Er konnte uns einige Namen geben. Wir haben in der Zwischenzeit alle überprüft. Keiner kann es gewesen sein.«
»Langsam glaube ich, dass Sandrine recht hat. Das alles ist zu lange her.«
»Ich geb die Hoffnung nicht auf. Immerhin haben wir den Mann gefunden, der damals den Peugeot Ihres Mannes angezündet hat.«
Joséphine sah sie erstaunt an.
»Wirklich? Wer war es?«
»Kennen Sie wahrscheinlich nicht. Ein gewisser Emile Thouvenin aus Draguignan.«
»Nein, noch nie von ihm gehört. Was hatte er gegen Marcel? Und könnte es nicht sein, dass er auch …« Sie sprach nicht weiter.
»Nein, als Mörder Ihres Mannes kommt er nicht in Betracht. Was er gegen Ihren Mann hatte? Nun, Monsieur Thouvenin ist ein eifersüchtiger Psychopath. Madame Chavan, Sie haben ja schon bei unserem ersten Treffen eingeräumt, dass Ihr Mann häufig untreu war.«
»Habe ich das? Aber es stimmt schon, Marcel hatte nebenher immer wieder Affären. Ich wusste das … und er wusste, dass ich es wusste. Ich habe es hingenommen, weil ich dachte, dass Männer halt so sind. Heute weiß ich, dass das ein Fehler war. Aber … was hat das mit diesem Thouvenin zu tun?«
»Ihr Mann hatte auch mit *seiner* Frau eine Affäre. Thouvenin hat es herausgefunden und aus Wut das Auto seines Widersachers angezündet. Aber umgebracht hat er ihn nicht, davon können wir ausgehen. Er wäre nicht in der Lage gewesen, nach seinem Tod all die falschen Fährten zu legen. Angefangen vom Ehering und dem Abschiedsbrief über die mitgenommene Kleidung bis hin zur Ansichtskarte von Martinique. Er hat ja Ihren Mann überhaupt nicht gekannt. Nein, es muss jemand gewesen sein, der über die nötigen privaten Kenntnisse verfügt hat. Auch

muss der Täter gewusst haben, dass Sie für längere Zeit abwesend sind. Sonst hätte er nicht in aller Seelenruhe die Maurerarbeiten zu Ende geführt. Das erscheint mir logisch.«
Isabelle ging durch den Kopf, dass sie diesem Aspekt bislang zu wenig Aufmerksamkeit geschenkt hatte. Ja, es war unbedingt logisch, dass der Täter Marcel und seine Lebensumstände gut gekannt hatte. Und eben auch, dass Joséphine bei ihrer Schwester Ferien machte.
Joséphine blickte stumm auf den Tisch. Auch sie schien über dieses Kriterium nachzudenken.
»Wir haben einige weitere Liebschaften Ihres Mannes überprüft«, fuhr Isabelle fort. »In keinem Fall hat sich ein konkreter Verdacht erhärtet.«
Joséphine wirkte so, als ob sie mit ihren Gedanken ganz woanders wäre.
»Und jetzt?«, fragte sie nach einer Weile.
»Jetzt beschäftigen wir uns mit den Baugeschäften Ihres Mannes. Wir sind da auf einige Merkwürdigkeiten gestoßen, über die ich später mit Duchamp sprechen möchte. Hat Ihnen Ihr Mann von einem Parkhaus erzählt, mit dem er kurz vor seinem Tod befasst war?«
Joséphine kniff die Augen zusammen. Wie es schien, war sie wieder bei der Sache.
»Ein Parkhaus? Ja, ich erinnere mich. Er hat sich große Chancen ausgerechnet, den Auftrag zu bekommen. Wäre wohl sehr lukrativ gewesen.«
»Es hat eine Ausschreibung gegeben. Wir haben herausgefunden, dass er den Auftrag tatsächlich erhalten hätte. Aber zur Vertragsunterzeichnung ist er nicht erschienen.«
Sie runzelte die Stirn.
»Verstehe ich nicht. Einen solchen Termin hätte er doch nie verpasst.«

»Es gibt nur eine Erklärung. Er konnte nicht kommen – weil er zuvor umgebracht wurde.«
»Sie meinen? *Mon Dieu*, dann hätte sein Tod gar nichts mit seinen Seitensprüngen zu tun? Ihm sind seine Geschäfte zum Verhängnis geworden …« Sie langte sich ans Herz. »Das wäre mir lieber, viel lieber. Das würde mir eine Last von der Seele nehmen. Gerade habe ich noch etwas ganz anderes gedacht …«
Isabelle sah sie scharf an.
»Was haben Sie sich gedacht?«
Sie winkte fahrig ab.
»Nichts, nichts. Ab und zu habe ich Hirngespinste. Dann war es also das Parkhaus. Ein Konkurrent hat nicht gewollt, dass er den Auftrag bekommt. Doch, doch, so wird es gewesen sein.«
»Das *kann* so gewesen sein. Muss aber nicht. Jedenfalls ist das eine Spur, der wir nachgehen.«
»Jetzt verstehe ich, warum Sie mit Xavier sprechen wollen. Er kennt sich wie kein anderer in der Baubranche aus. Von Xavier können Sie erfahren, wer davon profitiert hat, dass Marcel nicht zur Vertragsunterzeichnung kommen konnte.«
Isabelle dachte, dass sie das schon längst wusste. Nämlich Xavier Duchamp selbst und seine *EdC*.
»Das hoffe ich. Dann sehen wir weiter. Doch ist es nicht so, dass wir uns jetzt nur darauf konzentrieren. Ich möchte immer noch nicht ausschließen, dass das Motiv für die Ermordung Ihres Mannes was mit seinen Affären zu tun hat. Vielleicht gibt es noch eine Geliebte, von der wir bislang nichts wissen?«
Joséphines gerade noch aufgehellte Miene schien sich wieder zu verfinstern. Irgendwas ging ihr durch den Kopf.
»Nein, nein, das glaube ich nicht. Es war das Parkhaus. Darauf müssen Sie sich konzentrieren.«
Isabelle überlegte, dass es wenig Sinn machte, ihr zu verraten, dass sich Apollinaire gerade mit ihrem früheren Gefährten Ro-

land Larousse traf. Das musste sie nicht wissen. Im Zweifelsfall würde sie es früh genug erfahren. Sie dachte an das Kriterium, dass Marcel Chavans Mörder viel über sein Leben gewusst haben musste, um die falschen Spuren legen zu können. Traf das auf Larousse zu?

Isabelle fragte nach der Toilette. Von dort schrieb sie Apollinaire eine kurze Textnachricht. Er solle Larousse dazu befragen – nicht direkt, sondern psychologisch geschickt. Sie musste schmunzeln. Den Hinweis hätte sie sich sparen können. Apollinaire hatte das Feingefühl des sprichwörtlichen Elefanten im Porzellanladen.

Als sie wieder zurück auf die Terrasse kam, hatte sich Sandrine hinzugesellt. Sie zog sich gerade ihre Arbeitshandschuhe aus. Es seien viel mehr Ziegel kaputt als gedacht. *Quel dommage …* Jetzt müsse sie zum Baumarkt fahren und hoffen, dass noch welche vorrätig seien. Joséphine hörte kaum zu. Immer noch schien sie ihrem »Hirngespinst« nachzuhängen. Einige Male warf sie ihrer Schwester einen kurzen Blick zu. Was diese aber nicht bemerkte, weil sie sich weiter in das Thema der provenzalischen Dachpfannen vertiefte. Ob Isabelle wisse, warum sie *tuiles mâles et femelles* genannt würden. Es handle sich um sogenannte Klosterziegel, die so heißen würden, weil sie wie Mönch und Nonne als Halbschalen aufeinander zum Liegen kämen. Sandrine lachte. Die Nonne liege immer unten, das könne man sich leicht merken …

»*Madame le Commissaire* fährt jetzt zu Xavier Duchamp«, unterbrach sie Joséphine. »Der Verdacht der Polizei richtet sich auf Marcels Baugeschäfte. Das kann ich mir gut vorstellen. Was meinst du?«

»Seine Baugeschäfte? Ah ja, warum nicht? Vielleicht hat sich Marcel den Hass eines Wettbewerbers zugezogen? Das wäre möglich.«

Sandrine machte nicht den Eindruck, als ob es sie wirklich interessieren würde, wer ihren Schwager auf dem Gewissen hatte. Außerdem war sie sowieso der Auffassung, dass man das nach der langen Zeit kaum mehr herausbekommen würde.
Isabelle fürchtete, dass sie recht haben könnte. Und doch war sie nicht gewillt aufzugeben.

47

Das malerisch auf einem Hügel gelegene Mougins war bekannt für seine Gastronomie. Auch dafür, dass Pablo Picasso hier seine letzten Lebensjahre verbracht hatte und die große Chansonnette Édith Piaf im nahe gelegenen Plascassier verstorben war. Aber für Feinschmecker war Mougins vor allem eine *capitale de la gastronomie*, wie sich das Dorf gerne selbst bezeichnete. Einige Gassen in der Altstadt waren nach berühmten Köchen wie Paul Bocuse benannt. Und einmal im Jahr gaben sich die Großmeister der Gourmet-Küche von Troisgros bis Ducasse beim Festival »Les Étoiles de Mougins« höchstpersönlich die Ehre.

Isabelle hatte ihr Auto am Rande der Altstadt in der Verbotszone geparkt. Mit dem Einsatzfahrzeug der *Police nationale* konnte sie sich diese Freiheit wieder herausnehmen. Das immerhin. Sonst konnte sie keine Vorteile im Vergleich zu ihrem Mustang erkennen. Sie lief zur riesigen Kopfplastik von Pablo Picasso. Sie war nicht zu verfehlen. Von hier hatte man einen herrlichen Blick über die hügelige Landschaft. Gleich gegenüber war der Eingang zum Restaurant *L'Amandier de Mougins*. Hier hatte Xavier Duchamp einen Tisch reserviert. Schon von außen war zu erkennen, dass es sich um kein einfaches Straßenbistro handelte. Isabelle drängten sich zwei Fragen auf. Erstens fragte sie sich, woher Xavier Duchamp nach seinem schroffen Empfang in Fragolin die Zuversicht nehmen konnte, sie würde ihn diesmal zuvorkommender behandeln und sich über ein gepflegtes Mittagessen in seiner Gesellschaft freuen. Und zweitens fragte sie sich einmal mehr, warum zum Teufel sie sich darauf eingelassen hatte. Da war sie wohl von allen guten Geistern verlassen gewesen.

Vom Empfang wurde sie hinauf zu einer großen Terrasse begleitet, wo Duchamp bereits an einem Tisch in der ersten Reihe auf sie wartete. Er stand lächelnd auf … Isabelle zog erschrocken die Hand zurück. Hatte er ihr gerade einen Handkuss geben wollen?

»*Prenez place, s'il vous plaît.*«

Gegen die Bitte, Platz zu nehmen, hatte sie keine Einwände. Ein Ober schob ihr den Sessel in die Kniekehlen. Sie hasste das. Als ob sich Frauen nicht alleine setzen könnten.

»Ich freue mich sehr, dass Sie sich von mir zu einem Mittagessen einladen lassen …«, begann Duchamp.

»Ich lasse mich von Ihnen nicht einladen«, stellte sie klar. »Ich zahle selbst. Und ob Sie sich freuen können, wird erst der weitere Verlauf unserer Befragung zeigen.«

Duchamp ließ sich nicht aus der Ruhe bringen. Statt sich über ihre brüske Reaktion zu ärgern, lächelte er amüsiert.

»*Madame le Commissaire,* ich mag Ihre direkte Art.«

Offenbar, dachte Isabelle, hatte er eine masochistische Ader.

Ihnen wurden zwei Gläser Champagner hingestellt.

»*Je m'excuse*. Ich war so frei, den Champagner schon vor Ihrem Eintreffen zu bestellen. Sie müssen ihn ja nicht trinken – und selbstverständlich auch nicht bezahlen.«

»Solange ich nicht mit Ihnen anstoßen muss.«

Sie nahm einen Schluck und sah ihn über das Glas konzentriert an. Saß sie gerade einem Mitwisser oder gar einem Mörder gegenüber? Oder nur einem unverbesserlichen Charmeur?

Er legte ihr einen Umschlag hin.

»Wie versprochen habe ich den Kaufbeleg für meine Daytona mitgebracht und das Zertifikat von Rolex. Ich nehme die Uhr gerne ab, damit Sie die Seriennummer vergleichen können.«

»Schön, dass Sie daran gedacht haben. Die Uhr können Sie anlassen. Das mit der Seriennummer will ich Ihnen ausnahmsweise mal glauben.«
»Warum sind Sie so misstrauisch?«
Ihnen wurden die Speisekarten hingelegt. Duchamp empfahl ein Champagner-Risotto und danach Tataki vom Lachs. Aber natürlich könne sie auch nach Würstchen fragen.
Das war frech. Nur weil sie darauf bestanden hatte, selber zu zahlen. Sie bestellte das Risotto – gegen Aufpreis mit Trüffel.
»Warum ich so misstrauisch bin, wollen Sie wissen? Das kann ich Ihnen erklären. Weil Sie mir verschwiegen haben, wie Sie zum Auftrag für das Parkhaus gekommen sind, obwohl doch eigentlich Ihr alter Freund Marcel Chavan die Ausschreibung gewonnen hatte. Ich mag es nicht, wenn man versucht, mich hinters Licht zu führen.«
Duchamp räusperte sich.
»Sie haben nicht danach gefragt.«
»Doch, habe ich. Außerdem haben Sie mich mit der Bemerkung angelogen, beim Parkhaus würde es sich um nichts Besonderes handeln. Immerhin ging es um Millionen.«
»Das stimmt. Aber ich habe Sie nicht angelogen, ich habe den Auftrag nur ein wenig … sagen wir so, ein wenig heruntergespielt.«
»Warum?«
»Weil ich Ihre Aufmerksamkeit nicht unnötigerweise auf dieses Projekt lenken wollte. Ich war ja damals selber überrascht gewesen, dass der Auftrag letztlich doch bei mir beziehungsweise bei der *EdC* gelandet ist. Ich hatte das Parkhaus schon abgeschrieben.«
»Genau darauf möchte ich hinaus. Sie haben mir verschwiegen, auf welche Weise es doch dazu gekommen ist.«

Isabelle wartete gespannt auf seine Antwort. Bisher hatte er, soweit sie das einschätzen konnte, noch in keinem Punkt gelogen – nur halt nicht freiwillig alles preisgegeben.
Er nahm einen Schluck vom Champagner. Seine Hand zitterte kein bisschen. Er schien die Ruhe selbst. Nur nicht glücklich über ihre bohrenden Fragen.
»Ich habe damals einen Anruf bekommen, dass Marcel zur Vertragsunterzeichnung nicht erschienen ist. Offenbar hatte er den Termin einfach platzen lassen. Alle Versuche, ihn zu erreichen, waren gescheitert. Weil Fördergelder im Spiel waren, gab es eine enge Fristsetzung. Deshalb hat sich das Vergabegremium entschieden, den Auftrag beim Zweiten der Ausschreibung zu platzieren. Das war nun mal ich mit der *EdC*. So ist das abgelaufen.«
Seine Darstellung deckte sich mit Apollinaires Recherchen.
»Und Sie haben sich nie gefragt, wieso Ihr alter Freund nicht erschienen ist?«
»Doch, natürlich. Ich erinnere mich, dass ich selber mehrfach versucht habe, ihn zu erreichen. Irgendwann habe ich von Joséphine erfahren, dass sich Marcel mit einer Freundin in die Karibik abgesetzt hat. Wirklich verstehen konnte ich das nicht.« Xavier hielt kurz inne. »Aber jetzt wissen wir ja den wahren Grund, warum er zur Unterschrift nicht erschienen ist …«
»Weil er umgebracht wurde.«
»Ja, so sieht es aus.«
»Können Sie nachvollziehen, dass Sie deshalb zum Kreis der Verdächtigen zählen? Sie hatten ein Motiv und die Gelegenheit zur Tat. Und Sie kannten Marcel gut genug, um hinterher falsche Spuren zu legen.«
»Sie würden mir wirklich zutrauen, dass ich meinen alten Freund Marcel umgebracht habe? Wegen eines Bauauftrags?« Er schüttelte den Kopf. »Madame, Sie enttäuschen mich.«

»Wer hier wen enttäuscht, muss sich noch zeigen. Ich mache nur meine Arbeit.«
Das Risotto wurde Ihnen serviert. Es duftete fantastisch. Isabelle dachte, dass sie es trotz des schwierigen Gesprächsverlaufs genießen sollte. Sie liebte Risotto.
»Machen wir eine kurze Pause«, schlug Duchamp vor. »Ich kann Ihnen garantieren, das Risotto schmeckt so gut, wie es duftet.«
Er hatte in der Zwischenzeit einen Sauvignon blanc bestellt. Sie hatte sich für Wasser in der Karaffe entschieden.
»In diesem Punkt haben Sie mich nicht angelogen«, sagte sie, als der Teller leer war. »Das Risotto war *magnifique*.«
»Ich lüge Sie nie an.«
»Dann erklären Sie mir, warum ich Ihnen glauben soll, dass Sie unschuldig sind.«
»Habe ich das richtig verstanden? Sie halten es für möglich, dass ich Marcel den Schädel eingeschlagen und ihn hinterher eingemauert habe? Nur um diesen blöden Bauauftrag zu bekommen?«
»Ja, genau das halte ich für möglich.«
»Die Tat müsste ich demnach unmittelbar vor dem Unterschriftstermin begangen haben. Korrekt?«
Sie nickte.
»Habe ich Ihnen schon erzählt, dass ich früher Polo gespielt habe?«, fuhr er fort.
Isabelle fragte sich, ob er gerade den Verstand verlor.
»Ich muss zugeben, nicht besonders gut«, gestand er ein.
»Steigt Ihnen gerade der Champagner zu Kopf? Oder warum erzählen Sie mir das?«
»Ich dachte, das sollten Sie wissen …« Er sah sie leise lächelnd an. »Zwei Wochen vor der Vertragsunterzeichnung bin ich bei einem Turnier wieder mal vom Pferd gefallen. Stand sogar in der Zeitung. Dabei habe ich mir die Schulter und das rechte

Handgelenk gebrochen. Die Unterschrift habe ich mit der linken Hand hingekrakelt. War trotzdem rechtskräftig. Jetzt frage ich Sie, ob Sie es wirklich für möglich halten, dass ich in dieser jämmerlichen Verfassung Marcel erschlagen konnte? Aber selbst wenn, hätte ich ihn nie und nimmer einmauern können. Ach so, Auto fahren konnte ich übrigens auch nicht. In der Zeit hat mich meine damalige Frau chauffiert.«

Isabelle musste zugeben, dass er gerade einen entscheidenden Punkt gemacht hatte.

»Ich vermute, Sie können das beweisen.«

»Natürlich, ich sagte ja schon, dass mein unrühmlicher Abwurf beim Polo sogar in der Zeitung stand. Übrigens bin ich seitdem nie mehr auf ein Pferd gestiegen.«

»Golf ist definitiv ungefährlicher und Ihrem Alter angemessener«, konnte sie sich nicht verkneifen. »Gehen wir also mal davon aus, dass Sie den Mord nicht selbst ausgeführt haben. Bleibt als weitere Möglichkeit, dass Sie entweder einen Komplizen hatten oder ihn in Auftrag gegeben haben.«

Duchamp stöhnte.

»Madame, Sie lassen nicht locker. Langsam vergeht mir der Appetit. Was schade wäre, denn auf die Tataki habe ich mich eigentlich gefreut.«

»Tut mir leid.«

»Was wäre mein Motiv? Der Auftrag für das Parkhaus? Oder fällt Ihnen ein anderer Grund ein?«

»Das Parkhaus, natürlich. Wenn es um Geld geht, hört die Freundschaft auf.«

»Madame, Madame … Langsam bin ich froh, dass ich Sie nicht Isabelle nennen darf. Sie sollten wissen, dass es bei mir nie um Geld geht.«

»Ihr Lebensstandard spricht dagegen. Ferrari, Polo, Golf …«

»Sie haben meine Segeljacht vergessen. Sie liegt in Antibes.«

»Wie können Sie dann behaupten, dass es Ihnen nie um Geld geht? Das will ja alles bezahlt werden.«
»Ich habe drei Scheidungen hinter mir. Im Vergleich dazu sind meine Hobbys fast preiswert. Madame, ich hatte das Privileg, als Kind ziemlich vermögender Eltern auf die Welt zu kommen. Nach ihrem Tod habe ich alles geerbt. Jetzt arbeite ich daran, das Geld auszugeben. Mein Vermögensberater sagt, ich würde das bis zu meinem Lebensabend nicht schaffen. Was das Geldverdienen betrifft, habe ich aus diesem Grund keinen besonderen Ehrgeiz. Aber ich arbeite gerne als Architekt, das macht mir Spaß. Doch habe ich mir noch nie für einen Auftrag die Beine ausgerissen.«
»Haben Sie Kinder?«
»Ja, zwei Töchter. Beiden habe ich schon vor Jahren ihr Erbe ausbezahlt. Das können Sie übrigens alles nachprüfen. Ich gebe Ihnen die Adresse meines Vermögensberaters. Jetzt möchte ich aber wirklich darum bitten, dass wir das Thema abhaken. Da hinten kommt unser Tataki. Bitte nehmen Sie zur Kenntnis, dass ich kein Mörder bin und noch nie jemandem nach dem Leben getrachtet habe. Nicht einmal meiner zweiten Frau. Und die hat es wirklich darauf angelegt.«
Das alles war plausibel, dachte Isabelle. Was eine gute und eine schlechte Seite hatte. Die gute: Der Mann schien wirklich unschuldig zu sein. Die schlechte: Langsam gingen ihr die Verdächtigen aus. Blieb eigentlich nur noch Larousse, der gerade von Apollinaire befragt wurde. Aber auch sein Motiv wäre wirklich weit hergeholt.
»Machen wir eine kurze Pause«, sagte sie. »Aber nach unserer Hauptspeise hätte ich doch noch einige Fragen.«
»Hätte ich mir fast denken können.«
Sie ließen sich mit dem Essen Zeit. Tatsächlich schafften sie es sogar, dabei über belanglose und unverfängliche Themen zu sprechen.

»Bevor wir das Dessert bestellen, möchte ich wissen, was Sie von Ihren Partnern bei der *EdC* halten?«, fragte sie schließlich.
»Was ich von ihnen halte? Sagen wir so, ich komme gut mit ihnen klar. Sie lassen mir bei meinen Entwürfen freie Hand. Dafür kümmern sie sich um den administrativen Teil und um die ganze Abwicklung. Das ist eine gute Arbeitsteilung.«
Sie dachte an Apollinaires wilde Spekulation, dass grundsätzlich die Mafia bei größeren Bauprojekten an der Côte d'Azur ihre Hände im Spiel hatte.
»Was sind das für Leute?«
»Durchweg honorige Menschen. Ein Anwalt aus Paris repräsentiert einen Immobilienfonds. Ein ehemaliger Bürgermeister aus dem Département Var ist mit den Kommunalpolitikern gut vernetzt. Ein Bankier aus Monaco hat potente Investoren im Rücken. Allen gemeinsam geht es darum, mit den Projekten eine gute Rendite zu erzielen. Das ist ein legitimes Interesse.«
»Und Sie gehen davon aus, dass dabei alles mit rechten Dingen zugeht? Korrupte Bürgermeister und Kommunalpolitiker haben in der Region eine lange Tradition. Ich kenne Rechtsanwälte und Bankiers, die in der Immobilienbranche engagiert waren und wegen Bestechung oder Steuerhinterziehung verurteilt wurden. Ein Staatsanwalt hat das Baugeschäft an der Côte d'Azur mal als Sumpf bezeichnet, der von der Mafia kontrolliert wird.«
»Jetzt hören Sie aber auf!«, protestierte Duchamp. »Das mit der Mafia ist Unsinn. Natürlich bin ich nicht so naiv zu glauben, dass es keine Korruption gibt. Ich persönlich will damit nichts zu tun haben. Ich hoffe, meine Partner sehen das genauso … Und außerdem: Warum kommen Sie jetzt ausgerechnet auf dieses Thema? Erst wollten Sie mir einen Mord anhängen, weil das nicht geklappt hat, werfen Sie mir jetzt schmutzige Geschäfte vor. Was habe ich Ihnen getan?«

»Monsieur Duchamp, diesem Eindruck muss ich widersprechen. Ich bin immer noch bei Marcel Chavan und seiner Ermordung. Sie haben mich überzeugt, dass Sie damit nichts zu tun haben …«
»Na immerhin, Gott sei Dank.«
»Aber rein theoretisch könnten Ihre Geschäftspartner auf die Idee gekommen sein, ohne Ihr Wissen Chavan von der Unterschrift abzuhalten, damit die *EdC* den Auftrag bekommt.«
Duchamp überlegte.
»Aber nur sehr, sehr theoretisch. Praktisch würden sie das nie tun. Außerdem haben Sie selber gesagt, die Tat müsste jemand begangen haben, der die Lebensumstände von Marcel gut gekannt hat, um anschließend die falschen Spuren legen zu können. Das widerspricht sich, finden Sie nicht?«
Isabelle musste zugeben, dass er recht hatte. Blieb die Frage, warum sie sich so auf Duchamp eingeschossen hatte? Weil er neben Larousse quasi die letzte Chance war, die es bei diesem Mordfall noch gab? Sie hatte sich an die Hoffnung geklammert, bei ihm weiterzukommen. Jetzt fiel es ihr schwer zu akzeptieren, dass sie sich in eine Sackgasse manövriert hatte. Es war unprofessionell, ihren Frust an Duchamp auszulassen.
»Gut gekontert«, sagte sie schließlich und mühte sich ein Lächeln ab.
»Ich schlage vor, wir begraben das Kriegsbeil.«
»Ich hatte nie ein Kriegsbeil in der Hand. Darf man überhaupt noch Kriegsbeil sagen oder ist das eine kulturelle Aneignung?«
»Friedenspfeife ist wahrscheinlich auch nicht besser.«
»Zu unserem Kulturkreis passt ein Digestif. Wie wäre es mit einem Marc de Bourgogne?«

48

Auf der Fahrt zurück nach Fragolin ließ Isabelle ihr Gespräch mit Xavier Duchamp noch einmal Revue passieren. Selbstkritisch gestand sie sich ein, nicht besonders souverän gewesen zu sein. Da waren viele Faktoren zusammengekommen. Sie fühlte sich nach ihrem Unfall noch nicht richtig fit, aber das wollte sie als Entschuldigung nicht gelten lassen. Sie hatte sich störrisch wie ein kleines Kind verhalten, dem man ein Spielzeug wegnehmen wollte. Duchamp war natürlich kein »Spielzeug«, sondern ein Mordverdächtiger gewesen. Als solchen wollte sie ihn aber auch nicht hergeben und hatte sich trotzig dagegen gewehrt. Doch hatte sie am Schluss klein beigeben müssen. Er kam als Täter nicht mehr in Betracht. Auch ließ sich ausschließen, dass seine Partner den Mord in Auftrag gegeben hatten. Mochten sie auch sonst keine weiße Weste haben. Und es gab noch einen Faktor, der bei ihrem Verhalten eine Rolle gespielt hatte: Sie hatte sich von Duchamp provoziert gefühlt. Das mochte sie nicht. Darauf reagierte sie schon mal irrational.

Es blieb die Erkenntnis, dass sie beim Mordfall Marcel Chavan mit ihrem Latein am Ende war. Eine letzte Chance gab es noch. Sie stellte eine Telefonverbindung her.

»*Salut,* Apollinaire. Sind Sie noch bei Larousse oder schon auf dem Heimweg?«

»Ich bin auf dem Heimweg. Madame, wie Sie wissen, habe ich in meinem 2CV keine Freisprechanlage. Mit dem Handy in der Hand darf ich nicht Auto fahren.«

»Ich erteile Ihnen eine Ausnahmegenehmigung. Oder Sie fahren rechts ran.«
»Ausnahmegenehmigung klingt gut. Wie ist es mit Duchamp gelaufen?«
»Schlecht. Er scheidet als Täter aus. Was ist mit Roland Larousse?«
»Ich fürchte, ihn können wir auch streichen. Der Mann tut mir wirklich leid.«
»Warum tut er Ihnen leid? Was fehlt ihm?«
»Ich denke, das weiß er selber nicht. Er weiß eigentlich gar nichts mehr.«
»Was wollen Sie damit sagen?«
»Larousse ist hochgradig dement. Mir hat eine Pflegerin aufgemacht. Von ihr habe ich erfahren, dass die ersten Symptome erst vor wenigen Jahren aufgetreten sind, seitdem hat sich sein Zustand dramatisch verschlechtert. Larousse hielt mich für seinen Bankdirektor und hat mir zu meinem Geburtstag gratuliert. Er war sehr freundlich, aber völlig gaga. An eine Joséphine kann er sich überhaupt nicht erinnern. Auch nicht an einen Marcel Chavan. Und Fragolin hielt er für eine Insel in der Karibik.«
»Oje. Was aber nicht ausschließt, dass er vor zwölf Jahren ...« Schon wieder griff Isabelle nach einem Strohhalm.
»Larousse hat zarte Hände, die so aussehen, als ob er in seinem Leben nichts Schwereres als einen Füllhalter gehalten hätte. Er ist ausgesprochen schreckhaft. Laut Krankenakte, die mir die Pflegerin zum Lesen gegeben hat, war er das wohl schon immer und deshalb seit seiner Kindheit in therapeutischer Behandlung. Ich kann mir beim besten Willen nicht vorstellen, dass er einen Mann erschlagen und eingemauert hat.«
Das passte zu Sandrines Bemerkung, dachte Isabelle, dass Larousse ein »Waschlappen« sei. Auch hatte Apollinaire offenbar recht gehabt, als er ihn nach seiner ersten Recherche als so farb-

los wie einen grauen Fußabstreifer beschrieben hatte. Beides keine charmanten Vergleiche.

»Es gilt also die Unschuldsvermutung«, sagte Isabelle.

»Ich halte die Vermutung der Unschuld für eine Gewissheit. Roland Larousse kommt als Täter nicht infrage.«

»Das war der letzte Name auf Ihrem Chart. Jetzt sind wir mit allen durch«, stellte sie niedergeschlagen fest.

»Madame, leider muss ich Ihnen zustimmen. Dieser Marcel Chavan hat unsere ganze schöne Statistik versaut.«

»Was für eine Statistik?«

»Seit Sie unser Kommissariat leiten, haben Sie noch jeden Fall aufgeklärt. Aber irgendwann musste es ja passieren. Sie hätten, wenn ich mir die Bemerkung erlauben darf, den Fall nie annehmen dürfen. Der Mord liegt über zehn Jahre zurück. Vom Opfer sind nur noch Knochen übrig. Aufgrund der Verjährungsproblematik wäre der Täter juristisch schwer zu belangen. Mit so einem Fall kann man sich keine Lorbeeren verdienen.«

»Ich will keine Lorbeeren, ich will Gerechtigkeit.«

»Das ist mir klar, so gut kenne ich Sie. Aber diesmal bleibt die Gerechtigkeit halt auf der Strecke. Und wissen Sie was? Keinen interessiert es.«

»Mich schon.«

Den späten Nachmittag verbrachte sie auf ihrer kleinen Dachterrasse und hing ihren Gedanken nach. Es gab Phasen im Leben, da schien alles wie von selbst zu klappen. Und andere, da kam man sich vor wie in einer Abwärtsspirale. So ging es ihr gerade eben. Wo sollte sie anfangen? Zum Beispiel bei ihrer Liebesbeziehung mit Rouven, die es so nicht mehr geben würde. Das Ende belastete sie mehr, als sie erwartet hätte. Sie hatte immer damit gerechnet, dass dieser Moment mal kommen würde.

Aber es war was anderes, wenn er dann eintrat. Nach außen gab sie sich gerne cool. Im Herzen sah es bei ihr anders aus.
Woran hatte sie gerade gedacht? An eine Abwärtsspirale, bei der das eine zum anderen kam. Ihr Mustang war in Flammen aufgegangen und anschließend in die Tiefe gestürzt. Das war zwar nur ein Auto, aber leid tat es ihr trotzdem. Sie würde sein sonores Brummen vermissen.
Was noch? Trotz Tabletten hatte sie immer noch Kopfschmerzen, ihr Handgelenk tat weh und auch ihr linkes Bein. Aber sie war schon so oft verletzt gewesen, vor allem auch viel schlimmer, weshalb sie wusste, das würde vergehen.
Die Abwärtsspirale …? Ja, dazu gehörte vor allem auch ihr aktueller Kriminalfall. Es sah ganz so aus, als ob Apollinaire recht hätte: Ihre hundertprozentige Aufklärungsquote war im Eimer. Ein Misserfolg, der ihrem Ego nicht guttat.
Isabelle saß unter ihrem verblichenen Ricard-Schirm, trotz des Schattens mit dunkler Sonnenbrille. Die Augen hielt sie geschlossen. Sie hatte Kopfhörer aufgesetzt – aber hörte keine Musik. Es war still und dunkel. So konnte sie am besten nachdenken.
Was machte man beim Gefühl einer Abwärtsspirale? Wie verhinderte man eine Depression? Sie wusste, wie das ging. Sie hatte das schon oft praktiziert. Auch wenn es nicht immer einfach war, sollte man sich auf die positiven Dinge konzentrieren und versuchen, den Rest auszublenden. Und Positives gab es wahrlich genug. Wer hatte schon eine so gemütliche Terrasse über den Dächern von Fragolin? Gleichzeitig einen alten Fischkutter, der nur darauf wartete, dass sie die Leinen löste und mit ihm hinaus aufs Meer tuckerte? Viele Menschen, die sie im Ort freundlich grüßten? Einen Stammplatz im Bistro *Chez Jacques?* Eine Clodine, die sie immer mit dem neuesten Tratsch versorgte? Einen Job mit Büro im *Hôtel de ville,* wo sie die Arbeitszeit

selbst bestimmte? Ihr würde noch viel einfallen – bis hin, natürlich, die Freundschaft zu einem extravaganten Maler. Von wegen Abwärtsspirale … mit dieser Liebesbeziehung ging es gerade wieder aufwärts. Ihre Krise war überwunden. Bald würden sie sich wieder so nah wie früher sein. Das sah sie ganz optimistisch.

Isabelle schmunzelte. Die Kraft des positiven Denkens. Wie immer kam es auf die Perspektive an. Mit der richtigen Vision ließ sich viel erreichen.

Warum klappte das nicht bei ihrem aktuellen Fall? Nein, sie würde sich nicht wieder runterziehen lassen. Sie wollte nur noch positiv denken. Positiv … positiv … Sie war nicht gescheitert. Sie hatte nur noch nicht die richtige Vision. Es fehlte die kreative Eingebung.

Die Liste der Verdächtigen hatten sie abgearbeitet. Keiner kam als Täter infrage. Das ließ sich auch positiv interpretieren: Immerhin wusste sie jetzt, wer es alles nicht war. Also konnte sie den Blick öffnen und der Fantasie freien Lauf lassen.

Sie erinnerte sich, dass es heute einen Moment gegeben hatte, der sie stutzig gemacht hatte. Aber ihr war keine Erklärung eingefallen. Dann hatte sie ihn wieder vergessen.

Der Fantasie freien Lauf lassen …

Plötzlich keimte ein Gedanke auf. Er kam von ganz hinten in ihrem Kopf und drängte sich ins Bewusstsein.

Spielte ihr die Fantasie gerade einen Streich? Oder war das wirklich möglich?

Ihr fiel kein zwingendes Gegenargument ein. Aber beweisen würde sie es auch nicht können … Stopp, das war schon wieder ein negativer Gedanke.

Sie öffnete die Augen und nahm die Kopfhörer ab. Jedenfalls wusste sie jetzt, was sie morgen tun würde.

49

Manche Fantasien zerplatzten am nächsten Morgen im Licht der aufgehenden Sonne wie Seifenblasen. Isabelle hatte Glück, ihre blieben bestehen.
Sie teilte Apollinaire mit, wo sie hinwollte. Den Grund verschwieg sie. Es reichte völlig, wenn sie sich vor sich selbst blamierte.
Gegen elf Uhr kam sie an ihrem Ziel an. Doch heute war alles anders als gewohnt. Vor dem ockerfarbenen Haus in Plan-de-la-Tour, wo sonst idyllische Ruhe herrschte, standen kreuz und quer Fahrzeuge. Darunter ein Einsatzfahrzeug der Gendarmerie. Ein SAMU-Rettungsfahrzeug, das allerdings gerade losfuhr … ohne Blaulicht. Entweder wurde keine medizinische Hilfe benötigt – oder die Sanitäter waren zu spät gekommen.
Isabelle hielt in einigem Abstand. Sie stieg aus und lief zum Haus. Am Gartentor wurde sie von einem übereifrigen Uniformträger der Gendarmerie gestoppt. Er erinnerte sie an Sergeant Albertin in Fragolin.
»Hier gibt's nichts zu sehen. Bitte gehen Sie weiter.«
Wortlos hielt sie ihm ihren Polizeiausweis hin.
»*Pardon,* das konnte ich ja nicht wissen.«
»Kein Problem. Was ist passiert?«
»Ein tragisches Unglück. Eine Frau ist vom Dach gestürzt und hat sich dabei das Genick gebrochen. Jede Hilfe kam zu spät.«
Isabelle erinnerte sich, wie sie Sandrine gewarnt hatte. Sie glaubte noch ihre Stimme zu hören: *Ich bin schwindelfrei!* Was nichts half, wenn man ausrutschte.

Die hohe Leiter, die bei ihrem letzten Besuch noch ans Haus gelehnt war, lag am Boden. Auf den Steinfliesen eine Folie, mit der man ihren Körper zugedeckt hatte.
Sie machte sich mit einem Capitaine der Gendarmerie bekannt. Der wunderte sich zwar über ihr Erscheinen, gab aber bereitwillig Auskunft. Das Unglück habe sich vor circa vierzig Minuten ereignet. Vielleicht sogar schon früher, denn Joséphine Chavan habe bei eingeschaltetem Radio in der Küche Marmelade eingekocht und nichts von draußen mitbekommen. Als sie schließlich ihren Abfall zur Mülltonne bringen wollte, habe sie den Leichnam ihrer Schwester entdeckt. Die arme Frau stehe noch immer unter Schock. Die Situation stelle sich so dar, dass ihre Schwester auf dem Dach Schindeln ausgewechselt habe. Er deutete auf die Leiter. Als Sandrine vom Dach herunter- oder hinaufsteigen wollte, das lasse sich nicht rekonstruieren, spiele aber auch keine Rolle, sei die Leiter offenbar umgefallen und sie abgestürzt. Wie es aussehe von ganz oben. Deshalb der Genickbruch. Er schüttelte den Kopf. Das mit der Leiter sei ein fürchterlicher Leichtsinn gewesen. Professionelle Dachdecker würden nur mit Gerüst arbeiten.
Isabelle gab ihm recht. Sie fragte, ob sie mit Madame Chavan sprechen dürfe. Sie sei erst gestern bei ihr zu Besuch gewesen.
Das könne sie gerne, antwortete der Capitaine. Die Gendarmerie habe den Unfall aufgenommen und sei mit ihrer Arbeit fertig. Der Leichenwagen sei schon unterwegs. Es gebe nichts mehr zu tun.
Isabelle traf Joséphine auf der Terrasse an. Sie saß vornübergebeugt auf einer Bank. Neben ihr ein Geistlicher, der ihre Hand hielt und beruhigend auf sie einredete.
Isabelle trat hinzu und begrüßte sie. Sie stand so unter Schock, dass sie gar nicht auf die Idee kam, nach dem Grund ihres Besuchs zu fragen.

»Sie haben ja gesehen, wie sie auf dem Dach herumgeturnt ist«, sagte Joséphine schluchzend. »Sandrine war schon immer leichtsinnig, bereits als kleines Mädchen. Ich hätte nicht zulassen dürfen, dass sie die Dachziegel selber auswechselt.«
»Sie können nichts dafür«, sagte der Pfarrer. »Ich kannte ja Ihre Schwester, sie hätte sich nicht davon abbringen lassen. Gottes Wege sind unergründlich. Der Herr hat sie zu sich genommen. Amen.«
Isabelle bezweifelte, dass ihr diese Worte wirklich Trost spenden konnten. Aber in einem hatte er wohl recht. So, wie sie Sandrine kennengelernt hatte, setzte sie ihren Willen durch. Auch konnte sie ihm in dem Punkt zustimmen, dass Gottes Wege unergründlich waren.
»Sandrine wird ihre letzte Ruhe an der Seite ihres Kindes finden«, fuhr der Pfarrer fort. »Der Herr hat es so gewollt.«
»Ihr Kind?«, fragte Isabelle.
Joséphine sah kurz auf, senkte aber gleich wieder ihren Blick.
»Ja, der kleine Noël. Ihm war es nur beschieden, ganze vier Jahre unter uns zu weilen. Auch das eine Tragödie.«
»Ich will nicht länger stören«, sagte Isabelle. »Liebe Madame Chavan, ich kann mir vorstellen, wie schwer das alles für Sie ist. Ich wünsche Ihnen viel Kraft und alles Gute.«
»Merci.«
Isabelle bat den Pfarrer, sie hinauszubegleiten.
Joséphine versuchte, seine Hand festzuhalten.
»Bitte nein, bleiben Sie hier.«
»Ich bin doch gleich wieder da.«
Am Gartentor blieben sie kurz stehen.
»Ich wusste nicht, dass Sandrine einen Sohn hatte«, sagte Isabelle.
»Doch, doch. Noël war ein liebenswertes Kind. Aber er ist mit einem inoperablen Herzfehler auf die Welt gekommen. Es war

klar, dass er nicht lange leben würde. Sandrine hat ihn in einem Kindersarg auf unserem kleinen Friedhof beisetzen lassen. Ich habe selber die Trauerrede gehalten. Irgendwann, so hat sie gesagt, würde sie an der Seite ihres kleinen Engels ihre letzte Ruhe finden. Wer hätte gedacht, dass das so schnell geschieht.«
»Was ist mit Noëls Vater?«
»Seinen Namen hat Sandrine nie preisgegeben. Ich weiß nur, dass es sich um einen verheirateten Mann aus unserem Dorf handelt. Ein Seitensprung. Sandrine wollte ihn nicht bloßstellen. Ich habe das akzeptiert. Für Gott sind alle Kinder gleich.«

Eine halbe Stunde später stand Isabelle vor einem Grabstein mit Noëls Namen. Ein kleiner Bilderrahmen mit seinem Foto. Ein hübsches Kind. Auf dem Grabstein waren die Lebensdaten Noëls eingemeißelt. Isabelle nickte. Der Geburtstag passte. Spätestens jetzt glaubte sie nicht mehr, dass ihre Seifenblase platzen würde. Obwohl sie von dem Kind nichts gewusst hatte, war sie auf der richtigen Spur.
Sie telefonierte mit dem zuständigen Staatsanwalt. Sie kannten sich. Zunächst hatte er Skrupel, dann ließ er sich überzeugen – und gab den Leichnam des Kindes zur Exhumierung frei.

50

Bei ihrem nächsten Zusammentreffen im Kommissariat brachte sie Apollinaire auf den neuesten Stand. Er brauchte eine Weile, bis er ihr folgen konnte. Als sie die Exhumierung erwähnte, hob er die Augenbrauen.

»Ist das wirklich nötig?«

»Habe ich Ihnen doch gerade erklärt. Aber die Totenruhe wird nur kurz gestört. Noël muss nicht mal aus seinem Sarg genommen werden. Docteur Franell wird persönlich die nötigen Proben entnehmen.«

»Also keine große Leichenschau, da bin ich erleichtert.«

Sie sah ihn verwundert an. So viel Anteilnahme zeigte er sonst selten. Es lag wohl daran, dass es sich um ein Kind handelte. Das machte den Unterschied. Ihr ging es ähnlich.

Sie überlegte, dem Dorfpfarrer Bescheid zu geben, den sie bei Joséphine kennengelernt hatte. Der könnte einige salbungsvolle Worte sprechen.

»Was ist mit Joséphine«, fragte Apollinaire. »Wird sie dabei sein?«

»Joséphine weiß nichts davon. Sie steht auch so unter großer emotionaler Anspannung. Da kann man ihr diesen Termin ersparen.«

Schon am nächsten Tag war es so weit. Isabelle hatte entschieden, der Graböffnung fernzubleiben. Docteur Franell wusste, was er zu tun hatte. Ärgerlich fand sie nur, dass mit dem Ergebnis erst Ende der Woche zu rechnen war. So lange brauchte die

Rechtsmedizin in Toulon. Und so lange würde sie sich gedulden müssen.

Sie stellte fest, dass Apollinaire von seinem Flipchart im Kommissariat die vielen beschrifteten Seiten abgerissen hatte. Alle Namen, Notizen, Pfeile und Kreise hatten sich als Irrwege herausgestellt. Jedenfalls waren sie bei ihren Ermittlungen zu diesem Schluss gekommen. Blieb die Möglichkeit, dass sie was übersehen hatten. Doch damit rechnete sie nicht mehr. Auch wenn ... auch wenn ihre neue Theorie bisher nur auf einer Spekulation beruhte. Wieder fiel ihr das Bild der Seifenblase ein. Sie hoffte inständig, dass sie nicht doch noch zum Platzen kam. Weil sie sich das alles eingebildet hatte. Weil es so schön passte – aber einfach nicht stimmte.

Apollinaire saß hinter seinem Schreibtisch und bastelte an seiner Tastatur herum. Sie ging regelmäßig kaputt, weil er beim Schreiben auf sie einhackte wie auf eine alte Typenhebelschreibmaschine.

Sie saß auf einem Besuchersessel, trank Kaffee und las im *Var-Matin*.

Ihr Handy klingelte. Zu den von Apollinaire abgespeicherten Nummern zählte auch jene von Franell. Sein Name erschien auf dem Display.

»Monsieur le Docteur, bonjour«, begrüßte sie ihn. »Gibt es Probleme?«

»Keineswegs. Die Proben habe ich entnommen. Gerade wird das Grab wieder geschlossen.«

»Nett, dass Sie mich auf dem Laufenden halten.«

»Das mache ich doch immer. Sie wissen ja, dass Sie mein Lieblingskommissar sind ... Ich meinte natürlich meine Lieblingskommissarin, aber so viele Frauen haben wir ja nicht in leitender Position.«

Franell räusperte sich. War ihm das gerade peinlich?

»Aber deshalb rufe ich nicht an … Also schon, aber ich habe noch eine Neuigkeit, die Sie interessieren könnte. Ich kann mir keinen Reim darauf machen.«

»Erzählen Sie!«

»Nun, in vielen Kulturen gibt es die Tradition der Grabbeigaben. Wir Lateiner sprechen von Paraphernalien. Bei uns ist das ja weniger gebräuchlich. Umso überraschter waren wir über den Fund, den wir in Noëls übrigens gut erhaltenem Kindersarg gemacht haben. Jemand hat ihm eine Armbanduhr dazugelegt. Keine billige, sondern eine Rolex. Als ob es im Jenseits wichtig wäre zu wissen, wie spät es ist.«

»Bei der Uhr handelt es sich um eine Rolex Daytona mit blauem Ziffernblatt. Habe ich recht?«

»Ein blaues Ziffernblatt … Ja, das stimmt. Woher wissen Sie?«

»Docteur Franell, Sie sind ein Schatz. So eine Uhr hatte Marcel Chavan. Sein Mörder hat sie mitgenommen. Bis gerade eben war sie verschwunden.«

»Das ist verwirrend, Moment, ich muss mich konzentrieren. Die abgängige Uhr von unserem Skelett ist also gerade im Sarg von Noël wiederaufgetaucht. Wo ist da der Zusammenhang? Obwohl … jetzt verstehe ich. Aber … um ehrlich zu sein, nicht wirklich.«

Isabelle lachte.

»Ich erkläre es Ihnen. Der DNA-Abgleich mit Marcel Chavan wird es bestätigen: Noël war sein Sohn. Was nur möglich ist, wenn seine Mutter eine intime Affäre mit Marcel Chavan hatte.«

»So weit kann ich Ihnen folgen.«

»Das Kind ist wenige Monate nach seinem Tod auf die Welt gekommen. Leider mit einem angeborenen Herzfehler. Noël ist deshalb nur vier Jahre alt geworden.«

»Und hat seinen Vater nie kennengelernt, weil der nämlich schon bei seiner Geburt tot war«, merkte Franell trocken an.

»Aber deshalb wissen wir noch lange nicht, wer den Mann erschlagen und eingemauert hat?«
»Doch, dank der Uhr wissen wir es. Es gibt nur eine Erklärung.«
»Nur eine Erklärung? Ach so, jetzt habe ich es kapiert.«

Apollinaire, der das Gespräch mitgehört hatte, klatschte in die Hände.
»Madame, ich habe es auch kapiert. Ich gratuliere. Jetzt sind wir bei unserer Aufklärungsquote doch wieder bei hundert Prozent.«
»Ja, so sieht es aus. Auch wenn wir den Mord letztlich nicht werden beweisen können. Aber für einen Indizienprozess könnte es reichen.«
»Zu dem es aber nicht kommen wird.«
»Nein, einen Prozess können wir aus naheliegenden Gründen ausschließen.«

51

Wenig später saß Isabelle im Auto. Erneut mit dem Ziel Plan-de-la-Tour. Auf halber Strecke traf sie sich mit Franell. Der übergab ihr die gesäuberte Rolex. Tatsächlich eine Daytona mit blauem Ziffernblatt. Die Zeiger bewegten sich. Irgendwie gespenstisch bei einer Uhr, die bis vor Kurzem über Jahre in einem Sarg gelegen hatte. Die Bewegung hatte das automatische Uhrwerk wieder in Gang gesetzt. Nur stellen müsste man sie noch.

Sie wünschten sich gegenseitig eine gute Fahrt. *Bonne route!*

Als sie vor dem ockerfarbenen Haus mit den gestapelten Ziegeln eintraf, war alles wieder so ruhig, wie sie es von ihren ersten Besuchen kannte. Nur turnte keine fröhliche Sandrine auf dem Dach herum, die sie von oben hätte begrüßen können.

Isabelle läutete an der Gartentür. Es dauerte, dann kam Joséphine um die Ecke. Sie hatte ein schwarzes Kleid an.

»Sehen wir uns jetzt jeden Tag?«, fragte sie verwundert.

»Ich denke, das ist heute das letzte Mal.«

»Na, dann kommen Sie schon herein.«

Sie kamen an der langen Leiter vorbei, die in der Wiese lag. Sie setzten sich an den Tisch auf der Terrasse.

»Mein Beileid«, sagte Isabelle.

»Danke. Vor wenigen Minuten war unser Dorfpfarrer hier. Er hat mir erzählt, dass Noëls Grab geöffnet wurde. Haben Sie das veranlasst?«

»Ja, habe ich.«

»Nicht besonders pietätvoll. Darf ich fragen, warum?«

»Sehr gerne, deshalb bin ich hier.« Isabelle überlegte, wo sie am besten anfangen sollte. »Sie erinnern sich an unser Gespräch vor zwei Tagen? Da ist Ihnen plötzlich etwas durch den Kopf gegangen. Das war unübersehbar. Als ich Sie danach gefragt habe, haben Sie von Hirngespinsten gesprochen.«
Joséphine zögerte.
»Tatsächlich? Daran kann ich mich nicht mehr erinnern.«
»Doch, das können Sie, davon bin ich überzeugt. Ich weiß noch sehr genau, was der Auslöser war. Ich habe davon gesprochen, dass der Mörder Ihres Mannes sein Privatleben gut gekannt haben musste. Sonst hätte er nicht die falschen Spuren legen können. Auch muss er gewusst haben, dass Sie für längere Zeit abwesend sind. Anderenfalls hätte er den Leichnam nicht in aller Seelenruhe eingemauert und die Wände sorgfältig verputzt. Als ich das erwähnt habe, sind Sie plötzlich nachdenklich geworden. Als ob Ihnen ein überraschender Gedanke gekommen wäre. Stimmt's?«
Joséphine zuckte mit den Schultern.
»Wie gesagt, ich habe oft Hirngespinste.«
»Das war kein Hirngespinst, das wissen Sie genau. Sie hatten einen Verdacht, der Sie nicht mehr losgelassen hat.«
»Und wennschon. Das alles spielt keine Rolle mehr.«
»Weil Ihre Schwester Sandrine tot ist, deshalb spielt es in Ihren Augen keine Rolle mehr … Also wenn *Sie* mir nicht verraten, welchen Verdacht Sie hatten, dann erzähle *ich* es Ihnen.«
Joséphine biss sich auf die Unterlippe.
»Wenn es sein muss.«
»Zuvor hatten wir über Thouvenin gesprochen und dass Ihr Mann mit dessen Frau eine Affäre hatte. Was Sie nicht besonders überrascht hat, weil Ihr Mann, wie Sie selbst sagten, häufig fremdgegangen ist. Dann der Hinweis mit dem Privatleben und Ihrem Ferienaufenthalt, von dem der Täter gewusst haben

musste. Da hat es bei Ihnen plötzlich klick gemacht. Ihnen ist eine Person eingefallen, auf die das alles zutraf.«
Joséphine öffnete kurz den Mund – schwieg dann aber.
»Ich spreche von Ihrer Schwester Sandrine!«
Wieder biss sie sich auf die Unterlippe, diesmal so stark, dass sie blutete.
»Auch mit Sandrine hatte Ihr Mann ein Verhältnis«, machte Isabelle weiter. »Das haben Sie nicht gewusst. Erst bei unserem Gespräch vor zwei Tagen ist Ihnen zum ersten Mal der Verdacht gekommen.«
»Sandrine, Sandrine …«, flüsterte Joséphine. Als ob sie es immer noch nicht glauben könnte.
»Ist mir übrigens ähnlich gegangen. Ich hatte Sandrine vorher auch nicht im Fokus. Ergo auch nicht die weiteren Schlussfolgerungen.«
»Schlussfolgerungen?«
Isabelle zeigte ihr die Rolex mit dem blauen Ziffernblatt.
»Wir haben die Uhr Ihres Mannes wiedergefunden.«
Sie riss erstaunt die Augen auf.
»Wo war sie?«
»Im Sarg des kleinen Noël.«
»Im Sarg? Wie kommt sie denn da hin?«
»Die Antwort ist leicht, oder?«
»Weil, weil …«
»Weil Sandrine die Uhr hineingelegt hat. Als letzten Gruß von Noëls Vater … Ihrem Mann.«
Joséphine verknotete die Finger.
»Über all die Jahre hatte ich Sandrine ihre Geschichte von der Affäre mit einem verheirateten Mann in Plan-de-la-Tour abgenommen, den sie nicht bloßstellen wollte. Die Version habe ich nie in Zweifel gezogen.«
»Bis vorgestern.«

»Ja, bis vorgestern.« Ihre Stimme war so leise, dass sie kaum zu verstehen war.

»Ihnen ist vorgestern aber noch sehr viel mehr klar geworden. Zum Beispiel haben Sie sich erinnert, dass Sandrine Sie bei Ihren Ferienaufenthalten immer wieder mal für einige Tage alleine gelassen hat. So wahrscheinlich auch vor zwölf Jahren. Stimmt's?«

»Kann sein. Ist so lange her.«

»Bei unseren Ermittlungen haben wir einen Denkfehler gemacht. Wir sind wie selbstverständlich von einem Mann als Täter ausgegangen. Sandrine ist … *pardon, war* eine Frau, die zupacken konnte. Sie war physisch in der Lage, Marcel mit einem schweren Werkzeug, zum Beispiel mit einem Maurerhammer, den Schädel einzuschlagen. Wahrscheinlich ist dem eine heftige Auseinandersetzung vorangegangen. Sie hat ihn mit ihrer Schwangerschaft unter Druck gesetzt. Vielleicht seine Scheidung verlangt … Was genau abgelaufen ist, werden wir nie erfahren. Nur, dass sie irgendwann zugeschlagen hat. In blinder Wut. Wohl kaum aus Berechnung.«

»Sandrine hatte viel Temperament …«

»Als sie wieder bei klarem Verstand war, kam ihr der Einfall, seine angefangene Maurerarbeit zu Ende zu bringen und auf diese Weise seine Leiche verschwinden zu lassen. Sandrine war eine leidenschaftliche Heimwerkerin, das war für sie kein Problem. Wahrscheinlich war es so heiß, dass Marcel in der kurzen Hose mit nacktem Oberkörper gearbeitet hat. Deshalb gab es kaum Faserspuren. Die teure Rolex hat sie ihm abgenommen. Weil der Ehering nicht runterging, hat sie ihm den Finger abgeschnitten …«

»Das hätte ich ihr nicht zugetraut.«

»Sie hat sich in einer Stresssituation befunden. Da ist man zu so was fähig. Anschließend ist sie ins Haus gegangen und hat auf

Marcels alter Schreibmaschine den Brief getippt. Den Ring mit einer Rose aus dem Garten als Beweis für seine Trennung. Sandrine kannte sich gut genug aus, dass sie seinen Reisepass gefunden hat und alle Dokumente, die man bei einem Abschied für immer mitnehmen würde. Sie hat seine Kleiderschränke ausgeräumt und die Klamotten in Reisetaschen gesteckt. Seinen Kulturbeutel aber hat sie vergessen ...«

»Bitte hören Sie auf! Ich bin das alles schon selber durchgegangen.«

»Kann ich mir denken.«

»Als Sandrine auf dem Baumarkt war, um Dachziegel zu kaufen«, ergriff jetzt Joséphine das Wort, »habe ich ihr privates Arbeitszimmer durchsucht und in einem Schrank ganz hinten einen Karton mit Fotos gefunden. Fotos von ihr und Marcel. Ich war unendlich enttäuscht. Von beiden.«

»Sie haben Ihren Mann trotz seiner Affären geliebt?«

»Irgendwie schon, außerdem war er immer gut zu mir. Sandrine habe ich auch geliebt.«

Isabelle sah sie nachdenklich an.

»Ich frage mich, ob Sie Ihre Schwester zur Rede gestellt haben?«

»Vielleicht hätte ich es noch gemacht.«

»Aber dann ist Ihnen was Besseres eingefallen.«

»Wie meinen Sie das?«

»Sie sind vors Haus gegangen, wo Sandrine auf dem Dach gearbeitet hat.«

Joséphine sah Isabelle regungslos an.

»Haben Sie gewartet, bis sie von selbst runterwollte, oder haben Sie nach ihr gerufen?«

Joséphine verzog keine Miene. Nur ihre Augenlider flatterten.

»Ihr Grundstück hat zur Straße eine hohe Hecke. Wir werden keinen Augenzeugen finden. Jedenfalls haben Sie den richtigen Moment abgepasst ... und dann die Leiter umgeworfen ...«

Eine Träne lief über ihre Wange.
»Ich könnte es verstehen«, sagte Isabelle.
»Wirklich?«
»Ja.«
Joséphine straffte ihren Rücken.
»Aber so war es nicht. Ich habe in der Küche Marmelade eingekocht und dabei Radio gehört …«
»So steht es im Protokoll.«
»Weil das die Wahrheit ist.«
Isabelle hätte ihr diese Selbstbeherrschung nicht zugetraut. Jetzt hatte sie zwei Optionen: Sie könnte Joséphine so heftig zusetzen, dass sie irgendwann vielleicht doch einknickte und die Tat zugab. Vorausgesetzt, es hatte sich wirklich so zugetragen. Oder … oder sie könnte sie davonkommen lassen. Sandrine, überlegte Isabelle, hätte sich nie vor einem Gericht verantworten müssen. Weil es für den Mord keine Beweise gab. Außerdem war er verjährt. Jetzt war sie tot.
»Die Wahrheit? Das soll ich Ihnen glauben?«
Joséphine warf ihr einen traurigen Blick zu.
»Sie können es sich vielleicht nicht vorstellen, aber ich vermisse schon jetzt meine Schwester. Ohne sie wird es im Haus ganz schön einsam werden.«
Isabelle traf eine Entscheidung. Sie wusste nicht, ob sie richtig war. Aber sie ließ sich immer noch korrigieren.
»Madame Chavan, ich hätte gerne ein Glas von Ihrer selbst gemachten Marmelade. Sie würden mir damit eine große Freude bereiten.«
Ein Lächeln huschte über Joséphines Gesicht.
»*Abricots à la lavande.* Die Aprikosen stammen aus unserem eigenen Garten, die Lavendelblüten kommen von einem Freund …«

52

Auf der Rückfahrt nach Fragolin dachte Isabelle darüber nach, dass sie Polizeibeamtin war. Sie brachte Verbrecher zur Strecke und Mörder hinter Gitter. Das war ihre Aufgabe. Wie konnte sie auf die Idee kommen, bei Joséphine eine Ausnahme zu machen? Sie hatte den Verdacht, dass Joséphine den Tod ihrer Schwester herbeigeführt hatte. Ihrer Schwester Sandrine, die allerdings selber eine Mörderin war. Joséphine hätte also Selbstjustiz geübt. Dafür müsste sie zur Rechenschaft gezogen werden. Falls ... ja, falls es sich so zugetragen hatte. Wofür es keinen Beweis gab.

Isabelle sah die lachende Sandrine vor sich. Eine gut aussehende und auf den ersten Blick sympathische Frau – mit einer dunklen Vergangenheit. Jetzt war sie tot. Sie hätte den Sturz auch überleben können, um vielleicht ihr restliches Leben querschnittsgelähmt im Rollstuhl zu verbringen. Wahrscheinlich hätte sich Joséphine aufopferungsvoll um sie gekümmert.

Isabelle dachte an das Protokoll der Gendarmerie. Joséphine habe vom Sturz ihrer Schwester nichts mitbekommen, weil sie in der Küche Marmelade eingekocht habe. Ein Glas lag auf Isabelles Beifahrersitz. Liebevoll beschriftet: *Abricots à la lavande.* Sie schmeckte bestimmt köstlich.

Angefangen hatte alles mit einem Skelett, überlegte Isabelle. Mit einem Skelett, dem der Schädel eingeschlagen wurde. Es war ein Fehler gewesen, die Ermittlung an sich zu ziehen. Sie hätte den Wunsch der Bürgermeisterin freundlich, aber bestimmt ablehnen sollen. Das Ergebnis war frustrierend. Die

Mörderin ging straffrei aus – schon deshalb, weil sie jetzt ebenfalls tot war.
Es war ihr noch nie passiert, dass sie in einem Fall ermittelt hatte, bei dem sich keiner wirklich für den Ausgang interessiert hatte. Schon das Skelett hatte nur kurz für Aufmerksamkeit gesorgt. Selbst die Medien waren nicht darauf angesprungen. Das war ihr zwar recht gewesen, war aber dennoch symptomatisch. Commandant Richeloin, der regionale Leiter der *Police nationale* in Toulon, hatte nur eine mögliche Verwicklung der Mafia spannend gefunden. Er hatte sich schon länger nicht mehr gemeldet. Maurice Balancourt, ihr Chef in Paris, hatte sie einfach machen lassen, aber letztlich kein Verständnis dafür aufgebracht.
Maurice Chavan war seit zwölf Jahren tot. Seine vielen Liebschaften hatten ihn längst vergessen. Emile Thouvenin hatte zwar sein Auto angezündet, konnte sich aber auch nicht mehr so recht daran erinnern. Joséphine war von Fragolin weggezogen und hatte ihm keine Träne nachgeweint – weil sie dachte, er hätte sie wegen einer anderen Frau verlassen. Sandrine hatte sein Kind auf die Welt gebracht – und nach vier Jahren zu Grabe getragen.
Und jetzt? Sie würde mit Apollinaire einen Abschlussbericht schreiben – den niemand lesen würde.
Sie dachte eine Weile nach. Dann entschied sie sich, doch noch etwas zu tun. Sie würde mit der Gendarmerie in Plan-de-la-Tour telefonieren und anregen, den tödlichen »Unfall« von Sandrine genauer zu untersuchen. Er komme ihr irgendwie seltsam vor. Ohne Angabe von Gründen. In den nächsten Tagen könnte Apollinaire den Abschlussbericht an die Gendarmerie schicken. Als Hintergrundinformation. Kommentarlos. Mehr würde sie nicht tun. Aber sie wäre mit ihrem Gewissen im Reinen.

Isabelle suchte im Radio nach dem Sender mit den französischen Chansons.
Die Stimme von Jacques Brel: *C'est comme ça depuis que le monde tourne … Y a rien à faire pour y changer …*
Sie atmete tief durch.
Jacques Brel hatte recht. Manches ließ sich nicht ändern. Man musste sich damit abfinden. *C'est comme ça!*

Épilogue

Sie benötigte nur wenige Tage, um den Fall auch in ihrem Kopf zum Abschluss zu bringen. Kein Skelett verfolgte sie mehr in den Träumen. Es gab keine eifersüchtigen Ehemänner mehr, deren Namen sie von Apollinaires Liste der Verdächtigen streichen müsste. Keine Amouren, die Marcel Chavan hätten zum Verhängnis werden können. Auch keine mafiösen Konkurrenten, die vor einem Mord nicht zurückschreckten. Den endgültigen Schlussstrich zog Docteur Franell mit dem Ergebnis des DNA-Abgleichs. Er bestätigte, dass Marcel Chavan Noëls Vater war. Jetzt war es sozusagen amtlich. Der Knochenmann hatte sein letztes Geheimnis preisgegeben. Joséphine würde entscheiden müssen, wo die Gebeine ihres untreuen Gatten die letzte Ruhe finden sollten. Wohl kaum an der Seite von Sandrine und Noël. Oder vielleicht doch?

Die letzte Ruhestätte ihres ausgebrannten Mustangs war ein nahe gelegener Schrottplatz. Isabelle wollte sich nicht vorstellen, wie er in einer Presse zu einem kompakten Quader verformt wurde. Apollinaire präsentierte ihr fortwährend zeitgemäße Autos, die ihr gefallen könnten. Sie waren durchweg umweltfreundlich. Isabelle hatte noch das sonore Brummen ihres großvolumigen Achtzylinders im Ohr. Und jetzt ein surrender Elektromotor? Ihr Mustang würde sie nicht verstehen.

Sie nahm Nicolas' Einladung zum Candle-Light-Dinner in seinem Garten an. Der Abend nahm einen höchst erfreulichen Verlauf – und dauerte bis zum nächsten Morgen. Tatsächlich fühlte sich alles wieder so an wie früher. Sie dachte, dass sie glücklich sein sollte. Zwischen zwei Gläsern Crémant erzählte sie ihm von Rouvens geplanter Hochzeit mit einer gewissen Angela d'Agostin. Nicolas verschluckte sich am Crémant. Sah danach aber nicht unglücklich aus. Dass sie beide zur Hochzeit eingeladen waren, behielt sie vorläufig für sich.

Aus Marokko rief Rachid Bouazza an, um seinen Besuch anzukündigen. Er wolle endlich mal mit seiner Frau Urlaub in der Provence machen. Nicolas habe sie ja eingeladen. Er hoffe, dass auch Isabelle viel Zeit für ihn und Latifa habe. Die Zeit werde sie sich nehmen, versprach sie.

Xavier Duchamp blieb hartnäckig. Ob sie nicht doch Lust auf eine gemeinsame Runde Golf habe? Da blieb ihr sowieso nichts anderes übrig, als abzusagen. Stattdessen ein Konzert in Cannes? Oder … Isabelle ließ sich zu nichts überreden. Doch wie sie ihn einschätzte, würde er nicht lockerlassen.

Nicolas konnte sie nicht auf ihren alten Fischkutter begleiten, da ihn die Auftragsarbeit für Rouven voll in Anspruch nahm. Er wollte keinen schlechten CLAC abliefern. Isabelle fragte Céline. Die Boutique-Besitzerin war begeistert. Und obwohl sie Bademoden verkaufte, tat sie es Isabelle gleich – und sprang nackt vom Boot ins Meer.

Commandant Richeloin von der Police nationale *in Toulon war enttäuscht, dass nun doch nicht die Mafia hinter dem Mord an Marcel Chavan steckte. Dass die Mörderin vom Dach gefallen war, nannte er ein Gottesurteil. Den Bericht werde er nicht lesen – er habe wirklich Wichtigeres zu tun.*

Maurice Balancourt, die graue Eminenz der Police nationale *in Paris, hatte wahrscheinlich tatsächlich Wichtigeres zu tun. Dennoch hatte er den Bericht gelesen – und sogar ihre Arbeit gelobt. Auch wenn er immer noch nicht verstand, warum sie den Fall überhaupt angenommen hatte. Maurice war ein Schatz.*

Alle paar Tage meldete sich Rouven. Nicht immer nahm sie seine Anrufe entgegen. Er war sichtlich bemüht, ihre Freundschaft aufrechtzuerhalten. Das wusste sie zu schätzen. Wobei ihr die letzten Telefonate immer weniger gefielen. Rouven wirkte angespannt und deutete Probleme an. Sie schienen was mit Angela d'Agostin zu tun zu haben. Also nicht mit ihr selbst, aber irgendwie doch. Bei seinem letzten Anruf sagte er, dass er mit Maurice Balancourt, den er persönlich gut kannte, darüber gesprochen habe. Mit der Chefetage der Police nationale? *Balancourt war kein Paartherapeut. Irgendwas lief da ab. Sie wusste nicht, was. Aber bestimmt nichts Gutes …*

Die handelnden Personen im Roman sind frei erfunden. Jede Ähnlichkeit und Namensgleichheit mit lebenden (oder toten) Personen wäre rein zufällig.